文學行為論

Behavior and Language in Literature

马大康　著

中国社会科学出版社

图书在版编目（CIP）数据

文学行为论／马大康著．—北京：中国社会科学出版社，2017．6
ISBN 978－7－5203－1663－7

Ⅰ．①文…　Ⅱ．①马…　Ⅲ．①文学理论—言语行为—研究　Ⅳ．①I045

中国版本图书馆CIP数据核字（2017）第299468号

出 版 人	赵剑英
责任编辑	史慕鸿
责任校对	韩海超
责任印制	戴　宽

出　　版	中国社会科学出版社
社　　址	北京鼓楼西大街甲158号
邮　　编	100720
网　　址	http://www.csspw.cn
发 行 部	010－84083685
门 市 部	010－84029450
经　　销	新华书店及其他书店

印刷装订	北京君升印刷有限公司
版　　次	2017年6月第1版
印　　次	2017年6月第1次印刷

开　　本	710×1000　1/16
印　　张	16.5
插　　页	2
字　　数	265千字
定　　价	76.00元

一种艺术理论同时也就是一种文化理论，而非一种独立自为的事业。而且，倘若它是一种艺术的符号学理论，它就必须追索符号在真实社会中，而不是在一种凭空想象出来的二元对立、变形、平行与相等的世界中的生命历程。

格尔兹《地方知识》

假使承认语言乃是社会合作和共同参与的工具，那么便在自然的事情（动物的声音、呼叫等等）和意义的发生和发展之间建立了它们的连续性。心灵被视为社会上交相作用的一种功能，而且被视为是自然的事情在彼此之间达到了最广泛和最复杂的交相作用的阶段上所具有的真正特性。具有反应意义和运用意义的能力，而不是仅仅反应物理的接触，这便构成了人与其他动物之间的区别。它是把人类提升到平常所谓理想的和精神的领域的中介。

杜威《经验与自然》

目　录

绪　论

从"活动"到"行为"的理论转向

《庄子·秋水》讲述了这样一个故事：

> 庄子与惠子游于濠梁之上。庄子曰："儵鱼出游从容，是鱼之乐也。"惠子曰："子非鱼，安知鱼之乐？"庄子曰："子非我，安知我不知鱼之乐？"惠子曰："我非子，固不知子矣；子固非鱼矣，子之不知鱼之乐全矣。"庄子曰："请循其本。子曰'汝安知鱼乐'云者，既已知吾知之而问我。我知之濠上也。"①

面对水中之鱼，庄子和惠子的看法全然不同。庄子以一种直觉体验的方式欣赏游鱼，从鱼的悠然自在中体会鱼之乐；惠子则以客观的眼光和逻辑推理的方式予以反驳：你又不是鱼，哪能知道鱼之乐？其实，人类原本就有两种迥然不同的看待世界的方式，在这两种不同方式的背后，就潜隐着不同的符号活动："言语行为"与"行为语言"。可以说，这两种行为（语言）共同构建了人与世界纷繁错杂的关系，生产着丰富多彩的人类文化和文明，塑造着难以索解的人类心灵和肉体，同时，创造着动人心魄的文学和艺术。

维特根斯坦说，语言的边界就是世界的边界。语言预先设定了人对世界的看法，决定着人的世界的界限，因此，我们的任何研究都只能在语言的框架内并在语言的烛照下进行，人类无法越过语言去认识世界。

---

① （清）王先谦、刘武撰：《庄子集解　庄子集解内篇补正》，中华书局 1987 年版，第 148 页。

但是，当我们把语言从言语行为推进到行为语言领域，并且发现这两种行为（语言）的性质和功能差异，发现各式各样的人类符号活动都以这两种行为（语言）为范型，那么，我们就不仅能改变理论前提和研究方法，并将有效拓展研究视野和研究深度，在前人的基础上继续前行。本书就是从这两种行为（语言）入手，试图为文学理论，乃至人文科学研究提供一个新的基础。

二

在《文学活动论》[①] 中，我们提出并阐述了必须把文学研究的逻辑起点置于“活动”上这一观点。这并非简单地变更理论研究的先后次序，而是研究思路、研究方法的更弦易辙，是从本质主义转向建构主义的关键步骤。当我们把研究的逻辑起点转移到“活动”，由此出发重新考察创作主体、作品、读者、环境，以及文学活动诸环节，所有因素都将发生实质性变化，它们不再是凝固僵化的，而是被重新激活了，并围绕着活动而充满了生机和活力。作品在文学活动中被建构，而文学活动本身，包括文学创作和文学阅读就成为不可重复的文学“事件”，作品也同时成为不断地被重新生产着和体验着的事件。创作主体和读者则在文学活动中被建构，每一次进入文学活动都经历了一次心灵和肉体的洗礼，经历了一次神圣事件。所有这一切活动、一切事件又都在特定的历史语境中展开和生成，受到各种历史性事件的影响，甚至可能进一步酿成社会性事件，种种文化权力也以这样或那样的方式参与其间，文学也因此有可能揭开面纱展露真实容颜。

那么，当我们把文学视为一种活动之际，新的问题又出现了：这种活动究竟是如何具体展开和生成的？文学作为一种“语言的艺术”，语言又是如何运作的？文学语言是否仅仅是被言说被书写的单纯的语言，而语言的线性存在又为何会转变为时空结合的“生活戏剧”？语言作为一种概念，它是怎样变得饱含情感，充满生机活力，令读者如痴如醉地进入生命体验？另外，文学作为一种“人学”，它的叙述对象又是如何被建构

---

① 马大康：《文学活动论》，浙江大学出版社 2012 年版。

为富有质感的形象，如何变得栩栩如生，令人动容？文学与社会生活的关联究竟是直接还是间接的？各种文化权力究竟如何作用于文学活动？要找到这一系列问题的明确答案，我们就不能仅仅通过文学活动来笼统地谈论文学，这是难以揭示文学的内在过程和机理的，而必须深入到语言，以及文化、心灵、社会历史等诸多更为基础的层面来考察，其中，不能不首先考察文学语言这一核心。

随着哲学的语言论转向，西方文论界的关注焦点也迅即转向语言问题。俄国形式主义、英美新批评、结构主义和后结构主义诗学、现代解释学等等，无不围绕着语言这一核心展开讨论，然而，它们所关注的往往主要是语言的符号特性。当语言被简单地理解为一种符号，它与文学活动论之间的龃龉就不可避免：文学绝不是静态的符号组合，也不是符号意义的集合，文学研究也并不等同于叙事形态分类和叙事语法研究。[①]

事实上，语言不仅具有符号特性，同时兼具行为特性。作为被言说、被书写、被阅读，总之，处身文学活动中的语言，它首先是一种“行为”，是言语行为。因此，奥斯汀（J. L. Austin）的言语行为理论就可以为文学研究注入新生机。应该说，言语行为理论与文学活动论有着内在的契合，它强调了言语的行为特性，将文学活动进一步具体化了。德里达（Jacques Derrida）、保罗·德曼（Paul De Man）、约翰·塞尔（John R. Searle）、保罗·利科（Paul Ricoeur）、巴巴拉·约翰逊（Barbara Johnson）、希利斯·米勒（J. Hillis Miller）、桑迪·皮特里（Sandy Petrey）、朱迪斯·巴特勒（Judith Butler）、赫斯曼（Hussman）等诸多学者分别把言语行为理论运用于文学理论研究和批评实践，尽管种种研究还只限于局部性问题，却已经为文学理论打开了新视界。

然而，文学却并非单纯的语言或言语问题，这一点，我们的祖先早就有着清醒的认识。中国古代文人历来对言语持矛盾态度，既赋予言语以重要性和神圣性，却又强调言语的局限性：“书不尽言，言不尽意。”[②]言语行为有自身的限度，面对倏忽变幻、难以言说的不尽之意，它经常

① 叙述学对文学实施了解剖手术，正是这种方法窒息了文学活动的生命特征，致使文学性流失殆尽。

② 周振甫译注：《周易释注》，中华书局 2013 年版，第 264 页。

显得束手无策、无可奈何，因此，不得不追求语言表达的含蓄性、象征性，追求言外之意、韵外之致。对于中国古代文人来说，文章之所以厥功至伟，就因为以“原道”为鹄的，而“道”却又不是言语所能捕捉的。老子曰：“道，可道，非常道。”高诱注曰：“常道，言深隐幽冥，不可道也。”关尹子推而广之谓“不可言即道”。[①] 那么，这言不能尽之“意”和不可言之“道”究竟是什么？又怎样去探寻“意”和“道”？唯一可取的途径是“立象以尽意”。不过，《周易》所谓“象”指“卦象”、“爻象”，并非“意象”、“形象”，它是对变幻不定的“天象”或“自然物象”的象征，而绝非对具体物象的模拟。古人就是通过卦象爻象来比附、象征变化无常之天象或自然物象，由此卜测天意，预知吉凶。言辞则不过是用以补充说明卦象爻象，不是“造像”的。所以王弼说：“象生于意而存象焉，则所存者乃非其象也；言生于象而存言焉，则所存者乃非其言也。”[②] 这也就是说，“立象以尽意”所强调的正是：言语不能透彻地表达“意”，唯有通过具有象征意义的卦象爻象，并经由天象或自然物象才能通达天意。至于唯恍唯惚、玄而又玄之“道”，则只能通过无形无状无像的“象罔”才可以得之。在古代文人心目中，除了言语之外，存在着另一条追索“意”和“道”的更为有效的路径，这条路径其实就是建立在行为语言基础上的直觉。直觉并不借助于言语行为，不需要以言语行为作先决条件的逻辑推理，它直截了当地自“象”抵达“意”和“道”，悟解“意”、“道”，而连接、沟通这两者的就是一种有别于言语行为的特殊语言，即行为语言（动作、姿态、表情、声音）。或者可以说，无形无状无像之“象罔”就是行为语言。[③] 正是行为语言在瞬息间贯通人与自然，融合人与自然，按照行为语言的结构来重构自然并纳入己身，达成“天人合一”，以此来把握“意”和“道”。人类文化活动就建

① 朱谦之撰：《老子校释》，中华书局1984年版，第3—4页。

② （魏）王弼撰，楼宇烈校释：《周易注校释》，中华书局2012年版，第285页。

③ 行为语言根源于前人类，并只能建构无意识，它不能构建意识“对象”，本身也不能成为意识“对象”。从这个角度看，行为语言只能是无形无状无像的“象罔”。但是，自从言语行为诞生以后，行为语言的某些特征得到言语行为的提取和阐释，这就成为我们今天可以感知的意识“对象”，因此，人类行为语言的特征已经与其他生物体的行为语言有所区别。但是，由于行为语言扎根于身体，本身就是身体表演，行为与身体之间并不存在分界线，因而仍然具有言语行为不能透彻解释的模糊性和隐蔽性，并保留着自己的独特功能。详见第三章、第四章。

立在言语行为与行为语言相互协作的基础上。文学活动则是以言语行为召唤行为语言，双方深度合作，携手实现“尽意”和“体道”。

行为语言自前人类就已经存在，它就潜藏在人的无意识和身体中；言语行为则唯有人类才能独享，它是从行为语言中概括、抽象和分蘖出来而获得相对独立性的，是人类意识生成的根源，并成为人之为人的标志。这两种行为（语言）的性质差别在于：行为语言只能依附于人的身体，是身体表演，无法离开身体而独立，因而是缺乏独立性的发育不充分的符号系统；言语行为则因使用概念而成为具有相对独立性的发育极其完善的符号系统，因此享有极大的灵活性和极强的区分功能。

人只有首先把世界结构化，才能纳入己身，才能感知世界，把握世界。这也就意味着，对世界的感知离不开中介，离不开最原初、最基本的符号系统，即行为语言和言语行为。人通过行为关联世界，以行为语言将世界结构化并纳入己身，以此把握世界，世界也因此享有了人的肉身性和灵性。人又通过言语行为及语言概念来区分人与世界，区分万物，把世界转化为人的“对象世界”，进而认识世界。言语行为的独立性不仅使人可以自由地创造形而上世界，而且赋予人以反思能力，把人自己构建为理性主体。正是两种行为（语言）的性质差别，赋予它们以截然不同的施行方式和功能特征，双方虽然可以相互联系、交通，却又无法通约。长期以来，学术界关于语言能否作为人类标志而产生争论，其原因就在于没有发现两种行为（语言）的性质和功能差别，没有认识到造成这些差别的主要根源在于它们是否具有概念性和相对独立性。正是以这一发现作为理论基点，我们才可能进而对文化、文明、意识、无意识，特别是文学及文论的奥秘做出自己的解释。

人类永远也不能离弃这两种行为（语言）：言语行为与行为语言。其他各式各样的符号类型都建立在这两种行为（语言）的基础上，并以它们为范型。因此可以说，所有人类文化活动都隐含着两种行为（语言）的合作，所有文学活动也都是两种行为（语言）的合作。在这里，我们始终是把行为语言、言语行为视为人与世界相关联的中介。人通过构建两种行为（语言）与世界打交道，既建构了人的世界，又建构了人类自身，建构了人的意识和无意识，建构了人的精神和肉体。人、行为（语言）、世界之间存在着同步建构的关系。

言语行为的概念性和相对独立性造成人与自然的分裂，文化恰恰就是用来补缀这个裂罅的。文学活动的独特性只在于：这是两种行为（语言）间的深度协作和融合，且以一种想象的方式来弥合心灵上的裂罅。文学的所有特征，包括文学性、诗性，就生成于两种行为（语言）协作和融合的过程中。文学功能亦此亦彼的双重性也只能在这两种行为（语言）的共同作用中得到解释。这就赐予我们一片未曾开垦的肥沃的处女地，在这里，我们将收获许多从未有过的惊喜。西方学者囿于语言中心主义和理性中心主义，往往难以避免理论盲视，遮蔽了行为语言的重要意义。只有经过去蔽，重新正视行为语言，把文学活动视作两种行为（语言）的交互作用，我们才有可能为文学理论提供一个崭新的基础。文学活动，乃至人文学科的特殊性就起因于人的行为及行为语言的独特性，起因于两种行为（语言）相互交织、融合方式的复杂性。

二

当我们不再把文学活动囚囿于语言或言语，而是视作言语行为与行为语言的交相协作、相互生发、深度融合的过程，一个崭新的理论视野就展开在我们眼前。如果说，言语行为开天辟地似地澄清了世界的混沌状态，把世界构建为一个有序的对象世界，从而开启人类认识的无止境的征程，不断地去叩问天地人伦，求索于辽远的六合之外和微渺的秋毫之末，那么，行为语言却让人重返浑沦世界，优游于无穷之境，与天地万物为伍，相拥相融，把世界生命化、拟人化、神圣化，把一个浑整的本真世界，一个可以栖居其间的诗意家园重新奉还给人类，老子所说的“道”、海德格尔所说的“真理”就自然而然地翩然降临了。如果说，言语行为搜索枯肠地为人类构筑着一个个形而上的精神世界，那么，行为语言则让人回到形而下的肉体本身，回到生命本源，回到沸腾汹涌的人类原初经验，回到种族记忆的遥远过去，试图穷究那深藏不露的神秘奥蕴。文学活动就存在于这两种行为（语言）共同构建的张力场中，上穷碧落下黄泉，它总是抑制不住同时占有两端的贪婪，并不得不时时处在过渡状态，徘徊于感性与理性、体验与认知、情感与理智、过去与未来、有限与无限之间。

在谈到身体与语言的复杂关系时，巴特勒指出：一方面，“这既不是说身体只具有语言性，也不是说身体和语言无关。它永远都和语言有关”。另一方面，“语言与物质性并非水火不容，因为语言既具有物质性，又指涉物质性；且物质之物从未彻底脱离意指过程”。[①] 言语行为从行为语言中生成和分蘖出来这一事实，决定着两种行为（语言）间存在着天然的联系纽带。奥斯汀就把言内行为区分为三个层次：发声行为、发音行为、表意行为[②]，其中发声行为就扎根于行为语言，直接关联着行为语言，就像达·芬奇所说“有声音的地方就有身体”。[③] 音乐之所以具有震撼心灵的巨大力量，就在于其发声行为与行为语言相关联，甚至某种程度上从属于行为语言，因此，音乐不仅诉诸人的意识，而且闯入无意识，渗透人的身体，给予人以莫名的感动。文学活动则有所不同，它首先以凸显的表意行为及语言概念诉诸人的意识，发声行为则往往隐蔽于背景之中，起着辅助性作用。[④] 然而，也恰恰是这种辅助性功能触及人的行为语言记忆，召唤着行为语言。从这个角度看，我国古代文人对诗歌韵律的深入探讨，以及俄国形式主义对语言声韵的研究是富有意义的，不能简单地冠以“形式主义”加以蔑视。更为重要的是，当言语行为构筑了一个虚构世界，一个超越于现实世界的语言王国，社会规约对行为语言记忆的压抑就被弱化，乃至撤销了，人的深层无意识终于得以释放。人们所说的文学体验和陶醉、移情和自居，就起因于行为语言被重新唤醒和施行。在两种行为（语言）的充分展开和深度融合之际，一个神奇、绚烂、生动的文学世界就诞生了。

---

① ［美］朱迪斯·巴特勒：《身体之重：论“性别”的话语界限》，李钧鹏译，上海三联书店2011年版，第51页。

② 奥斯汀把言语行为区划为言内行为、言外行为、取效行为三层，并把言内行为再分为发声行为、发音行为、表意行为三层。参见［英］约翰·兰肖·奥斯汀《如何以言行事》，张洪芹译，知识产权出版社2012年版，第85页。

③ ［意］吉奥乔·阿甘本：《幼年与历史：经验的毁灭》，尹星译，河南大学出版社2011年版，第1页。

④ 音乐与语言都以发声行为为基础，两者间的区别在于：音乐以轻重、强弱来区分音节，构成乐曲整体的节奏，形成一个有节奏而“不间断”的声音的绵延，并直接构建声音（音乐）格式塔；而语言则以元音、辅音组合以及概念来区分音节，在创造节奏的同时造成了“间断”，由此生成词义，并在此基础上构建整体的语义格式塔。

在吸收弗洛伊德和拉康无意识理论的基础上，加布丽埃·施瓦布（Gabriele Schwab）提出了“文学的过渡空间”这一概念。她认为，诗性语言就是过渡空间的语言，它的功能之一是充当无意识的“调解器”，可以调节“他者话语”。

> 伴随着语言断裂、语义崩溃不断增强的势头及多声等现象，过渡文本引向多种形式的审美体验——意识之外的审美体验。它们具有无穷的创造性，将诗性语言的传统秩序去差异化，整合原初过程，从而将诗性语言的边界扩展到无意识领域。①

施瓦布正确地指出，诗性语言栖居于意识和无意识之间的过渡性空间，以及种种非常规的语言现象对无意识的调解，但是，由于她局限于拉康的无意识是“他者话语”这一观点，没有进一步发现无意识根源于行为语言记忆，具有一种不同于话语的结构，因而也就不能深入阐明“原初过程”（无意识过程）的实质，不能阐明诗性语言与无意识的真实关系。

约翰·塞尔根据话语与世界的关系对言语行为做了类型划分：在断定式言语行为中，语词向世界适应（word to world）；指令式或承诺式言语行为则是世界向语词适应（world to word）；宣示式言语行为又同时存在语词向世界适应和世界向语词适应的“双重指向”；虚构话语及表情式言语行为则为“零指向”，即“以一组超语言、非语义的惯例打破和搁置依靠原有规则建立的语词与世界间的联系”。② 塞尔这种区划有着极为重要的学术价值。我们可以从中发现：人类认识活动就建立在断定式言语行为的基础上，是一个不断地走向与世界适应的过程；实践活动则与指令式和承诺式言语行为相协调，正是这种言语行为影响着人类行为，组织着人类实践，推动人类实践；宣示性言语行为则构建着制度性事实，不断地更新人类文明；而虚构话语恰恰为文学艺术提供了范型。虚构话

① ［德］加布丽埃·施瓦布：《文学、权力与主体》，陶家俊译，中国社会科学出版社 2011 年版，第 43 页。

② John R. Searle, *Expression and Meaning: Studies in the Theory of Speech Acts*, Cambridge: Cambridge University Press, 1979, p. 66.

语放弃与世界的适应指向，这也就摆脱了对自身的约束而赢得了自由，同时也把自由交付给人类。虚构话语创建了一个独立的语言王国，一个人可以栖居和逍遥的王国，此际，各种现实的压抑被撤销了，人的无意识黑箱被打开了，行为语言记忆被唤醒了。正是虚构话语促成言语行为与行为语言的深度融合，这个过程就是想象展开的过程，同时也是人的生命敞开的过程。

塞尔的局限性在于：忽略了言语行为是不断变化的，是与行为主体联系在一起的，并且受制于具体语境，多种因素共同影响着言语行为的施行方式。因此，塞尔的类型划分固然有其合理性，但是，这种划分并非凝固不变，其中任何一个因素的变化都可能导致言语行为类型的变化。譬如当我们被文学作品所吸引，全身心投入文学阅读之际，我们忘却了现实，搁置了语词与世界相互适应的指向，我们就生存在这个言语行为与行为语言共同构建的非现实世界中，深切地体验着正在想象中展开的虚拟生活。但是，一旦我们去探究作品的现实意义，这时，我们就已经改变了与话语的关系，语词与世界的关联重新被推向前景位置，我们开始热衷于求索言语行为与世界的适应关系：其一是言语行为究竟如何适应世界，在什么程度上适应了世界，它所陈述的是一个怎样的世界，这也就是从认识论角度阐释作品如何反映世界；其二是言语行为又如何通过影响读者而影响世界，这就是从实践论角度去探究言语行为，探究世界如何适应言语行为，探究言语行为的伦理价值和社会功能。语言文字狡黠如蛇，它总是不断变换着自己的颜色，并随着人的态度游移而变幻。言语行为的种种变化，以及言语行为与行为语言的复杂关系，决定着文学活动总是处在既“入乎其内”，又“出乎其外”的边缘状态，总是展现出非此非彼、亦此亦彼的两面性。历来关于文学虚构性与真实性、独立性与功利性的争论恰恰就根源于此。

三

文学活动在两个层面与行为语言密切相关。其一，言语行为本身就关联着行为语言，召唤着行为语言。言语行为只有与行为语言相互协作和融合，才能获得丰满的肉身，才能真正成为一种诗性语言。其二，文学作为一种人学，主要就是“人的行为”之学。人物的性格特征实质上就是其行为语言的风格特征。文学需要用言语行为来描述人的行为语言及其特征。无论是言语行为或行为语言，作为一种可共享、可交流的“符号系统”，都必须遵循社会规约（文化惯例），否则，就无法达成共享和交流。因而对于文学理论来说，社会规约（文化惯例）就是极其重要的关键词。

社会规约（文化惯例）是在长期的人类活动中形成的，它处在历史传统与社会风尚的交集点，由特定人群内部相互效仿而构建，并且受到各种社会文化力量的影响，是各种力量博弈、谈判的结果，总是打上特定时期、特定社会、特定群体的特征，并镌刻着诸多社会矛盾、社会冲突的印迹；反过来，社会规约（文化惯例）又规范着人的行为语言和言语行为，并因此将人区分为不同的社会群体，塑造和构建社会秩序和结构。历来所说的文学反映现实，其实绝非对社会事实的刻板描摹，也非什么将鼻子、嘴巴、衣服凑合在一起的“典型化”，而是文学所写人物的行为和话语，乃至所想所感①的背后隐含着特定的社会规约（文化惯例）。因而，文学的真实性并非取决于所写内容究竟是事实还是虚构，作品内容完全可以虚构，只要所写人物的行为及话语同他所处社会及所属群体的规约（惯例）相吻合，与作品所展现的特定语境相适应，作品就具有真实性，其人物的言行举止是合情合理的，同时，言行所折射出来的社会规约（文化惯例），则深刻体现着这个社会的结构特征、社会秩序及文化风尚。社会规约（文化惯例）并非法律条文，不是对人的行为及语言的强制性要求和规定。人作为独立的生命个体，总是与社会规约（文化惯例）处在某种紧张关系中，他从自己的生命本性出发，以这样或那样的方式分享规约（惯例），甚至可能刻意抵制规约（惯例），以此彰显自己的独特个性，以及不可取代的生命意义。一方面，社会规约（文化惯例）给予人的行为语言、言语行为以规训；另一方面，生命个体又力图撑破规约（惯例）的束缚，从夹缝中绽放出摇曳多姿的生命之花。文学活动的独特性则在于：作为一个想象的世界，文学虽然必须直面社会规

① 人的感觉和思想建立在言语行为和行为语言的基础上，受到两种行为（语言）结构的影响，因此同样受到社会规约（文化惯例）的制约。

约（文学惯例），却弱化了规约（惯例）对读者的规范力量，赐予读者一个自由生存的空间。因此，文学活动既存在于文化权力之中，本身渗透着挥之不去的权力关系，却又蕴蓄着抵制文化权力的潜能；它时时制造和播撒着权力的神话，却又不断地戳破神话，吁请众生平等的生存权。

文学作为语言的艺术，其言语行为所享有的社会规约（文化惯例）并非僵化的规则或规律，其本身就是纳尔逊·古德曼（Nelson Goodman）所说“惯例性”的。不同作家以自己的方式，这样或那样、直接或间接地分享或篡改或抵制着规约（惯例），并造就千姿百态、流动变迁的文学样式。社会规约（文化惯例）是各种样态的文学活动相互联系的纽带，文学作为一个“家族相似”现象就是由此造成的。社会规约（文化惯例）或延续或断裂或交融，往往就显示为文学文体的继承或更新、分化或融合。

由于文化生产建立在两种行为（语言）相互合作的基础上，文学活动也同样如此，因此，文学与非文学之间并不存在一条截然区分的界限，各种不同文化现象只是起因于两种行为（语言）的协作方式不同、合作程度不同、倾向性不同和所用媒介不同，中间存在着过渡性现象，存在着模糊的中间地带。对于文学、非文学的区分，需要文化权力（权威）凭借文学制度做出裁决。然而，这却又并非任意的主观决断，而必须针对两种行为（语言）相协作的具体状况，不能无视社会规约（文化惯例）。文化权威之所以是权威就在于它据有文化传统所认可的资本，是传统的代言人。文化权威就享有灵活运用文学制度，乃至以宣示式言语行为重构制度的能力，文学制度也因此不断地改写和变迁。文化权威地位的确立既和文化传统相关，也和文化机构相关，和个人在文学生产和传播过程所占据的特殊位置，或如布迪厄（Pierre Bourdieu）所说在“文学场”中所占据的特殊位置，以及所占有的种种文化资本密切相关。在文学制度设立的过程中，就存在着各种文化资本的争夺和诸文化权力间的博弈和谈判。

言语行为和行为语言是人关联世界的最主要、最基本的途径，它们分别建立起两种迥异的联系方式。在此过程中，两种行为（语言）一方面塑造着人的世界，把世界结构化；另一方面同时反身塑造着人自己，赋予人类心灵和肉体以结构。人的内外两个世界就是在两种行为（语言）的生成和展开过程中被建构起来的。在《身体的意义》中，约翰逊认为，人的身体与心智发展，都是有机体与世界相互作用的结果，他说："我们的'身'与'心'就是因有机体—环境相互作用而发生演化的，它为我们提供了决定我们成为什么的场所。"① 但是，约翰逊忽略了最重要的一点，即人这一有机体与环境之间的作用，是离不开中介的，而这个中介就是行为语言和言语行为。因此，两种行为（语言）相互协作的整体结构，就决定着人的世界的结构和心灵结构，决定着人类文化生产的框架和人类文明的框架。然而，这种整体结构却并非规格统一、恒定不变的，在两种行为（语言）构建的张力场中，言语行为与行为语言双方总是处在博弈关系之中，相互争夺主导权，由此造就缤纷繁荣的文化现象和川流不息的文化变迁。这也正是不同民族、不同时期、不同文化和文学类型之间存在差异性的主要根源。文化、文明及文学的民族特殊性，首先就取决于两种行为（语言）相互结合的整体结构及倾向性。言语行为与行为语言本身的差异性，又造成人类自身的分裂，造成精神与肉体的分裂，意识与无意识的分裂，理性与感性的分裂。而在文学中，"词语是在攫住主体的躯体形象中被理解的"②，那么，当文学活动重新将言语行为与行为语言充分激发起来，实现了深度融合，也就弥合了人自身的分裂状态，宛若经历了一次次浴火重生。

叙述学关于叙述行为的分类和分析，其主要意义在于：不同的叙述行为及策略调节着读者与文学活动的关系，调节着言语行为与行为语言相互作用的方式，调节着读者在两种行为（语言）共同构建的张力场中的位置，由此调节读者或"体验"或"认知"的阅读态度，而读者则不能无视这种调节，不得不做出某些响应和妥协，这就是"阅读伦理"。正是在行为语言被重新唤起，读者沉湎于体验的过程中，他不仅从理智上获得某些"知"，觉悟到特定社会所隐含的社会规约（文化惯例），同时操演着某种"行"，于无意识间建立起科尔斯戈德（Christine M. Korsgaard）所说的以自我同一性为基础的规范性。在认知与体验相互交替、

① Mark Johnson, *The Meaning of the Body*: *Aesthetics of Human Understanding*, Chicago & London: The University of Chicago Press, 1999, p. 13.

② ［法］拉康：《精神分析学中的言语和语言的作用和领域》，《拉康选集》，褚孝泉译，上海三联书店 2001 年版，第 314 页。

交相过渡的过程，他实现了知与行的合一，实现了切身的精神建构，一种刻骨铭心的精神建构，这就是古人所说的“诗教”。也正是在叙述行为及其社会规约（文化惯例）中，我们发现了隐蔽的权力之争，发现了种种历史性因素，于是，文化诗学的领地向我们敞开了。

在《制度如何思考》中，道格拉斯提出“制度性遗忘”这一观点，她说：“制度创造了一些阴暗地带，其中的事物我们看不见，其中的问题也无人再问。同时，制度使得另外一些地方被暴露无遗，其中的事物被详细探查，排列有序。”① 现代以来，中国文论界全面引进了西方文论，这固然为我们打开了崭新的视野，却同时遮蔽了原有的视野，遗忘了传统文化中的精粹。从这个角度看，我们强调文学研究必须立足于两种行为（语言），也就是强调文学直觉和体验的重要性，强调文学活动的整体性，实质上是向中华传统精神回归，重新恢复传统文化的整体性和辩证关系。有所不同的是，我们将努力在中西方文论的基础上实现新的综合，在古人缄口不言处，我们力图做出自己的阐释，力图解开文学这个千古之谜。在本书中，我们无力构建一个完整的文学理论新体系，目的只在于动摇原有理论的根基，打开另一个新的理论视界，并大体上对理论框架做出粗略描述，以引起更多学者的关注，从一个全新的角度共同探讨文学，乃至整个人文学科。

---

①［英］玛丽·道格拉斯：《制度如何思考》，张晨曲译，经济管理出版社 2013 年版，第 86—87 页。

第一章

行为语言与文学创造

言语即行为，行为也即语言。两者的区别在于：前者离不开概念，并享有相对独立性；后者则是非概念、非独立的，它和身体紧密相连，因此具有完全不同的功能特征。可以说，人的行为就是以特殊的“语言”方式表达的生命之形式，而人的个性即其独有的行为语言风格。行为语言记忆构成了人的无意识，文学活动是以言语行为激发无意识中的行为语言记忆，双方相互生成、相互塑造、相互阐发的过程。人的想象就是言语行为与行为语言相融合、相生发的场域，文学的体验性就根源于此。

一　行为是一种“语言”

正如言语是一种行为，行为（动作、姿态、表情、声音①等）也是“语言”。

在俄罗斯导演M. 什维茨尔拍摄的影片《复活》中，有一组十分精彩的心理描写镜头。电影没有旁白，镜头也没有对准女主角卡秋莎最富于表现性的面部表情，而是聚焦于门扇上一个扣门的铁质搭钩和手掌的背部：就在搭钩附近的门扇上，那只紧张得有些僵硬的年轻女性的手微颤着犹疑地缓缓挪向那个搭钩，渐渐靠近了，近了，又移开了……当手再次靠近搭钩，终于毅然抬起了搭钩。搭钩从门扣上脱出，垂落下来，镜

① 在此，“声音”不是指索绪尔所说的与“概念”联系在一起的“音响形象”，而是指个体独有的音调、音质、音响、韵律、节奏等，它与个体身体密切相关，取决于人的身体条件。

头中只留下搭钩无声地来回摆动——那是卡秋莎的手。她深爱着涅赫柳多夫。当涅赫柳多夫第一次在深夜想进入她的房间，她却犹豫了。她期盼涅赫柳多夫的到来，甚至愿意将整个人都献给他，却又担心两人之间的身份差距，毕竟一个是公爵少爷，而自己却只是个养女、侍女，她朦胧地意识到潜伏着的危机，内心充满矛盾。可是，对于电影艺术来说，这种心理活动必须转换为视觉形象，什维茨尔则敏锐地抓住了这只少女的手。原本不会说话的手，却极其生动、细腻地道出了一个少女内心的动荡，她对性爱既憧憬又恐惧的矛盾。行为就是语言，它甚至比普通语言更富有表现力。

行为是广义的语言，是比言语行为更原初，因而也更基本的语言。在小说《复活》第 12 章，托尔斯泰描写了涅赫柳多夫与卡秋莎的初恋，那种少男少女间刚刚萌生的纯真、朦胧的爱情：在他俩当着老女仆玛特廖娜的面谈话时，感到分外轻松愉快。可是，房内只留下他们两人，谈话就很别扭。

> 这时候眼睛就开始说话，眼睛说的话与嘴上说的完全是两码事，而且比嘴上说的重要得多。①

行为语言（眼睛表情和别扭态度）常常比言语行为更为可信，它无意间泄露了真正的自我，更加真实、直白地表达了内心。甚至在他俩自己尚未明确意识到相互间已经萌发爱情之际，行为语言就提前把无意识心理表达出来了。语言学家韩礼德（M. A. K. Halliday）说："我们都是通过对个体的表达习惯来认出我们的朋友，这如同通过他们的脸、声音、穿着或行走的方式来了解认识我们的朋友一样。一个人即是他表达的意义。"② 行为不仅让我们认出朋友，而且看出他的个性特征，看到他的内心状态，因为行为就是语言，它以最自然的方式表达了个人的独特意义。

① ［俄］列夫·托尔斯泰：《复活》，安东、南风译，上海译文出版社 2010 年版，第54 页。

② ［英］韩礼德：《作为社会符号的语言——语言与意义的社会诠释》，苗兴伟等译，北京大学出版社 2015 年版，第 20 页。

康纳顿（Paul Connerton）谈到身体姿态的重要性，并认为权力和等级一般就通过相对于他人的某些姿态来表达。我们可以从人们聚集在一起的方式，从他们的身体相对于其他人所摆的姿势，可以推断每个人按规矩拥有或自认为拥有权力的程度。譬如当一个人坐在高处，围绕他的人都站着；当一个人站着，其他所有人都坐着；当某人进来，屋里每个人都起立等等，所有这些姿势都包含着明确的意义。"在所有文化中，对于权威的编排（choreography），大多通过身体来表达。在这项编排中，有一整套可辨认的姿势，由此，直立的身姿表现出诸多含义的弯曲，让许多姿势操演变得有意义。"①

在《哲学研究》中，维特根斯坦（Ludwig Josef Johann Wittgenstein）拓展了"语言"的外延，把它扩大到普通语言之外，他说："我们称之为语言的首先是我们的日常语言这一工具，我们的语词语言这一工具；然后根据与它的相似性或可比较性才将其他的东西也称为语言。"② 当人之行为包含着社会共享的意义和普遍可传达性，并进入人际交流活动，那么，它就是一种"类语言"或"广义语言"。我们以"行为语言"而非"身体语言"来命名，主要因为人们已经习惯于仅仅从符号学角度来看待和解读身体语言。行为语言所强调的是动态的"行为"，而非静态的"符号"及其组合或组接。行为固然具有符号特征，却不仅仅是符号，它首先是不断变化着的身体行为，符号性只是从行为中被人为分离出来的一种特征。同时，身体也不只是行为的载体，不只是行为的发出者和施行者，而是和行为相统一的，是行动着、表演着的身体，它融合、融化在行为之中，成为行为本身和其构成要素。"行为具有以言表意的结构。它拥有某种可以认同和再认同为同一的命题内容。"③ 行为才是我们思考的着眼点。

行为作为语言是人在生活实践中习得的。儿童在成长过程中既习得了普通语言，也习得了行为的语言。他逐渐听懂父母所说的话，同

---

① ［美］保罗·康纳顿：《社会如何记忆》，纳日碧力戈译，上海人民出版社2000年版，第92页。

② ［奥］维特根斯坦：《哲学研究》，李步楼译，商务印书馆2009年版，第208页。

③ ［法］保罗·利科：《诠释学与人文科学》，孔明安等译，中国人民大学出版社2012年版，第166页。

时，也逐渐理解父母的一个动作、一个眼神、一个表情；甚至可以说，儿童在学习口头语言之前，通过身体接触就能够了解行为语言，行为语言早就刻写在人的身体上了。[①] 施瓦布讨论了语言的生成过程，并把诗性语言视为言语的“过渡空间”，她指出：“幼儿在尚未掌握口头语言的时候在过渡空间创造最初的对象。”[②] 其实，过渡空间就是在幼儿触摸母亲的过程中建构起来的。幼儿的触摸行为超出幼儿自己的身体，和母亲发生了关联，建立了母子间的关系模型，过渡空间就建立在此基础上。人的所有感知活动都建立在这一触摸行为所构建的过渡空间的基础上，行为语言，乃至口头语言也以此为基础。如果更深入一层看，人类的行为语言奠基于前人类，动物就已经具备行为语言。行为语言记忆作为生物体的遗传，早在幼儿出生前就已存在，只不过需要幼儿通过自身活动来激活和重构。事实上，在生物体的生存活动中，只要是被群体不断重复和模仿的行为，就已经开始将身体行为结构化，由此赋予其共享的意义。行为被结构化，同时也就是心灵被结构化并积淀为经验，行为因此具有可交流的符号特性而成为行为语言。行为语言实即“被结构化的行为”。

较之于言语行为，行为语言是更为基础，更为丰富、细腻的。对言语行为的理解常常需要行为语言的协助，也就是说，行为语言起着“元语言”的作用。在谈到汉语与语境的关系时，申小龙指出，较之于西方拼音文字，汉语对语境的依赖性更强，他说：“说话人对环境因素、非语言行为（如表情、身姿）非常依赖和敏感，与陌生人接触习惯在一开始通过一些背景性的问题对对方的社会文化背景作出假设，以确定说什么和怎么说，有一个‘预热’的过程。”[③] 其实，无论中西方语言，与身体行为所构建的语境都是不可分离的，只不过汉语的关联性更强。上述构成语言交流背景的所谓“非语言行为”，如表情、身姿等，恰恰就是一种广义语言，是行为语言，它鲜明地展示了对话者的身份、教养、品性及

① 根据医学研究，婴儿最早形成的感觉是触觉，在出生前，婴儿就已经具有触觉感知能力。

② ［德］加布丽埃·施瓦布：《文学、权力与主体》，第 34 页。

③ 申小龙等：《汉字思维》，山东教育出版社 2014 年版，第 15 页。

心理状态，为语言交流提供了极其重要的背景，甚至起着“元语言”的作用，需要它的协助，对话交流才能顺利进行和充分实现。无论哪个民族的人际交流，设若交谈者是毫无表情地一副冷面孔，僵尸般没有任何行为语言，仅凭言语，交谈是无法进行下去的。

二　行为语言即“生命的形式”

言语行为是和抽象概念密切联系在一起的，它将行为语言所积累的经验凝聚、抽象为超越具体时空的概念，由此给人类交流带来极大的方便，将人类从特定的社会历史情境中解放出来。而行为语言则是非概念性的，它始终和行为的具体方式密切相关，是对行为模式的识别，对行为形式的整体提取。因此，行为语言是一种完全不同的符号系统，也可以说，它是非抽象、非概念的，仍然是整体性、有机性的。它虽然不是纯粹的形式，却是与身体行为结合在一起的形式，既具有肉身性，又具有形式感。舞蹈就是一种行为语言。只是它对日常行为语言实施了严格的管理和控制，提炼和改造，强化了它的形式感、美感，并将其高度仪式化了。舞蹈语言是被高度规范化、程式化、仪式化了的行为语言，是以行为本身作为感受目的的语言，是意识操控的语言，因而也是“另一种”行为语言。日常的行为语言缺乏这种严格的规定性、自觉性和自足性，其意义也相对模糊，它是在日常活动过程对行为方式的习得。人从社会生活不断重复的行为中潜移默化地习得了行为语言，不仅养成了个人应有的行为方式，并且理解了各种行为的意义，掌握了行为语言，这就成为解读行为意义、实现人际沟通和融入社会的必要前提。这个过程也就是人的社会化的过程。相对于言语行为，人的行为语言要更为古老，它深深植根于人的身体和心灵，成为人最基本的能力，人须臾不能离开行为语言。行为语言甚至可以超越言语行为的民族界限、国家界限，而具有远为广泛的普遍性和可传达能力。

与此相应，人的行为所关涉的情景并不仅仅是作为认识对象被人所认知，并不总是直接和语言概念密切相关；同时，情景也不是作为静态的背景与行为相关联，而首先是作为人的行为的直接延伸，被赋予动态的、富有生命活力的形式，并因此被“拟人化”了。人所活动的世界首先是作为人的行为的一部分而被建构起来，同时也受到言语行为的重构和拓展。正因如此，人的世界，无论有生命或无生命的，都透露出人的气息，流淌着湿漉漉的生命汁液，洋溢着勃勃生机。在谈到对遗迹和景象的感知时，梅洛－庞蒂指出：人们用烟斗吸烟，用羹匙吃饭，用电铃叫人等等，对文化世界的知觉只有通过对人的行为和对另一个人的知觉才能得到证实。这就是说，文化世界始终是与人的行为、人的活动密切相连的，它被人的行为结构化，是行为的直接延伸，是人类活动的丰盛成果，因此，它才以人的方式向我们诉说，才有着不同一般的亲近感，才能令人流连忘返。对自然景象的感知也同样如此。“每一个物体都散发出一种人性的气息。”① 反之，人的行为总是在特定情境中展开，与特定情境密不可分，特定的情境决定着人的行为。因此，在人把行为结构化，赋予其共享的意义，把行为构建为行为语言的同时，也就已经把特定情境予以结构化了。

在《艺术作为手法》中，什克洛夫斯基把“识别”与“感觉”做了区分，其实，两者相区别的关键在于：识别活动以区分对象作为目的，它把感觉对象归类于某概念之下，并屈从于概念的权威性；而在感觉活动中，感官感觉本身即目的，它强调了感觉的优先性。因此，当识别活动凭借习惯经验，以最简略的感性特征实现区分目的时，它也就舍弃了石头的丰富内涵，使石头蜕变为一个空洞概念；只有当石头以陌生的方式出现，吸引我们的注意，激起我们的感官活力，此际，我们的感官感觉不再受概念牢笼而获得解放，石头才充分展示其感性内涵，才重新成为石头。尽管感觉活动与概念相互关联，难以剥离，但毕竟不能否认感官感觉的重要性，不能否认存在一种摆脱概念化、强调感官感觉优先性的感觉活动，而这种活动恰恰就是人将对象纳入己身，与行为语言相连贯的活动。

在谈到绘画时，维特根斯坦说：

① ［法］莫里斯·梅洛－庞蒂：《知觉现象学》，姜志辉译，商务印书馆 2001 年版，第 438 页。

> 如果我画了我称为脸的东西，然后再画一张，与此微有不同，你也立刻知道有差别，识别表情……比如，我谈论微笑：“它不太真诚。”“哦，胡说，嘴唇最多不过动了千分之一英寸，能看出来吗?”“是的。”“那这就是因为特定的顺序。”但不仅如此，每个人的反应是不同的……两张脸可以有同样的表情，可以说它们都难过，但如果我说：“就是这个表情……”①

人对行为语言的感知是极其精细的，哪怕嘴边或眼角的一根隐约的皱纹移动，即便只离开原有的位置千分之一英寸，就会被感觉到，其意义也就变化了，它显得“不太真诚”。人可以从完全不同的脸上辨认出相同的表情，也可以识别各种不同的表情，如微笑、娇笑、憨笑、讪笑、嘲笑、干笑、冷笑、奸笑、狞笑等等，乃至语词无法分辨的细微差别。譬如蒙娜丽莎的微笑：人们早已从面部表情看出蒙娜丽莎的微笑不同于一般的微笑，感觉到微笑中还包含着“另一种”意味，但又无法以言辞表述出来，许许多多的阐释都仍然没有揭示这一神秘的微笑。显然，人对行为语言（表情）的感知是极其敏锐、细致的，他分明感觉到微笑背后存在着神秘，从这一角度看，行为语言是精细的；然而，却又不能用言语行为加以明确的阐释，因而微笑仍然笼罩在神秘之中，从这个角度说，行为语言又是模糊的。造成这种自相矛盾状况的原因在于：言语行为已经从行为语言中提取了某些特征，并对这些特征做出精细分辨，因而它就可以被人敏锐地感知；可是，行为语言毕竟不是建立在语言概念的基础上，而是深嵌于人的身体，本身就是身体表演，行为与身体之间并不存在边界，因此，言语行为就无法从整体上透彻地解释它，以致行为语言仍然隐蔽在模糊和神秘中。

既然行为是语言，它就具有普遍可传达性；又因为它是非概念性的，也就具有模糊、朦胧的特点，并往往不被意识所直接把握，而是处在无意识层面。在日常生活中，人常常是无意识地习得了种种行为语言，无

---

① ［德］维特根斯坦：《维特根斯坦论美与美学》，王峰译，王峰《美学语法：后期维特根斯坦的美学与艺术思想·附录》，北京大学出版社 2015 年版，第 258—259 页。

意识地施行特定的行为方式，并直觉地解读行为之意义。[①] 人的无意识主要是由行为语言记忆所构成的。杜威曾指出心灵与意识的区别和联系，并认为心灵是社会上交相作用的一种功能，是自然的事情在彼此间最广泛、最复杂的交相作用阶段所具有的特征。[②] 这也就是说，心灵与意识的区别就在于它同时包含着无意识，而这种无意识同样是社会作用的成果，是人直接通过行为与世界打交道，以行为连接、对待、使用、享有事物，它与人的行为语言密切相关。唯有这种行为被结构化，转化为行为语言，才能纳入人的心灵，构成人最内在的经验。由于这种经验建立在行为语言的基础上，因此具有可交流性，它有着同言语行为相类似的可在群体间交流、共享的结构。心灵就是由意识与无意识共同构成的。

在脑裂人（即左右脑半球的大部分常规传导中断）实验中，罗杰·斯佩里（Roger Sperry）发现，假如图片出现在病人的右侧视野，由于人的言语功能局限于左半脑，因此病人可以正常地用言语描述图片；如果图片出现在左侧视野，那他就无法看清这张图片，但左手却可以完成相应的动作。由此，斯佩里得出结论说：病人大脑中存在两个意识实体。米查尔·格扎尼卡（Michael Gazzaniga）则进而认为：具有言语功能的左半脑起着“解释者”的作用，“只有这个左半脑拥有高级意识，另外一个右半脑尽管能掌握各种技能，却没有真正的意识”。[③] 这也意味着言语对于人的意识的重要性，失去言语功能，单纯的行为语言记忆只能无声无息地沉淀在无意识中。弗洛姆也指出言语与人的意识密切关联，他认为：“语言通过它的词汇，语法和句法，通过固定在其中的整个精神来决定哪些经验能进入我们的意识之中。”[④] 行为语言唯有与言语行为相结合，其

---

① 正如海德格尔所说的“应手状态”与“显现状态”的区别，只有当人处在一个陌生的群体中，这个群体有着不同的文化习惯和行为方式，此时，他原有的行为方式受到否定，才开始采取有意识的行为方式，同时又感觉到别扭和不适。一个人的局促不安常常根源于他感觉到自己的行为习惯与周围群体的行为存在距离，并因此受到他人的注视，他必须进行自我调整，却又限于习惯一时难以弥合其间的裂罅。

② ［美］杜威：《经验与自然·原序》，傅统先译，江苏教育出版社 2005 年版，第 4—5 页。

③ Susan Blackmore, *Consciousness: A Very Short Introduction*, New York: Oxford University Press Inc., 2005, pp. 72 - 73.

④ ［美］弗洛姆：《在幻想锁链的彼岸》，张燕译，湖南人民出版社 1986 年版，第 125 页。

特征得到语言概念的解释，受到语言概念的概括、抽象、吸纳、凝聚和塑形，才能构成明确的意识对象，才能进入人的意识，否则，就只能沉潜于无意识。

但是，行为语言记忆毕竟是语言，即便处身无意识，它仍然具有自己的“结构”。这些沉积于人的内心的行为语言记忆，不仅构成个体无意识，而且由于它是在社会群体中共同形成的，是相互效仿的结果，具有共享性和普遍可传达性，因而，也就是特定社会群体的共同语言，并成为构建集体无意识的来源。我们所说的“直觉”能力，其实就是行为语言把握世界的能力，是人以行为语言直接关联世界，直接感悟意义，它不需经过语言概念，也不需经过意识并做出思考和判断，我们就已经了解世界了。同理，我们所说认识过程由感性上升为理性，很大程度上是由无意识的直觉向语言意识过渡，是言语行为介入、整理和解释的过程，它将无意识的行为语言翻译为言语行为，用语言概念加以确认，用语言逻辑做了梳理和再造，运用言语行为开展反思，使其变得相对明晰和确定，更加有条理了，但是，也因被言语行为所过滤而变得贫乏了，和人的生命存在相隔膜了。①

较之于言语行为的抽象性和概念性，行为语言与人的生命及情感有着更加密切、更加直接的关联，譬如人的表情就是内心情感的标记。当我们从外在的表现形式来看待表情，它是一种可传达意义的行为语言；而当我们把表情与人的内心感受联系在一起，则直接显示了情感，是情感的直接表达。同样，由于行为语言即人的身体表演，体现着人的生命节律，因此可以说，人的行为是以特殊的语言方式表达的“生命之形式”。

在《艺术与视知觉》中，鲁道夫·阿恩海姆（Rudolf Arnheim）提

---

① 在《经验与自然》中，杜威说：“感触产生意义，当它们是事情和对象的直接意义时，它们就是感觉（sensation），或者比较适当地说是感觉所与（sensa）。如果没有语言，机体行动所具有的性质，即所谓感触，仅仅是潜在的和带有预示性的痛苦、愉快、气味、颜色、杂音、声调等。有了语言之后，它们就被区分开来和被指认出来了。于是它们就‘客观化’了，它们成为事物所具有的直接特性了。”“这些为外感受器所制约的性质，在未曾在语言中被用来作为达到共同目的的共同的或分享的手段之前，它们也只是情境的一般情况所具有的一些阴影而已。后来，它们才被指认出来，成为对象的特性。”（第165—167页）在此，杜威极其明确地指出：未经语言确定的感触、感觉，它还停留在感性经验层次，甚至其意义仍然是缺乏客观化的模糊的阴影，也就是说，它尚未脱离无意识。

出了“异质同构”说，并做过这样一个实验：请几位芭蕾舞演员分别按照自己的体会表演悲哀的情感，结果她们不约而同地以下垂的身姿来表达。据此，阿恩海姆认为，在人的身体姿态与情感之间存在对应关系。这也就是说，行为语言（身体姿态）是生命的表现形式，行为语言的结构就对应着情感的结构。同样，人的外部世界首先是作为人的行为的延伸而被建构起来的，并被行为语言所结构化了，因此，各种对象、现象才与人密切相连、息息相关，才出现“异质同构”现象：只要被赋予相同的结构（行为语言的结构），不同对象、现象之间就可以相互转换。

三　行为语言与社会规约

行为作为一种语言必须有共享性和可交流性，必须有规律可循，这就是“社会规约”。由于行为语言是非概念的，缺乏明晰性，因此，对行为语言的习得过程本身就缺乏精确性，每个学习者所习得的行为语言及对行为语言的理解存在个体选择和偏差，这就造成行为方式的偏移和行为语言边界的模糊。但是，人作为社会性的生物，一个重要特征即社会认同。这种认同不仅是心理上的，更重要的是行为方式上的。正是认同使得各种偏离得以纠正，不至于漫无边际地变得无法沟通和协调，其中，仪式、习俗、传统则构成行为认同的核心，人类就通过这些活动来规范行为方式，强化对行为语言的感知，凝聚社会群体。社会规约就建立在群体认同的基础上。“自我界定是一切文化的活动之一。它有自己的辞藻，有一整套仪式和权威形式（全国性的欢宴、危机时刻、开国元勋、基本的文本等等）及对自身的熟悉。”① 社会规约既在社会认同过程中形成，反过来，又不断规范社会行为，为社会认同提供依据，维护了社会同一性，成为社会凝聚力的重要来源之一。其实，“语言”的特性也决定着社会规约对于人类行为是不可或缺的。只要行为作为一种语言，就必须具有公共的可传达性，也就是说，它必须是“社会”的，必然要受到

---

① ［美］爱德华·W. 萨义德：《文化与帝国主义》，李琨译，生活·读书·新知三联书店 2003 年版，第 48 页。

社会规约的限制。

在谈到人脑把握情景意义的机制时，詹姆斯·保罗·吉（James Paul Gee）指出：从根本上说，大脑是一种熟练的模式识别者和建构者。也就是说，大脑首先主要处理从经验中提取的灵活多变的模式，而不是高度普遍化的或非语境化的规则。因此，“对人类思想和行为具有重要意义的模式遵循的是一种‘金凤花原理（Goldilocks principle）’：它们不太笼统，又不太具体，情景意义是处在笼统与具体这两个极端之间模式或概括。”① 对人的行为语言及其规约的把握也相类似。更确切地说，对行为模式的把握应该是建构与感受、体验、理解的统一，既是建构过程，又是感受、体验、悟解的过程。建构活动以行为语言连接自我与他者，连接人与世界，以行为语言的结构重构世界，建立起统一的关系，相互贯通并融合一体，这也即同情或移情，是推己及人，感同身受。一旦这个过程有语言概念强势介入，统一体就瓦解了，它转化为识别活动和认识活动。同时，行为语言所隐含的社会规约并非某些抽象规则，它不可能被简化为由语言概念构成的条文，不可能被提取为几条或许多条规则，而只能是“范例性”的，和具体的行为方式始终无法剥离开来。行为语言是对行为模式“不太笼统，又不太具体”的概括，也是对原有行为的尊重，对具体行为范例自然而然的遵循，并不需要刻意而为。“当我遵守规则时，我并不选择，我盲目地遵守规则。”② 规约业已融入人的行为，铭刻在人的身体，成为一种无意识的自然的行为方式，就像蜈蚣不必思考左足还是右足先行，即可行动自如。一旦考虑哪只足在先，哪只足随后，它反而不能爬行了。《庄子·天道》讲述了“轮扁斫轮”的故事：轮扁斫轮，动作不徐不疾，“得之于手而应于心”。然而，他却无法对此做出说明，并以为“口不能言，有数存焉于其间”。③ 在此，“数”就是动作、技巧的规律，可是，这些规律却不是可以传授的规则，不能被概括为确定的话语加以表白，只能是日常磨炼的结果。

---

① ［美］詹姆斯·保罗·吉：《话语分析导论：理论与方法》，杨炳钧译，重庆大学出版社2011年版，第67—68页。

② ［奥］维特根斯坦：《哲学研究》，第128页。

③ （清）王先谦、刘武撰：《庄子集解　庄子集解内篇补正》，第120—121页。

即便新的行为方式可能对旧的行为模式做出这样那样的变更，甚或构成挑战，却仍然围绕着原有规约，以原有行为为参照，也就是说，在社会共同体中，各种不同行为间依然存在着特定的社会规约，并没有从根本上动摇认同。这种既有力制约、规范着社会群体中每一成员的行为方式，又不能被充分意识到的社会规约，就构成这个群体的集体无意识。行为规约具有超越民族、国家界限的人类共性，又不乏特定社会群体的独特性，它塑造着特定群体的行为方式，留下这一群体独有的印记。较之于荣格、弗莱的神话原型，社会规约作为一种集体无意识，它可以更为有效探索各种社会及个体的心理，具有广泛、深刻的理论阐释力。也因为人的行为是惯例性的，而非按照抽象化、概念化的规则，所以对行为的判别更适宜依照具体惯例，难以仅仅根据几条规则做出机械的评判，这正是英美等国家的法律采用“判例法”的原因。当然，法律是用来判别行为“罪”与“非罪”的界限，而社会规约则是判别“合适”与“不合适”的界限，同时，也为伦理道德裁决提供了重要依据。

四　张力关系：个体行为与社会规约

人在社会实践中掌握行为模式，习得行为语言及其规约，这个过程既不可能如同模型浇铸那样完全同一，也非按照抽象规则建立起来而相互一致，它不能不从个体的生命本性出发，有所选择和重构，是各具特征的，人的不同习性就建立在此基础上。一方面，人的行为受到内心欲望的推动，是生命自身的表达；另一方面，作为社会行为又不能不受到社会规约的规范。因此，行为语言本身是生命欲望与社会规约相互调适、制衡的结果，它身上刻写着生命个体的特征和社会规约打下的印痕。事实上，人的欲望原本只是一种弥漫性的存在，无法被人自身清醒把握，欲望只有遭遇社会规约，无论是屈从于规约或挑战规约，这时，它才成为一种可感觉、可领悟、可展示的语言方式。对于每一个人来说，生命欲望与社会规约这两者间始终存在着紧张关系，并以个体独有的行为语言表达出来。因此，所谓个性，正是一个人独有的行为语言，它以个人的方式暗示着个体生命欲望与社会规约间独有的张力关系。也正是在这个意义上，个性既是个人的，又是社会的。而对行为语言的解读，不仅可以让我们了解这个人的独特个性，同时让我们洞悉社会规约和生命本身，进而了解特定社会对待生命个体的态度和方式。

人们惯常说的“情感与理智的矛盾”包含着很大误解，深入地看，矛盾根源产生于生命欲望与社会规约间的冲突：欲望迫切地追求自身的满足，按照自然的方式去寻找快乐；而社会规约却告诫他，必须遵循社会认可的方式行动，限制他直接实现自己的欲望。这种由社会规约塑造而成的对人应该如何行事的意识即人们所说的理智；对生命欲望与社会规约间的冲突所造成的内在紧张的体验就产生了情感。这种矛盾在托尔斯泰笔下得到生动的展现：第一次出现在姑妈家的涅赫柳多夫是一位对爱情有着朦胧向往的青年。贵族家庭的教养和校园生活的规训，使得他举止优雅，文质彬彬，礼貌节制。第二次重访姑妈庄园，他已经长大成人，并且是位军官了。大都市的骄奢淫逸和军旅的放荡不羁又养成他另一种行为方式。在他内心烙印着两套相互抵牾的规约，以及与此相应的两套不同风格的行为语言，并且原有的行为方式及规约已经成为对过去的隐约记忆。当再次面对卡秋莎，那位纯洁、童真的姑娘不能不重新唤醒涅赫柳多夫对过去那个自我的回忆，不能不内心充满矛盾：

> 涅赫柳多夫像所有人一样，身上有两个人。一个是精神上的人，这个人寻求的是给别人也带来幸福的那种幸福。还有一个是动物的人，这个人寻求的只是自己个人的幸福，为了这种幸福，他随时可以牺牲天下所有人的幸福。彼得堡生活和军队生活唤起了他心中的极端利己主义，在这种极端利己主义疯狂时期，他身上的这个动物的人占据了统治地位，并且完全压制了精神的人。但是见到卡秋莎后，他又产生了昔日对卡秋莎的那种感情，这时候精神的人抬起头来，声明自己的权利。在复活节前这两天中，在涅赫柳多夫身上一刻不停地进行着他本人也未意识到的内心斗争。①

社会规约有着很强的语境性，它总是随同特定语境而存在并发挥作用。当涅赫柳多夫重返姑妈庄园，军营养成的行为方式就暂时受到压制，但

---

① ［俄］列夫·托尔斯泰：《复活》，第62页。

是，动物性的本能却一直在内心蠢动，寻找机缘夺路而出，由此构成他自己都未曾意识到的内心冲突。作为一位伟大的作家，托尔斯泰不仅把人的心理冲突展示得极其真切、细腻，而且对矛盾形成的根源做出了富有说服力的阐释。

由于人的行为语言是在社会生活活动中习得的，因此，和行为语言紧紧依附在一起的社会规约也在此过程习得了。社会规约就持存在文化传统之中，持存在日常生活之中，它处在文化传统与日常交往的交集地。如果说，文化传统维护着社会规约的稳定性，那么，日常交往方式的变动则促使社会规约发生蜕变。社会规约既受制于社会意识形态，体现着特定社会的意识形态，同时又反作用于社会意识形态。社会意识形态就是通过暗中操控社会规约，稳固或改变人的行为方式，稳固或改变人与人的关系，同时，稳固或改变特定的社会结构和社会秩序。行为语言的变化，往往就是社会意识形态变革引起社会规约被改写的结果，因此，人的行为语言刻写着特定社会的意识形态的印痕。阿尔都塞（Louis Althusser）指出，人的观念即人的物质的行为，它是受到意识形态机器规训的。[①] 如果更具体地看，意识形态正是渗透于社会规约之中，以此来规训、控制人的行为，调节社会关系的。"意义是一种社会行为，受社会结构的制约。我们的表达习惯是指与我们自身相似的人群的表达习惯，而这群人则是定义我们符号社会的参考群体。"[②] 这种对行为的制约是一种不留痕迹、深入骨髓的掌控，较之于通过话语来宣传意识形态，它有着不可比拟的巨大力量。

从历史角度看，两个最重要的因素促使社会规约发生重大蜕变。一是金钱，二是互联网。这两个因素都具有吉登斯所说的巨大的"脱域"功能。金钱作为一种时空延伸的工具，将人从直接的物质交换活动中解脱出来，从对土地的依赖中解放出来，使社会分工有了可能，使城市得以集聚和扩张，从而在根本上改变了人与人的交往关系，也导致原有规约解体和新的社会规约重新确立。比较而言，互联网的脱域功能更强大，

① ［法］路易·阿尔都塞：《意识形态和意识形态国家机器（研究笔记）》，孟登迎译，陈越编《哲学与政治：阿尔都塞读本》，吉林人民出版社2003年版，第359页。

② ［英］韩礼德：《作为社会符号的语言——语言与意义的社会诠释》，第180页。

对社会交往关系的改变更迅速和彻底。金钱仅仅从物质交换角度入手来变更人际交往，一步步地向各个不同领域渐次拓展这种变化；而互联网则直接从人际关系入手，全面进入所有社会领域，迅速更新着人与人之间的关系，解除人与人的直接交往，以间接的乃至虚拟的交往来替代，这将在短时期内扼断对传统的承袭，摧毁几个世纪建立起来的相对稳定的社会规约，重组社会结构和秩序。这种变化也将彻底动摇意识形态对社会行为及社会规约的操控，反过来将产生出新的意识形态，变更社会意识形态本身。①

五 文学：言语行为与行为语言的深度合作

文学写作一个极其重要而艰难的过程，就是把行为语言转换为言语行为，把非概念语言转换为概念语言。这两者分处于无意识和意识中，既相通相连，又存在不可通约性。言语行为固然可以捕捉人的行为特征并加以生动描摹和深入阐释，却总是无法克服自身的限度，无法穷尽行为语言的意义和意味。康纳顿就把人的行为纳入“体化（incorporating）实践”，以此同作为“刻写（inscribing）实践”的语言符号相区别，并认为符号不能完全替代身体行为。“有意义的实践并不与符号相合；意义不能被简化为存在于身体活动范围之外，属于另一个‘层面’的符号。习惯是一种知识，是手和身体的记忆；在培养习惯的时候，恰恰是我们的身体在‘理解’。”② 然而，作家的写作却无法绕过这一转换过程，作家必须努力把这种潜在语言（即行为语言）转换为言语行为，同时，又能引导读者在阅读中重新触发对行为语言的记忆。文学语言的生动性、深刻性，就取决于能够在多大程度上召唤人重新返归行为语言，了解行为规约。文学作品描绘人物个性的鲜明性、典型性，就取决于如何揭示个

① 由于互联网最大限度地调动了大众并赋予大众以发言权，大众终于夺取了决定权，知识精英的权威则被颠覆了，精英们甚至被污名化，传统也同时被颠覆。其结果是原有的社会等级结构在某种意义上被拉平，新的族群及意见领袖出现了；与此同时，也将导致整个社会低俗化。

② ［美］保罗·康纳顿：《社会如何记忆》，第117页。

体独特的行为语言。但是，这种转换翻译常常难以找到适切的语词对等物，难以找到沟通桥梁，以致无法“言说”。这就是语言的困境和痛苦：“当我沉默着的时候，我觉得充实；我将开口，同时感到空虚。”①

关于语言的困境，卡西尔（Ernst Cassirer）说得更透彻，他说：

> 口说的语词自以为所具有的全部“所指意义”实际上只不过是单纯的提示而已；在现实经验的具体多样性和完整性面前，“提示”永远只是一只空洞而贫乏的外壳。不管是对于外部世界还是内部世界，确实都可以这么说：“一旦灵魂开口说话，唉哟，灵魂就不再说了！”②

言语行为并不能圆满地表述人的深层经验，那些处于无意识层面、由行为语言所构建的沉默的经验。一旦人张口说话，沉默的经验就被言语行为遮蔽了，它逃逸了，灵魂也不再说了。言语行为应该安守本分，谦恭地作为一种“提示”，一种诱引，以此来触发那些沉默的经验，召唤它自行出场。实际上，所谓“诗性语言”就是一种蕴蓄着内在张力，谦恭、委婉地召唤人的无意识经验，召唤行为语言记忆的语言。它悄然潜入人的深层心理，渗透人的灵魂，撼动人的肉体，激发起充沛的生命活力。③

文学写作必须挑战这一困境。马尔库塞说：“艺术，在其最基本的层次上，就是回忆：它欲求达到一种前概念的经验和理解。而这些前概念的东西，又都再现于或相悖于经验和理解的社会功用的框架，也就是说，这些东西都相悖于工具主义的理性和感性。”④ 这种“前概念的经验和理解”正是行为语言记忆。人通过“前概念”的行为直接和世界相关联，

---

① 鲁迅：《野草·题辞》，人民文学出版社 1979 年版，第 1 页。

② ［德］恩斯特·卡西尔：《语言与神话》，于晓等译，生活·读书·新知三联书店 1988 年版，第 35 页。

③ 在《经验与自然》中，杜威讲述了这样一个观点。他说，当苏格拉底的弟子们刚听到宣判苏格拉底死刑的消息，“在那时候，这个听觉动作跟全部的机体的反应所发生的联系是完全的。在某些语言的情境中，强调着感知的这种直接存在的情况，于是语言便是具有诗意的了”（第 188 页）。

④ ［德］马尔库塞：《艺术与革命》，《审美之维——马尔库塞美学论著集》，李小兵译，生活·读书·新知三联书店 1989 年版，第 171—172 页。

并以行为语言将世界结构化，既经验了世界，理解了世界，又构建了自己的内在心灵。行为语言最为鲜活地把握着人的内外两个世界，文学不得不以言语行为来召唤这种前概念的行为语言。于是，当作家在转换过程遭遇困境，以致无法对等地把行为语言直接翻译为言语行为，他所做的唯一选择，就是强化言语表达过程中的“言外行为”，即一种非措辞、非概念的言语行为①，迂回溯之，以此来暗示、逗引、诱发无意识中积储的行为语言记忆。在文学活动中，言语行为转向了“言语建构行为”，它以自身独有的方式和力量闯入人的无意识，唤醒人的行为语言记忆，并在双方相互交织中构建一个虚拟的活动世界。譬如隐喻常常以既言此又言彼，既非此又非彼的言语策略来造成内在紧张，激发人的想象，顿时击穿意识与无意识间的隔膜，借此来诱引、召唤沉积于无意识中的行为语言，并在言语行为与行为语言间造成回响。因此，隐喻真正要表达的本体，并非另一个“概念”或“对象”，而是以隐喻所构建的张力场来诱发难以言表的行为语言记忆，一种对世界的深沉、细腻、浑整的体验。在言语行为中还仍然残留着许多身体行为的印痕，语言的旋律、节奏、语调、语气、色彩、质感、结构等非语言概念，同行为语言有着最直接的天然关联，甚至原本就扎根于行为语言中，因而，对无意识中的行为语言记忆具有巨大的激发作用，也更容易产生共鸣。

巴赫金所说的“狂欢化”语言常常能最充分地激活行为语言记忆。在谈到巴赫金的狂欢化理论时，克里斯蒂娃（Julia Kristeva）指出：

> 在狂欢节的场面中，虽没有灯光，没有“剧院”，但同时却既是舞台，也是生活；既是游戏也是梦境；既是话语也是表演；于是，便成为使语言脱离线性（即规则）的约束，能够如戏剧那样在三维空间上演的唯一空间；在更深层面，这也意味着相反的东西，即戏剧存在于语言之中。于是，出现了一条重要原则：任何诗性语言都是戏剧化的，词语可以进行戏剧化排列。②

① ［英］约翰·兰肖·奥斯汀：《如何以言行事》第八讲、第九讲。

② ［法］朱莉娅·克里斯蒂娃：《符号学：符义分析探索集》，史忠义等译，复旦大学出版社 2015 年版，第 104 页。

诗性语言的戏剧化，实即言语行为将行为语言记忆同时发掘出来了。言语行为与行为语言相交织、相交融、相生发，它既是语言的，又是戏剧的，充满着戏剧的空间感、行动感和具身性，因为行为语言作为一种身体表演，本身就是空间化、戏剧化、肉身化的，它摆脱了言语行为的线性特征，摆脱了语言概念的有限性，把自己转化为一个上演着悲欢离合的人生故事的戏剧舞台，一个生意葱茏的小宇宙。人类经验的领域极其广大，它不仅仅存在于人的意识，还隐蔽于无意识，乃至藏匿于人的身体，在这里存储着个体的所有经验，存储着种族的所有经验。文学借用言语行为来发掘所有这些人类经验，力图把行为语言记忆转换为言语行为，这本身就超越了言语的活动界限和能力所及，而文学恰恰就是为着挑战这一极限的。因此，文学创作成败的关键就在于这一转换过程，在于言语行为与行为语言间所构成的张力，在于言语行为对激发行为语言记忆所具有的冲击力，从而使人瞬息间意识到原本模糊、朦胧的无意识内容，在将那些隐蔽于心灵和身体深处的奥秘揭示出来的同时，又以莫名的感动弥漫整个灵魂。普鲁斯特（Marcel Proust）说：

> 作家只有摆脱智力，才能在我们获得的种种印象中将事物真正抓住，也就是说，真正达到事物本身，取得艺术的唯一内容。智力以过去时间的名义提供给我们的东西，也未必就是那种东西。我们生命中每一小时一经逝去，立即寄寓并藏匿在某种物质对象之中，就像有些民间传说所说死者的灵魂那种情形一样。生命的一小时被拘禁于一定物质对象之中，这一对象如果我们没有发现，它就永远寄存其中。我们是通过那个对象来认识生命的那个时刻的，我们把它从中召唤出来，它才能得到解放。它所隐藏于其中的对象——或称之为感觉，因为对象是通过感觉和我们发生关系的——我们很可能不再与之相遇。①

---

①［法］马塞尔·普鲁斯特：《驳圣伯夫·序言》，王道乾译，上海译文出版社 2007 年版，第 1 页。

我们的生命活动就已经把生命与物质对象连接在一起，交融为一体。我们把自己的生命寄寓于物质对象，同样，也把物质对象接纳于自己的生命之中，我们真正到达了“事物本身”。而作家要捕获事物本身，就必须放弃智力，重新直面物质对象，在寂静中复活无意识直觉，唤醒行为语言记忆，让赤裸的生命与纯净的事物一并重现眼前。

六 构建文学语言的张力场

哈布瓦赫（Maurice Halbwachs）曾研究了失语症与记忆的关系，他认为，失语症会造成记忆减缩，以致无法向他人成功地传达有关过去的详细看法。在症状稍轻的失语症病例中，患者因缺乏语词不能讲述他的过去，而且对时间、地点、人物可能只保留了一种模糊不清的感觉。其原因在于失语症患者失去了语言能力，也就失去了以集体记忆的框架去回忆过去的能力，因为“言语的习俗构成了集体记忆最基本同时又是最稳定的框架”。[①] 这就是说，没有言语，就无法唤醒无意识中的行为语言，无法显现人关于过去的记忆。只有以语言概念给行为语言记忆重新赋形、定格，行为语言记忆才能明晰地在意识中浮现，并得以言说。这其间，言语习俗或惯例则是不可或缺的记忆框架。从这个角度说，文学写作就是一个运用言语行为给行为语言记忆重新赋形的过程。

在这一过程中，语词、语句不只是一个诱因，在它激发出行为语言记忆之后并没有完成自己的使命，而是与行为语言相互交织、交相发明、交互推进和深化。言语行为起着暗示、逗引、激发、组织、塑形、拓展和深化的作用；行为语言则与之遥相呼应，反过来又为言语活动注入丰满的肉身性和感性内涵，以及新生机和新动力，共同创造形象生动、充满生命活力的世界。可以说，人的想象就是言语行为与行为语言相交集的领地，而人们所说的形象思维则正是两种语言、两种行为相互协作、相互融合又始终存在着无法消弭的内在张力的心理过程。这已经不再是原有行为语言的简单复现，而是重新发现和重新组织，行为语言业已受

① ［法］莫里斯·哈布瓦赫：《论集体记忆》，毕然、郭金华译，上海人民出版社2002年版，第79—80页。

到话语叙述结构的再造而整合为连贯的形式，受到语词的吸引而凝结为莹洁的晶体，并以新的方式与言语行为相互映照、相互融合，因而生成了全新的境界和意义，焕发出奇光异彩。如果说，在日常生活活动中，言语行为与人的现实行为相互交织交缠，共同构建着人的生活世界，并且由于人的现实行为的有限性，这个世界只能是特定的有限世界；那么，在文学活动中，无意识中积储的行为语言记忆是无限的，甚至包含着种族记忆，它随言语行为的激发方式和强度而得到不同程度的调动，而且并不局限于原有记忆，作为一种行为之语言，它完全可以重新组合和建构，具有无限的可塑性和可能性，并因此构建一个开放的虚构世界，一个昭示着人的内心和外部的可能性世界。这个由行为语言参与构建的虚构世界，也因此体现着人的情感性和生命性，闪耀着人性的光芒。也因如此，相对于日常语言，文学语言往往有着明显的暗示性、包容性、丰富性和人性深度。

在《语言论》中，萨丕尔（Edward Sapir）说：

> 可以把语言看成一架乐器，能奏出不同高度的心灵活动。语言的流动不只和意识的内在内容相平行，并且是在不同的水平面上和它平行的，这水平面可以低到个别印象所占据的心理状态，也可以高到注意焦点里只有抽象的概念和它们的关系的心理状态……语言只有外在的形式是不变的；它的内在意义，它的心灵价值或强度，随着注意或心灵选择的方向而自由变化，不消说还随着心灵的一般发展而自由变化。①

作为同时可以奏出高低各种声部的言语行为，虽然无法舍弃概念，总是和概念牵连在一起，却又能超出概念，深入非概念的无意识领域，深入内心的个别印象，调动无意识中的行为语言记忆。巴赫金则把这种能调动行为语言记忆的言语称为具有“语调”的言语。他说：“真正的作为行为的思维，是含有情感与意志的思维，是带着语调的思维，而且这种语调要深入地贯穿于思想的所有内容因素。情感意志的语调在行为中覆盖

① ［美］爱德华·萨丕尔：《语言论》，陆卓元译，商务印书馆 1997 年版，第 13 页。

着思想的全部涵义内容，并把这内容同唯一的存在即事件联系起来。”①在言语行为中，巴赫金所说的“语调”本身就直接体现着人之行为，是行为语言的一种表现方式，即“发声行为”，因此，语调势必联系着情感和意志，联系着无意识，并覆盖着思想的全部涵义内容。

从语言生成的历史来看，言语行为原本就扎根于行为语言上。在《经验与自然》中，杜威（John Dewey）指出：

> 每一个思想和意义都在某种有机的动作，如吸收或排泄、寻求或逃避、破坏或护养、发出信号或从事反应等等之中具有它的实质。它在生理行为的某些确切的动作中有其根源，我们用物理方面的名称来称呼心理的动作，如明白、掌握、寻思、承认、默从、不理睬、理解、感情、情绪等，这不仅仅是“比喻”而已。②

言语行为及建立于言语基础上的思想和意义都有着行为动作的根源，它们原本不可完全分割，只因行为语言记忆潜隐于无意识中，双方的关系经常被我们所忽略。因此，言语行为总是牵扯着人的行为，牵扯着行为语言记忆，那业已模糊、朦胧、隐晦的记忆，那沉默的经验。我们所说的语言韵味和言外之意，就栖息在言语行为与行为语言的交接部，是双方的共鸣和交响，它离不开言语行为又不囿于言语行为，扎根于行为语言记忆又不囿于无意识记忆。这种能被意识所感知却又说不明白的“言外之意”，正是由言语行为所激发和照亮的行为语言记忆，由于它原本不是言语行为，因而不能被言语明晰地表达；又因它不仅仅是行为语言记忆，而是受到了言语行为的启发和照耀，因而才能被意识所感知。当言语行为构筑起一个语义空间，它就为行为语言的出场提供了机缘，与此同时，行为语言则赋予言语行为以深不可测的幽远，以及光晕、韵味和本雅明所说的“灵韵”，使它更为充实、丰盈、生动。言语行为与行为语言的结合，使我们终于有可能言说“不可言说”的非概念之物。但是，

① ［俄］巴赫金：《论行为哲学》，贾泽林译，钱中文主编《巴赫金全集》第一卷，河北教育出版社 1998 年版，第 35 页。

② ［美］杜威：《经验与自然》，第 186 页。

一旦语言陷入习惯化、自动化、逻辑化，它也就径自流逝而忘却无意识中的行为语言记忆，更丧失了激发行为语言记忆的能力，退化为枯瘦干瘪的概念运作了。

人对世界的感知方式具有三个特点：一是整体性，即总是在整体情境中来感知对象；二是选择性，即把注意力聚焦于某一对象，其余则作为背景，构成前景/背景关系；三是可转换性，当注意焦点转向另一对象，前景与背景关系就会重新组织。人与语言的关系同样如此。言语行为是运用语言概念的行为，它依赖于概念，离不开概念，却又不止于概念，语言概念并不能穷尽它，在它的能指层面还存在着诸如旋律、节奏、声韵、质感、语气、语调等感性因素，它们都不能为概念所涵括，因此，言语行为是具有“厚度”的独特现象。而旋律、节奏等感性因素恰恰也是行为语言所共有的，是言语行为和行为语言共享的。在言语指涉行为中，我们着重关注语言概念，突出了概念的作用，通过概念来区分对象，识别对象，发现对象的各种特征，了解其内涵，从而认识了对象；而旋律、节奏、声韵、语调等感性因素仍然隐蔽在背景中，只能起着辅助性作用。言语建构行为则不同，它是言语整体的活跃状态，并因其整体性和动态，概念的边界被软化和撑破了，概念的地位被弱化了，作为非措辞的言外行为，其旋律、节奏、声韵、语调等感性因素被凸显出来，占据了主动和主导位置，这同时也就触及了行为语言记忆，并通过这些天然的纽带，将言语行为与行为语言交织交融在一起，将意识与无意识相互沟通，反过来，也赋予言语行为以活力和丰厚的涵义。当言语行为与行为语言共同构筑起张力场，那些被掩埋于深层无意识中的行为语言记忆，也就以前所未有的方式涌现了。言语“在排除直接表达意义的可能性的同时为接受无意识形式张开了怀抱，将意识和无意识审美体验推向新的互动形式”。[①] 在言语建构过程中，言语行为与行为语言是相互应和、相互生成、相互深化、相互融合的，它们相聚合于人的想象之中。言语行为提升了行为语言，以意识照亮行为语言，赋予行为语言以明晰性，使行为语言不仅作为人的体验本身，而且成为可观照、可反思的对象。这不仅把个人的朦胧感觉表达出来，使那些无声无息的记忆找到了名字

① ［德］加布丽埃·施瓦布：《文学、权力与主体》，第41页。

和定义，而且让原本沉潜着却又不时折磨着人的痛苦经验找到宣泄的决口，甚至让一个社会、一个时代、一个民族共同的悲剧经历得到表述。而行为语言在充实言语行为、强化言语行为的整体性和流动性的同时，也将自身的生命气息和表演天赋交托给言语行为，将不受语言逻辑规范的无限的创造潜能授予言语行为，双方协同共创一个极其真切、丰饶、生动的世界，一个可以栖居其间的真正属人的世界。

巴特勒曾深入阐述了言语与身体的复杂关联，她认为，言语本身就具有物质性，并且指称物质性，但是，语言意符（spoken signifier）进行意指的条件又不限于物质性；同样，身体也永远与言语有关，这并不是说，身体只具有语言性：

> 与意符的物质性相区别，但又互相关联的是所指以及指称对象的物质性，所指导出指称对象，但后者不能被化约为所指。指称对象与所指的这种本质区别是语言的物质性与试图意指的世界的物质性持续协商的场所……语言与物质性互相嵌入、互相交错，但从未互相融为一体、互相化约。语言与物质性总是相互交缠、相互超越，从未完全等同，也从不完全相异。①

语言意符与身体既联系又区别的复杂关系，实质上即言语行为与行为语言的关系，双方相互交缠，相互沟通，却又不可化约，不可替代。

正如海德格尔所指出：语言既有遮蔽性，同时又有敞开性。当人仅仅重视言语行为的指涉功能，世界的本相就被遮蔽了，世界被语言概念所分割、分隔和变形，并按照语言秩序来重构世界秩序，使世界成为“世界图象”，成为与人相对立的对象，言语自身也因此沦为受人掌控的工具；而当言语处在建构活动中，它却将行为语言召唤出来，将人的活动及与活动密切相关的活生生的世界召唤出来，以人的行为贯通人与世界，构建一个浑整、统一的人的世界，于是，世界被敞开了。世界不再是与人相对而立、相互分隔的世界，言语也不再是人通达世界的“工具”，它们本身就和人息息相关、紧密相连、鱼水相依。因此，海德格

① ［美］朱迪斯·巴特勒：《身体之重：论“性别”的话语界限》，第52页。

尔说：

> 语言之本质并不仅仅在于成为理解的工具……语言不只是人所拥有的许多工具中的一种工具；相反，唯语言才提供出一种置身于存在者之敞开状态中间的可能性。唯有语言处，才有世界。这话说的是：唯在有语言的地方，才有永远变化的关于决断和劳作、关于活动和责任的领域，也才有关于专断和喧嚣、沉沦和混乱的领域。唯在世界运作的地方，才有历史……语言不是一个可支配的工具，而是那种拥有人之存在的最高可能性的居有事件（Ereignis）。①

唯有能携手行为语言的言语才不再是人的“工具”，它成为人与世界相关联和相融合的纽带，成为人的生命的有机组成，同时也成为世界的有机组成。从这个角度看，诗性语言是本真的语言，其价值就在于它可以强有力地唤醒行为语言记忆，并协同行为语言让存在出场，让世界敞开，共同创设人之存在的“最高可能性的居有事件”。

“诗性语言不是将意识和无意识体验分割成两个分离的层面，而是让两种形式结成微妙的生产性互动关系。”② 因此，作家和诗人不应该轻视言语，更不应该刻意地去掌控言语，这将窒息言语的活力，而应该尊重言语，去倾听言语底下并与言语遥相应和的窃窃私语，那流淌于无意识中的行为语言，把它从隐蔽中召唤出来。也因如此，现代诗歌常常特意拧断语词间的语法关系和逻辑锁链，建立一种跳跃的、奇特的关联，其主要目的在于迟滞言语行为，归还语词最大限度的自由，凸显语词的感性特征，克服言语行为的自动化，专心致志地去倾听、呼唤和撞击那沉睡着的行为语言记忆，把它召唤出来。这不仅再造了言语行为自身，赋予言语行为以生动活泼的表演性，也重塑了行为语言，改造和重构了人与世界的关系。作家、诗人甚至还能够创设独特的虚拟情景，一个充满生机的语义空间，诱使人在想象中以新的行为方式去做崭新的体验。

① ［德］海德格尔：《荷尔德林诗的阐释》，孙周兴译，商务印书馆2000年版，第40—41页。

② ［德］加布丽埃·施瓦布：《文学、权力与主体》，第39页。

七　文学并非语言的游戏

文学写作行为所使用的话语，是作家在日常生活和阅读活动中习得的。在此过程中，作家逐渐把握了文学语言的惯例，这是一种特殊领域中的行为规约，我们称之为“文化惯例”。这种惯例并非语法，可以设立明确、抽象的规则，并通过传授规则来获得，而是对言语行为习惯的掌握。这是活生生的、变化多端的言语行为，不可能用死板、抽象的规则来限定，只能通过具体范例，通过阅读文学经典，潜移默化地习得言语行为方式，或者说是对文学语言形式惯例的领悟。因此，文化惯例本身是不能以若干抽象规则，也不能以任何抽象规则加以概括和说明的，甚至是不能被“言说”的。从这个角度看，文化惯例其实并非一般意义上的规则，应该说，它是“范例性”的，而非概念性、抽象性的，是非规则的“规则”，只能在言语行为的具体实践中加以领悟和把握，就如《红楼梦》中黛玉教香菱作诗，只能让她通过熟读诗歌来获得，不可能传授几条机械的规则或者写作秘诀。

苏珊·朗格（Susanne K. Langer）说：

> 在诗作中见到的这种某一个别成分与整体结构之间的多样性联系，就使得诗展示出一种类似有机结构的特征。这就证明，一件艺术品也如一个生物一样，是不可侵犯的，假如硬是要将它的各构成成分分离开来，它就不再是原来的样子了——整个形象也就随之消失了。[①]

文学艺术的有机性源自行为本身所体现的肉身性和生命性。生命形式的繁复多样，决定着任何抽象规则都不能对它做出限定。因此，对于文学艺术来说，那些抽象规则，诸如格律、对位、和声、透视关系、肌理等等，并不是最重要的，甚至也不是不可或缺的。格律只是对格律诗做出规定，没有格律，依然可以是好诗。从这个角度看，对于文学艺术来说，

---

① ［美］苏珊·朗格：《艺术问题》，滕守尧、朱疆源译，中国社会科学出版社 1983 年版，第 54 页。

“游戏”是一个蹩脚的比喻。游戏强调抽象规则，可以说，是抽象规则决定了游戏，区分了游戏的性质和类别。文学艺术作为一种特殊的行为，离不开规约或惯例的约束，恰恰有可能脱离种种抽象规则。这些规则只是为文学艺术提出某些暂时性的要求，赋予某一时期、某一类型的文学艺术以特征，却并不能决定文学艺术本身。任何一条抽象规则都潜伏着使文学艺术趋于僵化的危机。规则本应有助于言语行为自如运作，有助于激发行为语言记忆和对生命的表达，而实际上，它却无法避免对千变万化的言语行为、行为语言和生命形式构成限制，都可能因此而被抛弃。与“刚性”的抽象规则不同，规约或惯例则因为是范例性的，也就相对“柔性”和“弹性”，它赋予文学艺术以可传达性和可交流性，同时，又维护文学艺术葆有行为本身那种生机和活力，维护文学艺术的自由本性。

文学语言有两个主要来源：其一，也是首要的，是文学经典，包括中西方文学经典，这是读者在阅读文学经典的过程中习得的，是对文学传统的继承；其二是日常生活，这是在日常会话、日常交流中习得的。这两种资源既相区别，又相联系、交通。一方面，由于文学语言、日常话语这两者分别处在文学活动和日常生活两个不同场域，享有不同的惯例：日常话语本身就属于人的日常行为整体，和日常行为遵循同一体系的社会规约（惯例）；而文学语言则处在一个特殊场域，它经过历代文人的锤炼和效仿，承袭了文学自身的传统，并与日常生活相分裂，其惯例就势必区别于日常话语。另一方面，日常生活中习得的话语经常被用于叙事作品中的对话，作为直接引语出现，虽然需要经过重新铸造才能融入作品整体语境。更重要的是作家为了实现语言创新，一个最有效的渠道就是从日常话语中汲取营养，以此来打破旧的文化惯例，重造文学语言。由于文学语言将自己分隔于日常生活之外，与日常话语相区别，与行为语言的隔膜日渐积累，慢慢就丧失了对行为语言记忆的召唤能力，丧失了对人的亲和力；日常话语则因和日常行为享有共同的语境及规约，和日常行为有着天然的亲密联系，一旦经过改造重铸而纳入文学语言，在新的文学语言与行为语言所构成的张力关系的整体背景上，它就成为有效的沟通桥梁，并对行为语言记忆产生更强劲的召唤力。日常话语掺杂入文学语言，也是对文化惯例的改造和重铸。在文学语言的演变过程中，总是存在着与日常话语既分化又融合的复杂关系。

由于文学鼓励创新，作家习得语言形式及文化惯例的过程，就具有更多可选择性和创造空间，并且选择和偏移的方向也更多分歧，日积月累，文学也就繁衍出维特根斯坦所说的“家族相似”现象。文化惯例则是维系这个“家族”的联结纽带。文学样式变化多端的原因之一，就在于文化惯例不是抽象规则，可以从不同角度以不同方式被仿效、继承和改造，由此生成的新的文学样式尽管不断繁衍、变迁，却由于相互间存在这样或那样、直接或间接的关联，依然构成一个文学“家族”。与此同时，惯例自身也不可避免地处在不断地生成、颓败、分化、迁移、融合的过程。在文化惯例的延续与断裂之间，不同文学类型、文学文体的边界就开始形成了，但这种区分又只能是相对的，其边界是模糊的，变化不定的，它的划界最终取决于文化权力。而相邻文学类型和文体所享有的惯例间的互动和融合，则生成了新的文学类型。艺术形式及惯例的习得和演变也应作如是观。

作家个人对文学语言的学习和对文化惯例的习得，受到他的个性的影响，他总是从自己的个性出发，对语言形式及文化惯例做出选择和重塑。“世之作者，或好烦文博采，深沈其旨者；或好离言辨句，分毫析厘者；所习不同，所务各异。”[①] 由于个性即一个人独特的行为语言，是个体生命与社会规约相互调适的结果，因此，反映在文学语言风格上，即个体生命与社会规约、文化惯例三者间的相互作用，也即个体生命与社会规约及意识形态、文化惯例及文学传统间的相互作用。[②] 文学风格是不能仅仅依据某些语词的使用频率来甄别的，更为重要的是言语行为所体现的特有的“风味”，而这恰恰是由上述三者间的张力所造成的。正是在这个意义上，伯恩斯坦说：“每种语言都有很多种说话方式和连贯框架，而且……这些说话方式，语言形式或编码本身随着社会关系形式的变化而发生变化。”[③] 譬如五四启蒙运动时期，知识者的个性得到解放，旧的社会规约对个体的约束开始被冲决，这也就同时对文学语言提出新的要

---

① 王运熙、周锋：《文心雕龙译注》，上海古籍出版社1998年版，第279页。

② 文学语言享有的文化惯例是具有意识形态性的。由于文学语言是巴赫金所说的“杂语”，与意识形态的关系极其复杂，故存而不论。

③ ［英］韩礼德：《作为社会符号的语言——语言与意义的社会诠释》，第22页。

求：抛弃文言及其惯例，向民间口语寻求更切近生命的表达方式，并因此酿成时代新潮流。反过来，一旦文学语言及其惯例遭逢变革，并因此创造出新的语义空间，也将以新的方式召唤无意识中的行为语言，进而造成个体生命与社会规约间新的冲突，使个体生命有机会获得更充分的表达。文学风格、文学形式的生生不息，就源于个体生命、社会规约、文化惯例三者间的张力，是三者关系不断调整的结果。

八 行为语言与文学体验

文学活动离不开体验。我们把参与日常生活活动称为“体验”，同时，也将文学欣赏称为“体验”，其中，共同之处就在于两者都涉及行为语言，是人的行为在世界中展开，将人与世界紧紧连接在一起，令人融入了世界，理解了世界，建构了世界，并且它们的融入方式和理解方式是相类似的；不同之处在于生活体验是现实行为在现实世界中真实的施行过程，其时空关系是限定的，往往受到功利性目的的羁绊，而文学体验则是对行为语言记忆的重新唤起，在想象世界中展开虚拟的行为，其时空关系是随意的、自由的、无限的，功利目的则被悬置了，它因构建了另一个虚构世界并生存于这个虚构世界，而不能不专注于这个想象世界和行为自身。文学体验的真义就在于文学以言语行为唤醒了人对行为语言的记忆。我们之所以强调体验对于文学创作的重要性，之所以强调文学阅读的体验性，就因为它直接关联着对行为语言的把握能力、转换能力和悟解能力。

文学体验即通过阅读作品语言，进而唤起行为语言，展开想象的过程，是读者调动自己的行为语言记忆，构建并投身虚构世界的过程，他亲身体验到行为的活力，领悟了行为规约，进而领悟一个社会最基本的结构性特征。作品在多大程度上把行为语言转换为言语行为，它揭示行为语言之力度和行为规约之深度，是衡量作品质量的重要尺度。

人们所说的“文学性”，就生成于言语行为与行为语言相互协作、共同建构的过程中，存在于两种行为（语言）建构的张力场中，潜藏在这个倏忽即逝的虚构世界。它只能是生成性、过程性的存在。文学性与言语行为激发人的无意识、激发行为语言记忆的能力相关，却并非单方面取决于言语行为，而是取决于言语行为与行为语言相互作用的方式，取决于人与文本交集沟通的方式。当我们只是紧紧盯住话语和文本，以研究的态度面对话语和文本，刻意地从话语和文本中寻找文学性，两种行为（语言）构建的张力场就瓦解、冰释了，虚构世界散逸了，文学性也就无处藏身，它势必随着行为语言的隐遁而消逝。这正是理论家们在话语和文本中寻找文学性，而总是以失败告终的原因。

行为规约总是特定语境中的规约，它无法与语境相分离，一旦离开特定语境，它就失效了。正如人处身不同境域会无意识地自动选择行为模式，调适行为方式，譬如公共空间、职业岗位、家庭、隐私空间、假面舞会、网络空间、狂欢节广场、骚乱中心等等，个体会随不同场域对各种行为规约做出迥然不同的选择，总是自然而然地趋向于最少约束的方式，并与规约处于不同的紧张关系中。文学则为人提供了一个特殊的场域，给予人以独特的体验。文学体验的独特性在于它以独有的结构特征赋予读者双重态度：一方面，读者会遵循特定社会的行为语言及规约来构想文学的世界，按照行为语言及规约来理解作品所发生的行为、事件及社会；另一方面，由于作品世界是虚构的，如同为读者创设了一个私密空间，一切规约都成为虚设而对读者本人失去了规范效力，而使读者的感性生命获得解放。在谈到人的记忆活动时，哈布瓦赫指出：在记忆中，我们不只是能在各种不同的群体间信步漫游，从一个群体走到另一个群体，而且，即便我们在沉思默想中和他们厮守在一起，也不会像现实处境那般强烈感受到来自他人的约束。原因就在于，“我们记得的人已经不复存在了，或者已经或远或近地离开了我们，在我们的眼中，仅仅代表着死去的社会——或者至少是一个与我们现在生活的社会很不相同的社会，这个往日社会里的多数清规戒律如今都已弃置不用了”。[①] 如

① ［法］莫里斯·哈布瓦赫：《论集体记忆》，第88—89页。另外，在致路易丝·科莱的信中，福楼拜说：“这就是我为什么喜欢艺术。至少在这虚幻的世界里，一切都是自由。在这里人可以得到一切满足，可以为所欲为，既是君主，又是臣民，既是积极的，又是消极的，既是牺牲者，又是祭司。”（转引自［法］皮埃尔·布迪厄《艺术的法则》，刘晖译，中央编译出版社2001年版，第33页）正如福楼拜所说，在文学的虚构世界里，人既可以成为任何一个角色，又不必受角色规范制约，虚构赋予作家和读者以充分的自由。马尔库塞则指出，文学艺术创造了区别于现实世界的“异在世界”，解放了人的感性，培植了“新感性”（［美］马尔库塞：《论新感性》，《审美之维——对马克思主义美学的批判性考察》，李小兵译，生活·读书·新知三联书店1989年版）。

果说，在记忆中清规戒律已经失却对回忆者的规范力量，那么，在文学的想象世界中，那些社会规约更只能对作品人物的行为构成约束，是读者想象事件、建构世界的依据和观照、体验、理解的对象，而不能约束读者本身，读者也因此获得新的自由。正是这种解放为读者提供一个更为人性、更符合生命本然状态的立足点，拉开了读者与作品所揭示的社会规约间的距离。原先在日常生活中业已习惯化、无意识化的规约，如今却凸显在读者面前，与其感性生命构成尖锐对峙，并因此受到审视、揭露和批判，从而为实现诗性正义提供了有效途径。文学阅读是读者既“入乎其内”，又“出乎其外”的不断过渡和游移的过程，不断变换的场域致使读者不得不面对各种不同的行为规约，与它们处在不同的紧张关系之中。虚构赋予读者独特的、变幻的活动场域，也赋予读者不断变化的生存方式和行为方式，因此赋予他批判意识形态的独特立场。

在谈到原始民族的诗性的智慧时，维柯（Giambattista Vico）认为原始人没有推理能力，却浑身是旺盛的感觉力和生动的想象力，诗就是他们与生俱来的能力。可是，文明人显然不同，这种能力已经退化了，其原因就在于：

> 使心智脱离感官的就是与我们近代语言中很丰富的那些抽象词相对应的那些抽象思想……人们现在用唇舌来造成语句，但是，心中却“空空如也”，因为心中所有的只是些毫无实指的虚假观念，以至再也想象不出像“具有同情心的自然”那样巨大的虚幻的形象了。①

其实，维柯所说的感觉力和想象力就是一种行为语言能力。对于原始人来说，行为语言是更为发达、更为有效的语言，正是这种行为语言赋予他们以生动的感觉力和想象力。随着人类语言能力的发展，抽象思维能力和逻辑推理能力也发展了，行为语言在人际交流活动中渐渐失去了重要性，并且由于它处于辅助地位和无意识状态，就更容易为人所淡忘。唯有文学，为了找回语言的活力和诗性的智慧，才始终挂念并热忱召唤

① ［意］维柯：《新科学》上册，朱光潜译，商务印书馆1989年版，第183—184页。

着行为语言。

言语即行为，行为即语言。甚至可以说，言语是一种特殊的行为，而行为则是更为原初、更为基础的语言。言语在成为人的独特行为之时，赢得了自己的轻盈身姿，赢得了自由和深刻性，也因此付出沉重的代价，遗落了原有的丰满性、切近感和生命感。文学则试图将言语行为与行为语言充分结合起来，葆有双重优势。文学既离不开言语行为，也离不开行为语言，是两者的交汇融合，因而，它涵容着人及人的世界，涵容着人的全部历史，并让我们站在人类和人性的立场审视、思考这一切。

第二章

社会规约:文学的结构性要素

“话语就是契约。”① 一旦我们提出“行为语言”这个命题,实际上,就同时涉及另一个问题,即“社会规约”。凡是“语言”就必须具有社会共享性和可交流性,也就是说,它的背后存在着社会契约,有规律可循,否则,就不再是语言。

随着文学研究的语言论转向,文学理论对叙述话语结构做了深入、细致的探讨,但是,这些结构研究基本上只是针对叙事结构及语法的研究,是对话语形式的分类,对于文学活动来说,一种更为内在、更为重要的结构性要素却被忽视了。其实,仅凭了解叙述话语的形式结构,我们仍然无法准确地组织叙述话语,无法入情入理地讲述人和事,自然也无法建构文学作品。在这背后还存在一个更重要的因素在制约着叙述活动,那就是——社会规约。特别是当我们把人之行为视为一种“语言”,那么,它就必须具备社会共享性,也即必须受到社会规约的规范。社会规约既规范着日常生活中人的行为,组织着人的社会关系,塑造了社会秩序,同时,又规范着文学叙述活动,规范着言语行为,构建起文学虚构世界。社会规约是文学虚构世界与现实世界建立内在关联的结构性要素。文学就是借用这个和现实世界所共享的结构性要素来讲述人和事,组织起自己的虚构世界,并通过古

① [英] 约翰·兰肖·奥斯汀:《如何以言行事》,第9页。

德曼所说的“例证关系”① 来指涉现实，表述世界，进而实现社会批判的目的。文学的普遍性就源自社会规约的普遍有效性。文学的可理解性、可信性和真实性就依赖这种内在关联，文学对现实的批判性也依赖文学虚构世界与现实世界间的这种结构性关联。同时，作家对待社会规约的态度，他的独特的处理方式，也从一个极其重要的方面规定着作品的文体特征。

一 社会规约的功能

在鲁迅小说中，孔乙己是一位“站着喝酒而穿长衫”的人。穿长衫是知识者和有钱人的身份标志，这身装束就把孔乙己与做工的“短衣帮”区分开来了，他本来可以享受在屋内坐着喝酒的待遇；可是，他却又只能靠在柜台外站着喝酒，这就说明他没有钱，在酒店掌柜看来，不过是个沦落潦倒的读书人，其身份地位只能相当于站着喝酒的短衣帮。这种别扭的行为方式透露出孔乙己极其尴尬的社会处境：他穿长衫，尽管是又破又脏的长衫，却仍然是知识者的一种身份标志，他不愿把自己混同于做工的，固守着与做工者的身份边界；但是，事实上又不得不站着喝酒，只能厕身做工者之列。这同时也就表明，他既已从知识者群体中出局，又不能归属于做工者，他只是个社会“零余者”，这个社会没有他的立锥之地，势必要被社会淘汰。仅这一行为，就预示了孔乙己必将爬着进坟墓的可悲结局，甚至连葬身之地都没有。就在孔乙己行为背后，我们看到了社会规约的作用。正是社会规约规范着人的行为方式，并为人的行为打上身份标签。孔乙己穿长衫，炫耀自己知道“回”的四种写法，张口闭口“之乎者也”，都是在不断宣示自己的知识者身份，甚至连那“两个指头的长指甲”也是一种区别于做工者的标志。然而，现实的经济地位却又残酷地规定了

① 古德曼把“指涉”划分为“指谓”和“例证关系”两种不同方式，并认为文学艺术主要运用例证关系来指涉。详见［美］纳尔逊·古德曼《构造世界的多种方式》，姬志闯译，上海译文出版社2008年版，第71页；尼尔森·古德曼《艺术语言：通往符号理论的道路》，褚朔维译，光明日报出版社1990年版，第64—65、224页。

他的真实身份，他不得不服从另一套规则，不得不站着喝酒。这种身份误置和错失使得孔乙己陷身自相矛盾之中，甚至在规约面前无法把持：一方面，他恪守有身份者的诚信，即便常常赊账，但不出一个月必定还清；另一方面，却又靠行窃维持生计，于是，只能以“窃书不能算偷”来自我辩解。

从对孔乙己行为的分析中，我们看到：社会规约主要不是用来指导人“做什么”，而是要求人“怎么做”，它的首要功能是规范人的行为方式。并且社会规约也并非简单划一，而是复杂多元的，它随着社会分化为不同的社会群体而分别建构，并共同织就一个社会规约的“网格”。在这个网格中，各类规约相互影响、扭结、纵横交错，却又非有机统一，而是既有协调又有抵牾，其间充满着断裂和冲突。个人就与这个网格处于独特的关系之中，占据着独有的位置。

> 我们不仅是一个特殊社会阶级、种族或性别群体的成员，而且我们的主体性还纵横交错着许多不同的身份。在任何特定的时刻上，我们都占据着由性别、种族、性取向、职业身份与家庭地位等因素所登记的很多交叉的主体位置。①

孔乙己始终把自己视为读书人，他的言谈举止都自觉不自觉地遵循读书人应有的行为规范。可是，在掌柜、伙计乃至12岁的“我”眼里，他却是只配站着喝酒的，这种行为方式对于一位考不中秀才、几近乞讨、靠赊账喝酒的人是“合适”的。这种身份错位所造成的矛盾，使得孔乙己所有彰显自己是读书人的举动，在众人眼中都变得十分迂腐可笑。这就是说，社会规约还具有第二个功能：解释功能。正是因为存在不同的规约及解释，酒店里的人和读者才觉得孔乙己的行为“不合适”，他对于任何一个社会群体来说，都只能是“非我族类”。人的一举一动、一颦一蹙都铭刻着社会规约，如此，人与人之间才可能相互理解，人际交流才可能顺利进行。行为发生学把构成社会能力的关于社会规则的知识区分为“规范性规则”(regulative rules）和“解

① ［英］肖恩·霍默：《导读拉康》，李新雨译，重庆大学出版社2014年版，第155页。

释性规则”(interpretative rules)[①]，其实，这种区分是没有必要，也不妥当的。并没有独立存在的另外一套“解释性规则”，对行为的解释只能依靠社会规约本身。社会规约赋予人的行为以共享的意义，我们就是依靠规约来理解行为意义的。只不过对行为做出评价较为复杂，而这又恰恰利用了社会规约的多元性、关联性和不协调性：我们既要依据行为人所享有的规约来解释行为背后隐含的意义，又常常依据自己所奉行的规约，或者更为普遍的、具有社会共享性质的规约来对行为做出价值判断。孔乙己之所以遭受众人嘲讽，就起因于他所尊奉的规约与评判者所依据的规约相互抵牾。而作品所表达的对孔乙己复杂的价值态度和多重视角，则根源于社会规约的多元性。

由于社会规约是多元的，它按照不同方式规范人的行为，在把行为雷同或相仿的人群凝聚在一起的同时，也因此把人划分为不同的社会群体，建构起特定的社会秩序。那么，社会规约的第三个功能就是社群聚合与区分功能。“身体习语的共享词汇不仅使我们能够对身体发出的信息进行归类，还提供了一些范畴，可以根据这种信息，给人们贴上标签，并分出三六九等。”[②] 社会规约的第四个功能在于限定行为的边界。作为读书人，求书借书是“雅事”，可是“窃书”却越出了行为边界。无论孔乙己如何寻找托词，强调读书人行为的特殊性，不仅不能为自己的犯规行为开脱，反而引起众人哄堂大笑，招致失主的殴打。因此，**对行为语言的规范功能、对行为语言的解释功能、社会群体聚合与区分功能，以及为行为设定边界，这四者共同构成了社会规约的功能结构。**

社会规约不同于法律条文，它主要不是为“罪”与“非罪”设立界限；也非硬性规定的制度，或抽象的约束性条文。社会规约是以行为“适当”与“不适当”来划界的，并且它是“范例”式的，是人在生活实践中耳濡目染而获取的，在日常交往中习得的，因而是具体的范例，而非抽象的条文。因此，这条边界就不是明确的、硬性的，而是隐形的、

① ［英］乔纳森·波特、玛格丽特·韦斯雷尔：《话语和社会心理学：超越态度与行为》，肖文明、吴新利、张擘译，中国人民大学出版社 2006 年版，第 55 页。

② ［英］克里斯·希林：《身体与社会理论》第二版，李康译，北京大学出版社 2010 年版，第 79 页。

相对柔性的，并主要利用人的“羞耻感”而非“罪感”来约束行为。当人的行为违反所属群体的规约，也就会被群体成员，乃至整个社会视为不适当、不正常而受到否定，由此产生羞耻感。这种心理体验促使他不得不调整自己的行为，以求重新纳入特定规约之中。当然，“禁忌”作为最为严厉的社会规约，对它的体验则构成了最深沉的罪感。

从更深层次来看，社会规约的根子扎在人追求本体性安全这一特点上。任何违反群体规约的行为，都可能导致行为人被群体视作异类，进而遭受群体唾弃，丧失安全感。吉登斯指出，本体安全感是所有文化中大部分人类活动的特点，而对本体安全感的认知又以实践意识为依托。

> 实践意识，以及由它再生产出来的日常惯例，不仅（甚至是最主要地）因为它们蕴含着社会稳定性，而且因为它们在组织与存在问题有关的“宛若”环境中扮演建构性的角色，因此有助于涵括这些焦虑。它们提供定向模式，以在实践层面上“回答”有关存在框架的诸多问题。

在这里，吉登斯所说的“日常惯例”实质上就是我们提出的社会规约。人在社会实践中习得了群体共享的社会规约，由此为行为定向，“作出一种特定的‘合适的’或‘可接受’的反应”。[①] 对社会规约的遵奉不仅符合他已有的经验，确保了自我连续性，而且让他顺利融入特定社会群体，获得相对稳定的社会归属，建立起社会存在感和安全感。[②]

与此同时，也正是社会规约对人的行为的约束，在让个体获得认同之际，也把人区隔为不同的社会群体，进而构建起特定的社会秩序。社会规约是一个社会极其重要的结构性要素，社会秩序就建立在它的基础上。“‘姿势’是某种‘连贯的形态’（bound morph），这意味着各种姿势都不能独立存在，它们要求中缀、后缀、前缀或跨缀等运动表现以获得

① ［英］安东尼·吉登斯：《现代性与自我认同》，赵旭东、方文译，生活·读书·新知三联书店 1998 年版，第 40—41 页。

② 吉登斯还阐述了惯例（规约）对儿童成长的重要性。他指出，从早期生活开始，在潜在空间中的婴儿和看护者之间关系形成过程，习惯、惯例扮演着基本的角色。在个体的后期活动中，惯例、协调性的习俗与本体安全感之间的核心联结得以建立。同上书，第 43 页。

某种‘身份’。”[①] 只是因为社会规约业已嵌入人的身体，被人所内化、自然化、无意识化，以致人们虽然每时每刻都与它相伴为伍，却又习焉不察。“当变为习惯、自动程序甚至下意识反应时，它们运行得最好，为此它们需要恒定性。”[②] 这也正是人们常说的“从心所欲不逾矩”之“矩”。当然，社会规约也被铭刻在各种仪式和风俗之中，借此强化各种行为规范。[③]

同样，也正因为社会规约被内化、自然化、无意识化，作家在写作过程就总是自觉不自觉地参照规约来描述人物行为，建构作品世界。社会规约是文学作品和现实社会共同享有的，是文学世界和现实世界共同的结构性要素，它是沟通文学与现实的桥梁。文学就是通过对社会规约的发现，来讲述人的行为的所有可能性，讲述人的世界的所有可能性。同时，也是通过社会规约来例证现实，揭示现实社会的结构特征，实现社会批判的目的。文学的普遍性就建基于社会规约的普遍有效性。文学的可理解性、可信性、真实性、批判性就建立在行为背后的社会规约上。

在谈到个体的本质时，杜威指出，在古希腊思想中，爱完善或自我圆满是“实有”的属性，这种没有缺陷的自足状态便构成了个体，“一个时间上不变的、具有形式的类（species）乃是真正的个体”：

> 一个人是一个集团整体的一个成员，在这个作为一个集体之成员的状况中差不多已经包括了他一切的成就和可能性。从出生起，他就为集团的传统习俗所类化和感染，对他个人的衡量就视其成为体现这些传统习俗之工具的程度如何而定。私人的信仰和发明是一种偏差，一种危险的怪癖，不忠诚的性情的标志。私有的东西就等于是违法的东西，而一切的革新和脱离习俗都是违法的……因而，

---

① ［法］朱莉娅·克里斯蒂娃：《符号学：符义分析探索集》，第45页。

② ［英］E. 霍布斯鲍姆、T. 兰格：《传统的发明》，顾杭、庞冠群译，译林出版社2004年版，第3页。

③ 史诗对于古代社会的重要性不仅在于纪念自己的祖先，更重要的在于通过这一仪式来传授行为规范，不断强化社会规约。儿童故事也有这一功能，孩子正是通过一边听故事一边询问为什么要这样，才逐步建立起各种规范，为日后理解生活、适应社会准备条件。从这个角度看，社会规约也受到言语行为的塑造和建构。

> 习俗就不仅是外现的行动方式，传统不仅仅是对于在外部行为中所发现的东西所做的一种外部模仿和重视。习俗乃是法则（Nomos），乃是一切之主、一切之王，乃是情绪、信仰、意见、思想乃至事情的主宰。[①]

习俗就是法则，或者更准确地说，习俗就是社会规约。它不仅规范人的行为，同时强化行为所包含的意义，因此，正是习俗强大的塑造力量，维护着行为语言及意义的稳定性，使得传统得以代代相承。在现代社会，文化传统的瓦解则恰恰是与行为语言及其意义日积月累的变化分不开的。现代人往往以个人独特性为标榜，当传统的社会规约受到个体越来越大的挑战和冲击，行为语言的意义不断被改写，习俗也就不得不发生改变，乃至中断了。但是，这只是意味着社会规约自身调整和演变，而并非被废除，否则，社会不仅会失序，而且会导致崩溃。

随着现代文明的发展，特别是在进入消费社会之后，人们对宗教权威和宏大政治叙事的信仰日渐式微，对自己的身体及行为塑形则越来越重视，身体及行为的符号特征和文化意味越来越得到凸显，并从无意识和自然化状态转化为自觉的，乃至刻意的技术控制和塑造。因此，戈夫曼说："身体扮演了重要角色，充当人的自我认同与其社会认同之间关系的中介。特定的身体形式与展演被赋予的社会意义，往往会被内化，深刻影响个体对于自我和内在价值的感受。"[②]

二　欲望与社会规约

人作为社会性动物，在他身上始终交织着生命欲望与社会规约间的冲突。一方面，欲望是人极其重要的内在驱动力，它强劲地推动人的行为，迫使人采取行动来实现生命需求，满足自身欲望；另一方面，社会规约则作为一种外在的社会力量约束人的行为，把行为纳入社会规约所许可的轨道，推延欲望的满足，甚至要规训生命本身，限制生命的自由，

① ［美］杜威：《经验与自然》，第135—137页。

② ［英］克里斯·希林：《身体与社会理论》第二版，第79页。

意图把多姿多彩的生命形态修剪成呆板、规整的模式，由此引发难以平息的冲突。这既表现为人与外部社会的冲突，也表现为人的自我内心冲突，而这种自我冲突在根源上仍然是人与社会规约的冲突，也即人与社会的冲突。霍桑的《红字》描述了牧师丁梅斯代尔对海丝特·白兰的越轨的爱恋。作为声望卓著、深得信徒爱戴的牧师，丁梅斯代尔绝不应该与有夫之妇白兰相爱。他选择了牧师这个社会位置，就已经注定他应把自己的全部爱都奉献给上帝及其子民，他无法享有凡间尘世的性爱。社会早已为牧师预先设定了行为规范。更何况白兰是有夫之妇，即便不是身为牧师，与有夫之妇有染也是有违社会规约的。可是，丁梅斯代尔却无可挽回地坠入了爱河。他的才华、他对信徒的爱心，一次次把这位牧师推向被敬仰、被崇拜的巅峰；然而他的内心却愈加黑暗，愈加痛苦，连性爱也无法抚平内心的撕裂感。这正是生命及欲望与社会规约的冲突。他越是受到众人的拥戴，就越感到必须恪守社会规约和职业操守，而且应该率先垂范，而他却又无法割断对白兰的爱恋，无法舍弃这种真正的人性之爱。即便中止与白兰的畸恋，对于他来说，也已经犯下不可饶恕的罪过，他无法面对自己信仰的上帝，无法面对自己享有的荣耀地位。他已经丧失了作为牧师、作为普通人应有的诚信，却又每日聆听信徒的忏悔，告诫他们诚实为人。他已经身陷罪孽，却还仍然去承领众人的信任和景仰，在众人面前塑造虚假的典范。他的私人生活业已侵犯了他人的生活空间，跨越了社会规约的边界，与他作为牧师的行为规范更是相互抵牾，由此造成他深刻的自我分裂和精神折磨。更何况这一切都似乎暴露在白兰的丈夫罗杰·齐灵渥斯医生的目光下，这种冷酷、狡黠的注视致使丁梅斯代尔的心灵被彻底撕碎了。

实际上，**生命的真实不是欲望的纯然状态，不是其赤裸裸的展览，而是欲望向社会规约不断抗争又不断遭受挫折，以致被折磨得伤痕累累、心劳力瘁这一过程的展现。其间充满着戏剧性和紧张感。**由此构成的巨大张力既使个人内心矛盾和社会规约分别得以显现，也充分展示出作品人物或善或恶的品性，因为社会规约常常是一个社会对个人行为做出道德评价的重要依据。可是，《红字》却有所不同，霍桑并不是依据惯常的社会规约来评判丁梅斯代尔和白兰，相反地把同情给予丁梅斯代尔和白兰，站在他们的角度，也即人性的角度去质疑社会规约的合理性。同样，在曹禺的《雷雨》中，周萍逃脱与继母的不伦关系，却又不自觉落入与四凤的兄妹乱伦。其间，正是欲望与最为严厉的社会规约——“禁忌”以及各种其他规约之间的冲突，组织起如电闪雷鸣般的紧张剧情，最终将他们推入悲剧深渊。优秀作家正是以其特殊的敏感来感受、发现生命欲望与社会规约间的巨大张力，由此揭示人性深度，赋予作品以震撼人心的力量。可以说，作品在挖掘和展现这一冲突所达到的深度，决定着它的成就的大小。这就是文学创作的铁律。个人欲望与社会规约的冲突也可能导致扭曲人的行为，使它以貌似正常、实则异化的方式来施行。作家则往往抓住表面上合乎情理的东西，也即被自然化、无意识化的行为，将它予以夸大，使其凸显出来，甚或变得荒诞不经，从而使隐含于背后的社会规约得到揭露和批判。所谓文学典型正是凝聚着尖锐的矛盾并深刻揭示出这种矛盾的形象。

不同的社会群体享有不同的规约，不同的活动场域也具有不同规约，譬如公共空间与私人空间、城市空间与农村空间、工作岗位与休闲场所、宗教仪式与商场购物等等，都有着迥然不同的行为规约，从而使得人的行为方式千变万化。作家只有熟悉种种不同的社会规约，自觉遵循社会规约来描述人物的行为，他才可能创造出各具性格特色的“活”的人物，才可能创造出形象丰满的“圆形”性格。他笔下的人物不再是行为刻板、性格单一的木偶，而是涌动着生命活力，并在不同的活动场域与各种不同的规约构成不同的紧张关系，展现出千姿百态、风姿绰约的行为方式。

心理学家米德认为：

> 我们有一整套因人而异的关系。面对一个人我们是这样，面对另一个人我们又是另一副样子。自我中有些部分只与自我发生关系，只为自我而存在。我们针对不同的相识者而把我们自己分成各式各样的自我……对应各式各样不同的社会态度，也有各式各样不同的自我。①

① G. H. Mead, *Mind*, *Self and Society*, Chicago: The university of Chicago press, 1974, p. 173.

自我的复杂结构就起因于社会规约不是单一的，它是一个复杂的网格结构。不同社会群体享有不同的规约，它们相互交织成一个社会性网格。正是社会规约的复杂性、多元性决定着人的行为的复杂性和自我性格的多面性。人是社会关系的总和，他总是与不同的社会群体相交集，既从属于特定民族，又从属于某个阶层，从属于某个职业岗位，属于某个社会团体，属于特定的朋友圈，属于家庭，在他身上交织着多重身份，并且还超出于他自己所属的群体及身份，与其他群体的人相交往，与他人建立或政治的，或经济的，或文化的关系。社会规约具有极强的语境性，它紧紧依附于特定语境，追随着特定语境，并随场域的变化而变化。《世说新语》讲述了一位西域和尚的故事："高坐道人于丞相坐，恒偃卧其侧；见卞令，肃然改容云：'彼礼法人。'"[①] 当个人处在不同的场域和不同的位置，与不同的社会群体或他者相交往，就受到不同社会规约的规范，由此展现不同的行为方式，塑造出相互区别、各具特征的行为语言。这些既相差异又集于一身的行为语言展示了自我的开放性，展示了人的性格的丰富性和多面性。

金圣叹十分赞赏《水浒传》的人物描写，他认为《水浒传》所叙，凡一百零八英雄，人有其性情，人有其气质，人有其形状，人有其声口。作家施耐庵之所以能够以一手而画数面，其原因在于"格物"。"十年格物而一朝物格，斯以一笔而写百千万人，固不以为难也。"而"格物之法，以忠恕为门"。他进而以佛家"因缘生法"解释"忠"；不分尊卑善恶、无物勿届来说明"恕"。[②] 人的欲望各式各样，社会规约也是多元复杂的，两者间的矛盾冲突势必展现出千姿百态、变化多端的面貌，表现在具体人身上，就必然各有其性情、气质、形状、声口。可是，这些特征又受制于特定社会规约，具有某种规律性，因此，是可以通过"格物"来体察的。但由于欲望和规约本身是潜在的，它是在背后影响和决定人的行为，所以又只能以"格物"的方式"致知"。金圣叹并非如后世学人

① （南朝宋）刘义庆：《世说新语》，刘长桂、钱振民译注，东方出版中心 1996 年版，第 208 页。

② （清）金人瑞：《第五才子书施耐庵水浒传序三》，黄霖、韩同文选注《中国历代小说论著选》上，江西人民出版社 1982 年版，第 278 页。

那样注重“观察”，而是强调“格物”，强调对人的生存状态、条件和各种关系的领悟，而且是通过一种顺应自然的体察来领悟，其原因就在于此。文学是以形象、行动和事件来说话的，社会规约只是深深潜伏在人的行为和行为构建的事件背后，因此，作品世界既掩饰它又暴露它，让它在遮遮掩掩下出场。

正如人在创造上帝的同时也创造了魔鬼，人的欲望也是由行为语言的塑造且受到话语实践重塑而作为社会规约的对立面被建构起来的，欲望与社会规约两者间的对立关系正体现了人类存在的矛盾和尴尬：一方面，任何个体都不能不从自身欲望出发，授予欲望以优先性，对他而言，社会规约总是外在的、异己的、应该被破除的；另一方面，社会规约的背后却有历史传统的支持，它赢得了社会群体（包括他自己）的认可和授权，较之于个人，具有至高无上的权力和绝对优势的地位，个人欲望反而被贬低为理应受到控制的“他者”，甚至被喻为“魔鬼”。

三　个性：生命规范与社会规约的博弈

文学作品中的人物是虚构的，而其行为又遵循着社会规约，那么，这些形象就和我们的生活经验相接壤，他们也就势必成为“熟悉的陌生人”。作品所讲述的人和事也成为“既非存在，又非不存在”的独特存在，具有弗莱所说的那种“真实感”（reality）。

我们称赞一部作品人物性格写得合情合理，就是认为这些人物的行为方式是遵照特定社会规约的，因而是合乎情理的。称赞故事情节真实可信，就因为这些情节是合规约之行为的自然展开，冲突根源是建立在社会规约基础上的。社会规约是作家塑造人物、讲述故事、编造情节的基本出发点和依据，也是作家和读者判断人物和故事情节真实性的共同标尺。有学者认为赵树理塑造了活生生的农民形象，而批评丁玲、周立波笔下的农民形象缺乏真实感。其实，真实性的根据就在于：作品人物的言行是否符合乡村社会的社会规约。正是社会规约决定着农民形象的行为逻辑。这些农民形象可以也应该是各具个性的，他们的行为语言可以也应该是各有特色的，但是，一旦脱离乡村社会的规约，他们也就丧失了农民形象的真实感，甚至蜕变为不食人间烟火的精灵。

我们称赞某人物个性鲜明，就因为这个人物的某方面行为逼近规约的极限，甚至挑战了规约，突破了规约的边界，特立独行，由此塑造出个性独特的人物形象。譬如被称作东床快婿的王羲之，竟坦腹卧床以见登门选婿的太傅郗鉴的门生。那些具有特殊身份和文化权力的人，如过去的王公贵族和达官显要及其纨绔子弟、现代社会的明星等，才有可能具备力量挑战某些社会规约，以此吸引他人眼球，煽动他人效仿，制造时尚，引领时尚，最终可能导致改写某些规约。当然，这些犯规行为一般只表现在某些特定方面，人物既通过独特的行为方式彰显个性，却又不能全面违反社会规约，否则，他就无法在社会立足和生存。在分析社会时尚的根源时，西美尔指出人的“双重性”：人既追求“普遍性”，又向往“特殊性”。普遍性即群体性、一致性，欲求融入群体，获得认同感、归属感和安定感；特殊性即差异性，它追求动感，寻求变化和独立性，以违反规约来标新立异，超出于群体而引人注目。① 其实，两极化特征并非相互并列、平分秋色，特殊性是以普遍性为前提的。只有首先获得普遍性，遵循规约融入群体而享有充分的安全感，才可能进而寻求特殊性、新异性，这正是只有少数特权人物才具备挑战社会规约的原因。

除了社会规约，康吉莱姆另外提出“生命原初的规范化（normativité）”这一观点。他认为，规范并非从外部作用于生命，生命也并不简单地服从外在规范，相反地，是生命自身的运动内在地产生出了规范。康吉莱姆所说的“生命原初的规范化”，阐明了生命自身的运行规则，这种规范性是生命体在漫长的进化过程中形成的一种内在机制，它维护了生命从出生、成长、生殖、衰老到死亡的周期性延续。内在的规范性既引导着生命活动，同时内含了死亡，把死亡作为生命体不可或缺的组成部分。据此，马舍雷指出：

> 赋予生命以秩序的规范——即意味着生命成为人类的生命——并不是预先构成的，规范是在对抗的进程中，即在生成和打乱人类

① ［德］齐奥尔格·西美尔：《时尚的哲学》，费勇译，文化艺术出版社2001年版，第70—72页。

> 生命形式的对抗进程中，不断建立起自身的：因为作为某种反作用，规范的作用所产生的或是帮助产生的结果，也在自身生产的进程中形成和改变自身总体的样态……“既是被规范的也具有规范性的作用”。①

在正常的生命活动中，这种内在的生命规范是隐蔽不彰的；而当生命受到否定，面对疾病、畸形和死亡，它才得以显露。一方面，个体不能不从社会规约所构建的复杂网格中的特定位置（譬如在社会团体、职业、朋友圈、家庭中的各种位置）来获取自己的身份特征；另一方面，他又不断逃离这些位置，顽强抵制这些位置所强加给他的规训，维护一种超出于所有这些被决定的特征之外的剩余，悉心看守那个隐秘的生命自身的规范性。由于生命规范、社会规约分别以生命个体或社会群体为依据，两种规范性之间势必存在着相互适应，又相互矛盾的复杂关系。一旦生命规范与社会规约发生冲突，双方都得到凸显：我们既意识到社会规约的强制性力量，又深深体验了生命力的顽强。“当涉及允许和禁止做什么的时候，生命的规范就凸显出来了。”② 作为两种不同规范性相交集、相冲突的结果的行为方式，即个体独特的行为语言，也就以自身不同凡响的姿态而展示出来。在《西游记》中，读者最喜爱的角色往往是猪八戒和大闹天宫时的孙悟空，因为八戒和闹天宫的悟空是富有个性的，在它们身上交织着生命的规范性与社会规约的冲突。这种冲突使得这两个形象更为生动迷人，浑身散发着浓厚的人情味。相反地，唐僧和随他取经的沙僧、悟空就乏味多了，这些形象更像是某种社会规约的具体演绎。因此，**文学作品中鲜明的人物性格往往就出现在社会规约否定生命规范的境况中，在顽强的生命力向外在的、无形的规约拼死抗争中，那种独具的行为风格就得到了耀人眼目的展现。**人们所说的“欲望”就内含于生命的规范性中，成为生命规范性的重要内容，甚至可以说，欲望构成了生命规范性最为核心、最为本质的内容，因为恰恰是欲望造就生命力，

① ［法］皮埃尔·马舍雷：《从康吉莱姆到福柯：规范的力量》，刘冰菁译，重庆大学出版社2016年版，第161—162页。

② 同上书，第168页。

推动着生命运动。

一般而言，某人物一系列悖逆情理的行为往往会造成喜剧性效果，如唐·吉诃德和阿Q的荒唐行为就注定了他们的喜剧性格。婴宁不分场合的笑，不仅憨态可掬，也为作品增添了喜剧性（蒲松龄《聊斋志异·婴宁》）。但是，即便这些违背常理的行为，也是以社会规约构成人物行为的背景，只能按照特定社会规约来做出解释和评价，并且恰恰也正是人物的行为语言与社会规约不相协调，才突出了人物的性格特征，又揭示了特定社会的社会规约。如果文学作品描绘的世界在整体上颠倒和颠覆了社会规约，那么，这个世界就是怪诞的世界。不过，对于我们来说，作品世界之所以是怪诞的，就因为这一世界的背后隐蔽着一个潜在的"正常世界"，即遵循社会规约的世界。正是由于存在按照社会规约建构起来的世界，才可能创作和理解一个怪诞世界。相反，一举一动都中规中矩，人物反而显得十分呆板，毫无趣味，就像契诃夫笔下的小职员，甚至接近于"套中人"。当然，这也是一种典型。社会规约以其特有的方式制约着作品人物的言谈举止，制约着故事情节的起伏跌宕，它是文学获得可理解性、可信性和真实性的根基；而作家对待社会规约的特殊态度和处理方式，又造就了作品独特的文体特征。

人物行为的社会表达方式，即行为语言受到社会规约的规范，其行为的天赋能力却可以超越人的真实状态而由作家主观设定。譬如草原上的"鹰之子"腊拉因为傲慢、任性和冷酷，变身为孤独飘荡的浮云（高尔基《伊则吉尔老婆子》）；迷人又能置人死地的俏姑娘雷麦黛丝会随飘升的床单被轻风卷走（马尔克斯《百年孤独》）；亨利患了奇特的"时间错乱症"，他常常身不由己地被置身颠三倒四的时间中，备受意外事件的折磨（奥德丽·尼芬格《时间旅行者的妻子》）……在上述作品中，作家对人物的行为能力做了极度夸张的描述，由此赋予作品或神奇或魔幻或荒诞的特色，但是，这些人物的行为表达方式，也即行为语言却不得不遵守社会规约，否则，在作品诸人物之间、人物与读者之间就失去可交流性。卡夫卡的《变形记》讲述了旅行推销员格里高尔一夜间变成甲虫的怪诞故事。作为职员，格里高尔必须遵守公司纪律，按时上班，不断出差，低声下气地做推销。可是，当他变成一只甲虫，不仅生命的自由丧失了，甚至连老老实实做个职员也不再可能。甲虫的躯壳就像有形的规约，限定他的行动方式，剥夺了人之为人的所有自由。甲虫就是一个关于种种社会规约的隐喻，它把人扭曲变形，异化为一个非人。格里高尔的内心焦虑，他对世界的感受，都建立在对自我生命与种种社会规约尖锐冲突的基础上。社会规约恰恰是作家创造可能世界的内在依据，当作家大胆地发挥自己的想象创造虚构人物、描写虚构人物的言行及心理时，他仍然遵循着特定的社会规约，由此赢得读者的理解和共鸣。只要洞悉特定社会的社会规约，作家就可以抛开具体事实的约束，大胆创造，他“从真实世界开始，然后进入可能世界，最终直抵任何想象的世界”。[①]

人的社会是由人的交往行为建构起来的，社会规约既是在这个过程中协商订立的“协议”，是人际交往的成果，又规范着交往行为本身，反作用于社会建构。因此，但凡涉及交往行为，无论交谈、性爱、冲突，社会规约就愈加显得重要，它往往就是维系各式各样交往行为的纽带。只有当“他人”在场，即个人处在“社会关系”中，社会规约才具有更加显著的约束力。社会规约就是为着调节人际交往、组织社会整体结构的，本身是“社会的”，它也只有借助于“社会的力量”才能够有效施行。这也正是萨特所说“他人是地狱”的原因。[②] 现实社会与文学作品都按照共同的组织原则来建构自己的世界。因而，社会规约是较话语的叙述结构更为内在、更为基本、更为重要的结构性要素。文学真实性、批判性的根子就扎在这一结构性要素上。

当然，社会规约这一结构要素主要是针对叙事文学而言的，因为所叙之“事”是由人的行为和交往所建构的，它势必无法脱离社会规约。至于抒情文学，如诗歌则不同。虽然诗人写诗作为一种社会行为同样不能逃脱社会规约，并总是或多或少透露出他处身其间、不得不享有的社

---

① O. Edward Wilson, *Consilience: The Unity of Knowledge*, New York: Alfred A. knopf, Inc., 1998, p. 220.

② 人之所以需要隐私空间，就因为孤身独处，可以给人一个不受社会规约约束的自由空间。随着人的个体性的增强，隐私空间与公共空间的分化就成为必然。至于后现代社会对个人隐私的曝光，恰恰是对社会规约的一种挑战和解构，而且它往往只是在社会变动时期借助于电子传媒的力量才有可能。从这个角度看，电子媒介时代势必会引起人的行为方式、生存方式，乃至社会结构的大变动。

会规约的规训，但是，作品本身由于并不叙事，这也就与社会规约缺少直接关涉。结构抒情文学的主要因素是人的生命法则和情感法则，也即康吉莱姆所说的“生命原初的规范化”。诗人在尊重自然的法则（自然的规范性）的同时，更重视自身生命的规范性，并依照生命的规范性再造自然。表面上，他是自由自在地率意而为、直抒胸臆；实质上，却不自知地受到生命的规范性的制约，并且也只有顺应生命的规范性，诗人才能真正袒露情感的真诚和生命的真实。也只有如此，诗人才能赢得读者的生命共振和情感共鸣。

同样，叙事文学也离不开生命的规范性。这不仅因为作品人物的行为处在生命的规范性与社会规约交相博弈的关系中，还因为生命律动和情感节奏业已积淀于审美形式，共同规范着文学活动，影响言语行为的进程、人物形象的组构和故事情节的布局。从这个角度看，审美规范就扎根于生命原初的规范性。如果说，社会规约作为一种外在的约束机制，对人的生命构成某种拘囿，那么，生命的规范性即生命活动本身，它恰恰赐予人以自由，并因此赋予文学以解放人性的功能。生命的规范性与社会规约两者间所构成的张力，使得文学活动充满着变幻不定的玄机。只不过叙事文学中人物和情节的重要性往往使得社会规约的地位显得更为烜赫①，以致掩盖了生命的规范性的在场。因此，诗化小说必须通过弱化故事情节，关注私人空间中的生活细节，乃至心灵律动，才有可能凸显生命的规范性的作用，强化作品的诗意，并将诗意传递给读者，共同营造灵韵萦绕的氛围。

四 意识形态传唤和规训

社会规约是在社会活动过程，特别是人际交往过程建构的，是人与人、群体与群体协商的结果，在它身上不能不打上鲜明的意识形态印记，凝聚着权力关系，因而是高度语境化的，不能离开特定语境而存在。阿尔都塞曾深入阐释了意识形态对主体行为的“传唤”作用。他指出，一

① 人物行为和故事情节体现人的命运。正是对人的命运的关切，才使得人物行为和情节成为读者关注的焦点，并使社会规约在作品结构中获得重要地位。

种社会形态在进行生产活动的同时必须再生产它的各种生产条件，包括生产关系和作为主要生产力的人；否则，社会就根本不能维持。在这一过程中，意识形态既是其产物，又对生产条件，特别是作为生产力的人的再生产起着极其关键的作用，它于不知不觉中根据社会位置来设定行为规范，构建各种关系，劝服劳动者学习并适应“被指定”的工作位置所应遵守的姿态，以及面对各种关系的“合宜”态度，从而再生产出劳动力对现存秩序的各种规范的服从。在阿尔都塞看来，所谓的“主体”，其实就是意识形态“呼唤”、“传唤”的结果。

> 每一个被赋予了“意识”的主体，会信仰由这种“意识”所激发出来的、自由接受的“观念”，同时，这个主体一定会“按照他的观念行动”，因而也一定会把自己作为一个自由主体的观念纳入他的物质实践的行为。如果他没有这样做，“那就是邪恶的”。

于是，主体在成为“自由的主体”的同时，也沦为一个“臣服的人”，沦为“屈从体”，他服从于一个更高的权威，服从于为他设定的位置以及规范。阿尔都塞特别强调意识形态的“物质”的存在。他不仅把国家机器中的非暴力部分，如宗教、教育、家庭、文化、传播等划归意识形态国家机器，并且最终落实到人的物质化的行为中。他认为，人类主体的“观念”就存在于他的行为中。“他的观念就是他的物质的行为，这些行为嵌入物质的实践，这些实践受到物质的仪式的支配，而这些仪式本身又是由物质的意识形态机器来规定的——这个主体的观念就是从这些机器里生产出来的。”① 意识形态就是通过重新设立和改造社会规约来塑造人的行为方式，重构行为语言。

阿尔都塞所说的“传唤”主体，规定主体行为的意识形态，十分接近我们提出的社会规约。正如人们批评阿尔都塞的意识形态理论有着泛化倾向，我们认为，社会规约固然打上了意识形态特征，渗透着意识形态性，却不能简化为意识形态。社会规约是在长期的历史过程中建构的，

① ［法］路易·阿尔都塞：《意识形态和意识形态国家机器（研究笔记）》，孟登迎译，陈越编《哲学与政治：阿尔都塞读本》，第358—359页。

它承袭了文化传统和社会习俗，虽然具有意识形态性，却并非等于意识形态，它有着更为丰富的内容和远为悠久的历史。正是在社会不断分化和融合的过程中，意识形态侵入了社会规约之中。意识形态既是社会变动和分裂的结果，又反过来影响着社会及其规约的演变。福柯则认为意识形态是一个必须谨慎使用的概念，他提出微观的“政治经济学”，更加重视权力的微观机制，重视权力对身体的规训。

在福柯看来，权力并不是自上而下施行，本身就建立在微观基础上，“即权力必须达到人的身体、举动、态度和日常行为”。[①] 在《规训与惩罚》中，福柯深入分析了边沁的“全景敞视监狱”。他指出，在全景敞视监狱中，位于中心岗亭的监管者可以看见牢房中每一个角落，看见罪犯的一举一动，而罪犯则无法看到岗亭中的监管者，由此造成“视觉不对称”。因此，无论监管者有没有监视着罪犯，甚至无论岗亭中有没有监管者，罪犯都始终感到处在监视中，他被彻底地剥夺了自由，每一举动都必须服从狱规。在某种程度上，现代社会就是这样一座全景敞视监狱，是一个“捕获器”，权力每时每刻都在施行对身体及行为的规训。所以福柯说：“体态可以逐渐矫正。一种精心计算的强制力慢慢通过人体的各个部位，控制着人体，使之变得柔韧敏捷。这种强制不知不觉地变成习惯性动作。”[②] 福柯还详细列举了权力实施的种种方式，指出诸如制度、纪律、监视、裁决、检查、知识，乃至分类表格，都是有效的规训手段，它们共同塑造出“驯顺的肉体”。

在上述诸多规训手段中，最为重要的是社会规约，或者可以说，种种手段就是通过重构或影响社会规约来发挥作用的。这是较其他各种手段都更为普遍、更为全面，也更为隐秘的规训。社会规约遍布社会所有角落和人类所有活动，并且由于它是隐蔽不彰的，也就更加有效地发挥规训作用。无论政治、经济、族群、伦理道德、文化，乃至性别关系中的权力都主要是利用社会规约悄无声息地得以施行。社会规约养成了行

① ［法］福柯：《米歇尔·福柯访谈录》，蒋梓骅译，杜小真编选《福柯集》，上海远东出版社 2003 年版，第 441 页。

② ［法］米歇尔·福柯：《规训与惩罚》，刘北成、杨远婴译，生活·读书·新知三联书店 2003 年版，第 153 页。

为习惯，习惯则深深嵌入人的身体，改造身体行为，使身体成为受规训的顺从的身体。反过来，这些顺从的身体行为也因此获得社会赞许，它们被整合到社会共同体中，成为社会无意识，强化着社会规约的规范力量，铸就了社会惰性。就如我国古代，裹足已经成为妇女自觉自愿的行为，唯有通过摧残身体，强行把脚包裹成“三寸金莲”，才能赢得“美女”标签，才能得到男人的青睐。相反，民国时期的“放足运动”却遭逢来自妇女自身的抵抗。性别权力就是通过社会规约来施行的，它假借妇女自己的手来戕害自己，心甘情愿匍匐在男权跟前，维护着不平等关系。同样，黑奴汤姆一次次被主人贩卖，而他却始终对主人忠心耿耿，虔诚地当一个“好”的奴隶（斯托夫人《汤姆叔叔的小屋》）。其中除了奴隶制度，社会规约恰恰是他自觉约束行为的重要因素。当社会规约积淀为社会无意识，它既成为社会稳定的有效力量，又强力阻碍着社会文明的进步，束缚着思想革新。

五 区分、社会秩序与怪诞世界

布迪厄从文化资本的角度阐释了社会区分。他认为，对文化资本的占有决定了一个人在社会中的位置和权力，就在文化资本的生产和再生产过程中，同时也就把文化资本授予个人。实际上，人接受社会规约规训的过程，也就是身体和行为被符号化的过程，是他被纳入符号体系、赋予行为语言以风格的过程，在他的身体和行为上打下了特定符号的戳记，标示着所属生活方式和文化价值的等级，同时实施了社会区分。因此，布迪厄说：“在客观条件下生产出来的个体，具有共同的习性……这些习性就是所有个体共同生活情状的体系。”①

从这个角度看，社会规约的区分功能是构建社会秩序的前提，区分本身已经内含着社会秩序建构。等级社会的社会秩序也就是由一系列实施等级区分，又密切关联、相互交织的社会规约所共同维系的。一方面，社会规约从身体和行为习性角度把人区分为不同的社会群

① Pierre Bourdieu, *Distinction: A Social Critique of the Judgement of Taste*, Trans: Richard Nice, Polity Cambridg: Harvard University Press, 1984, p. 101.

体，并按照不同群体对政治资本、经济资本、文化资本的占有量来构建社会秩序①；另一方面，因占有资本而掌握权力的群体又通过设立制度来重构社会规约，并对居于各层次的社会群体实施规训，以此来固化社会秩序。因此严格地说，社会规约既不是仅由所属群体自身构造，也非其他群体从外部设定，而是相关联的群体相互斗争、协商的结果。社会规约与社会秩序间存在相互构造的关系，在这个过程中，社会规约起着极其重要的中介作用。

> 以社会方式存在，就是在社会结构中占据一个确定的地位并且带上这个地位的痕迹，尤其以言语的规律性或精神机制的形式出现，也是依赖、维系或被维系，总之，就是属于团体或者陷入关系网之中，这些关系网有事物的客观性、不透明性和永恒性，以责任、债务、义务，一句话，也就是束缚和限制的形式反复出现。②

正因如此，人与人之间的不平等不仅体现在对金钱或权力的占有，而且侵入社会生活的方方面面，侵蚀着人的所有生活方式。这就使得人际交往和各种矛盾冲突表现得更为错综复杂，波澜起伏。譬如刘姥姥村野的言谈举止，在大观园众小姐面前备受戏谑和嘲弄（曹雪芹《红楼梦》）；整天为工作奔忙的青年博斯曼斯、玛格丽特在教授、律师费尔纳夫妇跟前局促和窘迫，他俩想缓和气氛，可是每当开口，却反而笨拙地使得交往愈加困难（莫迪亚诺《地平线》）；出身市井的曹七巧嫁入豪门大族姜公馆，她的一举一动都显得与周围环境格格不入，不能不

---

① 布迪厄认为，文化资本不仅是对人实施区分的标尺，同时也是确定社会秩序的主要因素。这种观点比较符合法国社会的特点，在法国，文化修养得到高度重视，其他资本，包括政治资本、经济资本都必须转化为文化资本，由此获取社会地位。但是，这对于其他社会并不具备普遍性。在特定社会，哪一种资本更具有确定社会位置的功能，往往取决于这种资本本身的可交换性，当政治资本或经济资本可以通过交换轻易地取得文化资本，这些资本本身就具有更为重要的确定社会地位和构建社会秩序的功能。具有最大交换潜能的资本，同时就握有确立社会秩序的最大权力。在传统社会，政治权力往往有着至高无上的地位，因此，握有政治权力，也就同时可以占有其他资本。这种政治资本起决定作用的社会，也即“官本位”的社会。

② ［法］皮埃尔·布迪厄：《艺术的法则：文学场的生成和结构》，第34页。

备受他人奚落，并因此扭曲她的人格，酿成她一生的悲剧（张爱玲《金锁记》）。

中国儒家所说的“礼教”，其目的就在于重塑社会规约，人为地建立一套严格的行为规范，要求行为规约与政治权力相匹配，以此维护等级社会的社会秩序。在特定社会，政治资本、经济资本、文化资本在构建各社会群体等级秩序的过程中，总是相互交织，共同发挥作用，由此导致社会结构的多元性和复杂性。但是，这三者中究竟哪一方居于主导地位，往往取决于特定社会的性质，取决于哪一种资本更具有可交换性。在极权社会中，政治权力至高无上的地位，就直接决定了政治资本的占有者高踞于社会顶层，并按照政治资本的多寡来确定社会秩序。进入现代社会以后，由社会规约做出区分的诸群体，表面上似乎弥合了等级差别，但是，实际上是以一种更为隐蔽的方式维护着社会等级秩序。只要社会规约具有区分功能，在它实施区分的同时，就在构建着不平等的社会秩序。由于政治权力受到民主制度的制约而失去往日的威严，于是，经济资本在现代社会所起的作用就得到极大提升。消费社会又明显不同，政治资本的可交换性受到严格限制，经济资本的象征意义也渐次流失，此时，文化资本就逐渐占据了主导位置，成为确定社会秩序的重要参照。相对于政治资本和经济资本，文化资本的价值具有不稳定性，它总是随着文化时尚的变化而变化。文化的创新特性更加快了文化资本价值浮动的节奏。一旦文化资本成为确定社会秩序的主要参照，而文化资本本身的价值又频繁动荡，这就势必导致社会秩序的调整和重组，甚至引发社会失序。

> 说后现代主义是一种导向工具，是因为它在形成和解构文化时，在提高有鲜明个性的艺术与知识生活之秩序时，具有重要地位。这些生活秩序，长期维持着一些对大众狂欢、野性、野蛮和不驯服发生迷恋的潜流与亚文化，而这也是在社会与个体两个层次上，为秩序建立所驱动的文明进程力图排斥或包容的东西。与后现代主义相关的民主的大众冲动，对“他者”的迷恋神往、对大众快感的容忍，对紧张、分裂的情感体验，都可以在这种传统

中得以发现。[①]

社会秩序建立在社会群体区分的基础上，而社会区分又依赖于社会规约，这就是说，一个社会的社会秩序无法脱离社会规约而存在，政治、经济、文化资本也必须通过社会规约而起作用。正因如此，政治的、经济的、文化的权力首先就意图渗透于社会规约，影响和变更社会规约来改变这个前提。社会规约折射着特定社会的结构，高度凝缩着特定社会的结构。因此，深入理解社会规约，是我们理解社会秩序和结构，理解各种权力如何作用于社会的关键。

在《社会如何记忆》中，康纳顿谈到17世纪法国宫廷生活对贵族身体的塑造。贵族们要陪同国王做弥撒和进餐，跟随国王打猎消遣、在凡尔赛宫的花园里散步、参加晚宴和私人聚会，所有这些都是对贵族身体的操演，既作为一种社会控制，又作为自我控制，把宫廷仪式与得体的举止联系起来，成为特权的展示。于是，“形成了这样一种人，他们把敏感性用到了严于律己、小心翼翼地提醒自己恪守礼仪；形成了这样一种社会，它对其成员的控制更加等级化、更加集权化”。[②] 巴特勒则进而指出社会规约本身即一种社会建构，它是社会实践的结果。如果“性别”并不是一个人“是什么”而是一个人“干什么”这个意义上说的，是通过重复无数的行为而使人成为一个男人或一个女人[③]，那么，人们也可以通过重复不同的行为方式来重新赋予意义，改变社会规约，体现反抗和变革的可能性。

穿越小说就常常把不同时代、不同文化背景的人物置于同一生存境况中加以描述，以代表两套不同社会规约的行为间的碰撞来构建戏剧性冲突。而当文学作品所体现的特定社会的规约已经随时代演进发生更替，作家却特意仿照原有规约来讲述人物行为，譬如唐·吉诃德，由此构成两套社会规约间的矛盾冲突，这就往往会造就滑稽模仿的效果。在新的

---

① ［英］迈克·费瑟斯通：《消费文化与后现代主义》，刘精明译，译林出版社2000年版，第209页。

② ［美］保罗·康纳顿：《社会如何记忆》，第103页。

③ Judith Butler, *Gender Trouble: Feminism and the Subversion of Identity*, London: Routledge, 1990, p. 136.

社会规约的背景上，人物行为的荒谬性，乃至行为背后旧有规约的不合理性，都得到暴露和讽刺。

在致敏·考茨基的信中，恩格斯就十分强调小说对“现实关系”的真实描绘，以此来打破关于这些关系的流行的传统幻想，引起对现存事物的永世长存的怀疑。[①] 那么，怎样才能如恩格斯所说真实地描绘现实关系呢？其关键就在于抓住特定社会的社会规约。只有抓住现实关系背后的结构性原则，即社会规约，才能最真实、深刻地展现现实关系，才有可能进而揭示隐藏于社会规约中的权力运作，和凝结在社会规约中的复杂的政治经济关系，从根子上暴露这种社会关系的不合理性，暴露这些关系是“人为”建构的而非天经地义。

由于社会规约就铭刻在我们的行为中，成为身体的组成部分，成为海德格尔的“应手之物”，以致我们几乎完全丧失了对它的意识，放弃了对它的警觉和批判，因此，文学必须通过各种陌生化手段，如喜剧、讽刺和怪诞等等，来造成布莱希特所说的“间离效果”，由此把“应手之物”转变为“显现之物”，把行为及行为所包含的社会规约凸显出来并予以批判。从这个角度看，怪诞与喜剧有着根本性差异：喜剧把喜剧人物及其背谬的行为推到前景位置，而作为这个社会的行为规范却仍然作为背景被隐蔽着，处于无意识状态。这就暗中诱导读者站在既定的社会立场，按照原有的社会规约来评判喜剧人物，社会规约却依然故我地维持着自己的权威性。然而，怪诞则通过颠覆社会规约来创造另一个可能的世界。怪诞世界之所以怪诞，就因为它背离了常规，背离了业经理性化和内化、自然化的社会规约，并敢于蔑视种种社会规约，施行了“非理性”的行为，呈现出怪异的状态。怪诞世界正处在既定社会秩序的对立面，其间的症结就在于是否遵从特定的社会规约。从这个意义上看，怪诞是对人的行为的解放，它纵容个人的欲望漫溢泛滥和行为恣肆无羁，并成为生命勃发和肉体狂欢的盛宴，成为狂欢节的“世界感受”。正因如此，怪诞引领我们踏进一个不受约束的全新的世界，授予我们一个巴赫金所说的超脱现实社会的“外位性”立场，站在既定社会及其规约之外，

① 陆梅林辑注：《马克思恩格斯论文学与艺术》（一），人民文学出版社1982年版，第187页。

反身批判社会规约，质疑建立其上的固化的社会秩序，这就使批判达到一个新的深度。

巴赫金之所以称赞怪诞世界是一个向官方文化挑战的真正民间的世界，就因为他深刻认识到：社会规约是权力得以施行的重要渠道，其间藏匿着不平等关系。统治者就是借用社会规约的力量，暗中操纵、压制被统治者，悄无声息地攫夺自己的利益的。怪诞世界则废除了既定社会规约的永恒性，颠覆和解构了制造并固化社会不平等的规约，恢复普通人的欲望的合法性，恢复权力和普通人的欲望的统一性，重新确立生命自身的规范性，因而也真正回归民间。同样，“灰姑娘”的故事之所以被不断重复，也就因为它包含着人试图摆脱规约束缚的愿望。“王子”欣赏“灰姑娘”的真正原因，是她身上更少受到他深感厌倦的宫廷规约的束缚。对于“王子”来说，美貌的女子并不缺少，令他珍惜的是“灰姑娘”的质朴和村野，那种摆脱刻板、腐朽的规约拘禁的生命活力。

社会规约本身是被建构的，它处在历史传承和社会交往的交接点，既相对稳定、绵延承续，又不断分化、融合，变动不居。即便在社会动荡时期，政治权力倾覆瓦解，社会规约却仍然能在某种程度上维持着社会运转。而当一个社会在社会规约之下实际上却奉行着另一套潜在的行为规则，也即“潜规则”，那么，这个社会就已经因其虚伪、窳败而濒临解体的边缘了。正是“私权”的介入，扭曲了社会规约，造成规约表里不一的双重性。日积月累，“潜规则”也可能不必再“潜”，它反而变得冠冕堂皇、大行其道。

在阐释了社会规约之后，我们才可能充分认识文学虚构性与真实性的关系：文学创造了一个虚构的世界，并让我们陶醉于这个生动的感性世界，深刻体验这个世界中的生存况味。同时，由于文学的虚构世界同样是按照社会规约来构建的，它和现实世界存在密切关联，因此，就可以通过“例证关系”指涉现实，由此获得真实性和批判性。并且恰恰因为社会规约就是一个社会的内在组织原则，这种批判也就最具有科学性和深刻性；又因为它并非“指谓”某一确定对象，而是以“例证关系”来指涉所有相关联、相类似的行为和事件，其批判就最具有广泛性和普遍性。“文学是通过某一复杂过程对某一特定现实的生产”，它具有双重性，“同时生产一种现实效果和一种虚构效果”。[①] 较之于历史只注重“叙事”，文学更加重视刻画“人的行为”，因而也就更深入地揭示了特定社会的社会规约，揭示了这个社会的结构性原则，这正是亚里士多德认为诗比历史更具有普遍性的原因。文学虚构性与文学真实性并非相互对立，相反，两者之间是相互协作的，并且也正是虚构性赋予文学以权利，使它可以借用特殊手法来揭示社会规约，把潜隐的规约凸显为关注的焦点，充分实现文学的真实性。文学正是以这种独特方式参与人类社会实践。

六　社会规约、制度和自我规范性

社会规约既不同于制度，却又与制度密切关联。制度并不像社会规约那样以行为范例为样板，通过自觉或不自觉的效仿，全方位地习得行为规范，塑造人的行为语言，而是通过创立制度框架，给行为设定边界，既要求人遵从制度而行动，又排除制度许可以外的其他行为，从而把行为纳入这个框架之内。

在《制度如何思考》中，道格拉斯强调“分类”对于制度的重要性。她认为，分类是制度的基础，医学通过给疾病分类来制定治疗方案；法律通过分类划定罪的界线，采取不同的惩罚措施；道德也通过分类来确定道德与非道德。人们就是通过社会类比将具体的物质分门别类，按类别贴上标签，在此基础上也就赋予事物以同一性。道格拉斯引用了伊恩·海京（Ian Hacking）的观点：制度创造了一个“互动大圈”，“从人创造制度到制度创造分类，再到分类激起行动，到行动唤起命名，到人与其他生物积极或消极地回应命名”。“在创造自己的界限的时候，它也影响了低层次的思考，个人由此而认识到他们的身份并且通过社群相互进行分类。”[②] 分类的实质即给行为设定界域的过程，因而，制度对人的

① ［法］埃蒂安纳·巴利巴尔、皮埃尔·马歇雷：《论作为一种观念形式的文学》，陈永国译，［英］弗朗西斯·马尔赫恩编《当代马克思主义文学批评》，刘象愚、陈永国、马海良译，北京大学出版社2002年版，第52—53页。

② ［英］玛丽·道格拉斯：《制度如何思考》，第131页。

行为做出分类，给出命名，贴上标签，也就强制性地把人的行为纳入制度的框架之中，以此来规范行为。这个过程不仅是对人的既有行为加以分类和命名，而且是要求和引导人改变已有的行为去适应新的标签，获得新的身份。制度在设立分类和贴标签的同时，也塑造了与之相对应的人的行为，塑造了具有这一身份的人。在这里，也就可以看到制度与社会规约间的关联：制度正是通过设立和推行自己的分类标准，或确认和重申，或改造和重构社会规约的区分和划界的标准，以自己的分类原则强制性地取代建立在习俗基础上的社会规约的准则，以求得移风易俗的效果。人们开始自觉地监控和管理行为语言，按照特定环境的要求重塑行为语言，随心所欲地操演行为以适应社会。行为语言的重新塑造，是人的社会化不可或缺的组成部分，甚至是人的社会化的基础。在制度被推行、接受和融入日常活动的过程中，制度也日渐被人所内化、自然化、无意识化，于是，不仅人的行为语言受到重塑，行为语言背后的社会规约也被改写。

制度的分类同时包含着承认与排除，它承认合规范的，排除不合规范的。但问题在于，制度虽然排斥了不合规范的事物，而被排除者却仍然存在并持久地产生作用。巴特勒就针对女性主体的建构指出：

> 事实上，性属的构建是以排他性手段为基础的，从而人的制造不仅相对于非人（inhuman），而且通过一系列严格说来被剥夺了文化表征可能的排除与彻底的抹除（erasure）。从而，只说人的主体性（human subject）是被建构而成并不够，因为人的构建具有区分性，它产生了较具“人性”与较不具“人性”、非人、无法被看作是人（humanly unthinkable）。这些被排除的场域给“人”划了界线，成为其构成性外在，且作为其消解与再表述的持续可能出没于这些边界。①

被制度排除者并非因此而消失，而是持续出现在边界上。这也就提供了一种从边缘和外部瓦解边界，进而瓦解制度，重新再造制度的可能性。

① ［美］朱迪斯·巴特勒：《身体之重：论“性别”的话语界限》导论，第8页。

就因为排除始终无法根除这种可能性，女性主体的建构才充满了希望：不是女性被迫接受男权社会设定的规约或制度被动地塑造自己，而是完全有可能以边缘的，甚至是被排除者的身份能动地重构制度及自身，由此以平等的身份进入社会，重建社会秩序。

在谈到规范性问题时，科尔斯戈德归纳分析了唯意志论、实在论、反思性认同、自律四种规范性理论，并对自律，也即自我规范性做出了深入的阐释。科尔斯戈德颇为认同康德关于自律的观点。她认为，当我有了欲望，发现自己有一个强烈的行动的冲动，此际，我退后一步来思量，我也就和这个冲动拉开了距离。我通过反思来检查这个行动的合理性，反思这个欲望是否真的就是一个行动的理由。人之所以是人，就在于人的意识具有反思结构，能够运用反思来检查行动的理由，因此，反思的本性就给予人一个关于“做什么”的选择。意识的反思结构为人的行为提供了内在的权威，促使人自觉自律地行动。反思性为自我立法。当欲望命令我的时候，我就可以依从内在的权威，或接受它或排除它。如果我判定我的欲望是一个行动的理由，我也必须判定，我是基于反思而认可了这个欲望。

人类的这种自我立法，在康德看来是意志的自由本性所决定的。假如这个法则是从外部强加给人的，那么意志就不是自由的。因此，道德法则即人自身的“绝对命令”，是“目的王国的法则”和“理性王国的法则”。但问题在于自我反思的人并非纯净无瑕，他总是历史的、具体的人，是从一个历史的、具体的自我出发来反思行动的理由。这就必须赋予康德理论的空洞形式以历史具体性。为此，科尔斯戈德进一步阐述了“实践同一性”问题。

人就是在实践活动中获得历史具体性的。科尔斯戈德认为，人不仅作为男人或女人、作为某种宗教的信徒、作为某个族群的成员、从事某种职业的职员而存在，他还是一个公民。

> 公民是一种实践同一性的形式，它有两层含义。做一个公民，就是要和其他公民一起做出一系列的决定——就是要参与到一个公意之中。就你是个公民而言，在遵守法律的时候你的行为就是自律的。恰恰是由于这个理由，就你是一个公民而言，你不再是出于你

的私人理由而自由地行动了。[1]

在人的实践活动中，人不能不承担一系列角色，但是，这并非简单地从属或依附于这些角色，而是以自己独有的方式承担这些角色，以自己的行动实践角色授予的义务。在他具有各种身份的同时，他始终是以自己的方式占有这些身份，并且把它们同化在自己的整体性中，维持着自身同一性。而在所有这些身份中，最为重要的是公民这一身份，即作为整个公共社会的一分子。因此，自我规范性中反思的自我就不再仅仅是一个私我，而是在实践中建立同一性的历史的具体的自我，特别是一个参与社会公意，以一个公民立场来反思的自我。他的所有决定是自己做出的，没有一丝一毫外在的强制性，而他的行动的理由又与社会公共利益相吻合。

在这里，我们看到科尔斯戈德提出的自我规范性（自律），已经不同于康吉莱姆的生命的内在规范性，也不同于阿尔都塞、福柯的外在规范性。正是科尔斯戈德所说的“实践同一性”，把生命内在的规范性与外在的规范性结合在一起，并以实践作为调节两者的中介。这就是说，人是以生命的规范性参与社会实践的，这个过程，从一开始就遭遇到特定社会位置的“传唤”和“规训”，并逐渐把这两者相协调，建立起实践同一性。这就是人的成长过程，也是社会化过程，是构建反思自我和设立自我规范性的依据和出发点。如果说，生命的规范性从生命自身出发而行动，且以自己的生命节律和内在欲求为理由；外在的规范性又往往忘却生命本身，转而以外在的功利目的为理由，强制性地规范人的行为，甚至可能扭曲和戕害生命；那么，自我规范性则从个体与社会相结合的角度来设定理由，以此为行为导向。作为这种规范性的立足点是具有理性自我的社会公民，他既享有自我独立性，又充分意识到自我是与社会共存的，是与他人互为主体的实践中的自我，因此，自我规范性也即从历史具体性和交互主体性出发的。行动的理由既符合社会的共同利益，又并非外部强加的，而是他自觉自愿地做出的，他自由地实践了自己的

① ［美］克里斯蒂娜·科尔斯戈德：《规范性的来源》，杨顺利译，上海译文出版社2001年版，第121—122页。

意志。

科尔斯戈德所指出的自我规范性固然使人自觉规范自己的行为，重新塑造社会规约，但并不能取代社会规约。人的行为语言，特别是背后的规约常常处于无意识状态，并非理性反思能够完全掌控。自我规范性的理性特点，决定它只能为人的行为设定理由，决定人做什么，不做什么，而不能完全操纵行为方式，不能完全操纵行为语言以及社会规约。然而，恰恰正是社会规约，其中却交织交叠着意识形态、制度以及各种规范性的投影。

七　文学语言与文化惯例

文学语言作为一种特殊的人之行为同样享有社会规约，只不过这是特定语言场域中的规约，我们称之为“文化惯例”。因此，我们对社会规约所做的分析，也在某种程度上阐释了文化惯例。

作为一种独特形态的社会规约，文化惯例则是在长期的话语活动过程中协商建立的，是某种特定的民族语言，乃至某种特定文体的话语规则系统，它是作家个人在具体的话语运用，特别是在文学阅读中习得的。如果说，社会规约存在于社会活动的各个领域，规范人的所有行为方式，包括人的动作、姿态、外貌、表情、言谈、装束，那么，文化惯例则特指话语活动领域的规则，并且主要指语法之外的其他潜在规则。语法所强调的是话语表达“对”与“错”的界限，文化惯例则更多着眼于“合适”与“不合适”、“得体”与“不得体”，它赋予某种文体以独特性，同时，还在宏观和微观角度为话语运用做出限定，规范、引导着话语表达和交流。“存在着一些社会建构的语言习性的性情，它指的是某种说话的倾向性，说某些确定事物（表达利益）的倾向，以及某种确定的说话能力，这种能力既包括表达无数语法上正确的话语的语言能力，也包括适合于在一确定情境中运用这一技能的社会能力。”①

在谈到个体语言发展时，韩礼德指出：一方面，“我们每个人都是

① 朱国华：《权力的文化逻辑：布迪厄的社会学诗学》，上海人民出版社 2016 年版，第 186 页注［13］。

独一无二的，因为任何环境模式都不可能以完全相同的形式重复出现，任何个人的经历都不可能与他人相同”。另一方面，“就个人经历而言，个体的独特性必须受到文化的限制。因为我们的环境是由文化塑造的，而且我们学习语言的条件也基本是由文化决定的”。[①] 个体经历的唯一性决定了他的话语独特的个人风格，而共同的文化环境又注定他所使用的个人话语不能不遵循文化惯例。由于文化惯例并非抽象的条文和规则，而是在文学话语活动中习得的，是范例性的，具体的，因此，不同接受者所关注的重点和学习的着眼点势必各不相同，这就造成文学话语形式的流变，致使文学没有定式，而出现维特根斯坦所说的“家族相似”现象。

在《话语分析导论》中，詹姆斯·保罗·吉列举了一个典型的社会语言实例。他让一位二十多岁的女学生简（Jane）把课堂讨论的一个故事分别向男朋友和父母转述。在这个故事中，一个名叫阿比盖尔（Abigail）的姑娘要乘一条小船过河看她的情人格雷戈里（Gregory）。船家罗杰（Roger）说可以送她过河，但条件是她要答应和他睡上一觉。为了见到格雷戈里，她可以不惜代价，于是阿比盖尔就答应了。但当她过了河见到格雷戈里并把经历告诉他时，格雷戈里与她断绝了关系，抛弃了她。

简在向男朋友转述这个故事并解释自己为什么认为格雷戈里最不道德时，是这样说的：

> 这家伙真是头驴，你知道，我是说她男朋友。如果是我为了见你而这么做了，我倒希望你把那家伙杀了。他利用了她，还说爱她。罗杰从不撒谎，你明白我的意思吗？

可是，当她向父母亲解释自己的看法时，则是这么说的：

> 是的，我想这件事的时候，我不知道，我觉得应该是格雷戈里最讨厌。当阿比盖尔告诉他她是被迫时，他却没有表示理解。他太

① ［英］韩礼德：《语言与社会》，苗兴伟等译，北京大学出版社2015年版，第80页。

冷酷。他说过爱她的，却又这么做。从这个意义上来讲，他太虚伪。[①]

很显然，简在面对不同类型的人（男朋友与父母）所采用的话语方式是迥然而异的，它们完全是按照不同的惯例组织的。文化惯例的区分性，在公文中表现得特别显著，公文必须严格遵守等级关系。与社会规约一样，文化惯例具有极强的语境性，它总是与特定语境联系在一起，随语境的变化而变化。不同场域、不同的交往对象、不同的文体就有着迥然而异的文化惯例。

文化惯例既然是一种独特形态的社会规约，也就同样隐含着意识形态和权力关系，只不过这种关系更为间接、曲折和隐晦。文化惯例体现了罗兰·巴特所说的“符号秩序”，它是由意识形态予以合法化、普遍化、自然化的。它总是敞开一些视野而遮蔽另一些视野，强调某些内容而弱化另一些内容，将某些对象中心化而将另一些对象边缘化。文化惯例处在历史传承和社会权力操纵的交集地，内部不可避免会发生断裂，譬如精英文学与通俗文学间的差异；各种不同文学艺术流派、不同文体间的争奇斗艳和嬗替；再如我国五四时期的文学写作，由于中西文化冲突和交融，甚至同一文学作品内部就明显存在着新旧惯例的矛盾。文化惯例作为一种潜隐的文化权力，它始终交集着传统与当代的矛盾，以及各种文化力量间的较量。因此，文学批评除了针对社会规约之外，也把自己的批判矛头指向文化惯例所隐含的意识形态和权力关系。

在谈到先锋派诗歌时，玛乔瑞·帕洛夫做了精辟的分析。她指出，假如读者按照传统的、“官方的”惯例来阅读这些诗歌，那就会感到诗歌的语词杂乱、语义断裂、意象晦涩，令人无法理解。其实，并非诗歌本身不可解，而是阅读的人仍然坚执于原有的惯例，对诗歌应该如何表达和连接意象有先入之见。先锋派诗人拒绝使用“常规的”词序或拒绝保留句子结构的完整性，引入神秘难懂的词汇、令人困惑的所指意义，而这种写作恰恰模拟了媒体时代面对无休无止的过剩信息时，人们思想意

① ［美］詹姆斯·保罗·吉：《话语分析导论：理论与方法》，第39页。

识上的醒悟。因此，“阻碍读者理解的因素不是文本的晦涩难懂而是规约”。[①] 这也就是说，在诗歌创作中存在的话语权争夺，一个重要方面就是对文化惯例立法权的掌控。先锋派诗人意图打破旧有的诗歌惯例，建立一种新惯例，一种还仅仅属于先锋派自己及文学小圈子的惯例。

德里达的解构理论，不仅巧妙地利用了语境错置，更为主要的是狡黠地以二元的矛盾态度对待文化惯例。一方面，在阅读过程他蔑视文化惯例，意图撇开惯例做出自己对文本的独特解释；另一方面，他又不得不利用文化惯例来传达自己的理解，否则，也就无法表达自己的观点。正因如此，艾布拉姆斯批评德里达玩弄一种“双重游戏”。[②] 当然，由于文化惯例本身是“范例性”的，而非僵死的规则，因此，它对接受者的要求并非强制性的，往往不能保证某个确定意义的实现，而总是给出一个宽泛的解释空间，这正是德里达与约翰·塞尔争论的原因。

在消费社会，一场文学语言自身的裂变正在发生：下半身写作和女性主义所倡导的身体写作，以身体作为话语之源，运用断断续续、吞吞吐吐的语言，试图进入个人私密领域，激发无意识及女性本能，重新亲近行为语言，以此摆脱语言中心主义、理性中心主义和男性中心主义；而元小说、后现代元历史小说则把注意力聚焦于话语行为和叙述行为本身，是对话语自身及叙述策略的理性反思。前者放弃理性思考，放弃精神的神圣性，以返回身体为指归；后者是理论霸权和理论殖民的结果，是文学写作的理论化、游戏化，也是对身体和生命存在的恐惧和逃避。两种倾向都是对言语行为与行为语言深度融合的叛逃，它们以不同的方式把文学引向“审美终结”和“文学终结”，而后一种状况正是阿瑟·丹托所说的“艺术的终结”。

文学语言总是处在不断改革和创新的过程中。对语言的变革就是改变人与世界的关系，就是改变看待世界的方式，同时，也是改变看待人自己的方式，而其中最为关键的就是变更文化惯例。在文学写作中，新

---

① ［美］玛乔瑞·帕洛夫：《激进的艺术：媒体时代的诗歌创作》，聂珍钊等译，上海外语教育出版社 2013 年版，第 156 页。

② ［美］M. H. 艾布拉姆斯：《以文行事——艾布拉姆斯精选集》，赵毅衡、周劲松译，译林出版社 2010 年版，第 272 页。

惯例的创立并非任意的游戏，它实质上是突破既成的文化惯例，破除言语的限制和压抑，以新的范式召唤人的生命，召唤无意识，解放个体的行为语言记忆。当这种创新适巧吻合了人的生命的规范性，发掘出长期被压制的行为语言记忆，它才能更深刻地敞开人的心灵奥秘，才能真正赢得成功。否则，随意的所谓创新只不过是卖弄玄虚，只能在一时间哗众取宠。

在文学活动，包括写作和阅读过程中，社会规约和文化惯例是同时存在的两种规范力量，它们总是或相适应或相抵牾，或迎或拒地纠缠在一起，分别从不同层面共同规范着话语行为。约翰·塞尔曾提出制约话语活动的“横向惯例”，至此，我们应该对约翰·塞尔所提出的“横向惯例”做出如下具体化：所谓“横向惯例”其实就是由“社会规约”和“文化惯例”交织交融而成的。前者是人物行为组织原则、社会组织原则，也即文学作品的结构原则；后者则是文学话语组织原则，它们都是文学写作、文学阅读不得不遵循的。离开社会规约，我们就不能有效地行动和交际，不能理解行为，不能理解社会，因而也不能创作和理解文学作品；离开文化惯例，我们不仅无法写作，也无法阅读，无法理解文学语言的真正意义。而对于一位勇于创新的作家来说，有意识地挑战文化惯例，依从自己的生命要求，张扬生命本身来突破文化惯例的约束，恰恰可能成为他建立自己独特风格的重要途径。所谓文学写作的“真诚性”，从一个重要侧面来看，就是作家努力驾驭文化惯例，使其服务于自己的内心要求和写作意图，申明自己的文化权力，或者让自己与惯例间的冲突暴露出来，而不是被迫匍匐于文化惯例之前，言不由衷。

第 三 章

行为语言·无意识结构·文学活动

人的意识是由言语行为记忆建构的，无意识则是由行为语言记忆建构的。两种语言（行为）的共性和差异性决定着意识、无意识结构的联系和区别，也决定着双方既可沟通又不可通约的关系。因此，拉康以普通语言的结构来解释无意识是不严谨的。审美和文学艺术活动是意识与无意识间的充分合作，是言语行为记忆与行为语言记忆间的充分合作，是双方的共鸣共振，两种语言（行为）的特征决定着审美和文学艺术活动具有双重性。由此出发，审美活动和文学艺术活动中的诸多谜团就豁然开朗了。

一　行为语言与无意识建构，言语行为与意识建构

弗洛伊德对无意识（unconscious）所做的解释打开了人的心理黑箱，不仅为精神分析提供了路径，而且广泛影响了其他学术研究领域。拉康继承弗洛伊德的无意识理论，并展开了进一步深入的研究。他运用索绪尔的语言学理论来阐释无意识，提出自己的重要观点：无意识“是像语言那样结构的”（is structured like a language）[1]。与以往语言学家注重语文学和词源学，关注语言的历时性研究不同，索绪尔则把重点投向语言的共时性研究。他认为：在语言的具体运用，即言语（parole）背后，存在着一个总系统，也即语言（langue），这个系统操控着具体言说的结构

---

① Jacques Lacan, *Seminar of Jacques Lacan*: *The Psychoses*, *1955 - 56 Bk.* 3, trans. Russell Grigg, W. W. Norton & Company, 1993, p. 167.

规则。这些结构规则深嵌在言语之中，以致人们并没有意识到它。语言的这种无意识结构吸引了拉康（Jacques Lacan）的注意，促使他认识到无意识所具有的像语言那样的结构。在此基础上，拉康进而以雅各布森提出的“隐喻”（metaphor）和“换喻”（metonymy）来阐释无意识，用这两种语言修辞对应于弗洛伊德所提出的“凝缩”（condensation）和“移置”（displacement），以此来解释无意识的工作方式。

拉康这种观点与弗洛伊德对无意识的解释产生了抵牾。在元心理学著作中，弗洛伊德提出了“词表象”（word-representation）和“物表象”（thing-representation）两个术语，前者主要指衍生自语词的听觉性表象，后者则主要指衍生自事物的视觉表象，并认为人的意识基于物表象与相应的词表象的结合，而无意识则只包含着物表象。一件事情要成为意识的，就“应该通过和与之相应的言语表象建立联系而成的”。[①] 显然，弗洛伊德强调意识与言语相关联，而把无意识与言语隔离开来，认为无意识与言语无关，可是，拉康却以语言结构来解释无意识结构，这两种观点似乎相互对立。由此，也引出了一系列对无意识的误解。

那么，我们应该如何解释两者间的矛盾呢？要澄清这个问题，有必要引入新的术语：“行为语言”及“行为语言记忆”。

在第一章中，我们阐述了人之行为（表情、动作、姿态、声音）是具有社会共享的意义和普遍可传达性的特殊的语言，甚至是人最基础、最原初的语言。我们了解一个人，之所以需要察言观色，既听其言又观其行，并且往往更相信“色”和“行”，就因为行为本身就表达了意义，它具有类似于语言的符号特性，是“行为语言”，我们通过行为语言就直接知觉了对方，并以行为语言所表达的意义来对照或印证言语所表达的意义，在比照中深入了解对方，解释真相。正如我们要懂得一种语言就必须掌握这种语言，也就是说，我们有对这种语言的记忆，即言语行为记忆；同理，我们之所以懂得行为语言，也因为我们具有“行为语言记忆”。正是行为语言记忆构建了人的无意识。可以说，**人的意识就是言语行为记忆所建构的**，**脱离言语行为就无法实现意识建构**，**人的无意识则属于行为语言记忆**。

---

① ［奥］弗洛伊德：《弗洛伊德心理哲学》，杨韶刚等译，九州出版社2015年版，第9页。

行为语言作为一种特殊的语言，必须利用“差异性”来构建意义。但是，这种差异性不像言语行为那样建立在“概念/音响形象”区分的基础上，而是以“肢体信息”（而非“视觉形象”）区分为基础，是对行为模式的识别。行为语言和人的身体密切关联，本身就是身体行为，无法离开身体而独立，并深深嵌入了身体。行为语言是连接人与人、人与世界的枢纽，人的感觉也与行为语言密不可分。胡塞尔就认为，人的感觉是与动感相统一的。

> 感觉从一开始就包含着世界，因为它始终包含着行为、包含着基本的主动性……只有通过我切身的（leiblich）活动，我才能获得我所有的感性印象。为了使我的对象环境中的颜色、形状、温度、重量等等确定的外观对我成为被给予性，我必须相应地运动我的眼睛、脑袋、手等等。感觉的感知（“感知”在希腊文中是“aisthesis”）和由我所进行的身体运动（“运动”在希腊文中是“kinesis”）在这里构成了不可分解的统一。①

人对世界的感知是建立在行为语言和言语行为基础上的，任何外来信息都必须经过人的语言（行为语言和言语行为）的建构，将其结构化，才能被人所接受和知觉，否则，就只是凌乱的毫无意义的信息而被忽略。其中，最基本的环节是人通过自己的行为关联生活世界，以行为语言来构建和同化生活世界，赋予生活世界以人自身的结构，由此把握了生活世界。世界也因此具有人的行为特征和生命特征，并和人建立起休戚相关的紧密联系。人与世界融为一体，人理解了世界，以自己的行为方式和生命方式掌握了世界。②

---

① ［德］埃德蒙德·胡塞尔著，［德］克劳斯·黑尔德编：《生活世界现象学》，倪梁康、张廷国译，上海译文出版社2002年版，第15—16页。

② 关于行为在感觉活动中的作用，杜威同样指出：“我们并不是因为我们直接认识到产生我们知觉的外在来源而相信有一个事物在那儿，我们是因为我们顺利地从事于运动性的反应而推论到我们感觉器官所具有的某些外在的刺激作用。”（《经验与自然》，第214页）Alva Noë对感知与行为关系的研究也指出：行为是未来的感知；没有行为，我们就不会对世界有任何真实意义的经验（Arthur Juliani：《感知与行为相对论：用生成论搭建认知科学和强化学习之间的桥梁》，机器之心编译，hr@ almosthuman. cn）。

行为语言作为“肢体模式”而非“概念/音响形象”，从符号特性角度来看，它还只是一种发育不完善的、特殊的符号系统，缺乏言语行为的明晰性，虽然具有自己的意义，却不具备言语行为那种相对独立性，不能把人与世界相分离，更不能把行为与人本身相分离。它既是“观念”又是“存在”，恰如梅洛-庞蒂所说：形式既不是一种自在之物，也不是自为的观念，而是“观念与存在间难以察觉的密切结合，是质料在我们前面展开意义的偶然安排，是萌芽状态的可感知性”。[①] 行为语言这样一种发育不全、缺乏独立性的符号系统尚不能把世界构建为与人相分离的明晰对象，不能形成人的意识，而只能将世界加以结构化并纳入己身，构成无意识。[②] 因为意识总是关于“对象”的意识，它以对象的生成，人与对象间的关系建构为前提，当行为语言把世界与人自身连接在一起并融合为一体，不是把世界作为“对象”来看待，它就不可能让人彻底摆脱朦胧、混沌的状态，不可能形成明晰的意识。世界只不过作为被人体验的世界而存在，它既是“观念”又是“存在”。

唯有言语行为以“概念/音响形象”为世界万物命名，为人自身命名，以其“概念/音响形象”区分万物，吸纳、凝聚、提升人的经验，才能形成人的明晰的意识；也唯有借助于言语行为及语言概念的明晰性、独立性，人才与世界万物相区分，行为才与身体相区分。言语行为创设了人与世界及自身行为之间的距离，于是，世界、万物、人的身体，以及行为才成为人的意识对象。言语行为将人的意向具体化了，并构建了明晰的意向对象。世界从“天地始”之“无名”状态进入“万物母”之“有名”状态，人终于既可以“观其妙”，又可以“观其徼”。[③]

> 语言对思想所起的独特作用不是为表达观念而创造一种物质

---

① Merleau-Ponty, *The Structure of Behavior*, trans. Alden L. Fisher, Bossdun: Beacon Press, 1963, p. 18.

② 行为语言用以建立差异性的“肢体模式”并非指“视觉形象”，而是指“肢体信息”，它可以被人的大脑接收、被行为语言所处理，并进而做出行为反应。这就是我们所说的“条件反射”，它不必经过人的意识而直接由行为语言做出反应。行为语言不能进入人的意识而只能构成人的无意识，但其反应的速度常常超过意识。我们平时所“看到”和“意识到”的视觉形象，其实是经过行为语言和言语行为双重建构的。

③ 朱谦之撰：《老子校释》，第5—6页。

> 的声音手段，而是作为思想和声音的媒介，使它们的结合必然导致各单位间彼此划清界限。思想按本质来说是浑沌的，它在分解时不得不明确起来。因此，这里既没有思想的物质化，也没有声音的精神化，而是指的这一颇为神秘的事实，即“思想—声音”就隐含着区分，语言是在这两个无定形的浑然之物间形成时制定它的单位的。①

因而，语言概念与人的意识是同步生成的，语言概念同时构建了人的意识对象和意识，于是，世界开始以崭新的面貌呈现在人面前。这正是中外创世神话几乎都赋予言语行为以创世能力的原因，也是言语行为所具有的独特的施行能力。言语行为的明晰性、独立性不仅使世界万物成为人的感觉对象和认知对象，有效提高了人的认识能力，同时，让人有可能超越实存来想象和运思，促使人类思维和人的意识发生质的飞跃，甚至把人提升到一个形而上世界。言语行为的明晰性、独立性也将人之行为的特征从身体中提取出来，把行为与处境、行为与后果相联系并设定为人的反思对象，使人有了自觉矫正、调整自己行为的可能性，并赋予行为以明确的目的性，提高了行为的合理性和有效性，从而迅速改善人的实践能力。人之所以远远超出动物界，就因为言语行为的出现有力地促使人的意识发展，促使人的认识能力和实践能力的发展。② 言语行为终于使“自在”的人成长为“自为”的人。③ 人之为人就在于人同时秉持着两种相互协作的不同行为（语言）：行为语言和言语行为，并因此具有交相作用、相互协同的意识和无意识。

裂脑人（左右脑半球常规传导中断）实验也证实了意识、无意识

① ［瑞士］费尔迪南·德·索绪尔：《普通语言学教程》，高名凯译，商务印书馆 1980 年版，第 157—158 页。

② 与口头语言相比，书面语言不仅进一步加深了人与世界间的间隔，加强了人的反思能力和理性能力，而且加大了语言与人之间的分裂，使语言和意识本身也成为受人审视和反思的对象，推进了语言和思维的合理性、严密性、科学性，并促成知识的诞生。不过，这与本议题关系不大，故存而不论。

③ 当言语行为促成人类意识的诞生，并且人可以通过意识来调控行为，此时，不仅有效提高了人类的实践能力，同时，也使人有可能通过控制姿态、表情等来伪饰。

分别与言语行为、行为语言的关联。同苏珊·伯拉克姆一样，约翰·塞尔在《心灵导论》中也列举了裂脑人实验：在这个实验中，实验者发现：当一个对象出现在病人的右侧视野，由于接收信息的左脑具有语言功能，他就能正确地说出这个对象；而当对象出现在左侧视野，接收信息的右脑因为是非语言功能区，他就什么也没有看到，但是，随后却伸出手去触摸、抓握对象。据此，约翰·塞尔指出，人脑具有两个相互协作的意识。① 其实，这个实验有力地说明：人脑并非存在两个意识，而是分别存在意识和无意识。左脑具有语言功能，同时是人的意识区域，只有它才能明确地意识到对象；而那个没有被人所意识却又导致人的行为的心理过程就是无意识，它处于非语言区，并运用行为语言记忆来指导人的行为。当然，左脑除了意识区域，也同样存在与行为语言密切相关的无意识，无意识贯穿于左右两个脑半球，意识则只存在于左脑语言功能区。对于正常人来说，意识和无意识通常是相互协作的，正是这种协作，才使人能够掌控行为顺利实现自己的目的。但是即便如此，人的日常行为仍然保持着大量无意识状态。“我们对于身体位置与动作的知晓一般是直接的和非反思性的。它并不经常伴随着我们留意着的、意识中的动觉感受，也不常在这种感受出现时从它们之中引发出来。成功完成的自主行为也不需要以这种对身体感受的留意作中介。”②

---

① ［美］约翰·塞尔：《心灵导论》，徐英瑾译，上海人民出版社 2008 年版，第 123—124 页。

② ［美］理查德·舒斯特曼：《生活即审美：审美经验和生活艺术》，彭峰等译，北京大学出版社 2007 年版，第 168 页。杜威对心灵与意识做了区分，他认为，心灵比意识远为宽广，并且大部分的心灵活动仍然处于无意识状态。“在任何有意识的动作或状态中，心灵的大部分仅是隐晦不明的，心灵的领域，即起作用的意义的领域，要比意识的领域要宽广得多。”（《经验与自然》，第 194 页）台湾中央大学认知神经科学研究所洪兰教授在其演讲中列举了这样一件事：她的一位同事曾经遭遇抢劫。警方向她询问劫犯的相貌，她回答说，当时惊慌中只看到枪口，没看到人。事后，她突然特别讨厌自己招收的一位学生，找各种理由要撵走这位学生。等到警方抓住抢劫嫌疑人，请她去指认，她却一眼就认出劫犯，并且这个劫犯与她深感讨厌的学生长相很像（洪兰：《脑科学揭露女人思考的秘密》，Daisy L. Hung@ TEDx Taipei 2015）。这就是说，这位同事在案发当时实际上已经接收到这个劫犯的形象信息，只是因为恐惧，没有进入她的意识，而是经由行为语言存储于无意识之中。当在安全的环境中她再次面对劫犯，劫犯的外貌形象就唤醒了她的无意识（行为语言记忆）。

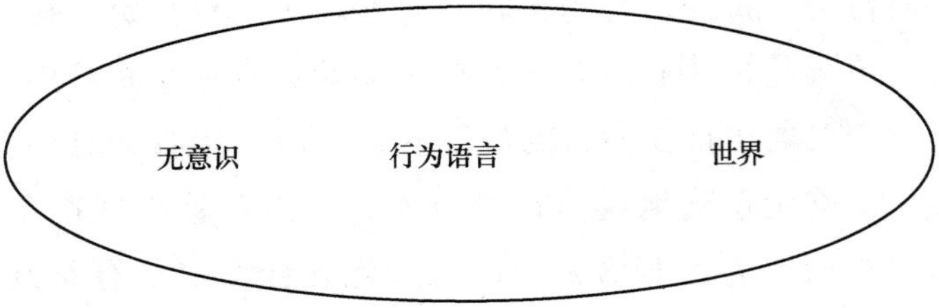

图3-1 无意识、行为语言、世界关系示意图

说明：人以行为语言将世界结构化并纳入己身，构建无意识。

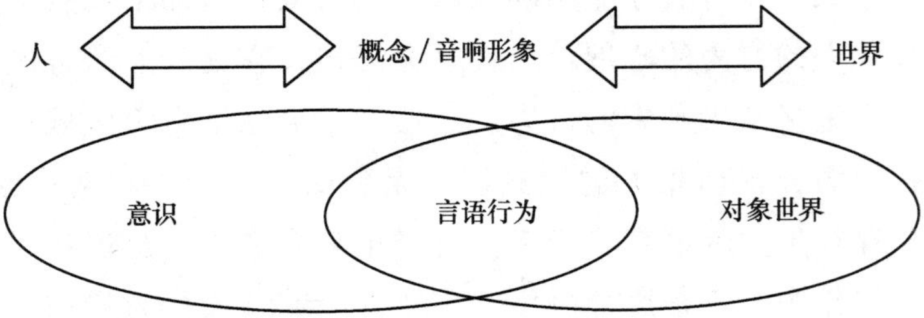

图3-2 意识、言语行为、对象世界关系示意图

说明：作为独立中介的言语行为既构建人的对象世界，将世界结构化，同时构建着人的意识。

在人的各种行为语言中，发声行为具有特殊意义，它既是由人发出并由人掌控的，从属于人的身体，又离开人的身体而独立。这种双重性决定着唯有它可能发展成为最完善的独立的符号系统，即言语行为。为了适应人类活动领域广阔性、丰富性和人类社会交往频繁性、复杂性的需要，原本表达类似情境的发声行为不得不发生归并和简化，逐渐形成了“类概念/音响形象”，既走向抽象，又凝聚了人的经验。“因为某些表达会在不同的语言活动中反复出现，这种积累的语言经验会经历许多种固化过程（process of entrenchment）；因为某些表达的构成成分会在不同的语言活动中出现类型变化（type variation），这种语言经验会经历多种抽象过程（process of abstraction）。”① 概括、抽象的过程就是超离世界的

① ［德］Michael Tomasello：《基于使用的语言学》，Dirk Geeraerts 主编《认知语言学基础》，邵军航、杨波译，上海译文出版社2012年版，第488页。

过程，因而语言概念的形成也就彻底改变了人与世界的关系。由此，发声行为对所表达情境的依附关系被剥离了，它与现实世界的距离扩大了，并创设了人与万物间的距离，甚至可以把自己的身体及行为作为对象看待，进而创设了人与行为，特别是发声行为的距离，也即创设了人与言语行为的距离。言语行为终于成为明晰性、独立性的符号系统。譬如《诗经·鲁颂·駉》中涉及马的名称就有 16 种，它们或因毛色或种属不同而异。《说文》表示马的名称则因年龄、毛色、形态、品种的不同而区分为 42 种。[①] 在人类实践过程中，那些没有实质意义的区分逐渐被放弃，大量无用的名称遭淘汰，归并为少数几个表示“马”的抽象概念。这些抽象概念并不能具体表述各式各样的个别的马，却又囊括了所有种类的马。人类实践活动的独特性注定了行为语言（发声行为）走向概括、抽象的必然过程，注定了行为语言（发声行为）向言语行为发展的必然过程。没有概括、抽象就没有语言概念，没有言语行为，也没有超拔于动物界的人自身。[②] 言语行为的形成过程，就是人的对象世界构建的过程，

① 菲律宾的部落可以辨别超过 600 种有经过命名的植物，美国东北部和加拿大的美洲印第安人对爬虫有一套详细的分类学，东南亚的矮黑人（Pygmies）能够分辨超过 15 种以上的蝙蝠吃树叶的习性，等等，这些都从一个侧面说明，原始部落语言抽象性相对较弱（［美］克利福德·格尔兹：《地方知识——阐释人类学论文集》，杨德睿译，商务印书馆 2014 年版，第 103 页）。

② 我们强调语言对人类发展的重要意义，并非否定工具的重要性。工具既关联着人与世界，又分裂了人与世界浑融、直接的连接，改变了人与世界的关系，从这个角度看，语言也即工具；并且工具的使用，迫使人的四肢不得不发生分工，使人终于站立起来，因而为大脑的发育提供了条件。这些都在人类发展中起着重要作用。但是，语言的诞生从根本上提高了人的感受能力、思维能力、认识能力和实践能力。其关键作用是普通工具所不能替代的。在《指号、语言和行为》中，莫里斯把人类语言与动物的指号做了辨析区分，他认为：“没有一种其他的动物通过社会遗传传递它的指号达到这样一种程度，获得这么高度地独立于特殊情境的指号，运用符号到这样一种纯熟完美的程度，（自觉地和不自觉地）把指号应用于这么许多目的，这么注意它的指号本身，进入这么高度的指号—行为水平，应用指号做出这么复杂的推理，或者这么经常地把指号本身作为目的一物。在所有这些方面，人的语言（和人的语言使成为可能的后—语言的符号）大大地胜过了动物的指号—行为……人的指号—行为和动物的指号—行为之间的继续性和不继续性同样是真实的；人的指号—行为和动物的指号—行为之间的类似性和差异性也同样是真实的。”（［美］C. W. 莫里斯：《指号、语言和行为》，罗兰、周易译，上海人民出版社 2011 年版，第 57 页）在此，莫里斯正确地对人的指号—行为与动物的指号—行为的特性做了辨析，指出其连续性和不连续性、类似性和差异性，但是，问题的关键在于他尚未发现人自身同时具有两种类型的指号—行为，即言语行为与行为语言。从行为语言来看，人与动物存在着明显的连续性、类似性，而言语行为作为人所独具的指号—行为，这恰恰是动物尚未具备的。正是言语行为使人明显区别于动物，而造成这种差异性和不连续性的根源在于语言是独立性、中介性的概念体系。

也是人的意识构建的过程，言语行为的结构决定着人的世界的结构和人的意识的结构。言语行为奠基于行为语言之上，这种内在关联就注定了它在某种程度上享有行为语言的深层结构，也就是说，语言的深层结构并非语法结构，而是行为语言的结构，这种结构是前人类的，但由于双方具有差异性而必须经过“转换生成”。

当我们阐明了人所具有的两种行为（语言）：言语行为与行为语言，并且指出人的意识实质上是言语行为记忆，而无意识则是行为语言记忆，那么，我们就很容易理解弗洛伊德与拉康之间的观点分歧了。弗洛伊德认为人的意识与语言直接相关，无意识与语言缺乏直接关联，所强调的正是意识活动离不开言语行为，而无意识则并非根源于言语行为，它是另一种东西。当行为语言仅仅是行为语言，尚未与言语行为相结合，它只能处在无意识状态；而当行为语言与言语行为相互交融，也即弗洛伊德所说“物表象”与“词表象”结合，那么，它才进入意识层面，双方共同构建起想象和幻想，或曰“形象思维”。与此不同，当言语行为仅仅是单纯的言语表述行为，它虽然是意识活动，却只能是抽象思维。我们所意识到和记住的事件，其实是被言语行为表述和建构了的事件，而非实存的事件本身。那些尚未被言语行为表述和建构的事件，或虽经表述和建构却仍未纳入言语行为的事件“剩余”和“碎片”，就只能沉落在无意识之中。拉康所谓无意识具有像语言那样的结构，则是发现了无意识也由某种“语言”构成。不过，它应该指“另一种”特殊的语言，即行为语言。无意识具有行为语言的结构，并和言语行为结构有相通之处。因此一般地说，弗洛伊德和拉康两人的发现并没有构成实质性冲突；但是深入地看，拉康笼统地以语言来解释无意识，认为无意识是像语言那样结构的，则又不够严谨和科学，这固然可以猜到无意识的某些特征，却无法真正揭示无意识的结构。

二　意识、无意识的结构

意识、无意识之间的联系及区别是同两种行为（语言）的共性、差异性相关联的。无意识作为一种行为语言记忆，必然具有行为语言的结构。任何语言，其基本前提即共享的意义和可交流性，它必须建立在共同的社会规约之上，否则，就无法达成交流，也就不再是“语言”。这些规约随同行为语言被个体以特定方式内化，成为人的无意识结构，它塑造着人的社会行为方式和行动能力，以及相互理解和沟通的能力。言语行为与人的意识之间的关系也相同。言语行为之所以成为最便利、最主要的人际交流工具，也因为它并非属于“我”个人，而属于“我们”，具有公共性。言语行为背后就隐含着共同的文化惯例。由于在实际的交流活动中，言语行为和行为语言是互为背景、相互交织、相互协作、相互补充、相互诠释的，这种密切关系致使言语行为与行为语言在结构上形成许多共同点，也即行为语言所享有的社会规约与言语行为享有的文化惯例之间有许多共通性，在某种程度上，双方存在相互沟通、相互替换的可能性。

从两种行为（语言）的发生历史来看，言语行为建立在行为语言的基础上，意识建立在无意识的基础上。言语行为是以概念和逻辑对行为语言的改造和重铸，是对行为语言的超越和升华，这就势必使得行为语言及无意识相对于言语行为及意识具有先在的决定意义。无意识是一切精神生活的背景。行为语言的先在性注定了言语行为及人的意识不能完全背弃行为语言的结构。恰如杜威所指出，许多语词既指行为过程，又指最后产物。没有这些词的动词意义，也就没有这些词的名词意义。这并非偶然的巧合，恰恰是行为语言结构为言语行为所打下的烙印，行为的动态特征势必授予动词在言语行为中的重要地位。**正是人的无意识，也即行为语言记忆，存储着人的行为模式，保留着行为所具有的结构，由此影响了言语行为的结构特征，影响了意识的结构特征。**因此，应该颠倒过来说：言语行为结构是受到无意识结构影响的，并非拉康所说无意识有像语言那样的结构。言语行为是在后来的独立发展过程，特别是书写文化中逐渐形成了自己的独特性。

但是，两种行为（语言）毕竟有着不同的载体、特性和功用，有所分工，大体上被运用于不同领域，因而它们又形成相区别的结构。克里斯蒂娃曾谈到20世纪西方医学和心理学对肢体语言的关注。一些研究者发现：“语法、句法和逻辑范畴都不适合于肢体表达，因为这些范畴都要对能指的整体进行切割和拆解，因此不符合肢体表达不容拆解的特点。”“肢体符号具有多义性（即拥有多个意义），而且肢体信息也不遵守通常的‘句法’次序（主语—谓语—宾语），所以肢体信息更像是孩童的言语和‘原始’的语言。”[①] 人的无意识是由行为语言记忆建构的，它不能不被打上行为语言的独特印记。

一方面，行为把人与世界相关联，把它们构建为一个统一体，这固然展示出行为的特定结构，但是，其中却没有“主体”与“客体”之分。与言语行为不同，行为语言是非概念的，行为语言的统一体既不区分“主语”、“谓语”和“宾语”，更不存在语法和逻辑秩序关系；它没有时态特征，不作“过去”、“现在”和“将来”等时间概念切分和标记，是时间的无限绵延，却持存着行为的韵律和节奏；它不作空间区隔和定位，而把空间融合为一个有机整体，并且空间与时间是并重的，本身就是统一体；它是“无名”、“无形”的，浑整、连贯、统一的。[②] 恰如克里斯蒂娃所说：

> 肢体动作也是不断生产死亡的典范本身。在它的领域里，个体是无法构成的——肢体动作是一种无人称的方式，因为它是一种不生产的生产力方式。它是空间的——它走出了“线”和“面”（因为后者是交际的拓扑学区域），并要求对空间类型进行某种新的格式化。[③]

同时，行为语言依附于身体的非独立性，也注定它直接与身体感受密切关联，注定行为语言不仅是肢体信息，而且总是激发起情感并始终伴随着情感，反过来，情感又激励行为语言，为行为语言注入不竭的动能。无意识是心灵中“黑暗的一隅”，“人一旦照耀到无意识的领域，他也就

---

① ［法］朱莉娅·克里斯蒂娃：《语言，这个未知的世界》，马新民译，复旦大学出版社 2015 年版，第 325 页。

② 譬如在普通语言中“我爱你”，“我”是主语，“爱”是谓语，“你”是宾语。可是，在行为语言及无意识中却不存在这种区分，非但没有“我”与“你”之区分，没有“主语”与“宾语”的区分，甚至“我”和“爱”这一行为也没有被区分，它们重叠在一起，融合为一体；而“我”与“你”则被“爱”这一行为所连贯和统一，我只是行为的施行者，行为就体现在我身上，你则是受施者，和行为紧紧联系在一起，并受到行为的影响和重塑，它们都尚未被命名，被分割，是一个浑整的行为连续体。

③ ［法］朱莉娅·克里斯蒂娃：《符号学：符义分析探索集》，第 35 页。

立即踏入了朦胧不明的个人无意识范围”。① 因此，由行为语言记忆构建而成的无意识，也就必定与言语行为的结构存在相当大的差异，与意识的结构存在相当大的差异。行为语言的非概念性、非逻辑性决定着无意识与理性无缘，而具有模糊、混沌的一面，以致相类似的内容很可能发生“凝缩”，相紧邻的内容则可以发生“移置”。同时，无意识也难以准确、完整地被言语行为所翻译、描述和分析，它是模糊多义的，任何翻译、描述、分析都必定会或多或少扭曲无意识本身，是对它这样或那样的猜测甚或误释。除非受到言语行为的激发、整理和凝聚，与言语行为相互融合，它才能以想象和幻想的方式得到展现，才能被意识所察觉，否则，就只能默默沉潜于无意识之中。更为重要的是行为语言中的主客体尚未分化，“对象”尚未分离和确立，在受到言语行为重塑之前，它也就不可能进入以意向对象为必要前提的意识状态。

另一方面，行为作为一种语言，必须遵循社会规约，人的无意识的结构就受制于社会规约的结构。行为语言所遵循的规约，并不属于某一个体，也不属于某一行为，它存在于“他处”。它无法被言说，却实实在在地存在着。它是客体，却又如意识形态那样是“空无”的客体，是一个虚空的、客观存在的“他者”，并且只属于群体，属于社会，属于种族，属于传统，这个他者就像是拉康所说的“大他者”（capitalized big Other）。② 大他者主宰着人的行为语言，随同行为语言以个人独有的方式内化于人的心灵，赋予人的无意识以结构。人之行为就是凭借社会规约（大他者）才成为行为语言，才可以让人们相互沟通、理解，才可能在人际交往中发挥作用。更根本地看，就因为存在社会规约（大他者），人才成为社会性的人，人类社会才能得到延续，人的生命才能得以延续，是规约确保了一个社会和一个群体的内部稳定，也保证了个人的内心稳定。反过来，不同社会群体间的行为差异又为群体自身做出界定，进而构建

① ［瑞士］荣格：《荣格说潜意识与生存》，高适编译，华中科技大学出版社 2015 年版，第 129 页。

② 拉康所说的“大他者”，指索绪尔语言学中言语（parole）背后的语言系统（langue）。我们所谓“大他者”则指社会规约的结构，这些结构规范着人的行为语言。由于言语行为是从行为语言中分蘖出来的，因此，语言系统与社会规约之间就必然具有结构相关性，所以本书说：这个他者“就像”拉康所说的“大他者”。

起特定的社会秩序。从这个角度看，在言语行为及意识、行为语言及无意识、社会规约及社会秩序三者之间又存在着极其复杂而深刻的结构关联。

“主体”与“客体”的区分，只是在言语行为出现之后才真正成为可能：

> 个体是在语言中并通过语言而被构建为主体的。主体性就是说话人将他/她本人作为自我的能力，不能以任何方式通过对自身的无言感觉来定义，也不能用自我的某种无法言表的精神体验延缓之，而只能通过超越任何可能经验的语言的自我。①

言语行为这一功用，本维尼斯特（Emile Benveniste）就做了很好的阐释，他指出：言语活动每次都把言说者带入特定的情境和话语的不同构造之中。在任何语言里，言说者都把“我”占为己用，同时或隐或显地展现出“你”，以便共同对立于“他”，由此设立一种关系，设立一种崭新的人类体验，代词“我”就从聚合的一个要素，转变成一个独一的称呼，并且产生出一个新的人。这个新的人就是“我”，就是作为言说“主体”的人。主体性就是“通过言语活动并在言语活动之中安身立命的主体的主观体验”。② 可以说，正是言语行为把参与言说活动的诸要素加以区分、定位，确认各自不同的功能，既不断分割着整个言说活动的统一体，又构建着言说诸要素间的新关系，确定着诸要素的作用和地位，凝聚言说者的体验和经验，逐渐构建起话语“主体”和“客体”。人的自我观念和主体性就是在此过程建立起来的，言语行为明晰的结构特征也就是在此过程确立的。

自此，原先由行为构建的统一连贯的整体被语言概念所切分和确定，人与世界及万物的浑融关系被分解，进而被纳入言语行为的线性秩序，被拆解的各个成分也被分别予以命名，赋予特定功能，主、谓、宾关系

---

① ［意］吉奥乔·阿甘本：《幼年与历史：经验的毁灭》，第39页。

② ［法］埃米尔·本维尼斯特：《言语活动与人类体验》，刘柯译，《普通语言学问题》（选译本），生活·读书·新知三联书店2008年版，第142—143页。

形成了。一旦言语行为将活动统一体重塑为线性结构和秩序，时间也相应得到命名和标记，时态性展示出来了，因果关系（前因后果）和逻辑关系也逐渐建立起来。言语行为促使人从世界中区分出来并获得独立，人在世界中的位置，即空间关系也因此产生并得到确定。但是，随言语行为的线性特征而得以强化的时间性，却促成时空统一体的瓦解，并贬低了空间性的地位。言语行为的出现培养了人的自我反思能力，它终于把理性授予人自身。言语行为的结构也就是人的意识结构。**言语行为明晰的结构特征和秩序性决定着意识的理性特征和逻辑特征**。与此相对，言语行为与行为语言间的结构差异则决定着言语行为无法对等地去翻译无意识，无法穷尽无意识而不得不遗留下大量剩余，双方虽然相关联、可沟通，却不可通约，以致不得不经常运用语言隐喻和象征来委婉地表达。

同时，也恰恰是言语行为及理性的超越性让我们离开现象世界本身，并以言语行为及理性所无法避免的成见和偏见扭曲、遮蔽了现象世界，因为言语行为获得概念性、逻辑性的过程总是抽象、简化和重构秩序的过程，也是融入人的主观偏见的过程。建立在言语行为基础上的人类认识能力又以新的优势贬抑直觉能力，挤压行为语言的空间①，因而，需要重新控制言语行为，把语言概念及理性置于括号之内，以便给行为语言及直觉提供更充裕的机会，使我们更加接近纯粹现象的被给予性，返归事物的“自明”状态。从这个角度看，胡塞尔所谓的“现象学直观”和“先验还原”，就是尽量减少言语行为的干扰，搁置语言概念及理性对现象世界的扭曲，重新唤起行为语言来沟通感性现象，重返现象世界本身。这个过程在海德格尔眼中，就成了从“存在者”向“存在”转换的诗意的“回家”。

行为语言与言语行为的结构差异说明，不能简单地套用拉康的方式来解释无意识。拉康之所以可以猜到无意识的某些结构特征，是因为言语行为的深层结构即文化惯例，它是言语行为在长期运用过程，与语言

① 当言语行为及理性认识成为人的主要能力，行为语言及直觉能力势必受到贬抑和遮蔽，并由于长期被搁置而枯萎乃至趋于枯竭。从这个角度看，人的潜能是巨大的，那些所谓的“特异功能”很可能就是尚未受到贬损的直觉能力。

概念相剥离而积淀的行为惯例，实质上已经不再是言语行为本身的结构，而是退化为行为语言（发音行为）的结构，它与行为语言的社会规约密切相关并建基其上。这种关联性致使拉康能够在某些特定方面揭示无意识结构。但是，由于两者毕竟存在差异，以语言结构来解释无意识也就势必会产生误导，以致得出错误结论。

对所有生命而言，“记忆”有着极为重要的地位。可以说，生命就是依赖于记忆的。人的意识取决于言语行为记忆，无意识则取决于行为语言记忆，而 DNA 实质上就是细胞复制行为记忆。记忆之所以对于生命极其重要，就在于它是生命在时间轴上不断延续的保证，因为宇宙运行是周而复始的，正是记忆赋予生命以存活的能力，使它能够适应周期性变化的宇宙运行，其本身是自然选择的成果，源于生命长期进化的历史。一切生命都必须有记忆才得以生存，是记忆使生命从被动适应转变为主动适应，在自然界发生周期变化之前就预先做好了应对准备。丧失记忆能力，也就丧失了对环境周期性变化的预期和应和，以致生命不得不因此疲于奔命，不堪重负。同样，一旦自然规律被打破，出现重大灾异，记忆不再能够适时做出应对，无法主动适应突变的自然，也会导致大面积的物种灭绝。没有记忆，就无法适应周期性变化的自然，就注定被淘汰。恰恰也正是记忆，使人的行为方式得以代代相承，并享有某种共同规约，使行为成为可交流的特殊语言。

记忆也是自我认同和社会认同的基础。认同最核心的是对行为的认同，是对行为语言的内化和记忆，只有行为才真正授予他以身份，使他名副其实。在自我认同过程中，个体的每一个行动都在不断重复和强化着对自身的行为语言的记忆，构建着自己独特的行为语言风格，为行为语言打上自己的标志，并在不同场合都努力展示与自我相吻合的行为语言风格，维护行为语言风格的连贯性，而意识则只是对这种行为语言风格的统一性，及其与自我关系协调性的确认。① 社会认同则是对群体行为规范的习得，个体以自己的方式效仿群体行为，并将群体行为所包含的

① “自我认同”既是与他人相区分和划界的过程，又是认同自我历史的过程，在此过程中，对自我行为语言风格的建构仍然离不开种族和传统，离不开“他者”。在他为自己的行为增添新的个人因素的同时，不可能以纯个人的方式存在。

规约以个人方式内化于己身，以便与群体保持和谐关系，顺利融入群体，获得群体成员的身份。这一过程实质上是对特定社会规约的记忆。这主要是一个无意识的习得过程，意识往往只是在个体习得群体行为规范出现障碍时，才发挥指导、调节和矫正的作用。从实际过程看，无论自我认同或社会认同，无意识过程起着更为主要的作用。“认同是多重的、重叠的以及对语境敏感的，有些认同是相对比较细微的或转瞬即逝的。”①对每一个体来说，其成长过程同时存在着社会认同和自我认同，他踟蹰于两者之间，力图融入群体又维护自我独立，既“离心”又“向心”，就如皮亚杰所说，是一个“同化—顺应”的过程，只不过不同个体有不同倾向。当个体在行为语言构建过程失却方向感，或者自身原有的行为语言与其所归属群体的行为语言发生抵牾，又无法将群体的行为规范顺利地予以内化，这就构成认同危机，由此丧失安定感和安全感，产生内心焦虑。

与人相比较，计算机只具有一种介于行为语言记忆与言语行为记忆之间的能力。计算机把行为加以切分和编码，予以简化、抽象化、机械化，并赋予它种种程序及记忆能力、识别能力、逻辑分析能力，因此，在技能方面计算机完全有可能超越人，但是，它却没有人的思想。计算机只能够“思维”，却不能“思想”。即便机器人说着人的语言，用语言写作，甚至写文学作品，其实，都是把言语行为转换为特殊的、高度抽象的、机械的、被割裂和编码的行为语言，转换为一种技能。只有这种技能是可以用机器来替代的，而思想则无法被机器所取代。机器人永远不可能像人那样用“概念”思想，也不可能用“形象”想象。机器人既不能享有人类意识，也不能享有人类无意识，它只有种种工作程序，或云：“类思维”。

人的行为语言记忆因其不同类型而分别构成深层无意识、表层无意识及集体无意识。种族在生命活动中不断重复的行为语言记忆建构了深层无意识，也即本能，如性本能、死亡本能等等。人的深层无意识（本能）就根源于种族的历史，它只能说着种族的行为语言，说着“他

① ［美］夸梅·安东尼·阿皮亚：《认同伦理学》，张容南译，译林出版社2013年版，第136页。

者”的语言。因此，欲望并非属于“自我”，而属于“他者”，是“他者的语言”。个体的行为语言记忆则属于表层无意识。那些原本与言语行为结合在一起，后又脱离言语行为而被孤立和遗忘的行为语言记忆也沉潜于表层无意识。从另一个角度看，每一个体都必须生活于特定社会群体，而与特定群体的社会规约处在某种紧张关系中，既不得不主动适应群体的行为规范，又试图摆脱束缚，维护自身独立，由此形成自己的独特的行为语言，并内化为无意识结构。其间，随同行为语言一起被内化的群体行为规约，就构成集体无意识。与荣格对这个概念的解释不同，在此，集体无意识体现着社会群体在长期的历史过程中形成的行为规范体系，它既体现为相互交织的同时性网络结构，又层叠着历时性沉积。人的个体性只能存在于历史遗存与行为规范体系所构成的张力场中，存在于特定社会规约的裂隙中，它是所继承的历史遗存与偶然境遇相交集而共同形成的，只能是传统这个浩瀚沙漠中偶尔绽放的一朵小花。所谓“主体”和“自我”也只能建立在“他者”的基础上，建立在异己的沙砾上，同时又不断地向另一“他者”开放。种种记忆不断积淀下来，塑造着人的无意识和意识，塑造着人的无限丰富的心灵。

与意识的心理实质不同，无意识既是心理的又与生理密切相关，因为行为语言本身即身体行为，是身体表演，具有肉身性，但作为一种语言记忆又具有精神性。人的深层无意识（本能）就基于生命体生化构成及水平的变化。当生化构成及水平的变化达到或超越某一阈限，生命体就察觉了这种变化并做出心理响应，启动行为。前一个过程是生理过程，后者则是无意识心理过程，然后是外显的身体行为。意识则只是起着监视和调节作用。从这个角度看，深层无意识（本能）是活动能量所在，它强劲地推动着人的行为。随着欲望的满足，能量得到舒泄，生命体重新恢复内部平衡。表层无意识则更多地主导个体的行为特征，同时又反身重塑行为者自己的身体。个体的这种行为方式得到意识的确认或矫正而被视为自我个性的表征，以及自我建构的重要基础。在此，历史遗传与当下的社会规范体系相互交集，肉身与精神相互影响。这也是个体社会化的过程，是个体性与群体性的博弈，社会文化不能不为个人的身体及行为镌刻下自己的印记。正是在这个过程中，显示着福柯所说的“规训”、阿尔都塞的意识形态“传唤”、布迪厄的“惯习”和“区隔”，也显示着个体无可奈何的沉默反抗，或如塞尔托所说的“计谋”和“战术”。与深层无意识相反，集体无意识主要是一种保守力量，它强制性地要求把行为纳入规约，甚至为某些行为下达禁令，阻止行为的发生。这就是压抑。因此，压抑不仅表现在人的意识监视、管理和过滤行为语言的过程，更主要的是沉积于集体无意识中的社会规约构成了压抑的主要来源。这些规约层层累积，致使深层无意识（本能）往往难以直接得到表达。在无意识的黑箱中就存在着不可调和的内在矛盾，存在着各种不同的行为语言记忆及不同力量间的冲突，存在着压抑与反压抑，但是，由于无意识结构的非逻辑性和非理性特征，诸因素又可以同时共存，并不相互排除。对于文学艺术创作来说，集体无意识之所以具有重要意义，就在于它深刻揭示了行为背后隐含的制约因素，展示了特定社会群体的共性，进而透露出特定社会的社会结构和秩序。

三　审美：意识与无意识、言语行为与行为语言的共鸣

在日常交往活动中，言语行为与行为语言是相互协作的，譬如，我们在交谈中常常不自觉地眉飞色舞、手舞足蹈。此时，行为语言虽然参与了言语活动，为言语行为创设了一个谐调的语境，增强了言语行为的感染力，但毕竟只是配角，起着相对次要的协助作用。可是，在审美活动和文学艺术活动中，这两种行为（语言）不再仅止于一般性的协作，而是发生了极其充分的深度融合，是言语行为记忆与行为语言记忆的共鸣共振，是意识与无意识之间的交汇激荡。因为言语行为记忆缺席也就是意识的缺席，单纯的行为语言只能沉没在无意识的汪洋中，只能是阿甘本所说的“沉默的经验”，无法成为意识觉知的对象，自然就取消了任何审美和文学艺术活动。同时，也只有言语行为充分地参与其间，行为语言所造成的身体快感才能被提升为心灵愉悦而转化为美感。“只有当语言发挥作用，心灵才能从身—心经验中显现出来，因为语言使有机体的感受和动作得以命名，并因此被对象化、被赋予确定的含义；这样，在

交流过程中就可以被重新确认和使用。”[①] 同样，离开行为语言记忆，言语行为也将失却形象性、生动性和生命感，退化为毫无生气的空洞概念和抽象思维。莫里斯·梅洛－庞蒂曾对“塞尚之疑惑”做出分析，他指出：在这种状态下，“似乎画家的赌注实际上是捕捉和复原最初的感知，感知‘前’的感知……至少是印入眼帘的最好‘此在’”。[②] 这种“感知‘前’的感知”，就是以行为语言直觉地把握世界的方式，是言语行为尚未形成干扰的初始感知，人以直觉的方式瞬息间捕获了最好的“此在”。在审美活动中，言语行为、行为语言任何一方都是不可或缺的。我们常说文学艺术创作需要童真，不仅因为儿童的心灵纯洁无瑕，更在于儿童有着尚未受到遮蔽、玷污和压制的行为语言，他对世界的感受更倾向于运用丰富的行为语言，以行为语言来关联世界、同化世界，把世界拟人化，赋予世界以生机勃勃的气息。“如果一个人不感知这种跟某一种后果的状态结合在一起而发生作用的运动倾向，那么他就只有情欲上的满足而丝毫也没有所谓欣赏。对于运动倾向的感知使我们紧张、刺激、兴奋，对完成、圆满终结的感知则给予我们以平静、形式、尺度和组织。”[③] 在审美和文学艺术活动中，只有当两种行为（语言）发生深度合作，相互激发，我们才能真正敞开心扉，洞悉神秘底蕴，不由自主地受到震撼。这种介于两种行为（语言）之间，又充分挖掘两种行为（语言）潜力的特征，决定着审美和文学艺术活动的边缘性。

审美及文学艺术需要意识与无意识的充分合作，已被许多研究所证实。在《创造的秘密》中，阿瑞提指出：文学艺术创作必须经历原初过程（无意识过程）和次级过程（意识过程），是两者的结合。杜威则从审美和文学艺术活动的整体性角度对此做了阐释。他认为，在任何行为领域中都能获得审美经验，只要零碎的经验变为连贯的、完整的和有意义的“一个经验”，就可以成为审美和艺术的胚芽。在此过程中，人的身心是作为整体参与艺术活动的，他扩展自己的生命的意图，依照自己的机

① ［美］理查德·舒斯特曼：《身体意识与身体美学》，程相占译，商务印书馆 2011 年版，第 260—261 页。

② 转引自［法］让－弗朗索瓦·利奥塔：《非人——时间漫谈》，罗国祥译，商务印书馆 2000 年版，第 114 页。

③ ［美］杜威：《经验与自然》，第 240 页。

体结构，包括脑、感觉器官，以及肌肉系统间的协同来开展工作。

> 所有的深思熟虑，所有有意识的意图，都在曾通过自然能量相互作用而有机地活动的事物中生长出来。如果不是这样的话，艺术就将建筑在颤动的沙滩上，不，流动在空气中……艺术是人能够有意识地，从而在意义层面上，恢复作为活的生物的标志的感觉、需要、冲动以及行动间联合的活的、具体的证明。①

审美和文学艺术活动最大限度调动了作为整体状态的人，调动了意识与无意识，调动了言语行为记忆与行为语言记忆，从而实施着“上帝创世”般的活动。

正如前文所指出，社会规约构成了集体无意识并成为对行为语言记忆的压抑，它往往只放行符合规约的行为语言，压制违规的行为语言。但是，社会规约的一个重要特点即它是特定语境的产物，并只在特定语境中发挥效用，离开这一语境，它就被搁置了。譬如当一位教师处身学校师生群体之中，他很自然地就按照教师的规范行事。一旦回到私人空间，这些规范就失效了，他不再需要随俗俯仰，而是完全放松了自己，率意而行。审美活动所构建的世界就如海德格尔所说的“另一天地”，或如马尔库塞所说的“异在世界”，这一世界的非现实性弱化乃至弃置了集体无意识对行为语言记忆的压抑，致使人的深层无意识得以充分释放，使人的行为语言记忆和言语行为记忆获得了无限动能并发生深度融合。与此同时，人的深层无意识就像汹涌的波涛，把人更深地卷入审美之境中。这正是审美创造力形成的内在机制。康德所说的审美“普遍性”就根源于行为语言的共享性。行为语言作为人类，乃至前人类的遗存，更广泛地享有共同性，是人性的基础，生命的基础，也是构成审美普遍性的基础；艺术表达方法和技能的差异则属于言语行为的差异，它构成了审美的差异性和独特性。

意识与无意识相协同，言语行为与行为语言相交织的边缘状况，赋予审美和文学艺术活动以双重特征。一方面，行为语言把人与世界相联

① ［美］杜威：《艺术即经验》，高建平译，商务印书馆2005年版，第25—26页。

系、相融合，以行为语言将人与世界构建为一个统一的生命体，使审美主体与审美对象相融合，弥合了双方的分裂，取消了审美对象的对象性，创造了一种无物无我的浑融关系。在此过程中，世界为人的生命所灌注，万物为人的情感所浸染，并都成为有感有情的生命活动本身，分享着生命的形式和节奏，看山则情满于山，观海则意溢于海。里普斯的“移情说”、谷鲁斯的“内模仿说”、克罗齐的“直觉说”，实质上就建立在行为语言功能特征的基础上。这也正是审美和文学艺术总是抹不去“泛灵论”观念和始终维持着伽达默尔所说的“同时性”的根源。此外，行为语言的共享性恰恰又构成康德的审美“共通感”的内在依据。另一方面，言语行为则为人与世界重新设定间距，将人建构为主体，将世界作为人的对象呈现出来，将生动的具体形象与其语境区隔开来，凸显出来，并将它作为审美观照的对象。与此同时，也将行为语言记忆加以整理、组织和塑造，以意识的理性光辉照亮对方。康德提出的时空的先验形式就是随着言语行为的诞生而生成的，是由行为语言与言语行为共同建构的。此外，鲍姆嘉通所说的“感性认识的完善”、康德的“反思判断力”则更多着眼于审美活动中言语行为的作用。在此，言语行为主要起着一种激发和凝聚行为语言记忆，提升直觉经验，以使其上升到意识层面的作用，并非以概念来强制性地分割、规范、剪裁它。正是意识与无意识交相作用，以及这两种行为（语言）的充分合作，创造了马丁·布伯所说的“我—你”关系，也即主体间性关系；也正是意识与无意识交相作用，以及这两种行为（语言）的合作，致使审美和文学艺术活动既是认知的又是体验的，既是思想的又是情感的，既是自觉的又是自发的，既是中介性的又是直接的，它们同时兼具理性与非理性色彩，兼具精神与身体之悦，兼具“有我”与“无我”、“有名”与“无名”、时间性与超时间之境。“使一个经验成为审美经验的独特之处在于，将抵制与紧张，将本身是倾向于分离的刺激，转化为一个朝向包容一切而又臻于完善的结局的运动。”① 从上述双重特征看，无论是符号学或现象学，认识论、实践论或存在论的单一视野，都不能充分揭示审美和文学艺术的根本性质，研究必须具有一种综观的人类学视野。

---

① ［美］杜威：《艺术即经验》，第60页。

尼采曾阐述了酒神精神与日神精神的区别，他认为，文学艺术活动中就包含着这两种精神，但两者又非平分秋色，而是有所偏倚，并分别构成了酒神艺术与日神艺术。如果换一个角度看，我们同样可以发现，任何文学艺术都是言语行为与行为语言充分合作的成果。其中，酒神艺术即行为语言占优势的艺术，行为语言弥合了人与世界的间距，令人融入了世界，陶醉于世界，人与世界浑然一体，并以人的生命意志洋溢于世界；而在日神艺术中言语行为则占据优势，言语行为创造了人与世界的间距，让世界转变为人的观照对象，并将言语行为所具有的理性光辉投射给世界，宛若日神朗照乾坤。

> 一切存在的基础，世界的酒神根基，它们侵入人类个体意识中的成分，恰好能够被日神美化力量重新加以克服。所以，这两种艺术冲动，必定按照严格的相互比率，遵循永恒公正的法则，发挥它们的威力。酒神的暴力在何处如我们所体验的那样汹涌上涨，日神就必定为我们披上云彩降落到何处。①

在具体的审美和文学艺术活动中，两种行为（语言）究竟哪一方居主导地位又取决于所处的文化环境，以及文学艺术类型。如果从文化创造的本源来看，则应该颠倒过来说：人类的所有文化都奠基于行为语言和言语行为之上，两种行为（语言）既塑造了人的心灵结构，又决定着人类文化创造。特定文化的深层结构就取决于行为语言和言语行为双方的特征、相互关系及整体结构。或者可以说，文化的发展变化展示了人与社会规约、文化惯例之间的紧张关系，它是一个不断构建规约、惯例又破除规约和惯例的过程。只有从行为语言和言语行为的特征及相互关系入手，才可以破解各民族文化的共性和独特性。

与布莱希特倡导教育戏剧，主张用陌生化表演、旁白、字幕等间离手法，防止观众融入剧情和戏剧产生共鸣，以理性的批判眼光旁观式地观剧不同，阿尔托的“残酷戏剧”则反其道而行。他强调要充分利用震

---

① ［德］尼采：《悲剧的诞生》，《悲剧的诞生：尼采美学文选》，周国平译，生活·读书·新知三联书店1986年版，第108页。

撼人心的剧情、灯光、声响等手段，营造包围观众的场景，轰炸并催眠观众的感受力，以瘟疫般的感染力使观众陷入非理性的迷狂状态，激发出受压抑的无意识，实现观众与戏剧的融合和共振。“观众完全与剧情同一：呼吸与共、心灵相通。”[①] 其实，这两种戏剧形式只是两个极端。戏剧总是不可避免地要求观众既投入又旁观，总是处在过渡阶段。这背后就包含着两种行为（语言），即言语行为与行为语言的共同作用。只不过布莱希特偏爱静观式的间离戏剧，阿尔托则垂青于迷狂式的“残酷戏剧”。

在谈到审美活动时，巴赫金说：

> 不应以为先有纯粹的移情因素，之后依序出现客观化、成形化的因素；这两个因素实际上是不可分的，纯粹的移情只是审美活动的统一行为中一个抽象的因素，不应把它理解为是一个时段；移情与客观化两个因素是相互渗透的。我积极地移情于个体，因而也就一刻都不完全忘掉我自己和我在个体身外所处的唯一位置。不是对象突然控制了消极的我，而是我积极地移情于他；移情是我的行为，只是因此移情才富有成效和新意。[②]

行为语言把人与世界融合一体，这就是移情；而言语行为则把世界客观化，并把我作为积极的“我”看待，这两种行为（语言）同时展开，相互融合，由此生成审美活动，创造审美世界。也正因为审美过程同时存在着两种行为（语言），所以，王国维在谈到诗人的创作时说：“诗人对宇宙人生，须入乎其内，又须出乎其外。入乎其内，故能写之；出乎其外，故能观之。入乎其内，故有生气；出乎其外，故有高致。”[③] 当行为语言占主导，诗人则入乎宇宙人生之内；一旦言语行为居于主导，诗人又出乎宇宙人生之外。诗人占据着边缘位置，不断地在意识与无意识间穿越，在两种行为（语言）构成的张力场中振摆，从一侧转向另一侧，

---

① Antonin Artaud, *The Theater and Its Double*, Trans. Mary Carolin Richards, New York: Grove Press, 1994, p. 140.

② ［俄］巴赫金：《论行为哲学》，贾泽林译，钱中文主编《巴赫金全集》第一卷，第18页。

③ 周锡山编校：《王国维文学美学论著集》，北岳文艺出版社1987年版，第367页。

由此发挥两种行为（语言）的作用，获得最佳的创作状态。这种意识与无意识间极其充分的深度交流和谐振，也即创作的灵感状态。

四　文学艺术活动的双重特性

行为艺术和文学活动正处在两种行为（语言）相合作的两个极端。

在日常活动中，人的意识所关注的焦点往往是行为目的，意识的意向性特点则使得目标之外的行为本身隐失于无意识之中，使人忽视了行为本身。行为艺术则把行为从其活动的整体生活空间中孤立开来，凸显出来，造成与现实的生活世界的间距，这也就悬置了行为的现实目的，使行为本身赫然成为人所凝视的对象，成为意识所聚焦的对象。行为艺术迫使人不得不直面行为，反思行为，并从行为中发现被日常生活所遮蔽的隐含意义。行为艺术的这一特点恰恰是充分利用了两种行为（语言）间的合作。在行为艺术中，行为本身成为以身体（或其他事物）描述和展示的对象，却又将行为与身体相剥离，在展现行为的同时藏匿身体。“艺术遂将物质的身体排除于造型的领域之外，身体只有以再现的方式呈现人像而非人身。”① 对于欣赏者而言，它又同时唤醒了无意识中的行为语言记忆和意识中的言语行为记忆。唯有行为语言记忆（并非行为）与言语行为记忆（并非言语行为）都参与欣赏过程，唯有意识与无意识双方相互合作，行为本身才能真正从无意识状态转变为一个欣赏对象和思考对象。言语行为记忆总是不可或缺地介入行为艺术的观赏过程，于是，行为不再融化于人的身体，不再隐失于无意识的日常活动之中，它成为言语行为的阐释对象，成为“观念”和“理论”，令人瞩目地把行为自身及其意义展现出来。因此，即便从表面上看只是由单纯的行为语言展示的行为艺术，其实也是两种行为（语言）的合作和交融。

其实，我们完全可以从更广义的角度来看待言语行为，譬如绘画就是由行为语言（线条、色彩）与图式（抽象化构型）相互协作、相互融合的，“图式”恰恰具有独立性，其性质和功能类似于言语行为，甚至背后就隐含着“概念化”冲动。音乐也同样，它是发声行为（行为语言）

---

① ［法］马克·勒伯：《身体意象》，汤皇珍译，春风文艺出版社1999年版，第121页。

与发音行为的协作和融合。发音行为是被抽象化为特定音阶的声音，并因此具有自身的独立性，其性质和功能也类同于言语行为。音乐之所以有着巨大的情感力量，就因为它同时以行为语言和言语行为强力侵入人的意识和无意识，震撼人的整个身体，由此造成强烈的情感感染。歌曲则除了发声行为、发音行为，同时存在表意行为，只不过与文学作品相比较，其发声行为、发音行为占据主导地位，而表意行为居于次要的背景位置。

作为语言艺术的文学更离不开两种行为（语言）。在文学活动中，言语行为既把人的行为作为叙述的重要对象，同时，又把行为语言记忆作为激发的对象。这是两个相区别又协同的过程，前者关注的是被叙述对象的身体行为，并以言语行为这一媒介加以表述和描摹[①]；后者则以言语行为来激发、调动作者（或读者）无意识中的行为语言记忆。就在行为语言记忆被充分激发和调动起来之际，被叙述对象的行为不再仅仅被作者（读者）所观看，同时为作者（读者）无意识中的行为语言所效仿，并由行为语言在作者（读者）与被叙述对象之间建立统一的、融洽的关联，这就是文学创作（欣赏）中物我交融、物我合一的过程，也是体验过程，移情、内模仿、共鸣和自居的过程，并构成不知我之为蝴蝶，蝴蝶之为我的境界。这种关系既非原始混沌，因为言语行为已然发挥了主导性作用，并塑造着一个清朗、明晰的世界；又非物我对立或分立，因为行为语言记忆也被充分调动起来，弥合着作者（读者）与被叙述对象间的鸿沟，并构建一个声、形、情、意并茂的整一的属人的世界，一个存在的家园。文学世界就是由两种行为（语言）共同构建的世界，我们所说的文学活动中的“言语建构行为”[②] 实质上就是两种行为（语言）的相互协作。文学作品的意义就取决于两种行为（语言）的协同和力量凝聚，产生于两种行为（语言）交相作用的过程，它不断地随同两种行为（语言）的展开、交织和相互激荡而生成、流变、拓展。文学活动中两种行为（语言）相融合这一状况，使得任何仅仅从言语行为角度来阐

① 人的意识活动或无意识心理活动，同样可以作为文学的描述对象，只不过这是对言语行为记忆、行为语言记忆及其活动状况的描述。

② 参阅第五章。

释作品意义的努力不能不落空，以致我们只能从具体的欣赏实践出发，在动态中去体验、领会、悟解，而不可将其置于眉睫之前。

在《从文本到行动》中，保罗·利科谈到诠释学的内在矛盾，他指出，狄尔泰区分了“说明”和“理解”两种阅读态度，并将这两种态度分别运用于自然科学领域和精神科学领域。但是，一旦我们追问诠释学的科学条件，就会发现这种区分会变得模糊不清：

> 冲突在于：一方面，诠释概念被从属于理解的心理化概念，具有从理解的心理化概念而来的直觉的不可证实的特征；另一方面，它要求具有与精神科学连接在一起的客观性。诠释学这种在趋于心理化和寻求诠释逻辑之间的分裂，最终牵涉到理解和诠释之间的关系。①

利科的困惑起因于言语行为本身的复杂性。言语行为总是牵扯着行为语言，在一般情况下，很难撇清与行为语言的干系。特别是文学作品，其言语行为与行为语言是充分合作的。当我们仅仅着眼于言语行为，考察言语行为本身，那么大体是可以从中寻绎诠释逻辑，寻求科学性的客观基础的；但是，一旦涉及行为语言，看到两种行为（语言）的交互作用，我们就不得不凭借体验和直觉，不可避免地趋向心理化，并且我们的理解也就具有不可证实的特征。言语行为与行为语言相结合所产生的独有特征注定了诠释学的两难境地。桑塔格则直接反对文学阐释，她认为，文学的陶醉是不需要任何解释的。“我们不需要解释文学，而是去体验文学；我们需要的是新的经验，文学应该给我们带来新的经验。文学的刺激性就是目的，而不是要去追求隐藏在后面的东西。”② 形成这种观点的根源，就在于文学意义是由两种行为（语言）的融合而共同建构的。

文学活动区别于其他语言活动的特点在于：创造了一个特殊的语言

---

① ［法］保罗·利科：《从文本到行动》，夏小燕译，华东师范大学出版社2015年版，第155页。

② 转引自［美］杰姆逊《后现代主义与文化理论》，唐小兵译，北京大学出版社2005年版，第181页。

空间，无论这个空间同现实世界是否接近或相似，它都是非现实的语言空间，就如约翰·塞尔所指出，它暂且放弃了话语与现实世界相互适应的趋向。语言空间的非现实性，悬置了社会规约的有效性，也解除了各种内心压抑，从而不仅使得表层无意识中的种种行为语言记忆得到顺利表达，畅通无阻，而且深层无意识（本能）也得以释放，人的生命力得以释放。反过来，人的深层无意识（本能）又为行为语言记忆注入巨大能量，为意识注入巨大能量，为言语行为注入巨大能量，它推动言语行为创建一个形而上的世界，并不断提升人的精神境界。两种行为（语言）的协同作用，发掘出人的巨大潜能，让人同时赢得了最幽深的无意识世界和最缥缈的形而上世界，把人的身体和灵魂绞合在一起。意识与无意识、言语行为记忆与行为语言记忆间的相互生成和充分融合，把我们带入一个崭新的世界，因此，马尔库塞说：

> 在这个天地中，任何词语、任何色彩、任何声音都是“新颖的”和新奇的，它们打破了把人和自然囿蔽于中的习以为常的感知和理解的框架，打破了习以为常的感性确定性和理性框架。由于构成审美形式的语词、声音、形状，以及色彩，与它们的日常用法和功用相分离，因而，它们就可以逍遥于一个崭新的生存维度。①

文学艺术这种将自身区隔于现实世界之外、创造非现实世界的做法，构成了审美解放和审美抑制的双重机制。一方面，非现实性撤去了各种压抑，解放了人的无意识，解放了行为语言记忆；另一方面，意识对非现实性的察觉，又抑制了人的现实行为，促使人放弃现实行为，只允许行为语言记忆与言语行为记忆相结合并活跃于心理层面，以此来实现心灵体验。由于无意识中的行为语言记忆获得解放并被激发出巨大能量，这就让人充分体验到生命感和自由感；而这种自由又仅止于心灵的自由和想象的自由，并非现实的行动自由，因此，文学艺术只是自由的象征。

然而，这种对无意识乃至深层无意识的解放，并非限于对过去行为的追忆，让人重返往昔或原始，并非仅仅是怀旧，是一种保守力量，相

① ［美］马尔库塞：《艺术与革命》，《审美之维——马尔库塞美学论著集》，第170页。

反地是向未来开放，具有一种革命性。即便是深层无意识中的行为语言记忆，当它挣脱集体无意识的压抑和意识的监控，也就重新获得真正的创新能力。这是生命力的勃发，它以前所未有的方式展示自己，把人引向崭新的领域。而无意识的非逻辑、非理性特征，则致使各种相龃龉的行为语言记忆错杂共存，并有着相互交集的可能性，一旦被撤去压抑，进入狂欢状态，它们就成为冲决意识中的逻辑束缚和理性局限的力量。人类文明的创造固然是以对人的本能压抑为代价的，文明发展的历史也确曾不断累积着种种压抑，但是，文明发展的目的却是为了减轻压抑，给予人更多的自由，让生活更符合人的本性。因此，文学艺术活动对人的无意识的解放，对行为语言记忆的解放，恰恰预示着人类未来的生活图景，闪耀着人性光芒。文学艺术是对人类未来的期许和承诺。

在文学艺术活动中，意识与无意识、言语行为记忆与行为语言记忆之间的关系并非总是处于平衡态，更经常的是双方存在着频繁的博弈。从历史过程看，有一个波浪形发展演变轨迹：原始艺术偏重于无意识及行为语言记忆，偏重于非理性的迷狂；对意识和理性因素的重视是随着书写文化，特别是印刷文化的出现而得到渐次强化的，并在批判现实主义作品中得到充分展现；在后现代时期，则又因对理性中心主义的抗拒和对娱乐因素的强调而重新转向无意识及行为语言记忆。女性主义所倡导的身体写作，除了揭示身体与权力的关系，以及身体所打下的权力印记，其要旨就在于认识到长期以来男性对话语权的掌控，因此，语言中心主义以及如影随形般的理性中心主义，就必定渗透着男性中心主义思想。要挣脱男性的钳制，女性作家就应该用身体写作，其实质就是突出行为语言记忆在写作过程中的主导作用，突出无意识的主导作用，借此摆脱语言中心主义、理性中心主义和男性中心主义。

在当前新媒体时代，无意识及行为语言记忆更赢得了自身的意义。舒斯特曼就指出新媒体时代一个令人吃惊的矛盾现象：对身体的重视。他说，当长途通讯使人的身体不再在场的时候，当媒体新技术挑战真实身体的切实存在的时候，我们的文化却好像越来越重视肉体，对肉体顶礼膜拜。尽管媒体越来越虚拟，身体却好像变得越来越紧要了。对这种矛盾现象，舒斯特曼的解释是：媒体关于漂亮身体的广告部分地助长了对身体的兴趣，更重要的是它指向人自身直接经验的品质。这种对增进个人身体经验的追求，对充满活力、有自我变革能力的身体的重新确认，“是某种完全不同于媒体鼓吹者所认为的身体影像的东西：迟钝而呆板的身体——作为媒体的电子灵活性的充满惰性的对立面。虽然身体与大众传媒的对立仍然保持着，但是，这种形成明显对照的媒体影像——不是作为被动的、静态反映的镜子，而是作为明显具有无限范围和能力的积极的创造者”。[①] 为此，舒斯特曼提出构建“身体美学”这一主张。

新媒体改变了人际交往关系，把人与人之间的直接交往变更为虚拟交往，一种身体不在场的交往，也就使得原有的社会规约失效了。这势必造成人的认同危机，改变人的无意识结构，而且这种改变并非改变人的深层无意识（本能），而是改变由各种规约积淀而成的集体无意识，弱化压抑机制，致使行为语言记忆获得狂欢的机会，并导致理性的解构和非理性的张扬。于是，身体、欲望及无意识不仅在文学艺术领域得到凸显，还在各种生活领域泛滥开来，它甚至不再局限于无意识心理及行为语言记忆，不再仅仅是一种心理现象，而是直接展示身体行为来挑战传统习俗，以此吸引眼球，博取注意。

从更长时段来看，新媒体这种非面对面的远距离虚拟交往，也将致使行为语言在公共生活中的效用被愈加削弱，并因此变得苍白无力，它原本活灵活现、多彩多姿的丰富“语汇”将逐渐被抽象的、模式化、符号化的脸谱和图谱所取代，行为语言将不得不褪色了，甚至在某种程度上被弃置了。于是，人不再充分享有行为语言所带来的直接经验。一个只有知识，没有经验的时代来临了。新的一代恰如阿甘本所说的唐·吉诃德，“只能经历但不能拥有经验”，或如桑邱·潘沙“只能拥有而不能经历经验”。[②] 经验的丧失不仅使传统意义上的文学典型趋于消亡，而且也将使文学艺术失却现实的根基。对于文学艺术来说，这将是一个可怕的梦魇，经验的缺失必定导致文学艺术的生命弱化，年青一代作家只能沉溺于凌空蹈虚的幻想或复制和拼贴之中。

当然，新媒体所预示的前景未必如此悲观。舒斯特曼开辟的“身体

① ［美］理查德·舒斯特曼：《生活即审美：审美经验和生活艺术》，第184—185页。

② ［意］吉奥乔·阿甘本：《幼年与历史：经验的毁灭》，第13页。

美学”，就为我们指出了一条应对的新路径。他所谓的“直接经验”和“身体经验”，主要是我们所说的无意识及行为语言记忆。他强调通过修炼身体行为，把人的行为语言纳入健康的轨道，进而改善人的身心结构，实现他的“身体美学”的主张。

新媒体注定要改变人类未来，它同时给人类生活带来新的挑战和机遇，为人的身心发展带来新的挑战和机遇，也将为文学艺术带来新的挑战和机遇。

第四章

言语行为:创造世界与肢解世界

人类之所以超出于动物之上，就因为人类在享有行为语言的同时，又创造了言语行为。正是这两种行为（语言）共同赋予人类构建人的世界、创造文化和文明、重塑人自身的能力。《圣经·旧约·创世记》记载：神说："要有光"，就有了光。在这里，《圣经》还只是讲述了语言的创世功能，可以说，人类所具有的两种行为（语言）的创造潜能是难以估量的，唯有了解这两种行为（语言），我们才有可能进而去探索人的世界、文化和文明，以及人类自己。

一　语言诞生与文化滥觞

卡西尔、苏珊·朗格把人类文化活动统称为符号活动。受符号学思想影响，格尔兹（Clifford Geertz）把文化看作"意义之网"，并进而提出文化的定义：文化"是指从历史沿袭下来的体现于象征符号中的意义模式，是由象征符号体系表达的传承概念体系，人们以此达到沟通、延存和发展他们对生活的知识和态度"。[①] 应该说，格尔兹以"象征符号"来定义文化，强调其中的"意义模式"，这种看法包含着对文化的深刻认识。在格尔兹看来，人类的象征符号多种多样，包括行为、语言和各种有意义的物品。不仅绘画、音乐、舞蹈、服装等是有意义的象征符号，所有人类行为也都是人给世界赋予意义的活动，是包含着符号意义的文

① ［美］克利福德·格尔兹：《文化的解释》，纳日碧力戈等译，上海人民出版社 1999 年版，第 103 页。

化生产。

既然文化是在人类活动中生成的，而人的活动，包括行为、语言及其他各种符号活动，都生产着意义世界，那么，人的世界就势必是人通过象征符号活动赋予意义的世界，也即文化的世界。只要人的行为所及、言语所道，乃至目光所到，就打下了文化的印记。文化也因此必定渗透于人类社会，乃至整个人的世界，人类象征符号活动就决定着文化的框架和人的世界的框架。因此，文化既不专属于某些特殊领域，也不是“文化分层理论”所做的把文化看作人类发展过程的某些特定层面。从这一观念看，格尔兹的文化人类学其实并非特指某个研究领域，而是一种研究视角，一种从符号活动出发看待人的世界的独特角度。

不仅人的外在世界因人类符号活动赋予意义而受到文化塑造，人的心灵同样是象征符号活动塑造的成果。在探讨人类心智问题时，格尔兹批判了机械论和主观论等观点，强调文化发展与心智演变的密切关系。他认为，文化的作用深刻影响着生物体的变化，与其说这种影响只是补充、发展和延伸在逻辑和遗传上先于它的以生物体为基础的能力，还不如说它更像是这些能力本身的组成部分。从生物体发展而来的人类能力就是以文化发展为前提的。“没有文化的人类将可能不是内秀但未完善的猿，而是完全无智力从而不中用的畸形。就像它酷似的卷心菜，智人的大脑是在人类文化的框架内产生的，离开了这个框架，它将无法生长发育。”① “人类大脑就完全依赖于文化资源来活动；而这些文化资源不是心智的辅助而是构成成分。”② 正如文化由象征符号所构建，象征符号活动决定了文化的框架，人类心智也同样离不开象征符号活动，其本身就在象征符号活动构建文化框架的同时受到符号的塑造。在阐释作为文化体系的意识形态问题时，格尔兹进一步明确阐述了象征符号活动与人类心智的关系，他指出，人类思想的本质是一种公共活动，而非私人活动，它是建立在共享的符号活动的基础上的。

思考、概念化、程式化、领会、理解、知道你心里有什么，这

① ［美］克利福德·格尔兹：《文化的解释》，第76页。

② 同上书，第84页。

> 些都不是在头脑里莫名其妙地发生的，而是符号化模型的状态和过程与更为广阔的真实世界的状态和过程的匹配……每一种意识概念，一种认知行动，一次与客体（或事件、行动及情绪）的匹配，都以将其置入一个适当的符号背景下为特征。[①]

在格尔兹关于人类文化与心智发展的阐述中，就隐含着一个尚未得到明确表述的深刻思想。对此，我们可以做出进一步的理论延伸和阐发：象征符号活动构建了人类文化、构建了人的世界，同时也塑造着人类心智。人就是在运用象征符号活动生产人类文化的同时塑造了人类心智，离开象征符号活动，也就没有人类文化和人的心智的发展。“语言的结构本身就体现着使用该语言的社会群体所独具的哲学。”[②] 人类文化生产和心智发展，就是随着象征符号活动的生成和展开而构建起来的。从总体上看，象征符号、人类心智、人的世界及文化是同步生成的。象征符号活动同时塑造着人的内外两个世界，同时决定着人类文化的框架、人的世界的框架和人类心智的结构，并成为关联和沟通人与世界的必然纽带。[③] 人之所以能够把握和了解世界，能够运用象征符号表述世界，就因为象征符号原本就关联着人与世界，是人与世界相联系的纽带。也正是因为这种关联，符号才具有象征性而成为象征符号。

格尔兹十分强调人类心智发展是一个渐进的、漫长的和多种内外因素交织互动的复杂过程。他认为，文化积累不仅早在生物进化停止之前就已经开始了，而且它很可能对进化最后阶段的方向产生了积极作用。直至文化积累达到某种程度，生物体自身的调适性与文化生产之间的关系发生逆转，于是，文化对于人的发展也因此构成更为重要的决定性意义。

> 生殖隔离机能（mechanisms of reproductive isolation）的削弱，个

---

① ［美］克利福德·格尔兹：《文化的解释》，第242页。

② Ludwik Fleck, *The Genesis and Development of a Scientific Fact*, Translation, Chicago: University of Chicago Press, 1979, p. 42.

③ 语言哲学常常为语言如何指称世界而争论不休，其实，语言、意识、人的世界同步生成这一事实，就决定着语言本身就是人与世界相关联的纽带。

> 体性成熟阶段的延长，以及文化积累达到文化作为适应性因素几乎完全凌驾于其作为自然选择因素之上，它们的共同作用如此急剧地减低了人科进化的速度，以致于人类亚群之间的任何内部智能的重要变异发展，都似乎被排除了。随着智人的决定性胜利和冰川作用的停止，生物变异和文化变迁之间的联系，即便没有被割断，至少也大大削弱。从那时起，人类这一支的生物进化减缓为行走般的前进，而文化的成长继续加速不止。①

自此，人不必再以生物机能的变化来适应自然环境的变化，而主要以文化生产来应对自然界。文化变迁逐渐取代了自身生物体的演变，把人的生物体与自然界间隔开来，在人与自然界之间制造了断裂。

文化积累造成了人与自然间的断裂，这一观点无疑包含着深刻洞见，但是，它仍然没有回答“为什么唯有人才有文化活动”这一问题，仍然存在理论盲点。其实，格尔兹的理论盲点根源于他尚未深入考察象征符号活动本身的结构和功能，而只是笼统地以象征符号活动来讨论文化。

人类的象征符号活动样式丰富多彩、纷纭复杂，但是，它们都是人类生产符号意义的活动，都体现着人与世界的意义关系，并且这些意义关系归根结底都奠基于两种迥然不同又相互融合的行为（语言）类型：行为语言（动作、姿态、表情、声音）和言语行为。② 这是人类符号活动中最为基本、最为重要的两种类型，其他种种符号活动都建立在这两种行为（语言）范型的基础上，由此繁衍孳乳的，往往只是符号媒介的拓展和演化，其特征依然取决于两种基本类型的行为（语言）的性质及功能。在这两种类型的行为（语言）中，行为语言则在前人类时期就已经存在，是更为原初的符号活动。当行为被不断重复和模仿，它也就被结构化而获得共享的意义，并成为行为语言。言语行为则是在行为语言的基础上，通过概括、抽象而分蘖出来的，是人类独享的符号现象。因此，

---

① ［美］克利福德·格尔兹：《文化的解释》，第 77 页。

② 我们主要依据是否具有概念性和相对独立性来概括各种符号系统，正是这一根本特性决定着符号系统的功能和施行方式。因此，可以根据这一特性对所有符号系统做出类型区分，分别归属行为语言和言语行为，并以这两者为代表做出分析。

行为语言与言语行为，以及符号活动过程的行为特性与符号特性，原本就是相互关联和协同的，处在相交融的密切关系中。

这两种类型的行为（语言）之间又存在根本性区别，并因此具有不同的施行方式和功能：行为语言是利用“肢体信息”来建立差异性的，本身就是身体行为，它深深嵌入人的身体，是一种不具有独立性的符号系统；言语行为则凭借“概念/音响形象”来建立差异性，它通过概括、抽象而与人的身体相分离，并因此是一种具有相对独立性的符号系统。[①]

由于行为语言是一种缺乏独立性的符号系统，因而不能把人与世界相分割，不能把万物相分割，不能把世界建构为人的“对象世界”，而是通过行为与世界打交道，将人与世界相联系，以行为语言将世界结构化并纳入己身，建立人与世界的统一关系，令世界与人相融合，也因此把握了世界，反过来又塑造着人自己的心灵和肉体。人以行为语言来构建世界，将世界同化的过程，也就是赋予世界以人自身的行为结构和生命形态的过程，是将世界“肉身化”的过程，世界也因此成为人的身体及行为的延伸，并氤氲着生命的气息和神秘的灵韵。可以说，人在以行为关联世界的同时，就以行为语言塑造着人的内外两个世界，分别将这两个世界结构化，打上行为语言的印记。行为语言本身就沟通着人的内外两个世界。人类祖先的巫术思维和泛神论思想就与行为语言的功能特征密切相关。弗雷泽在《金枝》中描述的诸多原始文化现象、维柯所说的“诗性智慧”、布留尔的“原始思维”，也主要建基于行为语言的功能特征上，言语行为则显然居于次要的从属地位。

言语行为则不同，作为一种具有相对独立性的符号系统，它以“语言概念”把人的感觉经验凝聚起来并加以概括化、抽象化，以其差异性把人与世界切分开来，把万物切分开来，把世界转变为人的“对象世界”。当世界不再与人浑融一体，而分裂为主体与对象，隔阂就产生了。正是言语行为最初创造了人与自然界之间的裂罅。语言概念既联系着人

---

① 言语行为从行为语言中分蘖出来，这一事实决定了双方之间的家族关系，决定着言语行为不能不享有行为语言某些结构特征。因此，语言的深层结构并非语法结构，而是行为语言的结构。这种结构是前人类的，语言结构势必以它为基础，但必须经过转换生成。语言学界关于乔姆斯基转换生成理论的争论，其根源就在于把结构仅视为语法结构，而非“另一种”行为结构。这种结构不是共时性结构，而主要是历时性结构。

与世界，在人与世界间搭建了桥梁，又造成了人与世界的断裂，把世界作为人的对象世界呈现出来，同时也反身构建了人类意识，终于让人有可能明晰地认识世界、把握世界。没有言语行为，就没有人类意识，没有作为对象的人的世界，人就只能处在动物状态，世界则只能是生命的自然延伸。这也就是说，在生存活动中，人类对发声行为的经验体验不断得到凝聚并概括、抽象为语言概念，从人的行为语言中分蘖出言语行为，人类意识才产生，真正意义上的文化自觉和文化生产才开始。言语行为的出现使生物体的无意识行为转变为人的有意识、有目的的行为，成为自觉的文化行为。这也正是我们只把人类社会的建筑归入文化和艺术活动，而不把蜜蜂的蜂巢视为某种文化现象的原因。

只有当言语行为从行为语言中分蘖出来，人与世界、我与对象之间发生了分裂，符号活动才真正生成为象征符号活动。因为任何象征都是以符号之“此”来代表某一对象或情境或意义或混沌经验之“彼”，它建立在此与彼既区分又关联的基础上，建立在语言的相对独立性这一基础上，并常常以相对独立和意义相对稳定的符号，来象征行为语言在人类心灵留下的混沌经验，象征那些难以直接言表的东西。同时，也正是言语行为的诞生，使得人的行为在某些特定范围和侧面在某种程度上获得解释，使得这些行为的“特征”和“模式”从身体行为中提取出来而成为可以辨识、感知的意识对象并获得象征性，促使它们生成为象征符号，成为具有象征意义的行为语言，也因此促使一部分行为习惯转化为传承意义的文化习俗。[①] 这就是说，言语行为既脱胎于行为语言，铭刻着行为语言的印记，而自其诞生之日起，又反身重释、再造行为语言，烛照行为语言。但是，行为语言毕竟是身体行为，它只能铭刻于身体，无法真正脱离身体而独立，在行为与身体之间不可能设立一条边界，因而，行

① 正是由于出现了言语行为，人之行为的某些特征也因此被构建为“对象”并得到解释，行为语言才受到重新塑造而获得我们今天所说的“象征性”，成为真正的象征符号，也即我们所说的“行为语言”。因此，对于人类来说，行为语言同样可以视为“象征符号活动”，而动物则不然，它们只有最为简单含义的“指号”。但是，这些被认知的“行为语言”只是行为语言的冰山一角。行为语言深嵌在身体上，不能真正与身体相分离，因此，语言无法透彻地阐释它，总体上行为语言还仍然被遮蔽，处在意识阈之下。一旦某些行为语言获得象征性，那些被赋予重要意义的行为习惯就得到自觉传承而演变为风俗了。

为语言仍然葆有自己的原初功能，以及言语行为无法透彻阐释的朦胧性。行为语言依然藏匿于意识不能完全穿透的神秘面纱之后，正是在这里蕴蓄着丰沛的生命潜能。

文化必然是随言语行为的诞生而同时诞生的。言语行为以极其完善的符号系统造成人与自然界的断裂，迟滞了人追随自然界的进化脚步，造成人这一生物体的不完善，以致人不得不凭借文化生产及心智发展来补救生物体的不完善。一旦人与自然界相断裂，自然界成为人的对象，也就激发了人了解并掌控自然界的欲望，从此，文化成为人用以填补人与自然界间的沟壑的必需品，成为人类生存须臾不可分离的依赖，人类不仅主动地以新的文化生产来弥合人与自然界的裂罅，甚至意图超越自然界，控制自然界，而不再以生物体的变化被动地适应自然界。人的生物性演变停滞了，而文化生产及心智发展成为人类发展的主要标志。[①] 人与自然的统一性也解体了，生态平衡被打破，双方的和谐共处开始蒙受前所未有的威胁。这也就意味着：象征符号系统本身的生成和分蘖对于文化活动的重大意义，它决定着人类文化活动的框架，也决定着人与自然的关系，决定着人的世界；而具有相对独立性的言语行为的产生，则是人从动物界跃身而出，成为真正意义的"人"的关键步骤。可以说，无论宏观世界或微观世界，人所发现的自身与自然的裂隙就是文化发展的可能性空间，这些空间随人的认识深化而变化。原始仪式则是早期人类用以弥合裂隙的最重要的方式，并从中繁衍出文化的各个门类，其中宗教、科学、文学艺术只不过是补缀裂隙的不同符号方式和路径。

一方面，言语行为肇始了人类文化生产，但是，这并没有因此排除行为语言，而是在行为语言的基础上共同参与文化生产。人类文化活动始终包蕴着性质有着根本差异的两种不同的行为（语言），人类就生存于这两种行为（语言）构建的张力场中。两种行为（语言）各自的功能特点，特别是它们相互结合的整体结构及倾向性决定着文化的特色。据此，我们可以为文化做出新的界定：文化是人类运用象征符号来弥合人与自

① 言语行为的诞生不仅开始了自觉的文化生产，迟滞了人的生物体的进化，而且言语行为的重要性、自觉性往往遮蔽、搁置和削弱了行为语言的功用。人们所说的"特异功能"很可能就建立在那些尚未受到遮蔽和削弱的行为语言基础上。

然界的裂罅的活动。自语言概念的产生造成人与自然界的分裂之时，文化活动就开始了，它随着人与自然界裂隙的变化，特别是象征符号活动整体结构的变化而演变，因此造就文化变迁。文化特征就取决于象征符号活动的整体结构，也即取决于行为语言与言语行为双方结合而构建的整体结构。

另一方面，语言概念的出现也带来人自身的分裂。言语行为以其“独立性”将自己从人的行为语言中分离开来，独立出来，并因此造成人自身的分裂，造成感性与理性的分裂，生物本能与人类精神的分裂。言语行为构建了人的对象世界，也就同时构建了人类意识。人的对象世界和人类意识是在语言概念的形成过程，在人类经验的凝聚过程同时构建起来的。在此过程中，言语行为既赋予对象世界以秩序，又反身赋予人类以理性。人只有通过言语行为才能认识世界并反思自我行为（只有把行为或思想作为“对象”，才有可能反思），人类理性就建立在此基础上。行为语言则因不能构建人的对象世界，也就无法构建以意向对象为前提的人类意识，只能构成无意识，并无法让人最终摆脱混沌、蒙昧状态，无法借助于反思来构建理性。于是，这就不能不造成意识与无意识的分裂，意识之理性与无意识之非理性的分裂，人类精神与身体欲望的分裂。灵与肉的冲突就起因于两种行为（语言）的功能区分。但是，毕竟言语行为建立在行为语言的基础上，在人类实践活动中双方都不可或缺，因而又总是相互沟通和协作，并共同构成人类自身的特征，构成个体的个性特征。两种行为（语言）在连接人与人、人与自然的同时，造成不可挽回的裂罅，潜伏下永久不息的冲突，然而，恰恰又是种种冲突成为人类发展的潜在动力。言语行为的诞生就隐含着语言中心主义、理性中心主义和人类中心主义，而同样也因言语行为赋予人类以理性，使人最终有可能超越种种“中心”，纠正和限制自己的行为，从而避免生态灾难。

人类文化的特征、人类心灵的特征与象征符号活动密切关联，与行为语言、言语行为密切关联，其本身都是由两种行为（语言）共同参与构建的，尽管在此过程中还滋生出其他新的符号形式，但由于这些符号形式仍然建立在两种行为（语言）范型的基础上，其基本功能取决于两种行为（语言）的特征。这就为我们提供了一把打开文化和心灵奥秘的钥匙，我们可以通过行为语言与言语行为相结合的整体结构，来分析文化模式和思维习性，由此也就揭示了文学及文论的特征。

二　仪式式微与文化繁衍

当言语行为分裂了人与自然的融洽关系，把自然作为人的对象世界呈现在人的意识面前，自然不仅成为人的巨大诱惑，同时成为令人惊恐的存在，人试图重新去亲近自然，理解自然，掌控自然。然而，在此言语行为方生之际，对于人来说，行为语言仍然居于绝对优势的地位，因此，人无法割舍与自然的亲密纠缠，与自然之间还仍然交织着各式各样的“互渗”关系（列维－布留尔）。在自然刚刚以“对象”的方式出现在人面前时，自然势必已经渗透着人自己的身影和情感，早已被人结构化、肉身化了，并因此被赋予人性和灵性。万物有灵就扎根于人的行为语言的基础上，世界则成为一个居住着众多神灵的世界。在谈到神话思维的特征时，梅列金斯基说：

> 神话思维的某些特征，是“原始”人尚未将自身同周围自然界截然分开并将自身属性移于自然客体所致；他们赋予自然客体以生命、人类的喜怒哀乐，使之从事自觉而适宜的经济活动、具有人的形貌、具有一定的社会体制，等等。据我们看来，这种“浑然不分”主要不是本能地感到与自然界同一及对自然界本身的适宜性予以自然的认识所致，而正是不善于从本质上将自然界同人加以区分的结果。①

很显然，梅列金斯基所说的“神话思维”就是原始思维或诗性思维，也即以行为语言为主导的掌握世界的方式。神话思维创造了神灵的世界，同时也促使人不得不创造出原始仪式来接纳和应对这个神灵世界，重新协调和弥合人与世界的关系。原始仪式是人类智慧的初始形态，是人试图狡黠地利用神灵来降服自然，重新调和人与自然融洽关系的手段。在

① ［俄］叶·莫·梅列金斯基：《神话的诗学》，魏庆征译，商务印书馆1990年版，第175页。

一个人与自然、人与万物相分裂的世界，这个世界又潜伏着危机和凶险，充满了不确定因素，离开原始仪式的庇佑，人就无法维持在这个世界继续生存的勇气。原始仪式是以神话思维（行为语言）为支撑的，当参与者进入仪式的狂欢状态，无意识就被充分激发出来，他重新与世界融为一体，重新获得原初的归属感和安定感了。

原始仪式几乎包含着所有人类文化的因子。由于原始仪式是与神灵打交道的，仪式就必须建立严格的程序，参与者则必须谨慎地遵循行为规范，因此，原始仪式是对人的行为的规范，它通过仪式程式来强化人的行为方式，维护和传递行为语言的象征意义。当仪式日渐褪去迷信色彩，它就转而以节庆及风俗习惯留存于世了。而仪式严格的程式化，则成为后来的社会制度及科学文化制度的基础，只不过制度是对仪式程式的语言反思和理性重建。

言语行为具有的区分功能使它赢得巨大的力量。自从诞生之后，言语行为就凭借其区分功能不止息地驱逐着黑暗和混沌，祛除各种魅影，拓展澄明的世界。原先由行为语言投射于事物身上的神圣灵韵受到清洗，甚至连生命体本身也遭到肢解，神灵也因此黯然失色并不得不退隐。当神灵从人类身边的、日常的生活中消遁，退却到一个遥远的不可知领域，变得形象模糊，进而转化为一种内心的信仰，宗教就产生了。因此，宗教仪式可以说正是原始仪式的升华，是往昔在身旁喧嚣着的众神的抽象化、心灵化。神灵的消隐致使原始仪式仅剩下空洞的躯壳，逐渐颓败为零碎的残砖断瓦，浑整不分的和谐世界也因此瓦解。从某个角度看，政治、科学知识、文学艺术等等，都是原始仪式崩坏后残留的遗物。政治需要借助于神圣仪式人为地塑造一个凡俗世界的“神”，一个高踞于百姓之上、受人膜拜的圣哲，并利用仪式结构及所构建的制度来掌管和统治百姓。神圣仪式又召唤出人的无意识，让人迷狂般地拜倒在圣哲面前，心甘情愿地听从驱遣。追随言语行为而至的理性祛魅，则迫使神灵四散逃逸，这就令人不能不怀疑往日所崇拜的神灵，那残留的讶异适巧转化为探寻奥秘的意图，并敦促人从仪式中汲取严格的程序来从事科学探究，积累知识。文学艺术则利用了原始仪式的躯壳，一个众神缺席的仪式形式，并借用仪式形式所创造的“阈限空间”，重新实现意识与无意识、言语行为与行为语言、精神与肉体、理性与感性间的深度融合和平衡。原始仪式的颓败和瓦解，归根结底就起因于言语行为的区分功能和理性冲动。言语行为的诞生分裂了人与自然的浑融关系，为人创造了一个诗意氤氲的对象世界、一座居住着众神的奥林帕斯山，可是，恰恰又是它的区分功能和理性冲动永不止息地肢解着这个对象世界，恣意扫荡和驱逐着神灵，拆毁仪式圣殿，同时，也对人类自身的活动实施了区分，为各种活动领域规划出疆界。

在《意向性：论心灵哲学》中，约翰·塞尔讨论了言语行为与意向性的关联，并在奥斯汀对言语行为类型区分的基础上，分别对各种不同类型言语行为的意向状态做出深入阐释。塞尔认为：言语行为与意向性密切关联。“在做出每一种带有命题内容的以言行事的行动时，我们都表达出一种带有那种命题内容的特定的意向状态，而这种意向状态就是那种类型的言语行动的真诚条件（sincerity condition）”，并且以言行事行动与被表达的意向性真诚条件间的关联是内在的，言语行为表征世界的方式就是心灵表征世界的方式，因此，言语行为所具有的意向性与心灵的意向性相一致。“做出言语行动也就等于表达了相应的意向状态。”①

塞尔明确指出，不同类型的言语行为具有不同的适应指向（direction of fit）：其一，断定式（assertive）言语行为，包括陈述、描述、断言等。这种类型的言语行为以某种方式与一个独立存在的世界相匹配，并依据它能否做到这一点，我们可以做出真假值判断，它具有“语词向世界”（word to world）的适应指向，同时意味着“心灵向世界”（mind to world）的适应指向。其二，指令式（directive）和承诺式（commissive）言语行为类型，如命令、指示、要求和承诺、发誓、保证等，这些言语行为并不被认为与一个独立存在的世界相匹配，也不能根据这一点对它做出真假判断，而是被认为会带来世界的变化，以便这个世界与该言语行为的命题内容相匹配，也就是说，它同时具有“世界向语词”（world to word）的适应指向和“世界向心灵”（world to mind）的适应指向。其三，宣示式（declaration）言语行为，如宣战、宣布会议召开等。由于宣示式言语行为的要旨是通过言语造成一些新的事态，所以，宣示式言语行为就同

① ［美］约翰·R. 塞尔：《意向性：论心灵哲学》，刘叶涛译，上海人民出版社 2007 年版，第 9 页。

时具有双重适应指向，即“语词向世界”的适应指向和“世界向语词”的适应指向，也即把某事表征为是事实而导致它成为事实。要使这一点起作用，言语行为必须在语言之外的特定机制中做出，在那里，说话者被赋予一定的权力，以使其言语行为具有效力，并能使新的事实得以发生。其四，表情式（expressive）言语行为，这种言语行为是对相关心理状态的一种表达，因此它不存在任何适应指向。与表情式言语行为具有类似性的是虚构话语。

在《虚构话语的逻辑状态》中，塞尔对虚构话语做了深入分析，尽管其中存在某些矛盾的论述，但仍为我们提供了很有价值的观点，即虚构话语悬置了语词与世界相互适应的指向。塞尔认为，虚构故事中的语词及其他语言成分同样拥有日常的意义，但是，它们却缺乏断定式言语行为必须遵循的语义学和语用学原则，也就是说，虚构话语放弃了断定式言语行为与世界相匹配、保证话语真值的原则，并以另一套惯例来取代它，从而使以言行事转变为伪装的言语行为。“构建虚构作品的伪装的以言行事，是由于一组惯例的存在而使其成为可能的，这些惯例暂时中止了言语行为与世界相关联的有关规则。”① 譬如特殊的修辞手法、诗歌韵律或分行书写、故事标志性的开头“从前……”或把一段日常话语嵌入虚构故事，甚或作为文本体裁的标签“小说”、“诗歌”、“戏剧”，乃至读者的阅读态度，凡此种种，都有可能悬置语词与世界相互间的适应指向，使言语行为成为伪装的游戏，使文本成为虚构的文学文本。因此，文学虚构的实质并非取决于话语意义是否与现实世界相互吻合，而在于按照惯例暂时中止语词与世界相互间的适应指向。②

言语行为是随着人类活动领域的拓展和活动方式的复杂化而发展变化的，人类活动领域和方式的变化促成言语行为分化出更多的功能，并在语词与世界、人与世界间建立起多种关联：即语词向世界的适应指向

---

① John R. Searle, *Expression and Meaning: Studies in the Theory of Speech Acts*, Cambridge: Cambridge University Press, 1979, p. 67.

② 文学虚构是语词（文本）世界与现实世界的适应指向被暂时悬置，而非语词（文本）所表述的世界与现实世界不符，正是后一种误释导致许多学者间无法调和的争论。具体参阅马大康《现代、后现代视域中的文学虚构研究》（中国社会科学出版社 2014 年版）第七章第二节“话语建构性与文学虚构性”。

(断定式)；世界向语词的适应指向（指令式、承诺式)；语词与世界双向适应的指向（宣示式)；悬置语词与世界相互适应的指向（表情式、虚构式)。我们可以发现，人类认识活动就贯穿着断定式言语行为，这是一个不断区分对象世界，并要求人类认识与世界相匹配的过程。尽管在言语行为创造人的对象世界之初，世界就已经纠缠着人的身影，渗透着人的主观性，但是，言语行为却凛然拉开人与对象世界的距离，不断深入地分析这个对象世界，清洗对象世界残留的魅影，以使语词适应世界。但是，问题在于并不存在一个纯然客观的对象世界，对象世界在其生成之际就已经是按照语言系统的区分而建构的，也即被言语行为所解释过的，所谓语词向世界的适应指向，其实并非真正指向纯客观世界。因此严格地说，上述过程应该是：当言语行为再次对这个世界实施一次新区分，打开一个新缺口，这就必然引起关于世界的新解释与旧解释间的冲突，需要将新旧解释加以检查、衡量和协调，重新做出通盘的阐释。这是一个解释循环的过程。这个过程正是人类认识发展的进程，是科学知识发展的进程。

世界结构与语言结构的对应性就根源于世界本身就是由语言系统区分和建构的，它与言语行为同步生成，因而言语行为的人为性、主观性必然要投射给世界。这个过程同时存在两种可能性：其一，言语行为以自己的明晰性清除了由行为语言所带来的模糊性和心灵阴影；其二，言语行为以自己的概念体系凝聚、区分和过滤人类经验时，流失了大量由行为语言获得的珍贵经验，甚至强制性地以语言结构扭曲了关于世界的原初经验。杜威就表示了对这种危险的警惕。杜威认为，人类经验并不等同于知识，也不是认识的一种方式，而是“被经验的东西”，它以另一种方式与另一种自然相联系，因此，经验抵达了自然的内部，具有了深度。这种有别于知识和认识的经验得到杜威的高度肯定。其实，这种经验就是避开言语行为的干扰，由行为语言所构建的经验，是人直接同自然打交道，以行为语言接纳自然、融合自然而获得经验的过程，也即直觉经验。因此，杜威说：

当实在的客体和知识对象逐一地被等同起来时，一切在情感上和意志上的对象都不可避免地被排除在“实在的”世界的外边，而

> 被迫到一个能经验的主体或心灵的隐居之处去寻找它们的避难所……在作为经验过程之中心的心灵和被经验的自然世界之间，避免一种僵硬的隔绝的唯一途径就只有承认：经验活动的一切式样都是自然界的某些真实的特性之显著的体现。[①]

针对人类认识的困境，现象学主张通过现象学的“直观”和“还原”，重新返归原初的经验。杜威则主张既不能忽视经验的直接性，又要重视认识的语言中介性，应该把两者相互结合。他说：“实际上，一切认识论上的讨论都依据于一个从直接占有的领域到语言的领域来回的突然的不知不觉的变换。”[②] 在人类认识发展的途程中，始终交织着言语行为与行为语言间的博弈，然而，最终则趋向语词与世界的适应。

指令式和承诺式言语行为则嵌入人类实践活动之中。这两种类型的言语行为有效组织着人类社会实践，以使世界向语词、向人的意愿适应。人类实践作为一种目的性活动，其根本特征就在于让世界向人的意愿适应。在整个人类实践过程中，言语行为不仅通过指令和承诺起着重要的组织作用，而且借助于语言反思及时调整自己的意愿和行为，纠正实践偏差，为实践活动重新设定目标，不断提高实践活动的效率。宣示式言语行为则在向世界适应的同时，创造出种种制度性事实，以此规范人类行为，迫使世界向制度性事实适应，向语词适应。

表情式和虚构式言语行为由于暂时中止了语词与世界相互适应的指向，这就势必使语词创造的世界成为独立的世界，一个暂且缓解种种社会规约束缚的世界，一个维克多·特纳（Victor Turner）所说的“阈限空间”。[③] 这是一个自由的空间，在这里，社会规约因丧失现实语境而失效，它所造成的压抑被撤销，人的深层无意识及行为语言记忆则得到充分的激活，获得了解放。文学艺术就依赖虚构式言语行为所构建的阈限空间，

---

① ［美］杜威：《经验与自然》，第 18 页。

② 同上书，第 92 页。

③ 特纳阐释了仪式阈限空间的特点，他指出在这个阈限空间，参与者没有名字，失去了地位、身份、性别区分，原先的各种类别和等级区分，也都达成一致。这也就意味着：在阈限空间，各种现实规范已经失去效力（［英］维克多·特纳：《仪式过程：结构与反结构》，黄剑波、柳博赟译，中国人民大学出版社 2006 年版，第 103—104 页）。

文学的独立性、文学性、审美性、情感性就栖身于这一空间。

言语行为的相对独立性及区分功能不断地制造着各式各样的断裂和缺口，也因此为人类文化、知识、文学艺术打开了一个个可能性空间。理性冲动、现代性冲动及社会分层、学科分化就起因于言语行为的区分功能。人类知识不仅是通过言语行为传播的，而且本身就是凭借言语行为的区分功能构建的：人类用言语行为给自然分类，用言语行为给社会制度分类，用言语行为给行为分类，用言语行为给身体机能分类，自然科学、政治学、社会学、伦理学、人类学、历史学、医学就因此诞生了。言语行为的独立性和区分功能为自身赢得了反思性，于是，元语言、元理论、元小说、元历史也就出现了。言语行为的独立性不仅使它可以用来区分对象，反思行为和思想，并通过反思来划分不同的行为和思想的界域，进而为构建不同学科提供基础，而且可以反思自身，并通过反思有效地在实际运用中完善言语行为，发展言语行为，促进言语行为功能的分化。可以说，没有其他任何一种符号活动能够如言语行为那样，拥有如此机敏灵活、复杂多变的形式和功能，并且言语行为对行为、思想的反思是与对言语行为自身的反思是互为因果的。

如果说，自言语行为诞生之初，人不能不以原始仪式来弥合人与自然间的裂隙，并且在仪式活动中，行为语言仍然占据着主导地位的话，那么，言语行为所拥有的区分和理性功能，使得它最终夺得了强势位置，并在人类活动中扮演着规划者、指导者、组织者和执掌者的角色，行为语言的地位则日渐下降，它不能不堕入辅助性、从属性和被动性位置。区分功能赋予言语行为能够分解一切、肢解一切的力量，从而驱逐了生命的神圣性和世界的神秘性。言语行为分割世界，给世界祛魅，也就是人类丧失家园、人失去神圣性的过程。唯有文学艺术仍然维持着两种行为（语言）双方的平衡和深度融合，继续守护着神灵逝去后遗落的氤氲灵韵，守护着属于人的诗意家园，守护着人自身的神圣性。人文科学则是语言理性祛魅所残留的魅影，是人试图以理性眼光穿透魅影而做的努力，也是这一努力失败之后无奈的自嘲。行为语言的整体的不容分割的特性，决定着人类最终无法用语言概念来区分和把握它，无法以分析的眼光来看待它，以单纯的逻辑思维来限制它。

在人类文化生成和演化过程中，出现了这样一个不可逆转的现象，即行为语言与言语行为双方既合作又博弈的复杂关系：在人类文化刚刚萌生之初，行为语言占据着统治地位；随着文化发展和繁荣，两种行为（语言）之间的关系终于获得平衡；而后，言语行为又突破这种平衡，夺取了霸主地位，迫使行为语言沦为仆从。这个过程正揭示出黑格尔所描述的艺术从象征型向古典型再向浪漫型发展演变背后的真正根据；而中国古代的阴阳八卦图则又以另一种方式显示了两种行为（语言）间的互生互补、此消彼长的关系。

三　人类文明的结构

关于人类文明的结构，约翰·塞尔曾从言语行为角度做出了极其精辟的阐释。塞尔特别钟情于宣告式言语行为，他认为："除开语言本身这个重要的例外，所有的制度性实在，因而在某种意义上说，全部人类文明，都是通过与宣告式言语行为有相同逻辑形式的言语行为而创立起来的。"① 在《人类文明的结构》中，塞尔对言语行为究竟如何创立人类文明这一问题做出了充分的阐述。他认为，人类具有给人和物赋予功能的能力，这种功能不是依赖其物质结构来发挥作用，而是因为其地位得到集体的接受和承认，只有凭借其地位，相应的人和物才能发挥功能，这种功能就称为"地位功能"。因此，地位功能依赖于"集体意向性"，具有地位功能也就等于被授予"道义性权力"。宣告式言语行为之所以具有构建制度性实在的力量，就在于言语行为的发出者或言语行为本身得到集体的接受和承认，赢得了集体意向性，由此获得地位功能及道义性权力。一旦我们承认其道义性权力，宣告式言语行为就为我们的行为提供了独立于我们的自然倾向和欲望之外的理由，从而要求我们遵从这一理由行动，因此，它也就具有构成规则的能力。每一项制度都是一套构成性规则体系，并且"所有制度性事实都是语言性地被创立和语言性地被构建并维持的"。② 人类文明就是由种种制度性事实构筑起来的，因而是

① ［美］约翰·塞尔：《人类文明的结构——社会世界的构造》，文学平、盈俐译，中国人民大学出版社2015年版，第11页。

② 同上书，第99页。

建立在宣告式言语行为基础上的。

应该说，塞尔的论述逻辑严密，但问题在于他仅仅从言语行为角度来思考文明结构，而忽视了行为语言的作用，因此，他所勾画的人类文明的图景其实就是柏拉图“理想国”的翻版，是一个按照自己的主观意愿经过提炼，排除了任何异质因素的纯理性的建构。人类文明同样是人类象征符号活动的成果，是在行为语言与言语行为协同作用下建构起来的。在整个文明历史中，就存在着两种行为（语言）之间的力量博弈，但从总体上看，两种行为（语言）双方的整体结构有一个逐渐从侧重于行为语言向侧重于言语行为的转变过程。一方面，宣告式言语行为不断构建出新的制度性事实，重组社会秩序，引导和规范人之行为；另一方面，行为语言中的非理性因素又唆使人背离制度性事实，回归人之本性和本能。文明发展就始终处在这一张力场中。只有这样，我们才能理解原始状态的人类文明，以及人类文明发展过程中出现的种种波折和逆转。

社会风俗作为另一种规范性力量，就直接建立在行为语言的基础上，是对具有重要意义的行为习惯的有意识传承。这些行为习惯是特定族群在适应特定环境过程中形成的，具有重要的生存价值而被仪式化，因而，风俗总是被打上鲜明的民族和地域的印记，并构成该民族不是制度的“制度”。特纳曾对赞比亚恩丹布人的伊瑟玛仪式做了深入研究，他指出：

> 伊瑟玛仪式中的象征和它们之间存在的关系，并不只是使恩丹布人的世界变得有序的一套认知分类体系。它们同样也是（而且也有着重要的意义）一套唤起性的工具体系，能够唤醒、引导和控制各种强烈的情感，比如仇恨、恐惧、爱慕，以及忧伤。它们同样也富有目的性，有着“意动”（conative）的层面。在忧伤的情况下，不仅恩丹布人的“头脑”，他的整个身体都会参与到生命和死亡的存在性行为当中去，而这正是伊瑟玛仪式所要涉及的内容。[①]

这个事例说明，作为社会风俗的仪式是与行为语言密切相关的，它借助

---

① ［英］维克多·特纳：《仪式过程：结构与反结构》，第41页。

于仪式并通过行为语言记忆来唤醒并引导恩丹布人的情感和行动，而且成为他们连接和体验世界，使世界结构化、有序化的手段。从这里也可以发现，制度性事实固然如塞尔所说，是由宣示性言语行为构建的，但从源头来看，恰恰是从社会风俗发展演变而来，是对风俗所隐含规则的理性反思和语言重构，与行为语言有着藕断丝连的亲缘关系，所以，道格拉斯说："最低限度的制度，仅仅是一种习俗。"① 如果说，风俗是直接从行为语言自身生长起来，并通过仪式强固行为语言意义的稳定性，从内部维护行为语言的连贯性、有效性，那么，制度性事实则已经逐渐失去和行为语言这个源头的直接关联，它更着意于从外在的功利目的给行为设定规则，是从外部对行为的强制性规范。也正是目的的异化，致使制度性事实常常与人之本性相睽违。巴赫金对狂欢节广场的首肯，实质上就因为狂欢节怂恿人破除制度性约束，放纵本性的解放力量。

在《美的现实性》中，伽达默尔（Hans-Georg Gadamer）谈到时间的两种基本经验：一种是日常的实用的时间经验，在这里，时间总是被分割、被安排、被支配、被排遣，无论极端的繁忙或极端的无聊，时间都是被某种东西或虚无充填起来的，而时间本身却遗落了，它与人的本性、与生命存在相抵牾。伽达默尔称这种时间为"空无的时间"。节日却完全不同，"使时间停住和延搁，就是庆祝。人们惯常支配时间时的那种计算的、安排的特性，在节庆中由于这种时间的静止状态而被消除了"。这种时间就是"属己的时间"。② 节日扫除了时间被安排、被支配的无奈，让人任随自己的生命而狂欢，率性而为。种种外在的制度性事实被搁置了，人终于可以自由自在地施展自己的行为。节日时间的展开过程，就是人的行为语言自由表演的过程，因此它才是真正属己的时间。

行为语言在人类文明建构中的重要作用还在于：由行为语言塑造的生命实在与建基于言语行为之上的制度性事实所形成的张力，往往有可能促使制度性事实本身做出不断调整，以适应人的生命发展。譬如同性恋行为原先被视为异端而受到禁止，但恰恰是由于一直存在这种行为，

---

① ［英］玛丽·道格拉斯：《制度如何思考》，第 57 页。

② ［德］H. G. 伽达默尔：《美的现实性——作为游戏、象征、节日的艺术》，张志杨等译，生活·读书·新知三联书店 1991 年版，第 70 页。

并且其意义获得不断改写，逐渐被承认为“另一种”性爱模式，这才最终导致相应制度的变更。这就是说，尽管制度性事实力图规范行为语言，重塑行为语言，但是，行为语言本身就天然地蕴蓄着一种持续地批判和矫正社会文明的潜能。

从柏拉图的“理想国”到约翰·塞尔的“人类文明的结构”，我们不能不看到言语行为在整个西方文明中的重要地位，以及理论家的思维习惯所造成的偏见，以致难免堕入理性中心主义的泥沼。确实，言语行为在人类文明建构过程具有举足轻重的奠基性作用。言语行为作为具有差异性和相对独立的媒介，不仅分割着人与世界，把世界划分为千姿百态的大千世界，把人分化为“原子化”的个体，而且使人有可能运用语言媒介展开反思，逐渐培植起人类理性，让每个人成长为独立的理性主体。而索绪尔所指出的语言第一原则“任意性”，又注定语言必须依赖于群体契约，否则，它就无法达成沟通和理解，就不再成其为语言。语言的任意性与契约性是密切相关的，越是任意的，就越离不开契约性，离不开群体的接受和承认。[①] 语言本身就是最为基础的制度性事实[②]，所有其他制度性事实都奠基其上并以它为范型。使用一种语言就意味着尊重并顺从它的意义系统和语法规则，意味着接受一种生活方式。一方面，言语行为借助于差异性把人塑造为独立的理性主体；另一方面，又依赖契约性重建人际关系，重新规划社会秩序。没有言语行为这一功能的奠基作用，人类就难以从氏族社会走向契约社会。

行为语言则不同，它在连接、融合人与世界、人与人的同时，不断加深人对他者的情感投入，加固双方的情感纽带，弥合分离状态。但由于行为语言不是独立媒介，不能不受到具体时空条件的制约，它既不能塑造独立的理性主体，又不能建立一个地域广阔的契约社会，相反地只能成为有血缘关系的族群的有效黏合剂，固化族群关系，并且往往局限于家族，乃至家庭的狭小空间。这种情感关系又因距离而变化，这就是

---

① 相对于象形文字的汉语而言，以拼音文字为载体的印欧语，语言与所指对象关系的任意性更大，也更依赖于契约性。

② 我们沿用了索绪尔对“语言”、“言语”所做的区分，因此，把语言视为制度性事实，而言语则是个体对语言的具体运用，因此，除了需要适应语言规范，同时也介入了个体独特性，存在着个体与制度性事实间的依赖、协调、冲突和交易。

"爱有差等"的"熟人社会"生成的根源。个人则始终只能从属于族群，龟缩于家庭，并因而消泯了自身的价值。社会，乃至国家不过是家族、家庭的放大，是对家族、家庭组织模式的效仿。海德格尔之所以痛感西方现代文明造成主客体分裂，人因此丧失存在的家园，而对东方文明情有独钟，其最深层的根子就在于汉文化无意中保存和强调了行为语言的作用，由此调和了人与自然的关系，泯灭了主客体分裂所造成的鸿沟，回归人与自然的"同一"，创设了富有诗意的精神家园，使心灵有所皈依，而他所谴责的"现代技术"则不过是变本加厉的次生原因。

任何一种社会文明都同时由两种行为（语言）：言语行为与行为语言共同构建的，是两种不同组织方式、建构方式间的力量博弈，它们形成一个不断变化的张力场，由此赋予特定民族以独有的文明形态。

宗教、法律都属于制度性事实。宗教教义作为一种宣告式言语行为，对于信徒来说，其发布者是至高无上的神或代神传言的圣徒，因而具有不可比拟的地位功能，其教义也有着不容置疑的权威性。① 法律的发布者则是凡俗世界的"神"，并因此赋予法律以权威性。一旦有其他世俗力量凌驾其上，法律的权威性就被颠覆了，公平公正将不复存在，法律的实质意义也就消亡了。金钱则是类似于语言的另一种基础性的制度性事实。金钱的"脱域"（吉登斯）功能，与言语行为一样不断分解和重构着社会关系，它在现代社会的重要性甚至超出和取代了言语行为的作用，成为社会建构并推动现代化进程的最重要的手段。金钱之所以具有巨大的"脱域"功能，根本原因就在于它已经与"物"相分离而成为具有独立性、中介性的价值符号，它既不是除金钱自身之外的"某物"，却又能以其价值来代表一切"物"，以此重构人与物、物与物、人与人的关系，也即重构社会关系，重建社会文明。只不过金钱这一制度性事实也仍然建立在宣告式言语行为的基础上，我们对言语行为所做的分析实质上就已经包含着对金钱，以及其他制度性事实的分析。需要指出的是：金钱作为一种直接代表价值且可以被个人据为私有又可以流通交换的中介，它固然可能进一步强化契约关系，但并不能如言语行为那样借助于反思来

① 宗教是原始"巫术仪式"的升华，从这个源头来看，宗教也仍然与行为语言密切相关，并且某些特征（圣餐）至今还残留在宗教仪式中。

构建理性主体，而极可能以自身的价值特性培植擅长算计的利益个体，撕去温情脉脉的面纱，扭曲人际关系，因此，恰恰需要以言语行为构建的理性主体和契约社会作为前提，并需要凭借其他制度性事实加以制衡。

自从语言概念诞生以来，建立在言语行为基础上的制度性事实不断地生成、累积并发挥越来越重要的作用。这些制度性事实或相依赖或相制约或相抵牾或相冲突或相解构，但它们均通过宣示性言语行为而构建，受到言语行为范型的制约。这一现实状况表明，在人类活动的整个历史过程，存在着一种不可遏止的明显趋势：两种行为（语言），即行为语言与言语行为在象征符号活动中的结构关系也在渐次变化，言语行为日益取得了主导性地位，而行为语言的作用空间则日渐受到挤压。这是一个制度不断侵蚀、改造和吞噬风俗的过程，是人类从自在走向自为、从蒙昧走向文明的过程，也是人类行为逐步走向理性化，社会逐步走向现代化的进程。[①] 相对而言，那些长期以行为语言为主要倾向的文明形态，不仅不可能出现古希腊式的民主制，而且由于理性主体和契约精神发育不充分，在向现代文明转化的途程中不能不受到诸多掣肘。

然而，对于人类社会来说，行为语言仍然是不可或缺的，失去行为语言这一重要纽带，仅凭制度性事实构建的社会只能是一个毫无诗意的冰冷的社会，人也将因失去自己的精神家园而枯萎。行为语言是人体验世界，获得自身生命感及感受他者生命热度的依据，行为语言的贬值，就意味着世界的褪色和生命的萎靡。实际上，审美现代性对启蒙现代性的批判，就起因于言语行为所带来的理性中心主义弊病，力求重新达成两种行为（语言）之间的平衡。“假如我们试图创造出一种新的身体，这种身体将不再因受到要么是菲勒斯中心的、要么是被阉割的二元对立法则的制约而几近瘫痪，而是一个全新的身体，那么，我们最好的期望、我们最最有效的政治，将是我们可以称之为身体诗学的实践。”[②] 从中也可以看到，随着人类文明发展及制度性事实的累积和强化，人类

① 从人类发展来看，言语行为本身就有一个演化过程：当言语行为刚从行为语言中分蘖出来之际，它仍然被行为语言所纠缠，仍然充斥着非理性因素，因此，建立在言语行为基础上的制度性事实本身，其实也有一个发展演变的过程，一个逐渐理性化的过程。

② ［美］简·盖洛普：《通过身体思考》，杨莉馨译，江苏人民出版社 2005 年版，第155 页。

将越来越需要文学艺术活动的滋润。正是在文学艺术活动中，行为语言与言语行为都获得最深入、最充分的激发和调动，其间就洋溢着丰沛的人类感性，隐含着人类的原初记忆，并为我们提供了永远无法舍弃的存在家园。

四　主体和自我的生成

言语行为不仅肇始了文化创造，塑造着人类文明，同时也塑造着人的主体和自我。主体、自我只能在言语行为中得到构建。言语行为把人与世界相区分，在把人构建为认识和实践的主体的同时，把世界作为客体和对象来看待，并把每个人纳入语言的结构体系中，纳入不同的位置，建立起“我”与“自己”、“我”与“你”（你们）、“我”与“他”（他们）之间不同的关系，授予不同的人称和功能，由此促使人逐步认识自我、培植自我意识。离开言语行为不仅没有主体和自我，也没有作为个体的人。“我的世界和我的存在方式都已经受到眼镜（引者注：指语言）的深刻塑造。”①

关于主体、自我与语言的密切关联，本维尼斯特（Emile Benveniste）做出了很好的阐释，他指出：人的自我意识只有在话语中经过比照才成为可能。我只有在与某个人说话的时候才会说“我”，而那个与我对话的人在我的言说中将成为“你”。正是在言说中每一个说话人都把自己设立为“主体”，并在言语中将自己称为“我”，从而使自身通过言语活动获得了关于主体身份的客观证据。他说：

> 语言使主体性成为可能，因为它总含有适合主体性表达的语言形式……语言可以说提供了许多“虚设”的形式，由每个使用话语的说话人占为己有并使之与他的“人称”发生关联，与此同时，他将自己定义为我，将他的对话者定义为你。话语时位就是这样构成

① Verbeek, Peter-Paul, *What Things Do: Philosophical Reflections on Technology, Agency and Design*, Trans. Robert P. Crease, Pennsylvania: The Pennsylvania State University Press, 2000, p. 130.

> 了用于界定主体的全部坐标。[①]

很显然，人称代词就是话语中的主体性得以彰显的“第一个依托”。

本维尼斯特对言语行为与主体性及自我建构的密切关联做了深入阐述。言语行为在对人与世界、人与人做出区分的同时又重新将其纳入新的语言关系体系，并根据语言结构给主体、客体设定位置，在我、你、他的语言关系中确定我自己，分别予以功能确认。但是，由此给出的主体和自我势必只是一个语言“空位”，一个不可触摸的、缺乏实在性的、处于语言关系中的空洞位置。

在语言与主体的关系问题上，阿甘本（Giorgio Agamben）承续本维尼斯特的观点做出了自己的阐释。阿甘本是在讨论经验与语言的关系中涉及人的主体性的。在阿甘本看来，自从笛卡尔提出“我思故我在”之后，人类主体就发生了根本性转变，这已经不再是经验的旧主体，这个笛卡尔式的主体只不过是动词的主语，一个纯粹的语言功能实体。这也就意味着，经验只在作为主体的个体之外发生，而个体则仅仅如释重负地旁观它们。

> 因为如果与胡塞尔所认为的相反，主体仅仅是言说者，我们就无法在主体中达到经验的原始状态：“纯粹的，因而仍然是沉默的经验。”相反，主体在语言中并通过语言的构成正是对这种“无言”经验的剥夺：从一开始它就始终是“言说”。[②]

特别是作为现代人，他们屈从于某种经验形式的强制，就像实验室里成群的老鼠一样被控制和操纵。当这种唯一可能的经验导致恐惧，对经验的抵制也就体现为合理的防卫，于是，人也就只能去经历而不能拥有经验。主体诞生之日，就是经验丧失之时：一方面，在语言构建人类主体的同时，也就把主体与经验分隔开来，使经验沦为“沉默的经验”；另一

① ［法］埃米尔·本维尼斯特：《论语言中的主体性》，苗馨译，《普通语言学问题》（选译本），第297—298页。

② ［意］吉奥乔·阿甘本：《幼年与历史：经验的毁灭》，第41—42页。

方面，主体也因把自身隔绝于经验而成为空洞的主体，一个超脱于历史的主体。唯有在主体尚未形成的幼年才持存着“语言先验界限的经验”。

阿甘本没有到此止步，他借助于本维尼斯特对语言与言语的区分来推进自己的观点。本维尼斯特在索绪尔语言学理论的基础上进一步阐述了语言与言语、符号与语义、符号系统与话语之间的分裂，并把这种分裂视为人与动物区分的界线。动物并非没有语言，相反地它们与语言结为一体，始终而且总体上就是语言。阿甘本进而指出：

> 动物不需要进入语言，它们已经身在其中。相反，人类由于拥有幼年，先于言语，而分裂了单一的语言，而为了说话又必须将自己构成语言的主体——他必须说“我”。因此，如果语言的确是人的本质（而一旦深思，本质就只能意味着没有言语的语言，按亚里士多德的定义是“持续的起源”，而成为本质就意味着一直以来已经在语言的内部），那么，人的本质在源出就分裂了，因为幼年带来了语言与话语之间的断裂和差异。①

语言与话语的断裂只有在人的幼年时期得到接续，因为幼年既是语言的先验起源，又是开始咿呀学语之时，正是幼年在语言中设定了语言与话语的分裂。于是，在语言与话语分裂之际构建的主体，也就不能不成为语言的主体和言说话语的主体。他的每一次学习或言说都是进入言语，总是以“我”与言语打交道，并在言说中构建主体，同时又把主体归属于语言。人类幼年就汇聚着经验、语言与言语、正在形成的知识和主体。语言既是经验转变为知识的场所，又是个人获得主体性的场所，同时为它们的先验关系做出界定和构成。因此，当幼年时期人逐步占有了语言与言语，并将纯粹的前巴别塔时代的语言转化为人的话语，他也就开启了从自然转化为历史、从经验转化为知识、从个人转化为主体的旅程。

当阿甘本将主体的建构置于言语与语言相分裂的当口，这就势必赋予主体以新的涵义，我们可以就此做出进一步阐发。其一，主体既是语言的主体，又是言语构建的主体，总是具体的、个别的，并始终处在特

① ［意］吉奥乔·阿甘本：《幼年与历史：经验的毁灭》，第47页。

定语境中，因此，主体也就在作为语言功能实体的同时又被历史化了。其二，作为历史化的主体是在语言与言语相分裂状况中建构的，因而主体的历史化过程也就是对语言的个性化挪用和言语的创造，它因摆脱了语言的总体性而不同于阿尔都塞所谓被动地受意识形态驯服的“屈从体”，而是通过挪用和创造具有能动性和开放性。其三，主体就生成于幼年的经验向知识过渡的语言场所，因此，它总是以经验为根基和背景，也就是说，主体是建立在经验基础上的。很显然，在阿甘本的理论阐释中，那个空洞的主体被具体化、历史化了，同时，经验也被重新纳入理论视野并与主体建构相接续，虽然双方仍然是相互外在的。

阿甘本的阐释似乎已经把主体理论推向极限，一旦更加深入地探讨主体与经验的关系，势必令“主体”分裂和异化为“客体”，实际上就会转向关于“自我”的思考。为此，我们需要回到拉康的“镜像理论”。

在《助成“我”的功能形成的镜子阶段》中，拉康研讨了自我形成的关键环节：“想象界”。拉康认为，婴儿在出生之初还只有关于自己身体的零碎的感觉，直至6—18个月之间，婴儿通过看到自己在镜子中的形象，才开始意识到自己有一个完整的身体。他把零碎的身体感觉整合为一个完整的视觉格式塔，把镜子中的形象认同为自我，并以自身的运动操控镜子中的形象来取乐。

> 镜子阶段是场悲剧，它的内在冲动从不足匮缺奔向预见先定——对于受空间确认诱惑的主体来说，它策动了从身体的残缺形象到我们称之为整体的矫形形式的种种狂想——一直达到建立起异化着的个体的强固框架，这个框架以其僵硬的结构将影响整个精神发展。由此，从内在世界（Innenwelt）到外在世界（Umwelt）的循环的打破，导致了对自我的验证的无穷化解。[①]

在这个过程中，主体首先被分裂和异化为镜像，把零碎的身体构建为统

① ［法］拉康：《助成“我”的功能形成的镜子阶段——精神分析经验所揭示的一个阶段》，《拉康选集》，第93页。

一的形象，并迷恋这个形象，这才能把镜像认同为自己，从而形成自我意识。缺乏这个分裂和异化过程，也就无法建构自我。“每一个人都因他者的存在而存在。”[1] 因此，自我建立在主体想象功能的基础上，它拒绝接受破碎的身体感觉和异化的真相。在此，我们有必要再加以强调的是：婴儿操控镜像的游戏具有重要性，他就是通过操控镜像，才把自我镜像（自己操控）与他人（不能操控）区别开来，由此辨认出自我。

此后，拉康进一步阐述了“象征界”与主体建构的关系：当婴儿进入语言，他也就进入语言的象征秩序，不仅自我获得更加明晰的界定，主体也正是通过语言构成的。人既按照语言的象征秩序来建构人的世界，同时，也以语言来建构自身，因此，人作为言说的主体是只能在语言中诞生的。如果说，自我是主体与自己身体的想象关系所构成，那么，主体则是在象征秩序中被建构，它主要由语言所决定。

拉康的阐述揭示了自我形成的重要环节，却留下了一个疑问：如果想象界处于象征界之前，也即言语行为产生之前，那婴儿就无法明晰地看到自己的镜像。因为只有言语行为才能把人与世界相区分，把世界构建为对象世界，同时又构建了人的意识，而在此之前，婴儿没有意识，他只有无意识。这也就意味着：在言语行为形成之前，婴儿无法构成自己的意识对象，无法“看到”镜像。或者如拉康后来指出的：无意识具有语言的结构，也就是说，婴儿虽然没有形成意识，却已经具有语言结构，因此可以看到自己的镜像。但是，这其中同样存在矛盾：因为一旦有了语言，也就势必形成了意识，而不再只是无意识，也不再另外存在一个“想象界”。

其实，上述矛盾根源于拉康对无意识结构的误识。人类的言语行为是不能遗传的，而行为语言则可以遗传，它构成了人的无意识。譬如婴儿刚出生就能吸奶，很快就会辨别人的表情等等。婴儿对自己身体性感区域的区分也并非建立在语言差异性的基础上，而是凭借行为语言的差异性来做出的。行为语言依附于身体、缺乏独立性的特点，使得它只能

---

[1] Jacques Lacan, *The Seminar of Jacques Lacan: The Ego in Freud's Theory and in the Technique of Psychoanalysis, 1954 – 55 Bk. 2*, trans. S. Tomaselli, Cambridge: Cambridge University Press, 1988, p. 78.

以行为关联世界，把世界结构化并纳入己身来理解世界，它并不能构建以“对象”为前提的意识，只能构建无意识。因此，所谓无意识的结构只能是行为语言的结构，而非言语行为的结构。由于言语行为是从行为语言中分蘖出来的，它也就势必在某种程度上享有行为语言的结构。但是，行为语言的结构必须经过转换，才能生成言语行为的结构，两者的关系不是直接的而是间接的，这正是乔姆斯基受到当代学者质疑的原因。

拉康所说的“镜像阶段”的“想象界”应该正是行为语言向言语行为生成的过渡阶段，或者如施瓦布所说的“过渡空间”。在这个阶段，婴儿尚未开始学习语言，不会说“我”或“I”，却开始萌发语言意识，也就是说，他开始发出某个声音，比如“a”，来表示与自己相关的一切，这种声音还不是言语行为，却已经开始了对行为语言的抽象和再造的历程，开始把有关自己的零散的感觉经验聚集起来，这个过程就是想象生成和镜像凝聚的过程，是言语行为将生而未生的阶段，即拉康所说的“想象界”。待婴儿真正开始学习语言，他也就进入了言语行为，并以言语行为的象征秩序来重构自我和主体。

当我们把镜像阶段视为由行为语言向言语行为生成的过渡空间，想象界与象征界之间的壁垒就被拆除了，我们可以据此重新解释镜像理论：言语行为的生成使得镜像作为形象呈现在婴儿面前，这个形象所展示的表情、样态直接就是他自己的行为语言，言语行为则是对行为语言的辨析、整合和重构。因而，自我意识实质上就是言语行为对人所具有的行为语言的认识和重构，人通过言语行为把自己所具有的行为语言作为对象呈现出来并加以反思、辨析和确认，从而把握了自身的特征及自我与社会的独特关联，在社会语境中得到“定义”，构建了自我意识。“自我首先并最终是一个身体自我。”① 这个过程也就是自我认同。个体行为语言的特征决定了自我的特征，个体行为语言的连贯性则维护着自我的连续性。语言本身就是一面镜子，它借助于反思建构人的自我意识，而真实的镜子则构成其中的重要一环（镜子的作用也离不开言语行为与行为语言），它进一步帮助人形成关于自我的完整形象。“在决定自恋阶段时

① ［美］朱迪斯·巴特勒：《身体之重：论“性别”的话语界限》，第41页。

人自己的躯体的意象起了决定性作用。”① 在自我认同的过程中，行为语言不仅仅是语言反思的对象，它同时伴随着言语行为，并共同组成两种行为（语言）的张力结构。行为语言将对象吸纳于自身、融合于自身的施行方式，实际上构成自我认同的内在动力，构成“自恋”的根源。行为语言既把自己投射于影像，又意图重新吸纳和融合对象，因此促成了自恋。言语行为则意图离间人与影像的关系，把它们视为认识的对象。可以说，在整个自我建构过程中，就始终贯穿着两种行为（语言），以及由此构成的张力场。而当行为语言的施行指向从自我转向他人和他物，这就成为拉康所说的“侵凌性”倾向，成为与他人、他物打交道的内驱力，并与言语行为一道共同塑造了人类认识和实践的结构。

故事对自我的塑造作用同样以此张力结构为基础。故事运用话语来讲述人，实质上就是以言语行为来叙述人自身的行为语言。在此过程，行为语言既是叙述对象，同时又追随着叙述话语，和言语行为共同创造一个想象世界，并让人堕入这个想象的世界，移情于这个世界，体验自己的生命存在；言语行为则不断地重新确认被叙述和建构着的自我。正是言语行为与行为语言所形成的张力结构使得人的自我处于不断地生成和重构之中，使自我成为一个向社会历史开放的离心的自我。

由于自我是个人对自身潜能的认识，是言语行为对自身行为语言的辨析和认定，它建立在行为语言的基础上，因此，自我的特征就取决于行为语言的特征，是行为语言使自我摆脱语言的空洞框架，赋予它以丰满的肉身性。“自我作为一个决定因素乃是经常地和普遍地以它的动作呈现在一切情境之中的，这是我们之所以很少注意到它的主要原因。它在经验中比我们所呼吸的空气还要密切些、普遍些。”② 言语行为对行为语言的确认，也就是自我向无意识的掘进，是自我意图烛照无意识，进而监控和管理行为语言，按照特定环境的要求重塑行为语言，随心所欲地操演行为语言，协调行为语言与社会规约间的关系。行为语言的社会化，是人的社会化不可或缺的重要组成部分，甚至是人的社会化的基础。然而，由于行为语言依附于人的身体，行为与身体之间没有界限，因此，

① ［法］拉康：《精神分析中的侵凌性》，《拉康选集》，第117页。

② ［美］杜威：《经验与自然》，第157页。

言语行为并不能完全把握行为语言，这就注定了自我意识永远不能穷尽人的无意识，不能穷尽行为语言记忆，那些深层无意识始终是自我的“他者”，是隐藏于水面下的深不可测的冰山，它永远存在于混沌之中，暗中主宰着自我，神秘地向自我眨眼和招手。这一方面固然给自我埋下了深刻的危机，使自我不时面临被颠覆的困境；另一方面，由此构成的无尽的冲突，也成为推动自我重构的力量。

人类之所以高出于动物界，就因为享有两种全然不同的行为（语言），并由这两种行为（语言）构建起人与世界的复杂关联。动物与自然是完全同一的，它就依附于自然，归属于自然。人则因言语行为的生成与自然相分裂，在人与自然之间打开了缺口，同时，又以文化创造来弥合这个缺口，由此拓展了人的世界，构建起人与世界间的崭新关系。可以说，言语行为所撕开的裂隙越大，人类文化创造的空间就越大，人的世界就越是得到拓展，并且这种拓展并不局限于外在世界，它同时针对人的内在世界。在所有的人类活动中，都始终交织着行为语言和言语行为，两种行为（语言）共同塑造了人的世界、人类文化和文明、人的心灵和身体，因而它们相互之间存在着同构关系。这也就意味着：人在以言语行为撕裂种种关系，拓展生存空间和创造空间的同时，为了重新谋求一种新的统一，不能不以两种行为（语言）贯穿于人类活动，相互协调，共同达成的新的和谐。

第 五 章

言语行为与文学奥秘

在讨论了言语行为、行为语言与人类文化、文明，以及人的主体性、自我意识的关系之后，我们还有必要更为集中地探讨言语行为的具体结构，以及它与文学活动的内在关系。

奥斯汀提出的言语行为理论，克服了文学研究语言论转向所带来的局限性，为我们探索文学奥秘提供了新的理论范式。我们认为，应该把言语行为视为由表述行为、建构行为、指涉行为三个不同维度所共同构成的行为系统，这些不同维度的行为共存于言语行为系统结构中，并因其相互关系的变化而导致言语功能的变化。正是从言语行为出发，我们才可以深入阐释文学活动的复杂性，进而阐释文学世界的建构方式，文学与现实的独特的关联方式。

一　言语行为的整体结构及功能

文学研究的语言论转向为文艺学打开了一个新的理论视野，同时，也不可避免地带来局限性，受到艾布拉姆斯等诸多学者的诟病。其中，一个最根本的原因是：把语言学的理论范式运用于文艺学，且仅从语言的角度思考文学问题，实质上也就把“人”从研究视界中驱逐了，作者或读者都应该卷起袖筒靠边儿站；而一旦人被疏离，文学的审美性、情感性，乃至作为一种精神现象的复杂性也就无从谈起。索绪尔的语言符号学、布勒阿尔的语义学及新批评、罗兰·巴特的结构主义、德里达的解构理论、福柯的话语理论等等，都将语言与人隔离开来，孤立地思考语言，乃至文学问题。即便巴赫金的超语言学，虽然把语言与社会历史语境密切关联，在语言的历史运用，特别是对话过程中来思考话语及文学问题，但在其理论视野中，人仍然只不过是一个相当于社会角色的“面具”，并非丰富多变的“人”本身。为了摆脱索绪尔的语言共时研究所造成的弊病，雅各布森试图借鉴传播理论加以改造。但是，他所提出的语言传达“六要素说”并没有真正解决问题。尽管在理论模式中增加了“发送者”、“接收者”等新要素，并针对语言结构和功能的动态变化做出考察，而实际上他又把传播的历时性过程篡改为结构与要素之关系的共时性问题；他所说的“发送者”和“接收者”充其量不过是“发送器”和“接收器”，远非活生生的“人”，以致文学极其复杂的人的精神活动被简化为单纯的技术过程。至于“信息”、“信码”较之“语言符号”，其内涵似乎更为稀薄。

文学作为语言的艺术，把语言作为研究的核心，这自然没有错。问题在于文学中的语言是活生生的语言，是语言的具体的、生动的运行，它与人的精神活动密切相关，而仅仅以抽象的语言学模式来阐释文学，势必简化、扭曲了文学以及文学活动的真实状态。文学的语言学研究，必须抓住“言语”而非“语言”。索绪尔说：“个人永远是它的主人；我们管它叫言语。”[①] 正如索绪尔对“言语”所做的解释，当我们把目光投向言语，也就必然同时抓住了“人”这一极为重要的因素。从这个角度看，奥斯汀的言语行为理论为文学研究提供了一种适切的新范式。它不仅避免了语言论转向所带来的局限，并且由于对言语行为具体、细致的描述，就有可能深入揭示文学活动的内在机制，探索文学的奥秘。

奥斯汀的言语行为理论就是阐释言语具体运行的。奥斯汀的主要观点是：言就是行，并且是行为系统。它包含言内行为（发声行为、发音行为、表意行为）、言外行为、取效行为等三个层次的一系列行为及言外之力。言语行为的施行必须结合特定社会语境及相应的特定社会规约，同时需要参与者（发话者和听话者）的真诚参与。[②] 这就把语言与人、社会历史语境诸因素视为一个整体来加以考察，从而更为真切地展示出言语活动的实际状态。只不过文学语言被奥斯汀看作是非严肃的、缺乏真

① ［瑞］费尔迪南·德·索绪尔：《普通语言学教程》，第35页。

② ［英］约翰·兰肖·奥斯汀：《如何以言行事》，第13页。

诚的行为，因而是虚伪的或无效的而被他排除于研究视野之外。

由于奥斯汀所考察的是日常话语行为的现实运行状态及其效果，并特别关注日常话语的实践能力，其研究只涉及种类繁杂的话语行为中的一个特定领域，因此，他所提出的理论范式因具有很强的针对性，同时，却又局限于日常话语这一特定形式，不能不限制了它的灵活性及适用范围。但是，他的思考方法和基本观点却为我们提供了重要借鉴。要研究其他领域的话语行为，就必须对这一理论范式做出修正。此后，德里达、德曼、约翰·塞尔、费什、米勒分别从各自角度对言语行为理论做了发展和推广应用。可是，这一理论仍然需要我们重新加以思考，并从整体上给予改造。

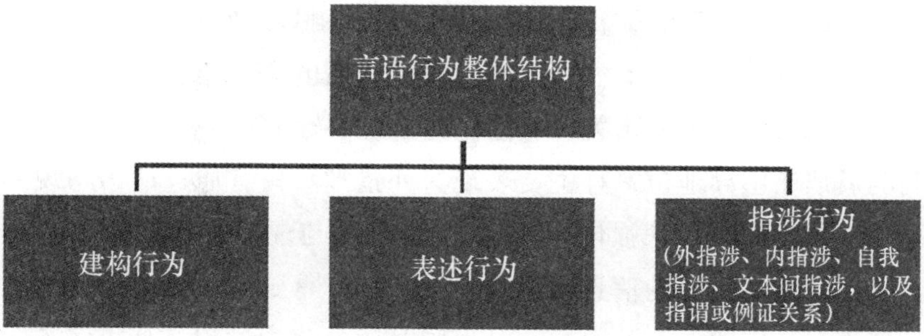

图5－1　言语行为系统结构

我们认为，应该把话语活动视为由表述行为、建构行为、指涉行为三个不同维度所共同构成的行为系统，这些不同维度的行为共存于言语行为整体结构中，并因其相互关系的变化而导致言语整体功能的变化。作为行为的言语是具有力量和意向性的，其中，言语的力量主要源自语言修辞，言语指涉行为则与人的意向相一致，并具体表现为外指涉，或内指涉，或自我指涉，或文本间指涉①，以及指谓或例证关系②等不同的

① 哈琴将指涉区分为内指涉、外指涉、自我指涉、文本间指涉等。参阅［加拿大］琳达·哈琴《后现代主义诗学：历史·理论·小说》，李杨、李锋译，南京大学出版社2009年版，第210页。

② 古德曼把指涉（外指涉）区分为“指谓”和“例证关系”，并认为，文学艺术中的指涉主要是例证关系。参阅［美］纳尔逊·古德曼《构造世界的多种方式》，第71页。

指涉方式和意向方式。所有这三个维度的不同行为相互交织、相互适应，共同构成言语行为最基本的整体结构。在这个行为结构中，总体上只有一个维度的言语行为占据主导地位，其他言语行为的施行方式必须与其相适应；因此，随着占主导地位的言语行为的更替，也就势必引起言语行为整体结构及功能的调整。

决定言语行为整体结构及功能的因素是多方面的。言语作为动态的行为而非静态的语词组合，其行为的整体结构及功能是变幻不定的，这既与言语自身特征相关，又与社会文化语境、文化惯例，以及言语施行主体的态度、意向相关。但是，从话语自身角度来看，又可以根据语境性（现实语境）、修辞性、逻辑性这三种特征，对各种不同的话语类型做出大致区分。这三种特征往往共存于各个话语领域，它们相互纠缠、相互影响，并且一般只有一种特征发挥主导作用。与此密切相关，在言语行为整体结构中，指涉行为、建构行为、表述行为的主次关系也发生相应变化。

对于日常话语来说，其语境性往往占优势。与此相对应，话语的指涉行为就居于主导地位，且主要表现为外指涉。只有通过话语与现实相关联的“纵向原则”来强化外指涉，言语行为与现实语境才交织为一体，进而通过与现实世界的信息交换和行为互动，得到有效施行，话语才具有实践力量。固然，言语的指涉过程同时就是建构过程，是指涉和建构相交织的行为，但是，建构行为却只能居于从属地位，它受制于指涉行为，必然要受到被指涉的“对象”的校正，其建构必须要实现话语与“客观世界”相互适应。①

从这个角度看，指涉过程中的建构其实是“重构”，日常话语活动就是不断重构现实的活动，并在指涉行为和建构行为的交互作用中不断得

① 这里所说的“对象”、“客观世界”并非纯然自在的对象和实在世界，而是指已经被符号化，也即经过语言符号建构的“对象”和“客观世界”，因为任何所谓对象和客观世界都已经被符号化了。因而，指涉过程本身即包含“再符号化”或曰“重构”。在西方现代哲学界，“世界是被建构的”这一观点已经成为主流。沃尔夫冈·韦尔施的“认识论的审美化”就建立在此基础上。这种哲学观、美学观的弊病在于：忽略了认识过程所隐含的话语活动其实是指涉与建构相交织的行为，并且其建构行为处于从属地位。正因如此，认识活动中的建构不是随意的，而是受到指涉行为的制约，受到被指涉对象及世界的校正，它与审美活动有着重要差异，却又并不完全绝缘。片面强调建构行为，忽视指涉行为，哲学就会陷入不可知论，认识活动也将混同于审美。这正是沃尔夫冈·韦尔施、海登·怀特局限性的根源所在。

到校正，构建起一个“合适”的“客观世界”。① 正是外指涉维持着话语与现实语境的紧密关系，离开了言语指涉行为和现实语境，日常交流、互动就无法顺畅进行，言外行为、取效行为也就无从谈起。奥斯汀提出的话语行为有效性的前置条件，现实语境就是其中最为重要的因素之一。只有在上述条件下，言内行为、言外行为、取效行为才得到施行，因此，它们只是属于第二层次的言语行为系统。

文学话语则需要突出其修辞性②，以此吸引和影响读者参与言语的建构活动，凸显言语建构行为，共同创建一个话语世界。作家或读者则沉浸于创造的愉悦中，并生存于这个话语构建的世界而暂且忘却现实世界了。在这种状况中，话语自身的“横向惯例”开始发挥主要作用，话语与现实相关联的“纵向原则”则被暂时悬置了（约翰·塞尔）。也就是说，当话语的建构行为占据主导地位时，指涉行为也就降格为从属行为，它势必随着意向方式的变化而变化，此际，任何指涉都必然被局限于话语虚构世界之内。它只能蜕变为这个被构建的话语世界内部的指涉，即内指涉，不能超越这个话语世界而直接进入现实世界。③ “在想象和虚构

① 约翰·塞尔对日常话语行为的模型做了分析，并将其区分为几种模式：“断定式”言语行为具有语词向世界（word-to-world）的适应指向；“指令式”言语行为具有世界向语词（world-to-word）的适应指向；“宣告式”言语行为则同时具有语词向世界适应和世界向语词适应的双重指向（参阅［美］约翰·R. 塞尔《意向性：论心灵哲学》，第7页。《人类文明的结构——社会世界的构造》，第10页）。其实，无论哪种模式都首先需要通过指涉活动来建立话语与现实世界的关联，并使两者相互适应，只不过适应的趋向不同。譬如命令式言语行为“把窗户打开”，表面上看，正如塞尔所说，具有世界向语词的适应指向，即窗户确实被打开了，但是，在这之前，话语首先指向了接受命令的人“你（你们）”和“窗户”，也即语词向世界适应，然后才可能有人正确地执行命令。

② 在此，我们所说的“修辞”并非局限于语言学中的涵义，而是包括一切语言手段，譬如小说的开头“过去……”、隐喻的使用、诗歌韵律或分行书写等等，都可视为一种引导阅读的修辞手段。修辞手段的有效性就取决于话语背后的文化惯例，是文学话语所设定的惯例在作者与读者之间达成合作，邀请读者参与言语建构活动。

③ 在言语建构行为中，指涉必定转化为内指涉。假如指涉成为外指涉，话语就势必与现实世界相关联，参与现实世界的建构，并受到现实世界的制约，它不再参与文学世界自身的建构，言语建构行为也就因此被抑制了。这正是热奈特所说“语言只有服务于虚构时才有创造力”（［法］热拉尔·热奈特：《热奈特论文集》，史忠义译，百花文艺出版社2001年版，第89页）的根源。“文学虚构”是话语暂时悬置与现实的关联，放弃真假判断，而非话语与现实不符。理论界关于文学虚构的争论，其实就起因于对“虚构”本身的误释。详见马大康《现代、后现代视域中的文学虚构研究》第七章，中国社会科学出版社2014年版。

中，我们放弃了与世界有关的承诺，我们拥有命题内容，但没有任何承诺，即没有以两种适应指向（引者注：即语词向世界适应、世界向语词适应）中的任何一种对世界进行表征。”[①] 文学话语世界与现实世界的联系被暂时中断了，两个世界相离异了，人的无意识及行为语言记忆则因此获得充分激发，并与言语行为实现深度融合，共同构建文学话语世界。因此，言语建构行为实即言语行为与行为语言深度合作的行为。文学话语创建了一个属于自己的话语世界，它悬浮于现实世界之上，获得相对的自足性，文学的虚构性、独立性、文学性、诗性、审美性就建立在此基础上。内指涉关涉着话语内部的语境。它参与话语的建构活动，强化着话语虚构世界内部的关联，共同构筑起独立、自由的话语世界。在这个虚构世界内部，话语同样具有施行效力，它展开了另一个层次的言语行为，其言内行为、言外行为、取效行为也按照奥斯汀所提出的规则施行并产生效果，只不过这一切都发生在文学虚构世界而不能直接进入现实世界。这正是奥斯汀将文学话语排除在自己的研究视野外的原因。

逻辑性恰似一根锁链，紧紧束缚着言语行为，意图令言语行为既超脱现实语境的羁绊，又排斥人（接受者、对话者）的介入，抑制行为语言的参与，由此塑造了科学话语的特征。逻辑锁链着意扼制话语的建构能力和指涉现实的能力，几乎只遗留下言语表述行为，就如韩礼德所说，“科学话语（discourse）的功能之一一直以来就是使科学去人性化，这种去人性化的话语用其语法将发生的一切事情化，然后在事情之间建立一种只有话语发起人才能理解的抽象的联系”。[②] 从这个角度看，科学话语，特别是数学语言是充分自足的，它摆脱了现实语境和人的纠缠，力图成为“神谕”，成为“放之四海而皆准”的永恒真理。话语表述并非如米勒所说不是一种“行为”，它同样是表述行为，只不过几乎窒息了建构行为和指涉行为而具有充分的自足性。它庄严、孤傲地高踞于人和世界之上，不屑于尘世琐事，或者装扮出“权威”模样以供人膜拜和瞻仰，或者睨

① ［美］约翰·塞尔：《人类文明的结构——社会世界的构造》，第 14 页。

② ［英］韩礼德：《语篇和话语的语言学研究》，潘章仙等译，北京大学出版社 2015 年版，第 168 页。

视凡人而僵化为巴赫金所说的“独白”和梦呓。

当日常话语强调外指涉之际，它的现实的指涉对象就成为人的意识所关注的焦点，话语自身却隐失于指涉行为的背影中。这就是庄子所说的“得鱼忘筌”，也正是伽达默尔所指出的语言的“自我遗忘性”。在这种指涉活动中，人与现实世界建立了对象性关系及认知关系，语言仅作为“工具”被忽视了，穿越了，“透视缩短”（英加登）了，它沦为海德格尔所说的“应手之物”。相反，文学话语以建构行为为特征，它迫使指涉行为不得不放弃外指涉而转换为内指涉，以便和建构行为相协同，人的意向也从关注外部而转向话语自身，话语、语词及所构建的话语世界因此成为聚焦注意的中心。于是，话语极为复杂的组合和变幻、语词的“地质学”般的丰富蕴含都得以展现，英加登所阐述的文学语言多层次的“复调性和谐”就建立在此基础上。话语建构行为所造成的“空白”和“空缺”，形成伊瑟尔所说的“召唤结构”，犹如旋涡将人卷入其中，吸引人共同参与，召唤想象的充分协作。因而，话语构建世界的过程，同时就是人展开想象的过程，是意识与无意识、言语行为与行为语言相互协作的过程，双方交相融合，不可分解。在这个过程中，话语的身份也发生了蜕变，它已不再是“工具”或“对象”，而成为受人关注和尊重，且与人平等合作的另一“主体”，一种新的关系诞生了：人与话语、语词交相激发、相互生成、相互交融。被唤醒和激发的行为语言记忆则推动人亲近这个话语世界，融入这个话语世界。这正是一种“主体间性”关系或“物我交融”、“无物无我”之关系，它把人引入了审美体验，敞开了存在论视野，同时，这也是人和语言最富有创造性的状态。**文学话语之所以具有感性丰富性，之所以能给予人一个可游可居的虚构世界，就因为在话语建构活动中，话语和语词的所有内涵都得以充分挖掘，它的声韵、节奏、色彩、意象、意味，以及隐喻性都因内指涉而被激活并参与了虚构世界的构建；与此同时，人的行为语言记忆被唤醒，他的所有能力，他的感觉和体验、想象和悟解、意识和无意识、思想和情感、精神和身体都在话语力量的感召下得以敞开，创造力得到最充分的展现；也正是在人与话语的交互作用中，在两种行为（语言）相互生发中，话语的对话性被充分发掘出来，种种互文本纷至沓来，相互凝聚，交相生发。**

于是，一个生气灌注的感性王国、一个虚构的审美世界展开在我们眼前。[①]

人是唯一享有两种行为（语言）的生物体，由此造就人的独特性和丰富性。可以说，这两种行为（语言）就蕴含着人与世界的所有关系，蕴含着人的所有生存方式和活动方式。在以言语指涉行为（外指涉）为主导的话语活动中，人与世界建立了对象性关系及认知关系，并展开了认识论视野；以此为前提，当言语行为给人的行为设定了目的，实践功能就展现了，我们也因此进入实践论视野；而当建构行为成为话语活动的主导行为，行为语言就被激发起来了，两种行为（语言）交相生发，一种非对象性的主体间性关系，也即审美关系就生成了，这又为我们打开了存在论视野。两种行为（语言）共同包含着人的复杂多样的生存方式，包含着人与世界间无限丰富的关系。两种行为（语言）的活动方式就是人的生存方式。文学话语则具有极其丰富多样的行为方式，因而，单纯的认识论或实践论或存在论的理论视野，都不能有效阐释文学话语活动的复杂性，文学阐释应该超越这种分割状态。同时，由于文学话语常常以其修辞性凸显了言语建构行为，强化了言外之力，并由此挣脱现实语境，热情召唤和接纳了人的参与，召唤和接纳了行为语言，其意义就势必是最不确定，也最富于生长性的。

二 言语建构行为及其语力

在文学活动中，话语的行为方式并非单一的，而是同样兼具建构行为、表述行为和指涉行为，它们相互影响、相互交织、变动不居。只不过从整体上看言语建构行为居于主导性地位，并影响着其他行为的施行方式和功能实现，由此造就文学话语自身的特征。作家则不断尝试变换

① 实际上，话语类型区分并非如此泾渭分明，许多话语就存在于边界，譬如“演讲”所用的话语。其实，“演讲术”是一种在语境性、修辞性、逻辑性之间寻找平衡的话语技巧。演讲者时而运用话语修辞去打动听众，把他们带进审美体验的境界；时而又通过强化语境，把所获得的体验与他们的经验及实际生活相连接，直接转化为一种激情来掌控听众。从这个角度看，演讲术是话语操纵的典型范例，它有意消解虚构世界与现实世界的边界，把“想象的”与“事实的”相混淆。此外，讲演也需要一定程度的某种逻辑性。

言语行为的主导方式，变换言语行为系统结构，进而引导读者穿越于各种不同的言语行为之间，游移于言语行为与行为语言之间。文学话语有着最为复杂多变的行为方式，因而也为人提供了最为多样的生存方式，提供了最为丰富的体验：话语的建构行为及内指涉共同创造了一个独立的虚构世界，让人获得一个崭新的生存空间，并充分享受这个感性世界的丰沛和奇幻，享受审美带来的快感；指涉行为（外指涉）则重新建立人与现实世界的认知关系，使认识功能和批判功能成为文学活动的重要构成，伦理道德实践也随之介入了；话语的自我指涉则凸显了叙述活动本身而构成“元叙述”（如纪德《伪币制造者》）；文本间指涉又关联、沟通着不同的文本，使诸多文本交汇成一曲多声部交响，有效拓展了文学作品的意义空间（如库切《福》和中国古典诗歌中的典故），或者刻意造成另一种效果：滑稽模仿（如艾丽丝·兰德尔《飘荡》、卡尔维诺《看不见的城市》）。文学的诗性、审美性就源于文学话语的建构行为。文学的多功能性则源于文学言语行为的多维性和多变性，源于不同维度的言语行为主次关系的变化，源于言语行为与行为语言合作关系的转换，作者和读者就在各种言语行为及行为语言间不断越界而使审美、认识、伦理道德等不同功能分别实现并交相增益。

在文学创作中，作家往往借助修辞策略赋予话语言外之力，来影响读者与话语的关系，调节言语行为系统结构及功能，以实施自己独特的创作意图。譬如什克洛夫斯基的“陌生化手法”、布莱希特的“间离效果”等都是有效的调节手段。当话语和语词被陌生化，其自身就势必成为人所关注的中心，于是，外指涉被悬置，它被迫转化为内指涉。人与话语、语词的关系转变了，话语、语词则复活了，言语建构行为也乘机夺得了主导权。只有当言语建构行为处于优势地位，一个感性的审美世界才可能展开在我们眼前。陌生化手法并非如什克洛夫斯基所说是为了延长感觉时间，其实质在于改变读者与话语间日常的习惯关系，改变话语的“工具”身份，进而改变言语行为系统结构，激发了行为语言，突出了言语建构行为。布莱希特的间离效果则相反，它通过干扰、削弱言语建构行为来重新凸显指涉行为（外指涉），特意将读者从建构活动以及所构建的话语虚构世界中拉扯出来，分离开来，把所关涉的社会现象推到读者眼前，迫使他以一种更新了的认知方式和批判眼光看待作品所关涉的社会现象，以此加强文学的实践能力和教育功能。

余华的《活着》所运用的独特的修辞策略，则构成了极其复杂的语力关系。在小说中，主人公福贵以平淡、冷静、超然的口吻来讲述自己的悲剧经历。在他的一生中，一个个打击接踵而至，不仅因赌博败光了家产，接二连三的天灾人祸铸成了他的悲剧人生：儿子死了，女儿死了，妻子死了，女婿死了，最后连唯一的孙子也死了，只剩下一头干瘪羸瘦的老牛，“两个老不死的”相依为伴。悲剧与喜剧本身就具有全然不同的“力”的作用模式。喜剧着重讲述的是人物“行为”，它常常以夸张或荒诞的形式迫使读者去“看”，并且由于这些行为违背了读者所习惯的社会规约而将人物及其行为与读者拆分开来，推到前景位置裸露出来，令读者不得不扮演“旁观者”和“评判者”的角色。悲剧则相反，它所讲述的是人物命运，这就不能不深深触动读者的内心，触发行为语言记忆，引起读者对命运的关切，并邀请读者去共同经历，承受磨难，进而产生共鸣和同情。尽管福贵有着罪恶的前半生，而第一人称叙事视角又在一定程度上过滤和纾解了那种罪恶感，为读者对他的同情提供了条件。与此同时，在《活着》中，主人公兼叙述者的福贵却不是在倾诉、剖白，更没有哭泣，而是以冷静的旁观者的话语来讲述自己的悲惨往昔，并且这是一位已经对“活着”失却切肤之痛、参透人生的“过来人”，甚至是一位似乎不再真正“活着”的人在讲述自己曾经的“活着”。这种话语策略有力地消除了第一人称叙事原有的切近感，以话语语体所具有的拒斥力创造了读者与作品间的心理距离。此外，作品还存在另一位叙述者“我”，这位叙述者是以收集乡间民歌民谣为业的“游手好闲”者，福贵的故事就是他在十年前以收罗逸闻逸事的心态无意间听到的，也就是说，是通过十年前的另一个游戏人生的“我”来转述的。这不仅创造了作品的双重视野和反讽关系，而且这种利用叙述者“我”追忆十年前另一个“我”偶然听到老人对已经漠然逝去的往事的追述构成了多重透视，更造成读者和悲剧故事无法弥合的间距。在《活着》中，始终交集着多种不同方式、不同方向的话语力量，它改变了悲剧故事原本令读者不自禁地成为“亲历者”和“体验者”的效果，诱使他转换为一位“旁观者”、“评判者”和“思考者”。在老人福贵讲述了自己的故事后，小说又转回到作为民谣收集者和叙述者的

“我”，并通过“我”描述道：

> 老人和牛渐渐远去，我听到老人粗哑的令人感动的嗓音在远处传来，他的歌声在空旷的傍晚像风一样飘扬，老人唱道：“少年去游荡，中年想掘藏，老年做和尚。”炊烟在农舍的屋顶袅袅升起，在霞光四射的空中分散后消隐了。

在此，余华借用飘逝的歌声在民谣和福贵的悲剧一生，乃至蒋捷的《虞美人·听雨》、各式各样的人生故事之间构建起多重互文关系，进一步拓宽作品的境界、时空感和思维空间。生动描述的现场感则把渐去渐远的往事重新拉回读者眼前，让如晚风落霞般真切而又浅淡的氛围萦绕着读者，激扬着读者的心绪。余华利用各种修辞策略来强化话语的建构力量，它不仅为读者讲述了一个“活着”和“死着”的故事，而且把一系列问题推到读者面前，逼迫读者思考：活着究竟是怎么回事？人应该如何活着？即便如死一般的活，是否也是一种活的方式？我们该怎样面对各式各样的活着？

在文学阅读活动中，话语“并非与读者直接交流，而是影响读者，从而可能形成一种新的交流”。[①] 这是话语向读者发出邀请，与读者共同协商的过程；也是读者与话语相互作用、相互影响、相互适应的过程。在此过程中，一方面，话语特征及惯例诱导着读者的阅读意向，引导读者随同言语行为来展开心理过程。言语行为系统的结构、它的主导行为方式和意向方式，提示读者不断调整自己的阅读心态，追随话语活动并适应话语活动，以充分实现话语功能。另一方面，读者独特的阅读心理、态度和意向也影响着言语行为系统的结构，导致话语诸行为之间主次关系的变换，使得某种言语行为凸显出来，其余行为则退居背景位置，同时导致言语指涉方式和意向方式的变更，并最终致使作品的意义和功能发生变异。在文学阅读过程中，话语特征和读者阅读心理这两极，是共同决定言语行为系统结构及功能的双重因素。但是，由于凝聚于话语内

① R. William Paulson, *The Noise of Culture*: *Literary Texts in a World of Information*, New York: Cornell University Press, 1988, p. 147.

的文化惯例原本是话语和作家、读者所达成的协议，并且它业已成为一种习惯暗中制约着写作和阅读活动，因此，势必授予话语以优先性。否则，文体区分和文体研究也就失去依据和意义。

不过，文化惯例毕竟只是一种“要求”和“应该”，并非强制性的“法律”和“必须”，也就是说，它只具有“协商性”或诚挚的“邀请”，而非“决定性”，读者仍然可以违背这些协议自行其是。譬如司马迁《史记》中的“本纪”和“列传”，对于历史学家来说，他们重视相应的社会规约和文化惯例，重视历史叙事中的指涉行为，并循此追寻所指涉的历史现象，或力图求证历史事实，或质疑所陈述的历史事件，以求寻绎历史真相。而对于一般现代读者来说，原有规约和惯例已经变得如此遥远和陌生，甚至几乎失却规范阅读的实际效用，他们只是凭兴趣想从中获得阅读的快意。于是，话语的建构行为就依势窃取主导地位，叙事也因其所构建的生动形象和曲折故事赢得读者的青睐，作品也就转化为“文学”了。至于解构主义的解读则是另一番景象，它无视规约和惯例，或者强调规约和惯例的历史性，故意别出心裁地去看待话语，解读作品，肆意篡改话语的行为系统和功能结构，由此提出出人意料的“新见”①。这些解读方式是通过“非常规”的途径来摆脱作家意图，拆解文本结构，开拓阅读新视野的。文学阅读是话语特性、社会规约和文化惯例、读者阅读心态诸方面共同作用的结果，这正是同一文学作品既可以成为共同的话题，相互探讨、交流并形成共识，又可能产生全然不同的理解和效果，引发无休止的分歧和争论的原因。

三　文学话语活动中规范的多元性

既然在文学活动中，话语的主导行为往往是建构行为，那么这种行为是如何运作的？它究竟是一种毫无规则的任意行为，还是有规律可循的？

---

① 艾布拉姆斯批评解构主义，指出他们对待规范、惯例的双重态度。参阅［美］M. H. 艾布拉姆斯《如何以文行事》，《以文行事——艾布拉姆斯精选集》，第 272 页。

在《表述与意义》中，约翰·塞尔对虚构话语做了深入分析。他认为，真实性的话语必须依赖于语言与实在建立联系的“纵向原则”（Vertical rules），而虚构话语则以“横向惯例”（horizontal conventions）悬置“纵向原则”。“构成虚构作品的伪装的以言行事行为，取决于它实际上调用了具有横向惯例倾向的言语行为，并暂时中止了正常的以言行事行为所做的承诺。”① 按照约翰·塞尔的观点，文学独特的话语修辞方式，或者故事的模式化开头“从前……”、诗歌韵律和分行等，都在暗示我们以“横向惯例”取代“纵向原则”，从而放弃以言行事行为对真实性的承诺，悬置话语与现实世界的直接关联，把文学视为一种伪装的话语行为，或者视为构建一个虚构世界。那么，这种“横向惯例”除了约翰·塞尔所指出的改变话语意向的作用，其实质究竟是怎么样的？它是如何组织文学言语建构行为的？这还有待于我们做进一步深入的探讨。

我们认为，在文学话语活动中，“横向惯例”本身作为一种历史性存在，它积淀并包蕴着丰厚的内容，其中的重要方面即“社会规约”和“文化惯例”。

在分析语言的各种论域时，莫里斯指出，虽然小说是虚构的，但是，“小说的论域仍然是和实际的世界、实际的行为有联系的（虽然这种联系往往不是很紧密的），它好像是对适合于实际行为的那些可能的环境提供一种想象的探索”。② 其实，小说和实际的世界、实际的行为之间的联系就在于社会规约。社会规约是一个社会最为基本的结构性要素，它规范着人的行为（包括言谈举止、表情、装束打扮）和人际交往，组织着各种社会活动，现实的社会秩序就是建立在此基础上的。文学作为人学，人的行为、交往、冲突是它重要的描述对象，即便人的心理活动也与人的行为密切关联、相互影响、相互交织，并常常通过行为语言而得到表达，因此，文学话语必须参照社会规约来建构作品。离开社会规约，作家就无法描写人物、讲述故事和结构作品世界；读者就无法解读作品人物的言谈举止、音容笑貌和人际互动，无法洞悉冲突发生和情节发展背

---

① John R. Searle：*Expression and Meaning*：*Studies in the Theory of Speech Acts*，Cambridge：Cambridge University Press，1979，p. 68.

② ［美］C. W. 莫里斯：《指号、语言和行为》，第136页。

后的深层根源，因而也无法真正理解作品。从另一角度看，作家对待社会规约的独特态度和处理方式则决定着文体特征，譬如写实作品要相对严格地遵循社会规约来描述人物行为和组织故事情节，背离社会规约，作品就会失去真实性和可信性；喜剧则讲述人物一系列违反规约的行为，同时，又以社会规约构成喜剧人物的活动背景和对行为的评判标准；在幻想类作品中，人物的行为能力得到极度夸大，而行为的社会表达方式却依然需要符合社会规约，唯有如此，才可能和其他人物及读者达成交流；假如作品全面违背并解构了社会规约，那么这一作品就是荒诞的，但是，作家和读者却仍然必须了解社会规约，否则，也就无法讲述和理解这个荒诞世界。从这个角度看，无论什么类型的叙事文学都离不开社会规约，它们或从正面遵循社会规约，或从反面参照社会规约，或故意挑战、颠覆社会规约，社会规约总是潜隐地制约着人物的行为语言，制约着叙事活动，制约着话语的建构行为。失去社会规约，人的行为、言谈、表情，乃至心理都将变得不可理解，社会也将变得不可理解。与此相应，文学话语的建构行为也就无法施行了。社会规约已经深深嵌入作家和读者的身体，成为一种社会无意识，同时也渗透于文学话语活动之中，成为组织叙事活动和言语建构行为的一个极为重要的潜在的结构性因素。

由于社会规约是历史的产物，它是由不平等社会所孕育的，必然会因不同民族、阶级、阶层、集团和生活群体而发生分化，打上不同意识形态的烙印，隐含着权力关系，诸如政治、经济、文化、道德伦理、种族和男女性别关系都包含在社会规约之内，并且已经成为一种集体无意识，不露痕迹地发挥作用，悄无声息地把不平等关系付诸实践。譬如苏童《妻妾成群》就充分利用不同社会规约间的冲突来结构作品：梅珊是戏子出身，作为处在社会边缘、身份低下而又生活动荡、散漫的一个特殊群体，她养成了既孤独、自卑又嚣张、尖刻的个性。颂莲曾是位大学生，日常经历的校园生活圈所形成的规约授予她新派的生活作风及相对单纯的人际关系处理方式，她的一举一动都脱不了学生气。这些社会亚文化群体所享有的特定社会规约，只能受制于封建社会占据主流地位的社会规约。当她们先后成为陈佐千的三姨太、四姨太，进入这个封建豪族大家庭，就不能不需要重新适应这里的环境，遵奉封建家族严格的等级规约。可是，原有规约所孕育的行为习惯却一时难以改变，冲突正是由此而生的。如果说，最初陈佐千因颂莲年轻、稚嫩和学生做派感到新鲜而喜欢她，那么，恰恰也是颂莲的这种行为方式在家族生活中一次次惹恼了他。作为封建豪族的家长，陈佐千是不容挑战的统治者，他可以冠冕堂皇地娶三房四房五房妻妾，而女人们则必须安守本分、严循妇道，不能有半点越轨。在陈佐千五十大寿庆宴上，颂莲为表示亲热，讨好陈佐千，挽回两人的关系，在大庭广众中亲吻了陈佐千，哪知却让陈佐千倍感尴尬、羞恼，厉声训斥了她。在这种伪善的封建规约下，陈佐千私下里可以干任何卑下、龌龊的勾当，而在众人面前却必须道貌岸然地装成正人君子。不仅是主子，就连仆人也习惯于这种不平等的规约，把梅珊和颂莲作为谈资笑料。封建社会规约所包含的不平等关系及不同规约间的矛盾抵牾，酿成了梅珊被沉井、颂莲发疯的悲剧，陈佐千却照样喜洋洋迎娶了第五房姨太太。

当然，社会规约作为结构性要素主要是针对叙事文学而言的，抒情文学，如抒情诗则不然。虽然诗人的创作离不开社会规约，但这类作品往往并不叙“事”，也就不直接涉及人物的行为语言，社会规约因此失去其重要性。结构抒情文学的最为重要的因素是生命和情感法则，也即生命的规范性，作家不仅要遵循自然的法则，他还必须遵循生命的规范性，按生命的规范性再造自然，才能激发生命的共振和情感的共鸣。

即便叙事文学也同样受到生命的规范性的制约，因为生命业已积淀于文学形式之中，暗中规范着话语行为的节奏和故事情节发展的进程，并为整部作品奠定了独特的生命和情感的基调。只是人物行为和故事情节直接关涉人的命运，正是出于对人的命运的关注，才使得叙事文学中人物行为和故事情节的重要性掩盖了生命和情感法则的在场。更深一层看，即便人物行为，其实也是人的生命与社会规约相互冲突而展示的一种独特方式，是生命的规范性与社会规约相互调适的结果。从这个角度说，生命的规范性是沉积于“横向惯例”最深层的制约因素。文学话语的建构行为同样不能不受到它的强有力的规范，并因此成为引起情感共鸣、传递生命感的内在源泉。尽管社会规约原本与生命的规范性存在复杂关联，并已经在人的活动过程中被内化、无意识化，成为人的行为习惯，但对于生命本身，它毕竟是一种外在的束缚；与此相反，生命的规范性则属于生命自身，它赋予人以自由，并使生命得以张扬。因此，社会规约同生命的规范性虽然共存于横向惯例之中，却往往因相互对立而构成文学特有的张力。如果说，在现实主义小说中，社会规约占据着绝对优势的位置，抒情诗则充分发挥着生命的规范性的作用，那么，现代意识流小说往往就摇摆于两种规范力量的张力场中间。也因为如此，只有当现实成为往事而离开我们远逝，行为、事件也已变得相对模糊和渺茫，那潜隐于作品底层的生命和情感的气息才敞露出来，为作品渲染一缕淡淡的、拂拭不去的韵致。

与上述两者不同，文化惯例是“横向惯例”中最表层的因素。文化惯例是在文学话语的运用过程中习得的，它不是指一般语言所应该遵循的语法逻辑，而是指文学话语所具有的独特“程式”（乔纳森·卡勒），是特定文学文体所享有的独特的话语形式，这既是作家写作所需要依凭的话语规则，又是读者阅读的向导。作为以创新为指归的作家，他总是意图挑战旧有程式，寻找一种切合自己生命欲求的表达方式。可是，旧有程式及文化习惯却成为他的沉重负担，并且这种挑战所面对的是强大的文化传统和社会群体，以致他无法摆脱“影响的焦虑”，只能通过“误解”和“歪曲”来再造自己独有的表现方式。

> 一部成果斐然的“诗的影响”的历史——亦即文艺复兴以来的西方诗歌的主要传统——乃是一部焦虑和自我拯救之漫画的历史，是歪曲和误解的历史，是反常和随心所欲的修正的历史，而没有所有这一切，现代诗歌本身是根本不可能生存的。[①]

文化惯例的根基原本扎在人的生命中，可是，一旦纳入传统，构成“程式”，也就转变为一种外在的东西束缚人的生命表达，所以闻一多声称：写诗歌是“戴着脚镣跳舞”。一方面，文化惯例与生命法的规范性总是存在千丝万缕的联系，它以语言声律的变化追随生命和情感的节奏，以意

---

① ［美］哈罗德·布鲁姆：《影响的焦虑》，徐文博译，生活·读书·新知三联书店1989年版，第31页。

象和意象组合体现生命和情感的色彩。在这个意义上，内在的生命的规范性就直接体现在文学话语的外在形式上，体现在文化惯例上。另一方面，一旦文学话语形式凝固为各种“文化惯例”，它就势必要离开生命和情感本身，并以“固化”的惯例来规约千姿百态的生命活动。而且作为一种在等级文化下孕育而成的惯例，它不可避免地受到玷污，沉积着等级意识和不平等关系，扭曲生命和情感的表达，于是，文化惯例又背离了生命的规范性自行其是。文化惯例与生命的规范性分道扬镳了，并由此构成内在冲突。因此，文学话语活动往往在依从文化惯例与反抗文化惯例的夹缝中谋求生命突围的路径。

如此，我们可以将文学话语建构活动所享有的“横向惯例”进一步具体化：横向惯例同时包含着社会规约、文化惯例，以及生命的规范性，它们或相协调，或相冲突，交织交融，共同规范着文学活动和话语建构。其中，文化惯例主要是用以规范话语组织形式，并赋予话语形式以功能特征的因素，它按照惯例指引言语建构行为，悬置纵向原则，引导着读者的阅读，调整着读者与话语的关系，进而影响言语行为系统结构和功能；社会规约则引领着叙事作品人物的行为、交往、冲突和故事情节的展开，进而塑造人物性格并建构作品的虚构世界，也就是说，社会规约主要是规范话语言说对象的要素；而生命的规范性又在更深层次上发挥作用，它从人自身出发来校正整个文学活动过程，赋予文学一种无法抹去的生命气息和情感底色。生命的规范性也是文学话语活动中一种最为积极的规范力量，正是它与各种规约、惯例间的冲突，成为推动文学创新的内在动力。文学话语活动之所以极其复杂，就因为它同时受到诸多规约、惯例、法则的制约，处在各种不同规约、惯例和法则所构成的张力场中，并且这些规约、惯例、法则又随着社会历史语境的变化而变化，由此导致文学话语活动的历史变迁。这种复杂性远远超出了游戏：游戏中的规则是单一的、简明确定的、刚性的、公正平等的；文学话语活动中的规约、惯例、法则则是多元的、复杂模糊的、柔性的，并且本身就体现着不同的权力关系，即便作家不能直接临场随机应变，也足以使得这场博弈变幻莫测，不可捉摸。在谈到文学演变规律时，伊格尔顿说：文学“形式通常至少是三种因素的复杂统一体：它部分地由一种‘相对独立的’文学形式的历史所形成；它是某种占统治地位的意识形态结构的结晶……它体现了一系列作家和读者的特殊关系”[①]。如果细加探究，我们不难发现这一切都是通过规约、惯例和法则间的内在张力而起作用的。

文学的力量最重要的来源在于话语的建构性，是话语建构性决定着文学的生动性和感染力，而这种建构性恰恰需要读者积极参与。因此，作品话语以什么方式召唤读者，如何吸引读者介入言语建构行为和响应话语的言外之力，在多大程度上启发读者的创造积极性，也往往成为衡量作品优劣的重要标准。

四　从建构到指涉：文学与现实的例证关系

在文学话语的建构活动中，内指涉只能是从属性的，它追随建构行为并协同参与话语建构，外指涉则被暂时中止了。此时，所有话语、语词都不得不龟缩于这个虚构世界之内，成为虚构世界的有机组成部分。伊森伯格曾举例说：譬如在一部小说中存在下列句子：

> 1820 年 3 月 1 日，一个汉子在巴黎圣母院的门口站了三个小时。

伊森伯格认为，这个句子表面上看似有真实的时间和地点，但是，当被插入小说，它只是把我们引到了一个人事喧嚣的虚构世界，至于小说之外的现实世界，它却什么也没有告诉我们。[②] 这就是说，文学话语的建构行为具有巨大的同化力，它以自己所构建的虚构世界，置换、取代了上述日常话语的现实语境，把外指涉剥夺了，并促使指涉行为追随意向方式的变换而转变为内指涉，使话语中的具体日期、真实存在的巴黎圣母院，以及整个事件都蜕变成虚构世界内部的一个具体细节，一个罗兰·

① ［英］特里·伊格尔顿：《马克思主义与文学批评》，文宝译，人民文学出版社 1980 年版，第 30 页。

② ［美］A. 伊森伯格：《语言的审美功能》，［美］M. 李普曼编《当代美学》，邓鹏译，光明日报出版社 1986 年版，第 163 页。

巴特所说的作品世界中颇具逼真感的“装饰”。作为主导行为的话语建构总是要迫使其他言语行为发生变异，以跟建构行为相适应、相协作，悬置它与现实世界的直接联系。景阳冈上的一张告示、卖烧饼的武大郎，或者《红楼梦》中的大观园及怡红院、潇湘馆和宝玉、黛玉等等，它们都已经失却直接指涉现实的功能，所指涉的仅只是作品世界内部的虚构对象。

同样，文学话语所构建的文学虚构世界，也足以用自己的脾胃吞噬消化科学话语，并将它转化为虚构世界的材料和营养。譬如库切《伊丽莎白·科斯特洛：八堂课》中，伊丽莎白在讲座上所使用的科学话语，这些也都已经蜕变为这个虚构世界的内部要素或成为塑造人物的一种特殊策略。

在文学话语所构建的虚构世界内部，还存在着第二层次的言语行为，即这个虚构世界内部各人物的对话，他们的命令、请求、承诺、劝告、提问、交谈等。这些言语行为在虚构世界内部同样具有施行能力，它们有力推动作品世界中人物的行动，组织起各式各样的交往，促成了冲突的激化和故事情节的进展。在一些幻想性文体的作品中，言语行为甚至还具有非同凡常的施行力量，譬如一位诗人吟诵一首宫殿毁灭的诗，皇宫就会消失得无影无踪，仿佛被最后一个音节彻底摧毁（博尔赫斯《皇宫的寓言》）。这些第二层次的言语行为也共同参与了第一层次的话语建构活动，从而把言语行为交织为一个整体，把文学作品编织为一个有声有色的缤纷世界。

可是，指涉行为毕竟有着强大的惯性力量①，一旦话语建构活动结束或受到干扰而中断，行为语言就被抑制，人和话语翕然无间的合作就解体了，人和话语分裂了，话语重新沦为人与世界打交道的“工具”，于是，指涉行为偷偷地攫夺了话语主导地位，而且往往就表现为外指涉。不过，这种指涉在时间上已经被推延了，指涉目标和指涉方式也被更改

① 人的生存活动中最重要的是目的性活动，人不能不时时关注现实事态及目的物；与此相应，在日常话语中指涉行为（外指涉）也往往具有重要地位，由此造就言语行为的惯性。这种惯性同样影响着其他领域中的言语行为。从个体语言发展的角度看，儿童最初就是在语言与其所处环境紧密相关的条件下来学习语言的，这就强化了语言的指涉性，并影响到后来的言语行为习惯。

了，因为话语建构活动的虚构特征致使被建构物难以在现实世界找到完全吻合的直接对应物，指涉只能通过文学作品和现实社会所共享的“社会规约”来施行古德曼所说的“例证关系”，而非“指谓”。[①] “社会规约”既存在于现实社会又存在于文学作品，是双方共享的结构性要素，它在文学虚构世界与现实世界之间搭建了桥梁，因而，就可以通过“例证关系”指涉现实。

弗莱曾提出文学语言既“向心”又“离心”的观点。他认为，“向心”即由词语造成较大的语辞布局（verbal pattern），形成一种“自足的语辞结构”；“离心”则由词走向它所指的东西。这两种倾向同时存在，但是，在文学的语辞结构中，意义的最终方向是向内的；向外的意义的标准是第二位的。[②] 其实，“向心”即言语建构行为居于主导地位，“离心”则是言语指涉能力（外指涉）重新恢复。弗莱敏锐地注意到文学话语的多重性和多变性，只不过他没有进而发现“向心”与“离心”并非同时并存，没有发现其间存在着话语主导行为的转换。利科则进一步指出，文学指涉是被“延缓”的指涉，并通过“隐喻”方式来指涉。他说：“文学作品只有在悬置描述性活动的指称的条件下才能通过它特有的结构展示一个世界。换句话说，在文学作品中，通过把第一级指称悬置起来话语将其指称表现为第二级指称”，并把这种指称命名为“隐喻指称”。[③] 利科同样道出了文学话语指涉现实的独特方式并作了详细的阐释，只是他尚未运用言语行为理论，因而没有阐明其中的转换机制和关联机制。在文学阅读过程中，话语的主导行为总是不断地在建构行为与指涉行为（外指涉）之间相互转换：话语与读者共同构建了想象的世界，一个人类生存的家园，并通过这个虚构世界所包含的社会规约与现实世界相关联，从而例证和隐喻现实世界，指涉现实世界。

---

① 这主要针对虚构作品而言，对于非虚构文学，话语的指涉功能几乎可以完全复原。非虚构文学的话语具有双重性：在构建文学世界过程，以及文学世界内部，它呈现为内指涉；同时，又具有直接指涉现实对象的功能，即外指涉（指谓），由此造成两个世界（现实世界与虚构世界）的交响，造成非虚构文学的独特性。

② ［加拿大］诺思罗普·弗莱：《批评的剖析》，陈慧、袁宪军、吴伟仁译，百花文艺出版社1998年版，第63—64页。

③ ［法］保罗·利科：《活的隐喻》，汪堂家译，上海译文出版社2004年版，第303—304页。

文学话语这一行为特征授予它参与社会实践的独特方式和力量。言语建构行为将读者卷入建构活动之中，与现实世界相分离，深切体验着话语建构的创造过程，以及这个被构建的感性世界中的生存况味；例证关系则指向一切相类似的社会现象，并且由于揭示了这些现象背后特定社会的社会规约，揭示了特定社会的结构性原则，因而既具有广泛性、普遍性，又具有深刻性。文学典型正是充分利用文学话语这种独特的行为机制的。譬如阿Q的性格描述及其“恋爱悲剧”：作为懂得“男女之大防”的阿Q，自然知道婚姻必须遵循“父母之命，媒妁之言”，可是，他却违背这一规约，竟然无师自通地效仿绅士、骑士的西式做派，亲自向吴妈下跪求爱；并且这种跪又不是纯西式的，而是中国式的双膝跪地。绅士、骑士的求爱行为应该既浪漫又彬彬有礼，阿Q却又只能直白、粗俗地喊：“我和你困觉，我和你困觉。”这种中西合璧、文野相杂、不伦不类的行为方式，完全背离了阿Q所在社会的规约，更背离了他自己的身份、地位所规定的行为规则，造成了喜剧效果。阿Q的喜剧性格就是他屡屡违反社会规约的行为特征所塑造的。阿Q是个没有家、住在土谷祠、为别人打打零工、身世不甚了然、姓甚名谁也模糊、行状渺茫的社会最底层的人。在等级森严的社会，他注定只有受人盘剥、欺凌、侮辱而不能反抗的命。特定社会的规约本身就已经让这种不平等关系自然化了，也规定了阿Q必须去忍受这种关系。可是，人的本性和愿望又不甘愿承受屈辱，于是，只能转而去欺凌更弱的小D和小尼姑来获取心理平衡，或者干脆采取精神胜利法，在想象中取得强者地位。弱肉强食即等级社会的规则，无论阿Q被人欺，还是欺人，他都得服从社会规约中的权力关系。即便在睡梦中革命造反，也只是把赵太爷家的元宝、洋钱、洋纱衫、秀才娘子使用的宁式床搬到土谷祠，并且得使唤小D来搬，要搬得快，搬得不快打嘴巴。甚至还想要随意挑选、霸占别人家的女人。阿Q不可能想到要改变根深蒂固的不平等的规约，他只是颠倒自己的身份地位，与赵太爷互换了位置。也就是说，他对社会规约的违反不是以破坏规约，而是以颠倒角色的方式施行的。读者也只有理解社会规约，才能见出阿Q行为的荒唐可笑，才能解读阿Q行为背后的独特心理。不是现实生活中存在这么一个阿桂，而是阿Q行为所体现的社会规约，以及社会规约与人的生命、人的欲望的冲突和对人的性格的扭曲，普遍存在于社会现实中，并被人们反复经历和体验。因此，阿Q形象例证了现实，以致每个人都觉得自己身上附着阿Q的鬼魂。文学正是通过建构阿Q这个形象并借用社会规约与现实社会建立关联，以例证关系来指涉现实，进而批判现实的。言语建构行为所具有的力量、言语指涉行为的独特方式，以及对现实的例证关系，是文学较之于其他文体的作品赢得更加广泛而深刻的批判性的原因。较之于历史只注重“叙事”，文学更加重视刻画“人之行为”，因而，也就更加深入地揭示了特定社会的社会规约，揭示了这个社会的结构性原则，正是在这个意义上，我们才能正确理解亚里士多德提出的诗比历史更具有普遍性的观点。

文学话语的建构行为吸引读者共同参与创建了文学虚构世界，并且由于这个虚构世界所参照和揭示的社会规约同时是现实社会的结构原则，因此也就例证了现实，获得了深刻的真实性和批判性。所以，文学的虚构性与真实性并非相互对立，而是以独特方式相互协作，文学典型就是建立在言语行为这种独特力量之上的。

文学是语言的实验场和竞技场。文学话语创造出复杂多变的行为方式，它为人提供了无限多样的生存方式，提供了无限广阔的世界，也提供了人与世界极其丰富的关联，这正是人不能离弃文学的理由。

第六章

叙述行为·心理认同·精神建构

文学叙述的主要对象不是“故事”，而是“人之行为”。在文学发展历史中，就存在着叙述重点从“故事”向“行为”迁移的过程，它标志着文学真正转向“人学”。人的行为体现着真善美，人的精神建构实质上就是为行为建立规范性的问题，文学叙述则因其独特性很好地参与了这一过程。在当前现状下，文学如何叙述暴力，如何应对网络时代的去主体化，是文学参与人的精神重构的关键。

一 “人学”即“人的行为”之学

叙述学是一门从事文本形式研究的学科。普林斯（Gerald Prince）就明确指出：

> 叙述学研究叙述的本质、形式和功能（不包括其表述媒介），并试图描述叙述能力 NARRATIVE COMPETENCE 的特征。尤其是，它检验一切叙述所共有的（在故事 STORY、叙述行为 NARRATING 及其相互关系的层面上）和能够使一切叙述彼此有所不同的东西，并且试图解释生产和理解这些叙述的能力。[①]

正是基于这种认识，普林斯为自己撰写的《叙事学》加上副标题“叙事

---

① ［美］杰拉德·普林斯：《叙述学词典》，乔国强、李孝弟译，上海译文出版社 2011 年版，第 152 页。

的形式和功能研究”。不仅在“叙述行为”这一层面叙述学只关注话语形式研究，而且在“故事”这个层面也同样着眼于故事的结构、功能和语法，把故事中的形式因素抽象出来做专门分析。后经典叙述学打破经典叙述学的封闭性，广泛吸收跨学科理论来拓展叙述学，以求弥合文本及话语的形式研究与社会历史语境的关联，但是，由于它建立在经典叙述学的基础上，仍然无法从根本上脱离叙述学形式研究的窠臼。

严格地说，叙述学把故事与叙述行为两分的做法并不科学。任何故事都已经是被叙述的故事，是叙述行为的结果，只存在被简要叙述的故事和被有技巧地叙述的故事之别，而不存在未曾经过叙述的故事，作家的写作也总是对被叙述过的故事的改写和重新叙述。为此，我们所提出的“叙述行为”不同于普林斯所说纯形式的“叙述行为”，而是力图重新恢复叙述活动的整体性，不仅把叙述行为视为话语叙述之行为，而是同时视为包含着叙述对象的行为，恰如钱币的两面不可分割；并且这一叙述对象不仅指故事，更为重要的是人之行为。固然，故事是由人来演绎的，是人之行为所造成的，叙述故事之际总是离不开人及其行为。可是，叙述学恰恰把“人之行为”这个最活跃的因素从故事中抽象化了，并因此沦为一种纯形式研究。当人之行为被抽象为某些功能而因此丧失其具体内涵和风格特征，文学的核心要素“人物性格”也就无从展现了，文学被“去人性化”了。尽管霍克斯认为，故事形态中的“功能”，“就是指‘根据人物在情节过程中的意义而规定的人物的行为’”。① 但实际上，在叙述学的理论视野中，“行为”只不过是构成故事情节的一个附属功能，其本身已经被抽象为一种最为简单的微型“事件”类型，失去其独立价值了。②

---

① ［英］特伦斯·霍克斯：《结构主义和符号学》，瞿铁鹏译，上海译文出版社 1987 年版，第 67 页。

② 在《诗学》中，亚里士多德是把“行动”与“人”联系在一起的，但是，传统叙述学却把行为（行动）与人分离开来，把行为视为构成情节的要素。哈迪森就认为：“在古希腊，重点强调的是行动，而不是实施这一行动的人……首先有行动；它是模仿对象。行动的施动者随后出现。”（［美］西摩·查特曼：《故事与话语：小说和电影的叙事结构》，徐强译，中国人民大学出版社 2013 年版，第 93 页）哈迪森的分析对于古希腊作品来说是合适的。其实，行为是连接人与情节的关节点，文学既通过行为来展开情节，又通过行为（我们把心理活动也视为行为语言记忆和言语行为记忆）来塑造人物性格，并且行为首先是人的行为，只不过在古希腊人的个体性尚未受到重视，以致把行动视为构成情节的要素，而非构成人物性格的要素。随着人的个体性的发展，行为与人的关系就不能不受到关注，行为本身就成为人物性格的直接表现。

在《故事与话语》中，查特曼（Seymour Chatman）批评了形式主义和结构主义的人物观：

> （他们）的看法与亚里士多德的极为相似。他们也认为人物是情节的产物，其地位是“功能性”的；简言之，认为人物是参与者或行动元（actants），而不是人（personnages），认为把人物视为真正的人是错误的……他们只想分析人物在故事中做了什么，而不想分析他们是什么。①

一旦人物及其性格在文学中的地位遭到贬低，那么塑造人物性格的行为，以及行为风格也同样被贬低了，并和人物一道沦为组构故事情节的一个功能，不再能获得独立价值和应有的重视。人物性格是依赖其独特的行为，特别是行为风格所构建起来的，两者相互依存：没有人就没有人之行为；同样，没有行为就没有真正意义的人，人势必会蜕化为空洞的符号，而没有富有特征的行为也就没有人物性格。忽视人之行为的研究其实是把文学的灵魂给舍弃了。我们重新赋予“叙述行为”以新的含义，其目的是为了重新接纳“人”及其“性格”这一核心要素，并且认为叙述行为不应该仅仅是“叙事”，首要的是“叙人之行为”。这就是说，叙述行为实即叙人之行为的话语行为，其涵义转换的要旨在于从外在的“事”转向“人”本身，从文学叙述形式阐释转向文学叙述整体阐释。

当我们把人之行为作为叙述活动的主要对象，故事就成为从属的和次生的了，作为一个叙述学范畴，它的决定性地位正在被颠覆。就在对人之行为的叙述展开过程，人物性格及故事情节同时被建构出来了。故事情节是包孕人之行为的叙述活动的成果，而文学写作成败的关键不在于故事情节是否曲折惊险，甚至也不在于有没有故事情节，而在于人物性格的丰富性和深刻性，也即人物行为语言的复杂性。福斯特所谓的“圆形人物”，其实就是指行为风格既有变化又集于一身的复杂人物，作品从多侧面展示出这个人物在不同场域、不同情境中的种种各不相同却又相互关联的表演。

① ［美］西摩·查特曼：《故事与话语：小说和电影的叙事结构》，第95—96页。

行为语言不仅凸显人物性格，构建故事情节，还将人与外部世界联系起来，将自我与他者联系起来，是人进入世界，改变世界及自我的中介，并在行为的互动之中揭示出极其复杂的人际矛盾和各种社会问题；而且人的不同的行为方式还将人区分为不同的社会群体，建立起不同群体间的社会秩序，从而展示出特定社会的结构形态。只有把叙述学研究的焦点从故事转向人之行为，才可以彻底打破叙述学封闭的形式主义方法，以人之行为，也即人本身为枢纽，在文学叙述行为与社会历史语境之间建立起实质性关联。

在文学发展历史中，叙述对象的重心有一个从“故事”到“人之行为”的演变过程。神话叙述神之故事。对于人来说，神灵是高高在上的，需要景仰和膜拜，任何对神及其神秘、神圣行为的凝视和叙述既不可能，又是对神的亵渎，人们只能满怀感激地承沐着神灵所赐予的恩典，颂扬神灵所创造的奇迹，那正是关于神灵的“故事”。这也是神话叙述不乏离奇故事，而神之行为则难逃模式化的原因。随着宗教神学权威受到挑战，人正式登上了社会历史舞台，并终于成为文学叙述的主要角色。他已经还原为一位身份平等的普通人，并没有非凡的能力，也不能创造非凡的事迹，于是，故事情节丧失了动人光彩，其重要性日渐流失，人之行为才首次引起文学的重大关注。只有抓住人之行为，作家才能生动、深刻地塑造和展示人物性格。同时，人的心理也主要是人之行为所烙下的心灵印痕。[①] 正是在人的行为中蕴含着人的所有的爱憎情感，预示着人的命运，暗示着生命个体的整部生活历史；也正是在人的行为中蕴含着人的所有可能性，并为我们开拓出极其绚烂、变幻无穷的可能世界。

在讨论故事的语法时，普林斯指出故事的连接方式随小说的历史发展而变化：“19 世纪成为事件间逻辑关系大量存在的时期。而在 20 世纪，允许故事讲述者不以时间式或逻辑式、而以联想式展开其作品的连接成

① 人的无意识是由行为语言记忆构成的，意识则是言语行为记忆建构的，因此心理活动的实质即行为语言记忆和言语行为记忆的活动。参见马大康《文学活动中的言语行为与行为语言》，《文艺研究》2016 年第 3 期。杜威也对“心灵”做了很好的解释，他认为，心灵不是独立的实体，而是社会上相互作用的功能。从这一观点出发，我们就可以看到这种“相互作用的功能”是离不开人的行为和语言的，因此，心灵只能建立在人的行为（包括言语行为）的基础上。

分方面达到了罕见的高峰。”[①] 逻辑关系的隐退正暗示着：19世纪与20世纪交替之际，故事情节的地位已经趋于衰落，故事已经逐渐解体并让位给行为及与行为密切相关的心理活动。人们逐渐发现，人之行为方式并不是单一不变的，而是复杂多变的，它随活动空间和语境的变化而变化，却又构成一个既多面又统一的整体，并且这些行为整体同样会随着时日推移、随着人生经历而发生变迁。因此从某个角度说，文学发展史就是叙述对象从故事到人之行为，进而从单一行为到复杂行为，从外在行为到心灵世界，从固定不变的行为到随经历的变化而变化的行为，从公共空间的行为到兼及个人空间的私密行为的演变史；同时，也是叙述话语和策略随着叙述对象的变化而演变的历史。文学的叙述重点从故事迁移到人之行为，标志着文学真正转向“人学”。唯有经过这一认识转变，文学才摆脱“神学”而成为“人学”，我们的叙述学研究才彻底摆脱形式主义，成为一种针对“人学”的文学研究。同时，文学从“叙事”到“叙人之行为”的转变，也正是文学与历史相分化的成果：历史保留了对事件的浓厚兴趣，仍然是海登·怀特所说的“讲故事者”，而文学却转向了人的行为，转向了人本身。

以往，叙述学往往把叙述行为仅仅视为话语叙述策略的集合，忽略了话语语体对叙述活动的影响。为了纠正这种偏颇，我们还应该对叙述媒介加以考察，从三个层面来看待叙述行为，即作为被叙述对象的人之行为（包含由行为揭示的心理和由行为构建的故事）、叙述策略和话语语体。这是叙述行为中三个相互协同的层面：一方面是作品叙述了怎么样的人之行为；另一方面则是作品如何叙述这些行为，也即如何运用叙述策略来调节读者与所叙行为的关系，如何调节读者对人物行为的接受；再一方面是话语语体又是如何调节这些关系的。正是这三个层面共同构成叙述行为整体，它们完整地描述出文学叙述行为的总体面貌，并决定着叙述活动对读者精神建构所起的作用。

只有在重新阐释了叙述行为之后，我们才有可能深入阐述文学究竟是如何影响人的精神建构的。

---

① ［美］杰拉德·普林斯：《故事的语法》，徐强译，中国人民大学出版社2015年版，第44页。

二　行为规范与精神建构

我们无法直接谈论人的精神问题，无法抽象、空洞地评骘精神的高尚或卑下，只能通过人的行为来认识和评价人的内在精神，因此就应该从人的行为入手，以此为基础，进而解释人之行为的心理根源，解释行为规范性的来源来探讨精神建构。“我们的精神和心灵生活深深植根于生理学和塑造人类经验的身体行为。”① 实际上，人之行为就同时体现着真善美。所谓“真”即行为符合规律性，且具有实践同一性，它真切地体现了行为人的意图或意愿，并在各种情境中保持着行为的内在连贯性；与此不同，行为或违反规律性，或“变色龙”似地违反同一性，当面一套，背后一套及口是心非、两面三刀等，即“真”的反面。所谓“善”则基于行为与目的、后果的关联，我们就是根据行为与目的、后果的关系，也即“为什么做”和“做什么”和“结果怎么样”来判别行为善恶的。所谓“美”则关涉行为方式，更准确地说，也即行为风格。审美判断就是对行为“以什么方式”施行，也即行为形式的甄别，我们常常会对行为方式做出或高雅或粗俗，或崇高或猥琐的区分。所有这三者都凝聚于人的行为中，融合一体，构成人的整一的身体行为，只是因不同的解释角度而被切割为真、善、美分别得到阐释。由于人之行为同时体现着真善美，那么我们就可以通过对行为的分析，并沿着人之行为发生的心理根源和过程来探讨精神建构，也就是说，**人的精神建构实质上就是如何为自我行为建立规范性的问题**。

在《规范性的来源》中，科尔斯戈德对行为规范性问题做了深入探讨，以此为伦理道德提供基础。她从人的意识的反思结构来解释行为规范性的来源，并指出：“人类意识的反思结构要求你将自身认同为某种将支配你的选择的法则或原则。要求你成为你自身的法律。这就是规范性的来源。”② 科尔斯戈德认为，人的行为需要一个理由，一个正当和善的观念。这就首先要赋予你自身以价值，你发现你的生活值得过，你的行

① ［美］理查德·舒斯特曼：《身体意识与身体美学》，第 254 页。

② ［美］克里斯蒂娜·科尔斯戈德：《规范性的来源》，第 118—119 页。

为值得做，你出于这样一个观念而行动，你就获得了实践同一性。当人把行动与人本身的目的相关联且以此作为行为的准则，那么它就被意愿为一条法则，并成为规范性的来源。譬如你作为一个人，作为一个女人或一个男人，是某人的爱人或朋友，你作为宗教信徒，某个族群成员，从事某种职业，等等，所有这些同一性都为你带来了行动的理由和义务，规定了你应该采取的行为。同样，就你是个公民而言，就是要和其他公民一道做出一系列的决定，要参与到一个公意之中，在遵守法律的时候你的行为是自律的，你不再是出于私人理由而自由地行动。

科尔斯戈德所说的实践同一性主要是针对道德规范而言的，并且她特别强调意识的反思结构对于建立实践同一性观念的重要作用。科尔斯戈德说：

> 人类意识的反思结构给我们提出了一个问题。把我们的冲动隔开的反思的距离，使得我们决定要依据哪些东西而行动成为既是可能的又是必要的：它迫使我们出于理由而行动。同时，相应地，它迫使我们有一个我们自身同一性的观念，这个观念把我们认同为那些理由的来源。就这样，它使我们成为我们自身的法律。①

与科尔斯戈德的观点有所差别，我们认为：同一性不仅仅涉及道德问题，它与行为的真、善、美诸方面均密切相关。同时，行为规范性的来源也并非仅仅取决于意识的反思结构，它有一个更为复杂的建构过程。

为了更深入地探讨这个问题，我们应该进一步了解行为发生的心理过程和机制。人的行为并非总是受到意识操控，它经常处于无意识过程。这种行为与无意识间的关联，在怀尔德·彭菲尔德（Wilder Graves Penfield）所做的神经生理学试验中也可得到验证。彭菲尔德用电刺激病人运动皮质的某个部位，用这种方法能导致该病人肢体的运动。对此，病人总感到吃惊并认为："我没有动，是你动的。"这就是说，在没有病人有意识干预的情况下，他的行为照样发生了。这一行为是无意识的。②

---

① ［美］克里斯蒂娜·科尔斯戈德：《规范性的来源》，第129页。

② ［美］约翰·塞尔：《心、脑与科学》，杨音莱译，上海译文出版社2015年版，第53页。

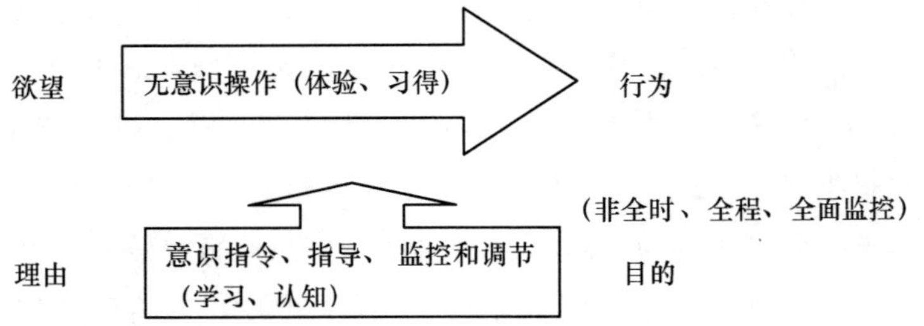

图6-1　意识与行为关系示意图

实际上，人的行为过程同时存在两个相互协作的心理层面：一方面，欲望启动行为，并由无意识操纵行为；另一方面，意识顺从或离开欲望给出行为的目的和理由，设定行为的主导意向，发出指令，并指导、监控和调节行为。[①] 在此过程中，无意识对行为的操控是直接的，而意识的作用则不仅是间接的，而且是非全时、全程、全面的。在日常活动中就存在不少无意识行为。什克洛夫斯基曾谈到托尔斯泰的一个小故事：某天，托尔斯泰随手用鸡毛掸掸了沙发上的灰尘，但事后他竟全然没有意识到这个习惯动作。据此，什克洛夫斯基认为，习惯会使感觉自动化、无意识化，吞噬人的世界。这同时也说明，当施行习惯性动作时，人往往可能直接凭借无意识来运作。特别是人的行为风格，由于是在日积月累的熏染过程习得的，就更多地处于无意识过程。只有当某人处在不同的文化习俗中必须调整自己的行为方式，这时才需要有意识心理介入。意识的反思和监控起显著作用的是在道德活动领域。当某人面对是否行动，以及行为目的的抉择和行为后果的考虑时，意识的反思就成为必不可少的了，他通过意识反思并按照实践同一性来决定行为，为行动设定目的和理由。

人的实践同一性主要通过两种途径，即体验和认知来获得。其一，人在亲身参与实践过程中耳濡目染，逐步建立起实践同一性。由此建构

① 人的意识活动就是言语行为记忆活动，而无意识则与言语行为记忆无关。正是言语行为把人与世界区分开来，把人自身与行为及其后果区分开来，将其作为感觉和认知的“对象”，并因此赋予人的意识以反思和监控行为的能力。

的同一性不仅成为行为发生的无意识根据，同时也成为意识反思的一个理由。意识的反思确认了无意识对行为发出的指令，强化着行为的合规律性和合目的性，这就是自觉自然的“知行合一”，也即人们所说的行为养成。行为的养成使个体具有了良好的品性和高尚的精神，然而，这同时也提出了另一个问题，即当个体处在恶劣环境的熏染下又如何能够出淤泥而不染？其二，借助于知识传授和思想灌输，这是一个获得“知”的过程。它为意识反思设立了标准，成为指导、监督和调节行为的一种力量。但由于它没有同时在人的无意识中设立根据，尚未建立实践同一性，也就不得不借助于人的意志对行为实施干预，并且由于意识反思的干预是否有效存在不确定性，这就有可能导致知与行的分裂。这就是说，知识的获得并不必定造就一个人的品行，因为处于意识层面的知与行为的关系是间接的，它固然可以指导、监视、调节行为，却并不直接掌控行为。

“我们的理智行为是通过大量存在于我们的规则遵从活动中的无意识的心理过程来得到解释的，而这些规则本身既没有被我们自觉意识到，也不可能被我们自觉意识到。”① 与无意识所具有的自动性、习惯性和巨大能量相比较，意识反思的制约并非经常性的，也非全方位和全程的，而且常常显得软弱无力。意识活动的意向性特征决定着它总是聚焦特定目标，同时，又使得目标之外的内容隐失在暗影中，这也就决定着意识监控的有限性，它往往只重视行为目的，难以全面监控人的行为。② 而无意识过程则于无形中直接操作着人的行为方式，致使一举一动、一颦一蹙都成为他的个性的自然流露，正如吴曾祺在《涵芬楼文谈》中所说：“故为贞女，虽偶然谈笑，而不失庄重之容；为淫女，虽故意矜持，而时露冶荡之态；为富贵家女，则不假修饰，而衣履之间，自具华美之气；为贫困家女，虽极意梳掠，而行动之顷，不免羞涩之形。”③ 无意识的行为塑造了个体独特的个性，决定着她那不由自主地流露出的精神和气质。

---

① ［美］约翰·塞尔：《心灵导论》，第221页。

② 一般情况下，行为目的往往成为行为者意识聚焦的焦点，而行为方式本身则由无意识的习惯所操控；舞蹈、戏剧、模特表演等特殊的行为则不同，行为（表演）自身就是目的，也因此成为意识关注和监控的焦点。

③ （清）吴曾祺：《涵芬楼文谈·传神篇》，金城出版社2011年版，第78页。

从这个角度看，对于人的心灵提升，无意识具有不容忽视的重要意义。意识与无意识这两种过程虽然可以协调一致，却又不可避免地时常陷入分裂状态。这正是造成知行不一、言行不一的重要根源。良好的教育就应该追求知行合一，追求认知与体验的合一。文学恰恰为此提供了一种很好的活动形式。

文学叙述行为为读者建立自我同一性设置了一条有效的路径。正是在文学叙述故事，特别是叙述人之行为的过程中，读者加深了对自我的认识，并帮助他构建自我同一性。弗兰克·克默德认为，人就是在不断地讲述自己的故事中，逐渐认识自我和生活的意义，并建立自我同一性的，因为讲述故事就是赋予碎裂的、散漫的生活以连贯的形式，自我也就在此过程中被塑造成型了，而文学恰恰是通过讲述故事促成了人的这一成长过程。在文学故事中，“我们在过去、现在和未来之间建立起了一种世俗的和谐关系，将过去加以改造，在考虑未来的时候并不否认目前的危机”。一个统一、连贯的个体就建立在此基础上。与此相反，假如自我生活缺乏故事所提供的叙事秩序，一切都成为“非叙事性”的，那么人也就只能成为穆齐尔所说的碎片状的“没有个性的人”[①]。

如果说，叙述“故事”为“我是谁”，“我被认为是怎样的人”做出解答，或为“我要成为什么样的人”提出建议，那么，叙述“人之行为”则阐明了“我实际上是怎样的人”，或为“如何成为我自己”和“怎样成为这样的人”提供了路径。真正的认同是行为认同，是一种不由自主的行为认同。只有行为才最终决定着一个人是怎样的人，要成为怎样的人，有怎样的精神境界。就在文学叙述人之行为的过程中，它召唤读者随同人物一道去行动，去经历，去体验，也因此以行为塑造读者的无意识，将行为规范内化于读者自己的身体。文学最为主要的潜移默化作用就在于此，它于不知不觉中把行为规范施加于人，让人心悦诚服地接受这些规范，而不像法律或制度只是作为一种外在的强制性约束。这正是儒家把诗教置于礼教之上的原因。唯有如此，人才能从心所欲而不逾矩，他的所有行为都是发自内心的，并不需要刻意而为，却总是能够合乎规

① ［英］弗兰克·克默德：《结尾的意义：虚构理论研究》，刘建华译，辽宁教育出版社2000年版，第56页。

范，真正做到知行一致，知行合一，做到真善美的统一。

固然，文学作品对人的行为养成并不能替代生活实践对行为的规训，但是，文学又有自身的特殊优势。文学不仅可以超越个人经验去讲述各式各样的人类行为，而且可以运用叙述策略和话语语体来调节读者与各种行为间的关系；不仅让读者深入体验种种人生况味，而且可以把种种世态展示出来加以审视，把原本处于无意识状态的种种行为凸显在读者眼前加以剖析、批判，从而在意识反思中得到甄别。更为重要的是：文学为读者所提供的虚构世界让他摆脱了各种现实利害的纠缠，促使读者以更符合人性的方式行动，以更符合人性的眼光审视各类人物的行为，进而把自我及其行为提升到一个新的人性高度。

在《怀疑论美学》中，赫伯特·曼纽什（Herbert Mainusch）严厉地批评了道德说教，他援引柏拉图的观点说："宣称自己已具有确定性的认识，就意味着要别人承认和服从，这就必须导致'教训'。而教训从本质上说，是一种极为危险的东西。"① 实际上，教训已经把自己和对方置于极不平等的位置，对于现代人来说，这是一种只会招致反感和抵制的手段。优秀的文学作品则避开了说教，它通过文学叙述，运用叙述策略和特定语体来引领读者进入生动的文学世界：或让读者随同人物同悲共喜，对他们的行为寄予同情和赞赏，深切地体验人物的经历；或让读者远离和拒斥所叙述的人物，并让读者自己对其行为做出谴责和鞭挞，认清行为及其行为背后的社会规约的本质。作品独特的叙述人称、叙述视角、聚焦方式，都在暗中有效调节着读者的阅读态度，他与各色人物、各式行为的关系，引导读者或亲近或疏离这些人物及其行为。同时，话语语体也起着有效的调节作用，譬如巴金那种包含着情感湍流的话语往往把读者卷入作品人物的情感纠葛中去，追随他们的行动，深入体验他们的喜怒哀乐；而鲁迅独有的冷静严峻又令读者不得不与作品世界，与人物行为保持着距离，随同作者去做深刻的剖析，并因此引起疗救的注意。即便文学讲述最恶劣的事件和最丑陋的行为，却仍然可以把它们转化为一种对读者的警醒，提醒读者远离恶劣和丑陋。特别是文学对人物行为

① ［德］赫伯特·曼纽什：《怀疑论美学》，古城里译，辽宁人民出版社1990年版，第48页。

洞幽烛微的刻画，将那些在日常生活中司空见惯而变得无意识化的行为暴露在艺术光束的照耀之下。可以说，没有其他任何一种活动犹如文学叙述这般为我们提供了如此广泛多样的人间百态，也没有任何一种活动有文学叙述这般创造着我们与各种行为间千变万化的关系，进而增强我们对自我行为的自觉性。

文学很好地把体验活动与认知活动相互结合：较之于生活体验往往让人深陷其中而失去对行为本身的体察和认识，文学叙述让读者既能够深入体验各种行为，又能够把各种行为作为审视的对象，看清行为背后的规约，并对其做出批判性认识；而较之于学习所获得的知识，文学叙述又不仅仅停留于思想认识，它让读者入乎其内又出乎其外，深切体验各种行为，心灵由此获得塑造。在文学阅读中，读者既是自己又是他人，他总是不断地穿越自我边界，穿越生活世界的边界，这也就是“移情”和“同情”，是设身处地、感同身受，同时，也是自我拓展。在现实生活中人往往很难摆脱自我中心而成为他人，在文学活动中却轻易地实现了。这种在文学活动中培养起来的成为他人及体验他人行为、他人处境和命运的能力，不仅让人可以离心地生活着，有效拓展了人的个性，提升了他的人格，同时强化了人与人之间的理解和关爱，增强了人际关系。文学阅读过程同时是心理认同和行为习得的过程，它让人超出于个人所能触及的实际生活范围之外，心灵获得更高层次的提升。

三　暴力行为与社会失序

人的精神建构不仅仅是个理论问题，更重要的是一个实践性问题，必须结合社会历史实际加以阐释。

当前中国最大的实际就是社会转型：从计划经济转向商品经济。商品经济之所以具有巨大的能量，就因为它依赖于个体的利益，把个人的欲望充分开发出来了，也把个体利益充分凸显出来。正是对个人利益的追求赋予商品经济以动力和活力，从这个角度看，商品经济具有两面性，它既为社会发展注入强大的生命力，又充分激活和发掘了人的无限欲望，以至于“恶”成为社会发展的推动力。与此同时，它反过来也规训着人的行为，使人成长为以追求私利为目的的利益个体。那么，在这样的前提下，人如何成为一个心身健全的人？文学又如何参与人的精神塑造？这就是我们需要予以回答的。

在《资本主义与新教伦理》中，马克斯·韦伯（Max Weber）从资本主义的发展历史中寻找自己的答案。他认为正是新教伦理在西方现代化过程中发挥了重要作用。资本主义固然以私有资产为基础，以个人发财为目的，是由个人利益所驱动的，而宗教信仰却要求人与上帝订立契约，并以新教伦理约束自己，努力成为上帝的“选民”，由此构成对人的营利行为的有力制约，也成为资本主义社会顺利发展的根源。不过，韦伯还只是指出了其中的一个原因，尽管是极其重要的原因。除了宗教信仰对人之行为的规范之外，启蒙主义和人道主义文化思想传统所宣扬的人的价值，以及建立其上的自由、平等、博爱、民主、人权等观念也共同参与了个体精神的建构。对个人价值的确认是其他各种观念的基础。正因为人本身是有价值的，那么，他就具有天赋的自由和权利，在上帝面前人人平等，应该相互关爱，而民主权利也就自然成为题中应有之义。人权则成为至高无上的权利，他如国家权力、党派和团体的权力决不应该凌驾于人权之上，相反地只能服从和服务于人权。一旦确认了每一个体的价值，也势必促使利益个体自觉限制自己，把行为纳入相互尊重的人际关系之中。与此相应，司法制度也必须独立于政权和其他权力之外，成为限制公权、规范人的行为、仲裁人际冲突，维护每一个体的生存及权利的强制性力量。文学艺术则是这个文化思想传统的有机构成部分。“文学在它的结构和表达方式中表达了一种与政治经济学文本包含的世界观不同的生命感受；而且，伴随着这种生命感受，文学塑造了在某种意义上颠覆科学理性标准的形象与期望。”①

一方面，商品经济不断强化个人的利益观念，强化人的自我意识，使人成长为利益个体。另一方面，宗教信仰和契约精神、启蒙主义和人道主义文化思想传统、独立的司法制度诸因素，既与利益个体相适应又调节、规范利益个体的行为，把人的行为纳入合理性的社会关系之中，纳入人与人之间相互平等、相互尊重、相互信任的关系之中，使利益个

① ［美］玛莎·努斯鲍姆：《诗性正义：文学想象与公共生活》，丁晓东译，北京大学出版社2010年版，第12页。

体成长为自律的主体，成为康德所说的“目的王国的公民”。一个正常的公民社会就建立在自律主体和目的王国的公民的基础上。西方社会的制度设计固然存在难以克服的弊病，但是，由于包含着相互制约、相互制衡的因素，就在一定程度上预防了利益个体的恶性膨胀，预防了个人行为对社会的危害。

努斯鲍姆（Martha Nussbaum）曾严厉批判了政治经济学思想对人性的戕害。她指出，近代以来，正是这种经济学以数字来衡量人的能力，衡量人本身，以致把人和人性简化为一个数字问题，一个简单的算术问题，于是，人的生命价值及行为的真善美问题就被遗忘了。文学则信奉人的独立价值，信奉个体从质到量的不可简约性，它认识到发生在世界上每个人身上的事情都非常重要，每个人的每个行为都非常重要，并强调在具体的作品中体验一个生命历程的道德相关性，让我们从面临的人性危机中得到解救。“通过进入或者畅想心灵中的伟大慈爱，将会培育一种对世界宽容的理解。就像小说提出的，这种理解不仅更适宜作为一种我们感受到的对人类一般行为的解释，而且这种理解也是更好生活方式的起因。”①

与上述状况不同，中国几千年的封建制度所塑造的又是怎样的人格和精神呢？

封建集权要取得自身的合法性，就必须制造神化人物，强化等级观念，否则，权力就无法有效施行。国家集权、家族集权，就连多神教的宗教，如道教和佛教也俨然是等级森严的现实社会的翻版。在这种集权体制下，无论国法、家法都只能是维护权力、维护等级秩序的威慑力量，和“公平”、“正义”完全不沾边，最多是一套虚假承诺。作为主流意识形态的儒家传统虽然包含着具有普世价值的思想内涵，但从根本上说，乃是维护社会等级秩序，维护王权、族权的工具。它本身就是王权下孳生的寄生物，只不过试图以“王道”替代“霸道”、以“仁政”替代“暴政”来维护等级秩序和集权统治。这正是统治者都要独尊儒术，把孔子尊为万世师表的根源。然而即便如此，对于统治者来说，儒术只不过是驾驭百姓的辅助性手段，他们真正信赖的是暴力这种极端行为。集权

① ［美］玛莎·努斯鲍姆：《诗性正义：文学想象与公共生活》，第63页。

统治是无法放弃暴力、真心推行“王道”和“仁政”的，尽管他们表面上似乎虔诚地祭孔尊儒，尽管以儒家经典作为科举试题来选拔官吏，但骨子里仍然相信暴力，依靠暴力维持集权制度的运转，儒学只是挂在口头的金字招牌。① 一旦有人觊觎王位，就绝不手软地诛灭九族。为了争夺王权，父可以杀子，子可以弑父。王权的更替要依仗暴力，权力的施行要依仗暴力，甚至家族权威也离不开暴力。至于商品交换则在重农轻商的制度下受到严厉限制，人被牢牢地囚囿于土地之上，定位于族群关系之中，也因此扼杀了从社会底层滋生和培植利益个体的可能性。当每个人都被束缚于土地，而普天之下又莫非王土，个人也就无处逃遁了，其命运在他出生落地之时就早已注定，只能老老实实地任凭压迫和榨取。土地、宗法、王权、宗教和儒教共同建构了一个极其严密、稳定的社会结构体系，正如鲁迅所说，它所规训出来的只能是奴才或奴隶总管。等级社会是一个普遍丧失人的价值的社会，不仅奴才没有自我价值，奴隶总管也不过是握有一定权力的奴才，甚至连最高统治者也没有自我价值，其全部价值只体现在所执掌的权力上，他唯恐失去权力而变得一文不值，以致不得不时时刻刻牢牢攥紧权柄。人的价值的丧失恰恰为暴力行为的肆虐提供了基本条件：只要握有权力，就可以恣意摧残和虐杀其他个体的精神和肉体。②

封建集权制度中的施暴者和受害者都同样深受暴力的心理危害。在《文学、权力与主体》中，施瓦布阐释了暴力行为给社会心理所打下的烙印，她指出，暴力造就“同构性压迫”，它既给受害者造成心灵创伤，同样给施暴者带来噩梦，受害者和施暴者双方，乃至下一代都会受到暴力的伤害，这种施暴者文化中的暴力模式会被双方内化并不断重复上演。

---

① 科举制背后的深层原因，其实正是最高统治者对暴力的信赖和恐惧，因担心掌控暴力的权力旁落，故推行文官制度。饶廷襄对明代科举制度就做了这样概括：“其事为孔孟明理载道之事，其术为唐、宋英雄入彀之术，其心为始皇焚书坑儒之心。”[（清）冯桂芬：《校邠庐抗议·变科举议》，上海书店出版社 2002 年版，第 37 页]

② 暴力与人的价值具有极其重要的负相关性。暴力的施行要以无视人的价值为条件，一旦承认每一个体都是有价值的，施行暴力就失去了合法性，所以权力总是首先以暴力摧毁人的精神，以使个体丧失自我价值感，甚至承认自己有罪，由此进而为暴力消灭肉体提供理由。从这个角度说，只要暴力仍然肆虐，人的价值是难以得到真正确立的。暴力破坏行为底线、撕裂人际关系、摧毁人的价值，致使任何规范性都不可能建立，因此，文学对暴力的叙述就具有首要意义。

> 暴力循环持续，敌对的双方彼此隔绝，尽管他们分享着同一片生活空间、骨肉相亲。一旦权力关系逆转，施暴者变成了受害者，受害者则成了施暴者。但这不是简单的逆转，因为曾经的施暴者带着罪恶和耻辱被卷入新一轮的暴力，昔日的受害者则满怀愤怒和仇恨。在另一个不同的权力格局中暴力再次粉墨登场，对暴力的集体悲悼仍遥遥无期。[①]

从这个角度看，“以阶级斗争为纲”所开启的新的暴力形式仍然是原有暴力模式的延续，它前所未有地波及每个社会角落和每个人，重新塑造着施暴者文化，并为20世纪60年代的“文化大革命”暴力肆虐蓄积了巨大的破坏力。如果说，此前暴力是被有组织地发动、引导和管理，有目标地定向实施的，那么，“文化大革命”的无政府状态则使得暴力失却任何约束，泛滥成灾，并以群体性运动煽起的狂热把原本掩埋于内心深处的兽性和毁灭性本能调动起来，破坏力充分发挥了。它所遗留下的严重的社会心理创伤并没有得到应有的救治，而是变身为另一种形式的社会互害模式，因为被暴力行为所撕碎的社会除了人际冲突，相互间已经没有任何信任、责任和诚信可言。行为规范性是为调节人际关系而建立起来的，当普遍的暴力破坏了社会行为底线，撕裂了人际关系，粉碎了人的价值和尊严，非但规范性不复存在，还将把社会推入阿甘本所说的“紧急状态”[②]，以致法律也因此被悬搁而丧失效力。暴力泛滥之际，德行就失去存身的基地。暴力摧毁个人的尊严，它也必定会摧毁整个民族的尊严。

那么，当前中国又有哪些变化呢？首先是商品经济得到了空前发展，经济体制改革几乎遍及所有社会领域，其宗旨是把竞争机制，也即利益交换规则引入其中，凡此种种都致使个人私欲得以膨胀，使得利益个体得到快速成长。农民从土地依附中被解放出来，从农村的熟人社会进入

---

① ［德］加布丽埃·施瓦布：《文学、权力与主体》，第176页。

② 在阿甘本的理论中，“紧急状态”是由当权者发布，并赋予当权者不按法律程序行使权力的特定时空。此处特指“文化大革命”期间失去法律约束，同时失去任何规范性的时空特征。

都市的陌生人社会，家族遭到迅速瓦解，宗法关系被彻底根除，原先具有压制性的行为规范被抛弃了，家庭也遭逢前所未有的冲击。宗教则蜕变为“临时抱佛脚”，礼佛变成“还愿”，这已经不再是信仰，只不过成为商品交换的一种特殊形式，是整个商业活动的有机组成部分，甚至还存在着某种被扭曲了的利益交换形式，其间充斥着人向鬼神的贿赂和谄媚。儒家传统则早已遭到严厉批判，就连其中的“仁爱”、“忠恕”和“民本”思想等调节人际关系和维护社会稳定的积极内涵也被弃之如敝屣。至于西方启蒙思想和人道主义一直来被视为洪水猛兽而拒之门外。各式各样的思想教育由于缺乏现实针对性，并且常常与现状相对立、相冲突，也就无法对社会行为起到有效的调节、规范作用，而只能成为不切实际的说教，成为冠冕堂皇的空谈。试想：当以利益竞争为基本方式的商品经济，突然出现在一个崇尚斗争，甚至把你死我活的残酷斗争合法化、神圣化的社会，我们将会看到一种怎样的景象？

在商品经济中成长起来的利益个体因陷入一个规范性缺失的不健全的社会生态而畸形生长，其结果只能是让人颓丧地看到种种恶习：趋炎附势、奸诈险恶、自私、狭隘、投机和散漫。利益个体始终未能成长为独立理性自律的主体。人们日渐学会在权力夹缝中生存和牟利，想方设法巴结权势以骗得升迁或赚取金钱，造假和欺诈、拍马和告密、贿赂和腐败不断滋生繁衍，难以遏制。在文学艺术，特别是作为大众文化的影视作品中则仍然蔓延着暴力文化。除了战争题材的影视片刻意炫耀暴力，播撒仇恨，直接展现血淋淋的场景，种种为争夺权势和利益而费尽心机、不择手段的诸如宫廷斗争、后宫争宠、官场倾轧、商场耍奸、职场鏖战、情场争风、江湖恶斗等等层出不穷，也最能抓住观众眼球，这些为享受暴力而展览暴力的作品，事实上成为病态的社会心理的折射，成为暴力文化的组成部分，也为迎合观众而成为市场的同谋，甚至连动画片《喜羊羊和灰太狼》也不例外，从中仍然可以看到阶级斗争的影子。[1] 一旦文

[1] 影视作品中最为典型的是战争片（包括内战和抗战）。与其他国家的战争片着眼于谴责战争暴行，揭示战争暴力给人类带来的灾难和对人性的扭曲相比较，这些剧作在总体上还停留在《铁道游击队》《地道战》《地雷战》《小兵张嘎》的模式，它们传播仇恨，把战争视为快意的游戏，而缺乏对战争暴力的深刻反思。由此煽起的仇恨并非仅仅针对某一特定敌人，它可以转向任何对象，甚至寻找近在身边的人来发泄仇恨。

学艺术放弃自己的独立立场和责任感，心甘情愿地归顺于市场，它非但不能提升人的精神境界，反而只能自甘堕落，与丑陋为伍。

作家理应葆有高度的社会责任感，应该承担起改造社会、改造人生的职责，这首先就不能仅仅听命于市场，而应该有自己的良知和担当。尽管文学的力量是软弱的，它无力改变社会现状，却无论如何不应该随波逐流、与世沉浮，而应该以积极的姿态干预社会，参与人的精神重建。

文学天然地具有调剂人际关系的作用。努斯鲍姆说："除非人们有能力通过想象进入遥远的他者的世界，并且激起这种参与的情感，否则一种公正的尊重人类尊严的伦理将不会融入真实的人群中。"① 唯有文学能让读者在想象中成为他人，并进入他人的精神和情感的世界。它以平等的方式邀请每一位读者，让他们平等地与作品人物交往，建立起诚挚的情感纽带。正是在文学阅读过程中，读者的所有伪装都自然卸落，日常的奴颜婢膝或傲慢自大也转换为自尊、自信和谦和、友善，他以人的姿态来看待所叙述的故事，从人性角度来品评人物行为，从而帮助读者重新认识自我，重构和谐的人际关系。而其中首要的是关于暴力行为的叙述。这种暴力叙述不应该传播仇恨，更不应该把暴力视作快意的游戏，文学叙述应该是对那种掩盖和遗忘暴力的企图的抗议，让被歪曲和隐秘化、沉默化的历史重新开口言说。历史是不应该，也不可能被忘却的，以掩饰历史的方式"向前看"只会把我们导向另一个谬误，只会不断地重蹈覆辙，"向前看"必须以厘清历史为前提，同时，厘清历史的目的是为了"向前看"。假如暴力这一践踏生命、灭绝人性的极端行为没有得到应有的清算，那么，滋生暴力的文化土壤就依然存在，行为的规范性问题和精神重建问题根本不可能真正被提上议程。假如社会仍然充塞着仇恨，假如至今仍然在传播仇恨，那么，就可以为任何危害他人的极端行为找到理直气壮的借口。"如果存在对暴力历史的沉默化和否认以及相应的对其文化无意识影响的转换，那么同构式压迫就变得更普遍。如果暴力历史被处理成公开的国家秘密，那么它们就必定会重复上演。"② 文学对暴力的清算并非针对具体的施暴者，那只会积累仇恨，加深社会裂隙，甚而致使受害者转变为另一群施暴者。文学叙述暴

① ［美］玛莎·努斯鲍姆：《诗性正义：文学想象与公共生活》，第 7 页。

② ［德］加布丽埃·施瓦布：《文学、权力与主体》，第 196—197 页。

力是为了对暴力的忏悔和对创伤的悲悼，把暴力重新置于公共空间加以审判，以此来清算形形色色的暴力；并且清算应该针对暴力行为本身，以及暴力给人类造成的心理创伤和给社会留下的凶险的阴影，唤醒人的自我价值感，以此抵制任何形式的暴力，彻底告别暴力。只有在清算施暴者文化的基础上，才有可能真正恢复人的价值和尊严，启发利益个体从对权力和金钱的追求转向对生命价值的觉悟，把在商品经济中成长起来的利益个体重构为理性主体，进而达成和解，弥合人际裂罅，重新设立合理性的行为规范，构建新的精神，走向社会和谐。

当今存在的另一个重要问题是主体性的衰落。阿尔都塞直接否定了传统的主体性观念，他认为，并不存在一个先验的主体，“人类主体的‘观念’存在于他的行为中，或者说应该存在于他的行为中”，而他的所有行为都是受到物质的仪式支配的，是由意识形态机器来规定的，因此，“这个主体的观念就是从这些机器里生产出来的”。[①] 意识形态把个人传唤为主体。从这个角度看，所谓“主体”其实是“屈从体”。只要主体是被生产和传唤出来的，是“屈从体”，那么它势必随着生产条件的变化而变化，随着网络时代的到来而去中心化，或者说被去主体化。人成为在网络上飘游的幽灵，心理认同出现前所未有的危机，自我成为不确定的东西，于是，个人也就不再有必要为自己的行为承担责任，既不需要行为的理由也不必考虑行为后果，作为针对负责任的个体建立起来的规范性和伦理道德也因失却落脚点而自然解体。显然，网络时代确实为人的精神建构提出全新的课题。对此，阿甘本的思路或许具有重要价值。

对主体性问题，阿甘本提出了更为合理的观点。他把去主体化与主体化视为辩证的双重运动，并认为，人就是通过去主体化才能成为主体的，人处在主体化过程和去主体化过程之间，处在身份和无身份之间，这是新的“生命政治的场域”。

> 把个人看做个人、个体原则与非个人、非个体原则的共存。换句话说，生活总是同时由两种状态构成，个人的与非个人的。它们

---

① ［法］路易·阿尔都塞：《意识形态与意识形态国家机器（研究笔记）》，孟登迎译，陈越编《哲学与政治：阿尔都塞读本》，第358—359页。

> 总是相关联的，即使它们清楚地分离着。与每个生命相关的非个人权力的秩序可以称做非个人的，而去主体化是碰撞这种既超越我们又给我们生命的非个人权力的日常经验。对我来说，这是生活艺术该有的问题：如何与非个人权力相关联？主体如何与这不属于它并超越它的权力相关联？这可以说是诗学问题。①

这也就意味着，即便在网络时代，人仍然处在去主体化与主体化的双重运动过程，只不过双方的关系发生了变化；同时，也只有在这个双重运动中，人类精神才赢得不断重构。文学叙述恰恰能够极合时宜地参与这一过程。文学叙述总是徘徊于存在的边缘地带，它处身现实与非现实之间、自我与他者之间、差异化与去差异化之间、主体化与去主体化之间，身份与无身份之间，也因此不断更新着人的自我主体性，不断重塑着人的心灵和精神。

至此，还应该进一步指出：在以上论述过程中，我们已经涉及两种不同的规范性理论：其一是科尔斯戈德所说的强调自我价值，以自我同一性为基础的规范性；其二是阿尔都塞的强调意识形态规训力量，以社会同一性为基础的规范性。实际上，作为社会成员，人既维护自我同一性，意图自由地成为“我自己”，却又不得不主动地改变自己，适应社会，融入社会，因而，每个社会就同时存在着多种规范性，它们构成了一个张力场，一个“生命政治的场域”，个体就游移于这一张力场中，占据着独有的位置，享有独特的行为和独立的精神品格。也因如此，每一个人都既具有个体独特性，又具有社会或集团的共性，是个性与共性的结合。在不同社会和不同的社会发展阶段，各种规范性的相对关系是不断变化的，相互间存在此消彼长的张力关系。随着社会对人以及自我价值的重视，这个张力场就会逐渐向自我同一性这一方倾斜。比较而言，这样的社会文明程度相对较高，因为它更加尊重个体的生命价值，并把社会同一性建立在每一个体的自由发展和全面发展的基础上，既充满活力，又不乏和谐关系，而不是把所有人都规训成缺乏创造力的木偶或国家机器上的机械零件。与意识形

① ［意］吉奥乔·阿甘本：《生命政治与主体性：阿甘本访谈》，郑秀才译，《生产》第7辑，江苏人民出版社2011年版，第40页。

态的强制性规训不同，对人的生命价值的强调，不仅使自我赢得了尊严，而且赋予每一个体以价值，这就势必要求人的所有行为都必须以尊重每一生命个体作为前提，从而自觉自愿地把行为纳入合理性的社会关系之中。很显然，对人的价值的尊重是建立规范性的真正基础，它既促使个人把自己的行为自觉纳入规范，同时，也要求他人的行为符合规范，从而构建良好的社会环境和氛围。从这个角度看，当前的社会现状尽管存在不少弊端，但毕竟较以往有了长足发展，个人价值开始引起关注，人的精神也变得相对独立，比较丰富多元了。其变化的原因并非意识形态本身的弱化，而主要是经济转型促使利益个体成长，人的自我意识也随之增强，意识形态规训的实际效力也就不能不衰减了。问题在于暴力留下的创伤没有得到应有的悲悼，碎裂的社会关系没有重新修复，人的真正价值所在仍然受到权力和外在利益的遮蔽，那么，任何规范性都势必难以重建，以致在意识形态规训衰落之际，以自我同一性为基础的规范性仍然难能获得及时弥补，而网络时代又为重建规范性设置了难题。[①]

文学作为一个特殊领域，固然不能脱离意识形态掌控，却并不等同于意识形态。文学对人之行为的叙述主要不是通过规训为人设立规范性。文学从来不发布统一的命令，也不自以为是，更不愿把自己的观点强加于人，它尊重每一位读者的独立性，尊重每一位读者的自由选择，以及所做的独特理解。文学允诺给读者的是自我同一性而非社会同一性，就在进入文学世界之际，读者才真正体验到生命的尊严和自我的价值，他才真正自由地成为“我自己”，与此同时，也把生命价值授予所有不同的

① 在此，有两点需要加以补充说明：其一，自我价值及自我同一性与我们平常所说的个人主义完全不同。个人主义一般指以个人利益为中心，也即我们所说的“利益个体”；与此不同，强调自我价值即强调自我生命价值，而非金钱、权力等，这些都是自我生命之外的东西，对金钱、权力等利益的追求恰恰是遗忘了自我生命价值。同时，对自我生命价值的重视意味着对任何个体生命价值的尊重。当我觉得我的生活值得过，我的行为值得做，而且这种生活和行为对于其他个体同样具有意义，由此设立的规范性就是符合整个社会利益的，科尔斯戈德也就是从这种意义上阐释规范性的。其二，商品经济所具有的意识形态把个人规训为利益个体，正是利益个体以自我为中心来决定自己的行为，从而瓦解了行为的统一规范，抵制着其他各种意识形态对它的规训。从另一个角度看，利益个体恰恰是人的自我意识发展的必要前提，而科尔斯戈德所提出的规范性既承认个体及其利益，同时又强调其他任何个体及其利益，也就是说，它是针对利益个体这一实际对象，进而启发个体对生命价值的觉悟，自觉地尊重自我生命价值以及其他生命个体，把行为纳入相互尊重的人际关系之中，自觉自愿地建立规范性，把利益个体引导向理性主体。

个体。文学只是将各种行为定格、曝光，运用叙述策略和话语语体造成布莱希特所说的“间离效果”，让行为凸显在人的眼前，并邀请人以更为人性的眼光审视这些行为，批判这些行为，剥露出其中不符合人性、扭曲人性、破坏人际关系、瓦解社会秩序，乃至将人类引向灾难深渊的种种丑陋特点，以求引起疗救的注意。文学叙述也不应该设立禁区，无论宫廷、战场、商场、职场、情场、江湖都可以进入文学叙述的视野，各种行为也都理应是文学描述的对象，关键在于作家是不是具有社会责任感，他以什么策略来叙述，采取什么语体来叙述，也即以怎么样的方式来邀请和引领读者看待和评判这些行为。①

在采访和阐释个人生活故事时，利布里奇指出：“自我认同也有许多成分和层面，不同的成分可能相互作用创造出一个整体，通常它们都是保持着一种相互冲突的对话状态，有时甚至根本没有对话。”② 可是，在文学叙述中，各种各样的对话展开得更加充分了，文学叙述为我们设置了多成分、多层面、多方位的全面对话，正是在对话中我们获得另一种方式的成长。

人是未完成的，他“离心”地生存着，在不断拓展世界的同时也拓展着自己，而这一切都取决于人之行为，取决于人如何行动，是行动突破了人的既成形象，并决定他向哪个方向成长，也因此决定着他的精神品格，文学叙述则有效地参与了人的精神建构。

---

① 在这里，我们是就文学艺术的一般性质，特别是针对独创性作品而言。需要指出的是：存在一种被阿多诺称为“总体艺术”的作品，如瓦格纳的歌剧，其情节、人物、台词表现方式和音乐都被纳入统一的风格，并且它通过情感和心理来表现侵犯行为，以此操纵观众。这种总体艺术得到纳粹的高度重视。“纳粹们广泛、系统地运用了神话、大众传媒、群众文化和新术语，为的是实现各种形式力量的总动员。他们用这种方法就瓦格纳的‘总体艺术品’中的梦录入了现实。”（［法］让－弗朗索瓦·利奥塔：《非人——时间漫谈》，第83页）

② ［以］艾米娅·利布里奇等：《叙事研究：阅读、分析和诠释》，王红艳主译，重庆大学出版社2008年版，第136页。

第 七 章

文化诗学·行为结构·历史化

当文学理论把人之行为置于核心地位，揭示出行为语言与社会秩序及人的精神建构的密切关系，这也就势必踏进文化政治领域，不得不直面各种权力关系，因此，如何构建文化诗学也就成为摆在我们面前的重要课题。在中国学者中，童庆炳为文化诗学做出了开创性贡献，并为我们的思考提供了新的出发点。童庆炳以文学活动为基点，提出了文化诗学的构想。他认为，文化诗学应该以审美评价活动为中心，以文化与话语、历史与结构为两翼，主张把“历史语境”与“历史背景”相区分，从而使历史因素真正融入文学研究。这一构想及主张为文学理论建设打开了新视界。当我们在此基础上进而把文学活动具体化为文学行为，聚焦于言语行为及蕴含的文化惯例、人物行为及社会规约、叙述行为及叙述惯例三个层面展开分析，那就有可能找到文学与历史相关联的内在机制，把各种理论资源有机地整合起来，使文化诗学的理论轮廓更为清晰，真正实现文学研究的重新历史化。

一　历史语境与“症候”

在 20 与 21 世纪之交，面对社会转型和文论转向，童庆炳提出了文化诗学的主张，撰写了一系列论文来阐述关于文化诗学的构想。他把建立文化诗学视为文学的审美品格与现实品格相结合，以实现人的精神重建的重要途径，并概括地指出：“总起来说，文化诗学有三个维度：语言之维、审美之维和文化之维；有三种品格：现实品格、跨学科品格和诗意品格；有一种追求：人性的完善与复归。”[①] 童庆炳认为，文化诗学应该语言与意义并重，话语与文化并重，结构与历史并重，将其视为文学活动的两翼，在“文学场”中研究它们间的互动、互构关系。在此基础上，他进一步明确提出了关于文化诗学的理论构想：

> 以审美评价活动为中心的同时，还必须双向展开，既向宏观的文化视野拓展，又向微观的言语的视野拓展。我们认为不但语言是在文学之内，文化也在文学之内。审美、文化、语言及其关系构成了文学场。文化与言语，或历史与结构，是文化诗学的两翼。[②]

童庆炳的理论主张为新时期文学理论打开了一个广阔的视界，力图改变文学理论向内转之后所造成的狭隘局面和日渐脱离社会现实的尴尬，为它的发展注入了新生机。

作为一位具有自身理论体系、成就卓著的学者，童庆炳并没有故步自封，而是以开放的眼光密切关注文论界的新动向，热情肯定了我国正当时髦的文化研究，同时又冷静思考其中存在的问题。在童庆炳看来，文化研究把目光转向当下的社会现实，以宏阔的视野来审视人类文化生产，阐释文化价值和意义，剖析文化所隐含的权力关系，诊断文化中萌生的病症，无疑是一次有重要意义的理论革新。但是，它同时又刻意消解文学与非文学、审美与日常生活的界限，无视文学的学科性质，把研究重点转向大众文化诸领域，这不仅给文学理论带来危机，而且由于简单放弃了文学理论原有的深厚积淀，就很可能导致研究的浮泛和肤浅。因此，童庆炳强调建立文化诗学，既为了补救文学理论审美转向和语言转向日趋脱离现实的弊病，又为了匡正文化研究的偏颇，吸取文学理论和文化研究双方的优势，以文学活动为核心，把文学置于历史的、社会的、文化的语境中，放到文学艺术、宗教、哲学、政治、历史、教育等

① 童庆炳：《“文化诗学”作为文学理论的新构想》，《陕西师大学报》（哲学社会科学版）2006年第1期。

② 童庆炳：《文化诗学：宏观视野与微观视野的结合》，《甘肃社会科学》2008年第6期。

整个文化系统中，探究文学与语言、神话、宗教、科学、历史等观念形态的文化密切的互动关系，重新赋予文学以深厚的历史感和现实感，揭示其文化底蕴。

童庆炳深刻领悟了文化诗学（新历史主义）的要义："文本是具有历史性的，历史是具有文本性的。"[①] 但是，文学与历史的关联却并不是机械的，就如葛林伯雷所言：不应该让历史充当"外加在一种理论结构上顺手捎带的轶事一样的装饰"。[②] 葛林伯雷认为，审美与真实间的功能性区别既确立又取消，两者同时发生。在他看来，文学研究实现"重新历史化"，就必须既要打破文学及学术研究的自我封闭，又不同于以往的文学社会学，其根本点在于：不是仅仅把历史作为一个观察文学的外在视野，而是看到历史因素渗透于整个写作和编撰过程，渗透于话语活动之中，看到语言符号的"非透明性"，由此增强方法论上的自觉意识。历史性是在写作和编撰的"内部"主宰着整个过程的，是和话语活动密切相伴的，其间存在着各种权力的谈判和协商，因此，文化诗学是一种"实践"而非"教义"。

童庆炳则进而提出"进入历史语境"和"过细的文本分析"这两个基本点，强调必须把这两点密切结合起来。他特意为"历史语境"这个术语规定了全新的涵义，以区别于以往研究中所谓的"历史背景"："历史背景"只关注文学发生和发展的历史线索，作家生活的社会和时代，作品产生的历史时期，考察那个历史时期一般的政治、经济、文化的状况，这段历史与文学大体上有什么关系等这种浅层联系。"历史语境"则除了包含"历史背景"要说明的情况之外，还要进一步深入作家成长和作品产生的具体的历史机遇、遭际及情景中，切入作家写作某部作品的独特情境和情调或这部作品艺术描写的历史肌理里面去，由此揭示文学与历史的深层联系。

> 我们之所以强调历史语境的重要性，是因为它可以帮助我们深

① 童庆炳：《文化诗学：宏观视野与微观视野的结合》，《甘肃社会科学》2008 年第 6 期。

② ［美］斯蒂芬·葛林伯雷：《通向一种文化诗学》，盛宁译，张京媛主编《新历史主义与文学批评》，北京大学出版社 1993 年版，第 6 页。

> 入细致分析文本，我们强调文本分析，是置放于历史语境的文本分析，不是孤立的分析。所以，这两个基本点的关系应该是：我们面对分析的对象（作家、作品、文论），先要寻找出对象的症兆性，然后再把这症兆性放到历史语境中去分析，从而实现历史语境与文本细读的有效结合，使我们的研究达到整体性、具体性、深刻性和具有现实针对性。①

在此，童庆炳所说的文学文本并非静态的文本，而是特定语境中动态生成的“事件”。文学文本、历史文本、理论文本都是事件，是特定人在特定时期、出于特定的需要和目的从事的一个“事件”，必然与具体的历史条件密切相关，因此在童庆炳看来，文本即事件。其实，文学文本的“事件化”，其根源在于文学活动观。在他主编的《文学理论教程》中，童庆炳就提出“文学活动”在文学理论中的核心地位，并围绕“文学活动”来展开理论体系。当我们将文学活动视为文学研究的逻辑起点，以文学活动为核心来思考文学诸要素，那么，无论是构思、写作、修改、编辑、出版、传播，乃至创作主体、文学文本、读者阅读、经典建构都进入历史过程。文学文本势必不再是固态的、恒定不变的对象，它转化为历史性事件，取决于具体的历史语境，既在历史语境中被生产，又在历史语境中传播，在历史语境中被阅读并得到阐释以及经典化，始终是一个受到不断变化的历史语境制约的事件。正是文学活动把文本与历史密切关联，也是在这个意义上，童庆炳赞同陶东风对福柯的“事件化”所做的解释。与此同时，他还提出另一个重要概念：“症兆性”。症兆即文学活动的症兆，也是文学文本在具体历史处境中展露的精微特征，它暗示着文本与历史相结合的关节点，抓住了症兆，就有可能寻绎双方相融合的机制。

很显然，童庆炳不仅以其理论敏感在我国率先提出建立文化诗学的主张，而且他的大胆构想为文化诗学搭建了理论框架。

---

① 童庆炳：《文化诗学结构：中心、基本点、呼吁》，《福州大学学报》（哲学社会科学版）2012 年第 2 期。

二 文化惯例:顺从与抵制

以“文学活动”作为文学理论的逻辑基点，虽然有可能把文学文本与历史语境结合起来，并借助于“症兆”去探寻文本与历史的交集。但是，“活动”毕竟较为笼统、空泛，仅仅着眼于文学活动，而尚未深入文学的具体行为，实际上还无法触及文学文本的内部肌理，难以捕捉文本与历史相互纠缠的真实、深刻的关联，很容易把“历史语境”简化为游离于文本的“历史背景”，以致重新坠入庸俗社会学的研究路径。即便我们详细考察作家创作所处的时代，他的特殊境遇以及创作的独特机遇，但这毕竟仍然是历史背景，具有偶然性，并不必定会作用于文学写作，体现于文学文本本身。甚至是我们所力图重构的历史语境，却仍然只是摭拾零碎的历史片段，无法真正还原历史现场。

作为文化诗学（新历史主义）的理论代表海登·怀特（Hayden White），在吸收福柯发现的词语的“修辞学空间”的基础上，进而提出了“话语运动”和“话语的转义”的观点。他指出，任何语言在根子上都是隐喻的，无法摆脱隐喻，无法摆脱诗性的想象和虚构，其意义是不确定的。文学如此，历史也如此，其他人文领域都如此，相互间没有截然区分的界线。不同领域的划分是受到社会机制和人为因素的操纵的。这就质疑了历史还原的观点，并把关注焦点聚集于话语行为上了。

海登·怀特试图从话语运动角度探寻历史性的基点，这是具有启发意义的，但他深受解构主义的影响，片面强调了话语意义的不确定性。话语固然是不断转义的，没有确定不变的意义，但是，人与人之间并非因此无法达成交流，而维持可交流性的原因正在于“文化惯例”，是文化惯例保证了话语的社会共享性，使话语成为人际交流的最重要手段。文化惯例居于历史传承与社会风尚的交集处，居于各社会力量的交汇处。这是一个不断构建惯例，又不断突破惯例的历史过程，是各种社会力量谈判、协商的历史过程。正是在文化惯例中凝聚和折射着真正的历史性因素，而不是零碎的历史片段真实地还原了历史。民族、历史、文化、政治、宗教、教育诸因素就是在设立文化惯例，或挑战、调整、重建惯例的过程中进入文学活动及文学文本的。文化惯例才是文学话语与历史相关联的内在机制。话语这种变异性与共享性的统一，巴赫金做过极好的阐述，他说：

> 语言不是死物，它是总在运动着、变化着的对话交际的语境。它从来不满足于一个人的思想，一个人的声音。语言的生命，在于由这人之口转到那人之口，由这一语境转到下一语境，由此一社会集团转到彼一社会集团，由这一代人转到那一代人。与此同时，话语也不会忘记自己的来龙去脉，更没有可能摆脱它所栖身的具体语境的影响。①

一方面，话语在人之间、语境之间、集团之间、代际关系间的不断转移，造就了自身的变异；另一方面，也因为话语不满足于个人，而属于社会、属于集团，它势必建构起集体共享的文化惯例，而它的横向传播和代际转移以及由此留下的“来龙去脉”，则使得这些惯例获得社会扩散和历史传承。话语总是变动的，又是可以共享的，其背后就是文化惯例的建构及不断的重构。

因此，我们不妨沿袭童庆炳提出的理论框架，在“文学活动”的基础上再继续向前推进一步，更为细致地去把握和考察“文学行为”，也即把文学视为一种独特的话语行为。只有深入文学话语行为，把握文学话语背后的文化惯例，文学与历史相互纠缠的内在机制才可能得以揭示。那么，作为“人学”的文学就应该是一种讲述“人”的话语行为；而人的性格特征则具体体现为人之行为，于是，文学也即讲述“人之行为”的话语行为。② 与话语行为相类似，人之行为作为一种“行为语言”，是遵循社会规约的，其中包含着传统和各种社会力量间的角力，充分体现着社会历史特征。只有把研究基点聚焦于文学行为，并具体着眼于话语

① ［俄］巴赫金：《陀斯托耶夫斯基诗学问题》，白春仁、顾亚玲译，钱中文主编《巴赫金全集》第五卷，第269页。

② 我们强调人的行为并不是否定描述心理活动和自然山水的作品，而是认为：人的心理（意识、无意识）实质上就是由人的行为语言记忆和言语行为记忆塑造的，它建立在人的行为（包括言语行为）的基础上；同时，文学作品中的自然景观并非自在的客观对象，而是经过人的心灵同化，被行为语言和言语行为所结构化了，也即人化的自然和自然的人化。

行为和人物行为，我们才可能真正抓住关键，更清晰地从中发现症兆，深刻揭示话语的历史性和人的历史性，由此推进文化诗学建设。为了便于阐述，我们还可以进而把话语行为区分为作为媒介的言语行为和作为叙述策略的叙述行为。[①] 如此，我们就可以分别从三个层面展开阐释：其一，作为叙述媒介的言语行为及所蕴含的文化惯例；其二，作为叙述对象的人物行为及社会规约；其三，作为叙述策略的叙述行为及叙述惯例。[②] 正是这三个层面共同构成文学行为的整体结构，并成为文学文本与社会历史相交融的最为内在的机制。

一旦我们把研究焦点聚集于文学行为，首先遭遇的就是言语行为这一层面。西方诸后现代文论几乎都着眼于语言与社会、历史、文化、政治，以及种种权力的关系。在文学文本中，言语行为直接、集中地体现着历史所打下的印迹，言语行为所遵循的文化惯例，其实质就是权力进入言语行为的主要途径，它或展示或遮蔽真相，或强调或忽略或扭曲事实的方式，无不显示出特有的历史性，以及世界观和价值观。

文学是语言的艺术，文学已经表达的和所欲表达的都必须通过言语行为来施行，离开言语行为，文学就无所附丽了。而言语行为的施行是依仗其文化惯例的，是文化惯例为言语行为提供了公共规则，维护着言语行为的可理解性和可交流性，并赋予它以施行能力。这种惯例并非稳定不变的铁律，它既体现着历史传承，同时又体现了社会风尚，是由诸社会权力相互争夺、协商而建构的，显现出鲜明的社会、历史、文化特征。因此，言语行为所蕴含的权力并不简单地从属于使用者，而是根深蒂固地隐蔽在言语行为自身所享有的文化惯例中，主要就是依仗文化惯例来暗中施行的。言语行为是意识形态斗争的重要场域，言语行为的意识形态性就根源于文化惯例的意识形态性。作家的写作或依从文化惯例，或努力与惯例保持某种距离，乃至抵抗和篡改惯例，以此来确定自己的

① 我们所说的“叙述行为”仅仅是从叙述手法或叙述策略角度来谈的，因此把它视为从属于话语行为的一个技术性层面。就如话语讲述对象与话语行为不可相互剥离，言语行为与叙述行为也是不可相互剥离的，这只不过是针对话语行为的几个不同的阐释角度。

② “叙述惯例”其实就属于“文化惯例”，而“文化惯例”则指一种话语领域中特殊的“社会规约”，它建基于社会规约之上，三者间既有共通性，又有所差别。本书为便于阐述，故加以区分。

写作及作品与特定的社会、历史、文化的独特关系。阿尔都塞所谓的"症候阅读"，其实就是意图从语言间隙、空白和断裂处发现文本背后特有的意识形态特征，而这一意识形态特征就起因于作家与文化惯例的紧张关系中。可以说，女性主义、后殖民主义就意在发起一场对抗文化惯例的斗争。为了彻底摆脱固化的文化惯例，逃避男性对话语的掌控，一些女性主义作家更为极端地拒斥书面语言的惯例，主张身体写作，以无意识的呓语、吞吞吐吐的表达来建立女性自己独特的言语方式。在女性主义眼中，"身体便是'经验的赠与'和'形体的赋予'。结构、组织使身体—主体建立位置，并引生意义。据此，人性行为的基元不在于思想而在动作和运动性"。① 女性身体虽然同样无法抵御男权意识形态的塑形，但较之于话语，毕竟逃脱了语言中心主义、理性中心主义，以及隐藏其间的男性中心主义，它更接近于人本身，更符合女性本性，以身体写作实质上就是更加强调写作过程中的无意识作用，以个人的身体经验，以无意识来抵制书写惯例，冲破意识、理性和语言的压抑，舒展女性独有的风貌，对抗男性对话语权的垄断。

话语总是渗透着意识形态及各种文化权力，它与性别、阶层、种族密切相关。对于后殖民文学作家来说，帝国统治的重要特征即对语言的控制。长期以来，宗主国设立的教育体系把他们推行的都市语言作为"标准的"范式，而将所有地方的、本土的语言贬低为"变型语言"和"不纯正的语言"加以边缘化；以"标准语言"所具有的分类模式、等级区分、褒贬态度来重塑殖民地人民，以此来遮蔽他们的视界，扭曲他们的思维习惯和感觉结构，按照帝国的意愿改造他们。"语言成了使权力等级架构得以永久化的媒介，'真理'、'秩序'和'现实'等概念通过语言得以确立。"② 因此，当后殖民文学作家发现标准语言的词汇、分类、语符，特别是惯例不适合表述本土现实和他们的深切感受时，就不能不断然拒绝语言标准规范的优势地位，颠覆支配者的语言惯例，通过弃用、挪用、杂糅和融合来重构语言，改变中心与边缘、真实与虚假、合理与

① 文洁华：《女性主义哲学与身体美学》，广西师范大学出版社 2016 年版，第 59 页。

② ［澳］比尔·阿希克洛夫特、格瑞斯·格里菲斯、海伦·蒂芬：《逆写帝国：后殖民文学的理论与实践》，任一鸣译，北京大学出版社 2014 年版，第 7 页。

不合理、本质与非本质的关系，重新夺回对话语的掌控权。譬如尼日利亚作家加百列·奥卡拉（Gabriel Okara），在其作品《声音》中就尝试把伊贾族语言的文法和词性范畴应用于地方英语，以杂糅方式创造一种与民族文化密切相关的话语，以此抵制帝国语言霸权，表达本民族的独特经验。

> “边缘的”（marginal）和“变形的”（variant）是后殖民语言观和社会观的特点，是弃用过程的结果。随着“中心”的消失，融合产生了，而没有了“中心”，边缘就成了现实的构成因素。边缘性的话语，诸如种族、性别、心理“常态”、地理和社会差距、政治排异（political exclusion），交汇于一种现实观，这种现实观超越了中心与边缘的几何差距，而代之以一种综合的、交织的和融合叠加的经验观。①

因而在我们探究作家、作品所处的社会历史境况的同时，必须更加关注文本所采用的独特话语与文化惯例的关系。正是在文本话语或归依或抗拒文化惯例所显示的症候，最为深刻地透露出作家写作与特定历史境况的紧张关系，以及历史语境究竟是如何作用于作家写作及其作品的。

譬如五四白话诗运动，虽然它以“大众化”为口号，并自觉地向民间口语和民歌汲取营养，努力“尝试”，实际上，却仍然是新文化精英向旧文化精英争夺文化权力，大众还不可能参与作者和读者群体，这正是新诗语言后来日趋“洋化”倾向的原因。白话诗固然破除了古典诗歌的书写惯例，却并未以民间口头语言的惯例取代书面语言的惯例，没有彻底摆脱书面语言的规范，更多地是从西方借鉴书写惯例，也因此仍然与大众相隔膜。当代的“口语诗”则不同。它毅然告别文化精英，告别崇高和典雅，告别书写文化惯例，回归大众、回归民间、回归日常生活。安琪的《愿我们在尘世相遇》就是口语诗创作中的一个范例：

① ［澳］比尔·阿希克洛夫特、格瑞斯·格里菲斯、海伦·蒂芬：《逆写帝国：后殖民文学的理论与实践》，第99页。

> 2016 年 10 月 4 日/农历九月初四，晨/父亲在森林里走丢了，好像说/是失火/我和妈妈，我们，都认定，父亲死了。绝望间/父亲回来了！/脸色蜡黄蜡黄，一双手是焦黑的，被火烧过。/父亲心情很好，笑着说/我也以为我死了，没想到又活过来了。/一家人都很高兴。我走出梦的时候/脸上还带着笑/我清醒地知道/父亲没有悲伤/我们，没有悲伤。/我清醒地知道/这一天/父亲投胎转世了/愿我们/愿我们在尘世相遇。①

诗歌的话语取自民间口语，意象取自日常生活，趣味来自普通大众。“投胎转世”在诗中并非对宗教观念或民间迷信的嘲讽，它寄托着千百年来底层社会对未来的向往，一种朴素、真挚的愿望。正是对“转世”和“在尘世相遇”的期盼，才可能抹去失却亲人的沉痛和悲怆，抚平开裂的创伤。然而，这一切却只发生在梦境中。即便是梦，也无法逃脱愿望与绝望的冲突：父亲“脸色蜡黄蜡黄”，被火烧过的双手“是焦黑的”。这哪像重新活过来，投胎转世，“脸上还带着笑”，“心情很好”的父亲？可是“我”还是笑着走出梦境。这是逃离远去的绝望之梦，踏入亲手编织的未来的希望之梦？当我坚信终将在尘世相遇，我没有悲伤，我们都没有悲伤。无论在梦中还是清醒，我都坚信。诗作彻底抛弃了原先精英的、书面的文化惯例，重建民间的、平民的、口语的文化惯例，它才真正将读者带进一个纯真的凡俗世界。“投胎转世”穿越了生与死的界限，而诗歌悖论式的表述则超越了生与死，超越了人生的悲恸与欢快，从凡俗生活中提炼出爱的永恒。在这里，有着至深的亲情，一种超越了悲戚的刻骨挚爱，展示着底层社会的坚忍。口头语言与人之行为有着天然的亲密关联，它本身即从属于人的日常行为。当诗歌话语抛弃书写惯例，彻底向口语回归，刻意寻求那种自然的、亲昵的、貌似随意的节奏和旋律，其背后的文化惯例就越亲近人之行为，越容易与无意识发生谐振，顷刻间就撞开心扉，对人的精神构成巨大的震撼力。口语诗破除既成的文化惯例，毫无顾忌地深入每一个社会角落、每一种日常情愫，把笔锋指向流淌着生命温热的生活现场，这并非回到大众的庸常状态，而是突破语

---

① http：//blog. sina. com. cn/anqianqi.

言“一统化”的意识形态控制，重新寻找鲜活的生命，从日常生活中发掘崭新的诗意。这是一次真正向大众心灵回归、向大地回归、向生命回归的诗歌革新。而诗歌大众化的成功，则源于大众首次夺得了文化权力。

话语与意识形态的密切关系注定它充满着各式各样的权力关系，深刻体现着特定时代的社会文化特征。

> 话语模式和“立场与策略”息息相关。所谓“立场与策略”，我指的是与权利、地位、学识、身份或财产等“社会产品”相关的任何事情和场合（谈话、文本、媒体、行动、交流、机构）。由于话语模式中嵌入了关于什么是“适当的”、“典型的”和/或“正常的”假定，它们彻彻底底是关于立场与策略的。①

王朔“痞子”式的京味话语就是一种与主流意识形态保持张力的姿势，展示着底层社会不再恭顺却又无可奈何的独特心态。在谈到狂欢节语言时，克里斯蒂娃说：“事实上，狂欢节对语言规则（逻辑规则、社会规则）的僭越之所以能够实现并且有效，是因为它赋予自己另一套法则。”“僭越的对话是违规的，同时又是自立规则的。”②“自立规则”的说法固然没错，却过于简单化。话语背后的惯例并非统一的，而是随不同群体、不同场域、不同交流对象而变化，并且因其或典雅或粗俗而构成等级秩序，体现着言说双方的身份地位。话语狂欢化即搅乱这种对应关系和秩序，将不同群体的惯例进行“杂糅”，不同场域的惯例相互“错置”，言说双方的关系故意“颠倒”，由此造就不合规的怪诞语言。然而，这种怪诞语言又不得不借助于既成的文化惯例，以既成惯例为背景，才可能显现出怪诞并展示其反抗姿态，进而得到理解。王朔小说话语的狂欢化特点，就是对文化惯例的杂糅、错置和颠倒，尽管它无法抛弃文化惯例，却是对既成的文化惯例的蔑视和嘲弄，挑衅和解构。在此，王朔以戏谑的方式利用了文化惯例，刻意造成与惯例间的紧张对立来确立自己的言

---

① ［美］詹姆斯·保罗·吉：《话语分析导论：理论与方法》，第86页。

② ［法］朱莉娅·克里斯蒂娃：《词语、对话和小说》，祝克懿、宋姝锦译，《符号学：符义分析探索集》，第94页。

说姿态。这恰恰是一种既想改变固化的社会秩序却又无能为力，既不愿安守本分却又不得不自暴自弃的焦虑的表征，也是社会变革时期的普遍心态，王朔小说的话语正为这种焦虑情绪提供了宣泄的出口。这就是王朔小说赢得众多读者的社会根源。

因此，只要触及话语背后的文化惯例，对言语行为的分析就不再仅仅是形式主义的分析，它同时是一种历史文化分析，就如马歇雷、伊格尔顿所指出的那样，必须特别关注语言的空白、停顿和断裂，以及语言褶皱中所透露出的症候。

三 社会规约与细节描写

文学作品的另一个层面即人之行为。在文学作品中，人物行为总是话语讲述的核心对象，即便是描写心理活动，也只是人的行为语言记忆和言语行为记忆的重现，与人的行为（包括言语行为）密不可分。至于作品中的自然景观或社会文化景观，也仍然是经过人的行为语言和言语行为结构化了的景观，而不是纯然自在的景观。人的世界就是经过行为语言和言语行为双重建构的世界。但是，在经典叙述学的研究视野中，人是缺席的，叙述学所重视的是叙述策略和故事情节，人物只不过是依附于情节的一个功能，是文本结构中的一个缺乏实体性、无足轻重的空洞位置，并因此把通体浸透着文化历史特征的人给抽象化了。当我们把文学视为人学，那么就必须把这种关系重新颠倒过来，把人作为分析的核心。而人主要是通过他的行为，包括言语行为来展示的，离开对行为的描述，人物势必蜕变为一个空虚、抽象的影子。情节则只不过是随人物行为展开而建构的，它从属于行为，同时也为行为赋予意义。

人物行为在文学中的核心地位决定着细节，而不是情节具有首要地位。细节是对人物行为的放大和细描。在细节中，作家集中刻画人物行为，即便涉及其他事物，也都是被行为语言结构化并烙下人的生命印记的对象，因而细节总是关于行为的细节，同时也是细腻地展示着人物性格和心灵的细节。它通过细描把人物某些行为予以放大，推向极致，以此打破习惯和常识所造成的麻木，烛照那些隐蔽在行为背后的社会规约，揭示被日常生活所湮没的权力关系和社会真相，洞悉那些隐而不彰的微妙的精神状态。其中，社会规约是个人行为与社会历史相关联的关键：社会规约把个人与社会群体联系在一起，把它所凝聚的历史传统和社会风尚，所体现的权力关系和等级秩序投射于个人的行为方式上。个人与社会规约的关系就决定着他所独具的个性和精神面貌。譬如在《小职员之死》中，契诃夫把镜头对准切尔维亚科夫因打喷嚏而嗫嚅着向将军道歉这一细节，并四次描述了这些不断重复的行为，夸张地放大这些行为，使它变得怪诞不经，以此突出地展示沙俄时代这位循规蹈矩的小职员的灰色人生和被严酷的等级制所扭曲的人性，以及造成这一性格的社会文化特征。

废名小说《竹林的故事》则有这样一个细节描写：

> 三姑娘到房里去了一会儿又出来，见了妈妈抽筷子，便赶快拿出杯子——家里只有这一个，老是归三姑娘照管——踮着脚送到桌上；然而老程终于还是要亲自朝中间挪一挪，然后又取出壶来。“爸爸喝酒，我吃豆腐干！”老程实在用不着下酒的菜，对着三姑娘慢慢的喝了。①

这个细节不只是讲述了老程喝酒、三姑娘拿杯子吃豆腐干，它透过这些单纯的行为，把农耕社会一个普通农民家庭的贫困境况、淳朴生活和温馨氛围展示得淋漓尽致。尽管老程作为男性享用着家里唯一的酒杯，而他却疼爱自己的女儿，家中仍然洋溢着和睦和温情。年幼的三姑娘即便在父亲面前撒娇，也早已习惯于承担农家孩子的一份责任。农耕社会的男权意识在老程家是以一种特殊的、委婉的方式存在的，它已被温爱所融化。生动的细节凸显了人物的言谈举止，满蓄着特定的社会文化内涵。正是通过细节对行为的聚焦，行为的独有的韵味，那举手投足间所包含的特定的社会境况、文化习俗、生活情趣、生存状态，乃至心灵世界都生动地显现了。可以说，人的行为的重要性决定细节描写的重要性。随着小说从草创时期注重故事情节转向后来的

---

① 北京大学等编：《中国现代文学参考资料：短篇小说选》第一册，上海教育出版社 1979 年版，第 651 页。

注重人本身，细节描写也就赢得了更为显要的地位，使人物塑造更为丰满生动了，因此，康·巴乌斯托夫斯基说，没有细节的作品就像熏鱼棒子。

在纳博科夫（Vladimir Vladimirovich Nabokov）看来，“常识”是被公共化了的意念，任何事情被它触及便舒舒服服地贬值了。它会毁灭作家的天才，以致对罕见的美妙画面吹毛求疵，对人之行为麻木不仁，以毫无生机的“正方形”来置换孩童第一次看到马戏表演时睁大的“圆圆”的眼睛。作家则应该以细节放大人之行为来破除常识，以对行为的细描来揭示人物性格，挖掘行为所含蕴的社会内容，以及人与人之间复杂的社会关系，烛照幽深的人类灵魂。因为“细节优越于概括，是比整体更为生动的部分，是那种小东西，只有一个人凝视它，用友善的灵魂的点头招呼它，而他周围的人则被某种共同的刺激驱向别的共同的目标”。纳博科夫讲述了一位冲进大火救出邻家孩子的英雄，还冒险花五秒钟寻找孩子心爱的玩具。针对这种行为细节，纳博科夫指出：

> 这种为琐物而疑虑的才能——置即将来临的危险于不顾——这些灵魂的低喁，这些生命书册的脚注，是意识最高尚的形式，而且正是在这种与常识及其逻辑大相径庭，孩子气十足的思辨状态中，我们才能预想世界的美妙。①

与上述行为相反，当作家注意到杀人犯的下唇愚蠢地低垂时，或当他看见暴君独自在奢华的卧室里用粗短的食指挖肥大的鼻孔，那么作家眼中的闪光则比蹑手蹑脚的谋叛者的手枪更有惩罚力。纳博科夫所谓的“逻辑”是指制约着行为的社会规约，“常识”则指与社会规约完全吻合、中规中矩、习以为常的行为，它彻底失去个人性而沦为“常识”，也因此失却生动性，乃至失去可感性。人之行为既离不开社会群体的规约，又总是与规约处于某种紧张关系中，人的个性实质上就

① ［美］纳博科夫：《文学讲稿》，申慧辉译，生活·读书·新知三联书店 1991 年版，第 505 页。

是个人的行为语言与社会规约间的紧张性，作家就应该敏锐地发现这种紧张关系，凸显这种紧张关系，在生动刻画人物性格的同时烛照社会规约的意识形态性。

小说中细节描写的出现相对较晚，它是以人的个体性得到发展，个人的重要地位得到承认为前提的。在《小说的时间形式和空间形式》中，巴赫金对生活“细节”生成的原因做了很好的阐释。他指出，古希腊罗马时期的“自传式自我意识”是广场的产物，这种自我意识还不是真正意义的自我意识，而是“公共自我意识”的形式，它从属于社会整体的统一性，是外向的，全然公开的。这里没有私下的隐情，没有内向的人，没有一种特殊的对待自己的态度，一切都被“外在化”了。随着广场生活的削弱和私人生活空间重要性的增强，特别是在亲友书信的亲密氛围里，才开始培植人们新的个人私室的自我意识。“私下生活的众多细节都开始获得了意义。人的形象开始移向私人生活的闭锁的空间，几乎是幽室隐秘的空间；在这里人的形象失去了庄重的仪态和完全的公共外在性。”① 自此，人不再仅仅从属于社会、从属于集体，他获得了私人性和自我意识。私人性和自我意识的发展，使人的内心变得丰富、深邃和敏感，使个性赢得了自由的空间，于是，人开始关注自我及其内心世界。与此同时，外在世界也不再只是一个公共空间，一个群体活动的共同场所，它与个人息息相关，每一事物和事件都经过个人感觉的过滤和情感渗透，其细微处被自我和私人化所侵入，从中可以窥见自我和私人的东西，因此具有重要意义。这种对人自身及生活细节的发现，就为小说中的细节描写提供了基础。

个体获得了私人性和自我意识，并不是以人的社会性的丧失为代价，而是私人性与社会性两种特性的深度交融，是社会性以更加丰富多样的形式得以表现，那是一种深深镌刻在个人的心灵和身体上的抹之不去的历史文化印迹。在他的公开的行为上就铭记着他的独特个性，而他的私人行为也无法完全摆脱公共性，就如布迪厄所说，“那些毫不在意的身体姿势，日常琐碎的身体技能，譬如走路、擤鼻子、吃东西的样

① ［俄］巴赫金：《小说的时间形式与空间形式》，白春仁译，钱中文主编《巴赫金全集》第三卷，第339页。

子，说话的腔调等等，都直接关联着人的个体建构以及评价社会的原则”。[①] 这种个人行为与社会之间的密切关联就建立在社会群体的行为规约上，这是个体与社会最为深刻的关联，也是我们把握文学文本历史内涵的最为敏锐的症候。在此，社会、历史、文化以及种种权力关系已不再是外在于人的环境背景，它业已深深嵌入人的身体，无意识地主宰着人的行为，标识着人的社会地位和身份。阿尔都塞所说的意识形态“传唤”、福柯的“规训”、布迪厄的“惯习”，都揭示了人之行为不能不受到各种权力的操控，而这种操控主要就是借助于设立种种社会规约来暗中施行的。每一个体都以自己特有的方式将特定群体的社会规约内化，或遵从或疏离或抗拒，并与社会规约处在某种紧张关系之中。作家对人物行为语言与社会规约间紧张关系的敏感和悟解，既决定着作品的生动性和人性深度，又体现出对社会历史的理解和批判的深度。当文学细节破除日常行为的无意识化，聚焦并放大这些行为，行为所享有的社会规约便展露无遗了，社会意识形态及权力关系也暴露出来。

在张爱玲的小说《金锁记》中，主人公曹七巧是这样出现在两位妯娌面前的：

> 众人低声说笑着，榴喜打起帘子，报道：“二奶奶来了。”兰仙云泽起身让坐，那曹七巧且不坐下，一只手撑着门，一只手撑了腰，窄窄的袖口里垂下一条雪青洋绉手帕，身上穿着银红衫子，葱白线香滚，雪青闪蓝如意小脚裤子，瘦骨脸儿，朱口细牙，三角眼，小山眉，四下里一看，笑道：“人都齐了。今儿想必我又晚了！怎怪我不迟到——摸着黑梳的头！谁教我的窗户冲着后院子呢？单单就派了那么间房给我，横竖我们那位眼看是活不长的，我们净等着做孤儿寡妇了——不欺负我们，欺负谁？”[②]

---

① P. Bourdieu, *Distinction: A Social Critique of the Judgement of Taste*, Trans. Richard Nice, Polity Cambridg: Harvard University Press, 1984, p. 466.

② 今冶选编：《张爱玲小说》，浙江文艺出版社 2002 年版，第 145 页。

曹七巧那一身装束打扮和一手撑门一手叉腰的站姿，那尖酸刻薄的话锋，活脱脱把一位市井妇女的性格展示出来，正如女仆所说是“麻油店的活招牌”。七巧从小在麻油店长大，见多识广，生性泼辣，咄咄逼人，对于她来说，那些温婉、含蓄的话语和娴静、高雅的姿态属于另一个陌生世界，因此，一旦踏进姜公馆，她的言谈举止就与这高门大宅格格不入，只能成为众人的笑柄，不仅妯娌瞧不起，连女仆们也背地里讥讽她。行为习惯本身已经把她原有的身份泄露了，把她在这个大家庭中的尴尬地位展现出来了，把这个大宅院内因身份差异而构建的不平等秩序，以及由此引起的权力斗争暗示出来了。这种身份地位的落差每时每刻都在啃噬着曹七巧的生存勇气，扭曲着她的灵魂。

四　叙述惯例与权力博弈

如果说，小说细节侧重于聚焦和放大某一时间片段的人物行为语言，从中揭示社会规约、人物性格和幽深的心灵，剥露出内在的历史性因素，那么，情节则是随一系列行为在时间维度展开而构建的，它以人物行为为核心，展示出人与人之间的行为纠葛或冲突，以及随人物活动而变化的历史语境，更直接地涉及公共空间，具有更显著的社会性。情节所展现的事件和场景常常就象征或折射着历史事件和场景；同时，情节把人物行为的整个过程舒展开来，把它的起因、过程和后果连接起来，置于变化的语境之内，从行为与语境的关联中，从或悲剧或喜剧或闹剧的结局中，对行为重新做出裁决，这就对行为的意义做出了进一步的解释。正是在叙述故事情节的过程中，人物行为得到最充分的评价。因此，情节不仅仅是一种吸引人的艺术手段，实际上，主宰情节组构方式的叙述惯例就体现着特定的内在逻辑，以及历史观、人生观和价值观，包含着对人物行为或褒或贬的评判；而作品如何设计情节、叙述故事，则暗含着作家对人之命运的理解和对人之未来应该怎样的设想。马克·柯里曾对小说结尾，也即故事情节的结局做出阐释，他说：“小说结尾是把价值观投射到事件上去的方法，它使剩下的叙事序列在回顾中能被读者理解……这些小说并不是思考自身的，它们思考的是在解释世界的行为中叙事的逻辑和意识形态。”[①] 比较而言，那些活动背景和场面描述所表现的历史特征，则是从属性的和相对次要的。

情节通过人物行为的展开，不同人物的行为交集和冲突，行为与其起因及后果的关系，行为与社会语境的互动来阐释历史观、人生观和价值观，同时，也将读者带入身份建构的过程。人的身份最充分地体现在他的行为上，是行为所享有的社会规约对人做出区分，把他归属于特定群体，由此确定他的社会身份。文学细节对人物行为的静态聚焦，往往引领读者去审视行为本身，发现行为所蕴含的社会规约、精神内涵及其意义；而情节作为人物行为的动态施行，则更容易将读者直接卷入其中，和人物一起行动，深入体验，并在追随人物行动和体验的过程中，与人物行为所享有的社会规约建立联系。小说叙事所构建的情节，就是通过建立读者与特定社会规约的关系，并无意识地分享这一规约来参与身份建构的。“身份往往是想象的结果，是想象假装‘我们的感觉是连贯的，以此回避间断性；并举出灵魂、自我和物质这些概念来掩盖变化’。”[②] 以人物行为为核心的情节给我们提供了最丰富、完备的想象，情节的完整性赋予我们连贯的身份，情节的奇特性则拓展了人的潜能及对自我潜能的发现，并通过想象来回答“我是谁”、“我来自哪里”、“我要成为怎样的人”等一系列问题，帮助我们建立自己的身份和人生观，就如麦克·亚当斯（Dan P. Mc Adams）所说：“故事回答了‘我是谁’和‘我如何融入成人世界’这些问题。身份就是生活故事……所谓身份结构就是情节、角色、背景、场景和主题的结构。”[③] 而“我是谁”，“我如何融入成人世界”，其本质就是通过分享特定群体的社会规约来完成个体的社会化。在此过程中，叙述策略及叙述惯例既调节、影响读者或亲近或拒斥社会规约的态度，以及接受和分享的程度，反过来也折射出作者自己的价值立场和态度。

---

① ［英］马克·柯里：《后现代叙事理论》，宁一中译，北京大学出版社 2003 年版，第 76 页。

② ［英］Jorge Larrain：《意识形态与文化身份：现代性与第三世界的在场》，戴从容译，上海教育出版社 2005 年版，第 201 页。

③ Dan P. Mc Adams, *Power, Intimacy and the Life Story: Personological Inquiries into Identity*, New York: Guilford Press, 1985, p. 18.

在《孤独的叙述者》中，赵毅衡在谈到明清时期的“说教范型”白话小说时指出，这些小说充斥色情内容，情节总是以男女主人公受到惩罚为结局，并且必须有清晰的因果链，通过善恶冲突和因果报应，对叙述世界做出裁判。叙述者作为道德说教者必须站在叙述世界之上，采用预叙和叙述干预介入叙述过程，其语调必须是直截了当、完全可靠的，应该具有了解世界上一切事情的全知全能，以使道德判断具有足够的权威性。这种叙述惯例的成因在于：“它们必须与主流文化规范相一致，以免被逐出这文化之外，但同时它们又必须以有趣的故事以娱乐大众。这个二难之境迫使叙述者采取强干预的姿态，杜绝可能的释义偏差。”① 明清时期，商品经济和市民阶层已经得到相当程度的发展，由此引发新的经济权力与传统文化权力间的博弈、市民趣味与士大夫伪道德间的博弈，就烙印在这种“说教范型”白话小说的叙述行为及惯例上。

与传统小说强调故事情节不同，现代小说淡化情节则恰恰是为了否定事件本身的完整性和连贯性，解构人物形象的整体性和身份的确定性，并放弃对人物行为做出统一的解释和价值评判。作家已经无权对人物的命运做出随意安排，更无权借情节设计试图把自己的历史观、人生观和价值观强加给读者，于是，读者似乎赢得了更自由的阐释权。不过，作家隐退并非彻底放弃自己的责任，他是以更为谨慎和谦恭的方式，通过叙事策略向读者发出邀请来调节阅读。

利奥塔（Jean-Francois Lyotard）说：“叙事确定能力的标准，并且/或者阐释标准的实施。这样一来，叙事便界定了有权在文化中自我言说、自我成形的东西，而且因为叙事也是这种文化的一部分，所以就通过这种方式使自己合法化了。”② 叙事作为一种约定俗成的文化形式，本身就是权力的运作方式，它借助于各式各样的策略及惯例，意图调整读者与文本的关系，调整读者看待人物的角度和距离，引导读者或体验或认知文学世界，于不知不觉中施加自己的影响。叙述惯例的设立是文学叙述

---

① 赵毅衡：《苦恼的叙述者——中国小说的叙述形式与中国文化》，北京十月文艺出版社1994年版，第244页。

② ［法］让-弗朗索瓦·利奥塔尔：《后现代状态：关于知识的报告》，车槿山译，生活·读书·新知三联书店1997年版，第48页。

取得自身“合法化”的前提，也是叙述策略发挥调节作用的保障，叙述策略的有效性就取决于惯例的有效性。如此，后经典叙事学和新修辞学就可以被文化诗学所接纳。我们可以从文化权力的视角去考察叙述行为及叙述惯例，讨论叙述行为与作品建构、文学阅读及读者阐释位置的关系，讨论叙述惯例在其中的作用。

与契诃夫以漫画方式夸张、冷静地展示小职员的行为细节不同，在《脆弱的心》中，陀斯妥耶夫斯基叙述了另一位小职员瓦夏·舒姆科夫。在新年到来之际，瓦夏是够幸运的：他竟意外地订婚了，还收到未婚妻托弟弟送来的一绺黑发；他得到上司的欢心，上司竟向他说“谢谢!”又从自己口袋里掏出30个银卢布奖赏他；并且他写一手好字也为上司所赏识，交给他抄写公文的差事。这样，他就会有钱供养即将成立的想象中的家庭了。在节日里，他废寝忘食地抄缮公文，却竭尽心力也无法完成。正是意外降临的幸运和对未来的恐惧彻底击垮了瓦夏，他精神崩溃了，疯了。在小说中，陀斯妥耶夫斯基虽然运用第三人称叙事，但是，他却把瓦夏与同住一个屋顶、同住一套住房、情同手足的同事阿尔卡沙放在一起来叙述，并且主要采取两位挚友的视点来聚焦，这就有效拉近了读者与瓦夏的心理距离，使读者不能不追随阿尔卡沙，深切同情这位性格脆弱的小职员。詹姆斯·费伦说：“修辞方法非常关注叙事策略与读者活动之间的关系——在故事和话语两个层面上发生的事件影响到读者的认识、信仰、思想、判断和感觉。”[①] 在对沙俄时代的社会文化做出深刻批判的同时，较之于契诃夫，陀斯妥耶夫斯基的叙事策略对小职员倾注了更深挚的同情，而这种叙述策略与人物行为间的关系，正暗示着作者特有的价值立场。

但是，在诸如《罪与罚》等许多小说中，陀斯妥耶夫斯基的叙述行为表现得更为节制、更为自觉。他突破传统“独白式”小说的叙述惯例，不再以作者的身份把人物当作可以摆布的“对象”，不再让自己的思想渗入人物的思想，而是改变自己的存在形式，放弃自己的特权身份，摆脱那种独白型的封闭性和完成性，让人物及其思想脱离作者的制约，把作

① ［美］詹姆斯·费伦：《作为修辞的叙事：技巧、读者、伦理、意识形态》，陈永国译，北京大学出版社2002年版，第112页。

者自己摆放在人物的同一个平面来实现完全的“对话化”，让各自独立、互不融合的心灵进行交流，以完全平等的身份同其他人物一起参加到小说的大型对话中。针对这种“真正的复调小说”，巴赫金指出：

> 陀斯妥耶夫斯基对主人公的兴趣，在于他是对世界及对自己的一种特殊看法，在于对自己周围现实的一种思想和立场。对陀斯妥耶夫斯基来说，重要的不是主人公在世界上是什么，而首先是世界在主人公心目中是什么，他在自己心目中是什么。①

这是一种彻底的立场转换，是从作家立场和视点转移到人物立场和视点，从作家的世界观转移到人物的世界观，由此获得多元的立场、视点和世界观，破除世界观的一元性，展现了缤纷多元的世界和缤纷多元的思想。这种小说观念在当时的俄国社会虽然具有超前性，却又深深潜伏在思想土壤中，预示着巨大的社会思想骚动，并转化为陀斯妥耶夫斯基重建全新的叙述行为及惯例的历史契机。

女性主义作家对传统的叙述惯例有着特殊敏感，并注重构建自己独特的叙述策略。譬如18世纪英国文学作品，其叙述惯例是由男性作家建构的，打上了男性主义的烙印。人们往往认为公开的话语属于男性，私下的话语才属于女性，一个“体面”的女人不应该向包括陌生男性在内的听众讲述自己的故事。这种叙述惯例支配着小说叙述者的声音，以致当时的女性作家小说中缺乏公开的私人声音。因此在兰瑟（Susan Sniader Lanser）看来，女性作家在创作中就不得不面对诸多麻烦：“她必须保留作者与充任叙述者的小说人物之间的界限，以此保持公开化叙事的力度与保护隐私二者之间的平衡关系。”同时，“必须在一个要求女性把自己的社会身份隐藏在男性社会身份之后的婚姻体制范围里，保证叙事的可信度”。② 女性作家处在不同于男性作家的艰难境地，她不得不在遵从叙

① ［俄］巴赫金：《陀斯妥耶夫斯基诗学问题》，白春仁、顾亚玲译，钱中文主编《巴赫金全集》第五卷，第61页。

② ［美］苏珊·S. 兰瑟：《虚构的权威——女性作家与叙述声音》，黄必康译，北京大学出版社2002年版，第164—165页。

述惯例与对抗叙述惯例之间选择自己的写作立场和叙述策略。同时，也正是在文本叙述策略与叙述惯例所构成的独有的紧张，透露出女性作家及女性文学作品的历史性症候。

传统小说、现代小说、后现代小说的叙述惯例就存在着显著差异。后现代对文化多样性和价值观多元性的尊重，对宏大叙事的怀疑，促使它不断挑战和解构既成的叙述惯例。在小说《福》中，库切（John Maxwell Coetzee）通过海难幸存者苏珊·巴顿，重新叙述了鲁滨孙·克鲁索和星期五的故事，并与英国经典小说《鲁滨孙漂流记》建立了互文关系。《鲁滨孙漂流记》中的克鲁索是位男性英雄，他按照“文明人”的意图建设荒岛，征服野蛮，实质上是把小岛改造成一个海外“殖民地”。《福》完全不同，它以一位女性苏珊为主角，作为遭遇海难的后来者，苏珊没有像克鲁索那样直接参与海岛建设，而是以旁观者的身份来聚焦一切，探索荒岛上发生的秘密。在她眼中，克鲁索的忙碌是毫无意义的，他整天垒石头修筑梯田，却没有种子播种，只能听凭梯田重新荒芜。《鲁滨孙漂流记》中那种殖民者的勃勃雄心已经被无聊和颓丧所置换，卓有成效的拓荒也被改写为对海岛生态的摧残。《福》与《鲁滨孙漂流记》的互文性，恰恰批判和解构了原作那种殖民主义理想。

为了把自己的历险告诉世人，得到解救后的苏珊用日记和信件来记录自己的海岛经历，并把它陆续寄给作家福先生作为写作小说的素材，可是，两人却为如何取材和立意发生了分歧。这种争执不仅暴露了《福》的书写过程，也暗示着《鲁滨孙漂流记》这一虚构小说背后的意识形态特征，甚至解构了小说的作者，对谁是著作者提出质疑。如何叙述自己的故事是重新认识自我、建构自我的重要途径，也正是在写作海难故事的过程，苏珊竟开始怀疑自己究竟是否真实存在，或者只是故事的傀儡，甚至是巫师招来的鬼魂。《福》通过元叙述揭露出小说的叙述行为及惯例，把它置于公开的讨论、质疑和批判的视野中，不仅颠覆了传统小说的叙述惯例，同时，隐晦地暗示西方历史和文学有意无意地装扮自己的虚伪性。

小说《福》中的星期五是被割掉舌头的奴隶，他完全失去了讲述自己任人宰割的苦难历史的可能性。克鲁索则对此含糊其词、语焉不详。当年凶残的施暴者被藏匿，被殖民者过去的灾难被永久封存，而且他们也因此丧失了未来，就如福先生所说："只要他无法说话，我们便可以推说不明白他的欲望，继续要他照着我们的意愿去做事。"[①] 剥夺话语权是让对方永远陷身奴隶境地的最好策略，哪怕是教给星期五用英语写字，那恰恰又是更为有效的奴役手段。文化差异、身份差异已经预先设定苏珊与星期五之间难以逾越的隔阂。即便苏珊目睹星期五划着小船去长满海藻的港湾撒花瓣，闭着眼睛、戴着假发、穿着袍子在厨房不停息地飞旋舞蹈，她也仍然无法理解眼前发生的一切。只要苏珊站在自己的立场，把星期五视为"影子一样的人"，两人间就不可能有真正的沟通和理解。作为一部典型的后现代元小说，《福》质疑了西方殖民历史，质疑了历史和文学叙事，质疑了所谓的事实和真相，质疑了著作权和话语权，质疑了人的主体性和话语的共享性。作者打破了传统的叙述惯例，锋芒直指现代时期建构起来的、现代社会赖以生存的文明基础，令一切坚固的东西都烟消云散。这种广泛、深刻的怀疑批判精神，充分显示出后现代的文化特征。然而，尽管后现代元小说对传统的叙述惯例极具批判力，但只不过是以自己的叙述把原有的叙述行为及惯例推向前台，予以评判，自身仍然是一种叙述，始终无法跳出叙述怪圈，无法彻底规避叙述惯例，以及惯例所暗含的权力关系。叙述总是不能逃脱叙述者自己的历史处境。

在文学活动中，言语行为及蕴含的文化惯例、人物行为及社会规约、叙述行为及叙述惯例，是历史因素潜入文学文本最为内在的三个层面，也是各种社会文化权力博弈的关键。但是，这三个层面并非相互独立，而是相互融合、交相作用的。其中，言语行为及文化惯例、叙述行为及叙述惯例两者的关系更为密切，作为话语行为的两个不同侧面，它们共同塑造着文学文本显性的文体特征，并以自身的变化改写文学文体。人物行为及社会规约则是影响文学文体的间接的隐性因素。作品中的人物行为与相对应的话语策略的关系，总是隐含着作者不愿明言却又曲折表达的价值立场。反之，当人物行为及隐含的社会规约发生变化，作家与被叙述对象间的价值关系也势必随之变化，这就要求作家选择新的话语策略，调整话语行为（言语行为和叙述行为），由此促成文学文体及惯例的演变。与此同时，话语行为（言语行为和叙述行为）反过来又塑造着

---

① ［南非］J. M. 库切：《福》，王敬慧译，浙江文艺出版社 2007 年版，第 137 页。

人物行为，这既因为人物及其行为本身是由话语行为所塑造的，也因为话语的施行及其言效行为深刻地影响着人的精神和肉体。因此，文学研究既可以分别从三个层面入手去分析、阐释，又应该将其视为一个整体，相互融通，发现其中的症候和关联机制，深入揭示文学的历史内涵，以及各种历史因素究竟是如何交相作用的。这三个层面共同决定着文学最为根本的历史特征。当然，文学与历史的内在关联也应该与历史语境，乃至历史背景相结合，只有这样，才能扎扎实实地构建文化诗学。

第八章

中西方文论分歧的符号学根源以及融合重建的机制和路径

行为语言和言语行为是人类最原初、最基本的符号系统。文化就建立在言语行为与行为语言协同作用的基础上，文学则是两种行为（语言）的深度合作和融合。言语行为与行为语言相互结合的整体结构及倾向性在文化，特别是文字上留下了明显的印记。这种整体结构及倾向性决定着一个民族的文化特征和思维习惯，决定着文学及文论的独特性。只要了解两种行为（语言）相结合的整体结构，我们不仅能更为深刻地把握中西方文论分歧的根源，而且可以发现相互融合的内在机制，从而为创建当代文论提供明晰的思路。

一 中西方文论差异根源于象征符号系统结构的差异

中西方文论的分歧根源于中西文化差异，这已经成为常识。然而，这一回答实际上是把一个局部性问题扩大为全局性问题，由于论域的扩大，反而使问题变得更加复杂了。即便抓住文化中某些独具民族特色的现象，也仍然不足以确证中国古代文论与西方文论各自的独特性，不足以阐明中西方文论的差异性。有学者把中西方文论的差异归因于中西方思维方式的不同，这种做法则是以不可捉摸的思维来代替具体的文论现象，是舍近求远、舍实求虚，更没有理论说服力。实际上，这些论述或多或少都存在循环论证，以一种预设来证明另一种预设的弊病。最为重要的问题是：即使找到中西方文论的差异性，那么又该如何在这种差异性的基础上开展新的文论建设？究竟是继续坚持中国古代文论的路径抑或取法于西方文论？所谓“古代文论现代转换”究竟该如何进行？中西方文论相互融合，又该如何实现？其融合的机制和路径是怎样的？文学及文论作为人的文化生产，自然与中西方文化差异密切相关，与中西方思维差异密切相关，关键在于当我们将文学及文论置于文化这个大背景，或联系人的思维特征予以考察时，仍然必须找到造成各种差异性背后的根本原因，找到一个可供分析的本源。只有找到这一本源，我们才能真正深入理解中西方文论，并为新文论建设指示方向和路径，而这个本源就在于象征符号活动。

卡西尔认为，人类文化即象征符号活动。格尔兹在此基础上指出象征符号的多样性，包括行为、语言和各种有意义的物品。我们认为，尽管人类象征符号活动各式各样，但其中最原初、最基本的只有两种，即行为语言（动作、姿态、表情、声音）和言语行为，其他各种符号活动都只不过是媒介上的延伸和拓展，其根本性质仍然取决于这两种行为（语言）。文化就奠基于行为语言与言语行为相协同的整体结构上，文学则是两种行为（语言）的深度合作和融合。正是这两种行为（语言）相互结合的方式决定着文化生产、思维习惯及文学活动的独特性。

行为语言在前人类时期就已经存在，在生物体对行为不断重复和模仿的过程中，逐渐将行为结构化而生成群体共享的意义，由此形成行为语言。言语行为则是在行为语言的基础上概括、抽象和分蘖出来的，是人类独有的符号系统，并因此和行为语言相互关联。

但是，这两种行为（语言）却有着迥然不同的施行方式、性质和功能：行为语言利用“躯体信息”来建立差异性，实即身体表演，它依附于人的身体，是缺乏独立性的符号系统；而言语行为则以其“概念/音响形象”建立差异性，是具有相对独立性的符号系统。人以行为关联世界，以行为语言把世界结构化并纳入己身，把世界与人融合一体而把握了世界，并赋予世界以人的行为结构和生命形态，把世界肉身化。但由于行为语言缺乏独立性，无法构建“对象世界”，也就不能构建人类意识，只能构成无意识。言语行为则凭借其独立性和差异性，把人与世界相分割，把万物相分割，从而在构建人的对象世界的同时，反身构成人类意识。

言语行为既塑造了人的世界的秩序，又以其反思性赐予人类以理性。不同民族的文化、思维及文学、文论的差异性就根源于两种不同性质的行为（语言）相互结合的整体结构及倾向性。

但是，无论行为语言或言语行为作为历史性存在，都随着历史的演进而变化而消逝，难以具体把握，特别是双方相互融合的结构关系似乎更无法洞悉。所幸，在文化，特别是文字中仍铭刻着两种行为（语言）相互关系的烙印，作为历史遗存，它成为我们开展分析的最好对象。文字虽然遮蔽了语言的本来面貌，却又暗示和彰显着言语行为与行为语言相互关系的整体结构。

二　文字暗示着象征符号系统的整体结构

文字不是口头语言的简单记录，作为具有物化形态的语言，它在包孕着言语行为自身的符号性、行为性双重特征的同时，还暗示着言语行为与行为语言相互牵连的关系，暗示着两种行为（语言）间的整体结构。一个民族的造字法则就体现着行为语言与言语行为相关联的结构特征，体现着该民族的文化特征和思维特征。

以拼音文字为载体的印欧语，除了语音与行为语言（发声行为）相关联，其本身是相对独立的符号系统，符号特性压倒了行为特性。汉语同样十分注重语音，对发声行为的重视程度甚至超过了拼音化的印欧语。早在《诗经》和《楚辞》中就已经注意到语言的声韵问题，至南北朝周颙《四声切韵》、沈约《四声谱》、王斌《四声论》、刘勰《文心雕龙·声律》等，对语言声韵的探讨蔚为大观，历代韵书不断，格律诗和骈文极其繁荣，且诗文始终与歌吟相伴为伍，几乎难以脱离歌吟而以单纯的“看”来获得真正的欣赏，凡此种种，都说明汉民族对语音极为关切，对行为语言（发声行为）极为关切。刘勰说：“故言语者，文章神明枢机，吐纳律吕，唇吻而已。”① 这就直接把言语行为与人的身体行为相关联。

除了语音层面与发声行为密切相关，十分重视声韵和节律之外，汉语在字形构造上又以“象形”为基础。虽然“六书”造字法包括指事、

① 王运熙、周锋：《文心雕龙译注》，第299页。

象形、形声、会意、转注、假借多种类型，但“依类象形”是其最基本的造字法则，就如许慎《说文解字·叙》所说：“仓颉之初作书，盖依类象形，故谓之文。其后形声相益，即谓之字。字者言孳乳而浸多也。”①正是在最初的象形字（文）的基础上才不断构造出其他汉字。

陆宗达对汉字构造做了深入分析，他指出，汉字中保存了一部分“图画文字”，包括象形、指事、会意，约占汉字总数百分之二十。这部分字的形体并没有反映出它的读音，但它们多数却是形声字的标音符号。约占百分之七八十的形声字形成了一套完整的形声系统。“总之，《说文》所收的一万零五百一十六字，其中没有标音的字是有标音的字的根源，有标音字反映了无标音字的读音。”②《说文解字》中的象形字本身没有反映读音，却又是形声字的标音符号，这正说明，这些象形字的读音原先是基本读音，已经家喻户晓，所以才能用它们作为形声字的标音符号。只不过对于后人来说，象形字的字形通过书写流传下来，而读音却遗失了，反而需要借助于形声字标注的读音来倒推象形字的读音。这也就是说，作为汉字最初形成的象形字，不仅在形象上，同时在读音上都是构造其他汉字的基础，汉字同时兼顾了音形义，所以段玉裁说：“六书者，文字、声音、义理之总汇也。有指事、象形、形声、会意，而字形尽于此矣。字各有音，而声音尽于此矣。有转注、假借，而字义尽于此矣。”③

其实，汉字依据形象造字，主要不是对物象的静态描摹，而是对行为（动作、姿态、表情、声音）的模拟，甚至伴随着一种身体感觉，与行为语言密切相关。譬如《说文解字》卷一下：“若：择菜也。从草、右。右，手也。”卷二上：“公：平分也。从八，从厶。八犹背也。韩非曰，背厶为公。”卷五上：“巫：祝也。女能事無形，以舞降神者也。象人两褎舞形，与工同意。”卷七上：“克：肩也，象屋下刻木之形。”卷七下：“疒：倚也。人有疾病，象倚箸之形。”凡此种种，都是模拟了人的行为，包括动作、姿态、表情、声音。至于外在于人的自然界，也仍然是通过和人之行为的联系、按照行为语言的结构而得到表达。章炳麟就

① （汉）许慎：《说文解字》卷一五上，中华书局 1963 年版，第 314 页。

② 陆宗达：《说文解字通论》，中华书局 2015 年版，第 34 页。

③ （清）段玉裁撰：《说文解字注》第十五卷上，中华书局 2013 年版，第 762 页。

认为，天地本人体之名。姜亮夫则更明确地指出：汉字“以人本为基础”，“整个汉字的精神，是从人（更确切一点说，是人的身体全部）出发的，一切物质的存在，是从人的眼所见、耳所闻、手所触、鼻所嗅、舌所尝出发的（而尤以‘见’为重要）……总之，它是从人看事物，从人的官能看事物”。[①]《周易·系辞下传》所谓“近取诸身，远取诸物”[②]，实质上是以人身喻物，再以近物喻远物，无论人身、近物都是构建文字字形的根据，而最初都扎根于人身，人的行为语言就是描述一切物、一切文字的起点。在语言概念产生之前，人就已经以行为与自然相关联，以行为语言将自然结构化，以人的“内在尺度”来衡量和重构自然，进而把握了自然，接纳了自然，自然也因此被赋予人的行为特征和生命特征。因此，当人开始以语言概念来命名自然、以文字赋予语言以物质形体之时，自然总是已经与人的行为语言密不可分，已经与人性、人情相互渗透，人不能不从自己的身体及行为出发来命名自然，从自己的身体及行为出发来创造文字。

从人的身体及行为出发来命名自然的做法在神话中也得到表现，《五运历年记》中就有这样的记载：

> 元气濛鸿，萌芽兹始。遂分天地，肇立乾坤。启阴感阳，分布元气，乃孕中和，是为人也。首生盘古，垂死化身：气为风云，声为雷霆，左眼为日，右眼为月，四肢五体为四极五岳，血液为江河，筋脉为地理，肌肉为田土，发髭为星辰，皮毛为草木，齿骨为金石，精髓为珠玉，流汗为雨泽，身之诸虫，因风所感，化为黎甿。[③]

正是行为首先将人与自然连接为一体，以行为语言的结构塑造人的无意识结构和自然的结构，把自然拟人化和神圣化。与此相应，言语行为在它最初萌生之时，就是与行为语言密切相连并以其为基础的，它同时也生产出拟人化的创世神话。隐喻就建立在此基础上。维柯说：“值得注意

① 姜亮夫：《古文字学》，浙江人民出版社1984年版，第69页。
② 周振甫译注：《周易译注》，第272页。
③ （清）马骕：《绎史》卷一，商务印书馆1937年版，第2页。

的是在一切语种里大部分涉及无生命的事物的表达方式都是用人体及其各部分以及用人的感觉和情欲的隐喻来形成的。”“人在无知中就把他自己当作权衡世间一切事物的标准……人把自己变成整个世界了。”[1] 言语行为与行为语言间的亲密关系在印欧语的发展过程变得日渐疏远、稀薄了，而在汉语中则得到很好的持存。

卡西尔则认为，语言是与神话一同诞生的。在神话形式中，人把自己的全部能量、全部精力统统倾注在唯一的对象上，生活在这个对象中，沉迷于这个对象，并达到直觉经验的终极界限。

> 在如此着迷的心智面前，所有其它事物都消失了；所有把具体材料和系统化了的经验整体联接在一起的桥梁都断裂了；唯有现时此刻的实在，按照神话或语言所强化所具形的样子，注满了整个的主观领域。经验的这一个内容一定是实际统治了整个的经验世界。在它旁边抑或在它之外，不存在任何可以用来衡量它或与它比较的东西；它的在场即构成了全部存在的总和。此时，指称该思想内容的语词并不是一个单纯的约定俗成的符号；它汇入其对象，与之结成一个不可分割的同一体。[2]

卡西尔所说的那种将主观经验与客观对象“结成一个不可分割的同一体”的语词，就刚刚脱胎于行为语言，它尚未摆脱行为语言的功能特征，未能明晰地为人与世界划界。无论中西方语言，在语言概念生成和言语行为从行为语言中分化出来的过程中，都关联着行为语言，不能撇清与行为语言的干系。但是，中西方语言之间又存在差异：与拼音化的印欧语主要借助于发声行为与行为语言建立关联相比较，汉语既通过发声行为，同时，又通过对行为的模拟与行为语言相关联。至于最初的甲骨文字，其本身就是巫术占卜的工具，凝结着巫术思维，其中行为语言发挥着压倒性作用。这就是说，即便在语言概念形成、言语行为独立发展之后，汉语与行为语言间的联系较之于印欧语更为紧密，由此构成汉语自身的

---

① ［意］维柯：《新科学》上册，第200—201页。

② ［德］恩斯特·卡西尔：《语言与神话》，第79—80页。

功能特征在汉字造字法则上留下了鲜明的踪迹。

不同民族的语言“具有不同的有机体（Organismus），具有不同的从内部进行创造的原则”。[①] 汉语这种独特的内部创造原则也决定着它自身独有的功能特征。在《汉字思维》中，申小龙对汉字构形的人文主义特征做了深入阐释。他认为，每一个汉字都是人与自然及社会关系的形象写照，是先民观察、认知世界的生动表现。种种人与自然、人与人之间的复杂关系在汉字结构内部都成为经过抽象的“象”，每一个汉字本身都是一篇文、一首诗、一幅画，体现着创造者的辩证观念和主体精神。他指出：

> 汉字反映的是创造主体的自我实现，是创造主体直接以审美意向将自己的心智天然和谐地注入自然、人生之图像中的产物。它体现了创造主体对世界的体验和再创造，具有一种“主体思维性”。因此，汉字世界既反映天地万物，又充满了汉字创造者的情感和智慧，是汉民族认识、看待世界的一种图式。[②]

汉字具有卓越的组义性、表意性和意象性，它替代了图像、话语，成了中华民族历史、文学、知识、思维、现实存在的最基本条件，汉字的这种构造特征与思维特征是互为表里的，申小龙把它概括为“汉字思维”。

申小龙准确地归纳和阐释了汉字的特征，而当他将其归结为汉字思维，却不能不落入谬误。人类思维只能是语言的思维，这一观点具有真理性；但是，当人们把语言限定在概念语言，把思维仅仅视为运用语言概念的思维，那就已经偏离了真理。[③] 至于以作为物质化的汉字来思维，这种说法就更近乎荒谬了。其实，人类思维离不开两种行为（语言）记忆，即言语行为记忆和行为语言记忆，是两种行为（语言）记忆的协同和融合，无论中西方各民族的思维概莫能外。但是，不同民族的思维在

---

① ［德］威廉·冯·洪堡特：《论人类语言结构的差异及其对人类精神发展的影响》，姚小平译，商务印书馆1999年版，第33页。

② 申小龙等：《汉字思维》，第336页。

③ 我们所说的“逻辑思维”或可视为一种纯语言思维，但是，人的想象（或称为“形象思维”）则是言语行为记忆与行为语言记忆相协同的思维。

其整体结构上是有所差异的，这种差异性正鲜明地烙印在各自的造字法则上。因此，关键不在于能否运用汉字来思维，也不在于汉字所具有的象形特征，不在于汉字的形象性是否可以唤起作者和读者的形象感，而在于汉字构形法则中所存储和暗示着的思维方式，这种思维方式通过汉字被长期保存下来，铸成汉民族独有的思维特点，一种与行为语言密切相关的诗性思维特点。

在比较中西方语言特征时，赵奎英指出：

> 中国的“书写文字”是一种“象形文字”，象形文字是一种“表意文字”，尽管象形文字或表意文字后来也担当了记录言语的任务，但它的最初产生很难说是出于记录言语的纯粹目的，象形文字绝不是因为言语的中介才与“意”有关系，表意文字因其自身形象与意具有直接关联，它是意的直接符号，而非意的间接载体。①

象形文字直接与“意”相关联，这种看法极其敏锐地抓住了象形文字的重要特征。但问题是，这种不经过“言语”这一中介的“意”究竟是什么？唯一的答案只能是：这种“意”是由行为语言所构建的原初经验。其实，象形文字是在两个层面上与行为语言相关联：其一是通过象形而直接关联行为语言；其二则是通过声音，也即言语行为之发声行为②间接关联行为语言。正是这种双重关系，暗示着行为语言对于汉民族的重要意义，以及两种行为（语言）间的亲密关联。

如果从汉字独有的书法艺术来看，汉语与行为语言的关联又多了一层。中国书法讲究“势”，而“势”实即书写动作之势在书法作品中之体现，它立足于书写行为，本身就是行为语言。书法就是通过行为语言所蕴蓄的能量（势），来表达生命力和情感。正因如此，彼莱德（Jean Francois Billeter）称中国书法为“姿势艺术”（an art of gesture）。从这个角度看，汉语与行为语言的关联远较印欧语密切。

---

① 赵奎英：《中西语言诗学基本问题比较》，中国社会科学出版社2009年版，第69页。

② 奥斯汀将言语行为划分为三个层次：发声行为、发音行为、表意行为，其中发声行为即关联行为语言。

拼音化的印欧语只在语音层面与行为语言记忆相关联，也就是说，它的语音（声调、音质）、节奏、韵律等发声行为还从属于行为语言，但从其他方面来看，则基本上割断了与行为语言的关联，转化为更具独立性的言语行为，并由此决定了西方民族思维的特征，决定了西方的语言中心主义、理性中心主义特征。汉民族象形文字则同时在语音和构形两个层面与行为语言相关联，较之于使用拼音文字的民族，在汉民族的思维中，行为语言发挥着更为重要的作用。中西方文字的差异就体现着中西方民族思维的差异。

言语行为作为相对独立性的媒介，它把人与世界相区分，把主体与客体相区分，把人建构为主体，把世界建构为人的对象世界，在按照语言秩序建构世界秩序的同时，也逐步建构起语言自身的明晰的概念范畴、语法关系和逻辑秩序。我们所说的主客分裂的、逻辑的、分析的思维方式，就基于言语行为的功能特征。人的认识能力、理性反思能力，以及逻辑推理能力也只能以此为前提。行为语言恰恰缺乏独立性，它本身就深嵌在身体上，是身体表演，只能以行为关联世界，按照行为语言的结构把世界结构化，将人与世界融合一体，因此把握世界。人们所说的“直觉”，正是运用行为语言把握世界的方式，它不必诉诸人的意识，更不需要借助于逻辑推理，而是直接通过行为语言来融合世界，体验世界，将世界纳入己身来理解世界。在行为语言把握世界的同时，也以行为语言的结构来构造世界，以人自身的生命来同化世界，把世界塑造为“有生命的形式”，令世界充满了人的情感和意蕴，这就是“移情”或“内模仿”。“相看两不厌，只有敬亭山。”“我见青山多妩媚，料青山见我应如是。”这种诗性思维恰恰就建立在行为语言功能特征的基础上，它是非理性、非逻辑的，却又洋溢着生命感和情感热度。两种行为（语言）记忆的协同就共同决定着人的思维特征，只不过由于双方的不平衡性而造就不同民族间的思维差异性。

在《普通语言学教程》中，索绪尔说：语言通常同时包含着词汇与语法两极，“这好像是两个极端，整个系统就在它们之间移动；又好像是两股相对的潮流，分别推动着语言的运动：一方面是倾向于采用词汇的工具——不能论证的符号；另一方面是偏重于采用语法的工具，即结构的规则。”他认为，“超等词汇的典型是汉语，而印欧语和梵语却是超等语法的标本”。[1] 而这种两极化，恰恰就是由言语行为与行为语言相关联的结构变化所造成的：印欧语、梵语抽象程度较高，与行为语言的牵连相对较少，正是这种独立性使语言有可能获得强逻辑、强语法；而汉语与行为语言密切关联，与生命现象密切关联，这就不能不弱化了逻辑和语法，享有着意义组合的灵活性。反映在汉字上，则是“字”本身的组义性、表意性、意象性，以及显著的人文特征和诗性特征。

文字既遮蔽和耗损了言语行为鲜活的生命，同时又烙印和持存着言语行为那转瞬即逝、不易觉察的特征，烙印和持存着言语行为与行为语言相牵连的关系特征。这些特征最为显豁地保留在文字的造字法则中，它不仅暗示着不同民族的思维方式，反过来也制约、规范和塑造着各民族的思维方式，规定着思维发生及文化发展的走向。

三　“理念”、“道”背后的象征符号活动模式

人类象征符号活动同时塑造着人的内部世界与外部世界，既给人类思维打下印记，也重构着人的世界，决定着人与世界的关联方式。这也就是说，行为语言、言语行为分别以不同的运作方式和功能特征，构建了人与世界间两种最基本的关系模式。人类文化生产就取决于象征符号活动的方式，取决于人与世界的关系模式。

不同民族对世界本源及最高法则的认识，就和象征符号活动的独特性密切相关，和言语行为、行为语言双方相互协同的整体结构，特别是这个结构的主导倾向密切相关，和由两种行为（语言）所建立的人与世界间的关系模式密切相关。柏拉图的“理念”与老庄的“道”就极其鲜明地反映出这种差异性。

在《理想国》中，柏拉图说：“在凡是我们能用同一名称称呼多数事物的场合，我认为我们总是假定它们只有一个形式或理念的。”[2] 他举例说，存在三种床：一种是自然的床，是床的本质，是实在，也即床的理念。这是永恒不变的，也是任何人都无法制造出来的。其次一种是木匠

① ［瑞士］费尔迪南·德·索绪尔：《普通语言学教程》，第184—185页。

② ［古希腊］柏拉图：《理想国》，郭斌和、张竹明译，商务印书馆1986年版，第391页。

造的床，这只是一张具体的床，它分有了床的理念，是理念的影子，而不是理念本身。再一种是画家画的床，那不过是对具体的床的模仿，是影子的影子，和理念或真实隔着两层。虽然柏拉图的“理念”具有神秘色彩，但是，由于它与“同一名称”来概括许多具体事物相关，也就和语言概念相关联，或者可以说，这种关于世界本源的观念是建立在言语行为基础上，通过语言概念推演出来的。柏拉图就是根据各种不同的床而具有一个共同的概念“床”，才推测存在着一个床的理念。

理念与抽象概念相关涉，而不是个别的、具体的事物，因而凭借人的感官是不能把握的，甚至需要排除视觉听觉的干扰，只能通过意念和理智才有可能接近它，借助于理性思维才能理解它。“他必须运用纯粹的、绝对的理智去发现纯粹的、绝对的事物的本质，他必须尽可能使自己从眼睛、耳朵，以至整个肉体游离出去，因为他觉得和肉体结伴会干扰他的灵魂，妨碍他取得真理和智慧。”① 正因如此，聂敏里认为：

> 柏拉图的 idea 从客观存在的方面来看，并非是事物的感性形相，而是事物的本质，它构成了事物最真实的存在，而这也就是事物的本体。而作为事物最真实的存在、本质，它不是感觉经验的认识对象，而是理性思维的认识对象，从思维方面来说，它就是思维之概念。②

与柏拉图的“理念”不同，老子的“道”恰恰是既非概念，又非形象的。“道可道，非常道。”一旦用语言命名它，以概念网罗它，就仿佛如“混沌开窍”，势必失去“道”本身，不再是那个“唯恍唯忽”、“周行不殆”的“道”了。老子说：

> 有物混成，先天地生。寂漠！独立不改，周行不殆，可以为天

① ［古希腊］柏拉图：《柏拉图对话录》，水建馥译，商务印书馆 2013 年版，第 121 页。

② 聂敏里：《论柏拉图 idea 之为“理念”而非“相”》，《中国人民大学学报》2004 年第 3 期。

> 下母。吾不知其名，字之曰道，强为之名曰大。大曰逝，逝曰远，远曰返。道大，天大，地大，王大。域中有四大，而王处一。人法地，地法天，天法道，道法自然。①

自然之“道”是世界的根本，是天、地、人的缘起，人凭借行为语言固然可以把握世界，悟解世界，并以此来引导自己的行为，但由于行为语言是非独立性的符号系统，它尚不能把自然与人相分割，不能把万物相分割，不能把世界构建为明晰的对象世界，因而世界仍然是浑整无割、混沌不分、晦暗不明的，这正是作为世界本源的自然之“道”的存在状态。人无法用语言概念来命名这种状态，阐释这种状态。为了有所解说，只能勉强以“道”来命名它，以“大”、“逝”、“远”、“返”等等，曲折委婉地描述它，接近它，然而，这些又并非“道”本身。老子深知人类处境的尴尬：人唯有用言语来说明和显现世界，而言语却因其局限性又无法真正触及世界的根本，因此，他只能以旁敲侧击的方式，耗费五千言试图以此迂回地探索世界的本源和法则。

人借助于行为来连接世界，以行为语言将世界结构化并纳入己身，以此来把握世界，把握“道”。这种把握“道”的方式，是把世界与人相同化，相融合，世界只是作为人的身体之延伸，而非人的意识之“对象”。从人的意识对象这个角度来看，上述原初世界即“无”，道也即“无”。在谈到原始思维时，列维－布留尔（Lucien Lévy-Bruhl）指出：

> 原始人的思维在把客体呈现给他自己时，它是呈现了比这客体更多的东西：他的思维掌握了客体，同时又被客体掌握。思维与客体交融，它不仅在意识形态的意义上而且也在物质的和神秘的意义上与客体互渗。这个思维不仅想象着客体，而且还体验着它……因而，在这一阶段，还谈不上集体表象，还不如说它们是以极端强烈的情感为特色的集体心理状态，在这些状态中，表象还没有从那些帮助集团实现它所追求的互渗的运动和动作中分化出来。它们与表象的互渗是如此实在地被体验着，以至它还没有真正被想象。

① 朱谦之撰：《老子校释》，第102页。

恰如那些神魂颠倒的状态，“在这些状态中，由于主体和客体完全合并，真正的表象是见不到的”。[①] 原始思维是行为语言占绝对优势的思维，是主客体相融的状态，虽然尚不能形成明晰的表象，而实际上却已经通过行为语言直觉地把握了浑整的世界。因此，对于老子来说，“无”并非空无所有，而是混沌不分，它是意识对象尚未形成之状态，不是本体之缺失，因而无法用理智来把握，无法用言语来说明。韩非子则解释说：“今道虽不可得闻见，圣人执其见功以处见其形，故曰无状之状、无像之像。”[②] 也就是说，“道”是无形无状无像的，不仅不能用语词说出，也不能因语言因素的介入而被闻见。被说出、被听到、被看见的都已经不是那个“道”本身了。

一旦人开始以语言概念“道”强为之名，于是就有了“一”之形现。语言的本质就是利用独立性和差异性来实施区分，它势必对世界再次予以切割，这就有了天地阴阳之分的“二”，并因天地阴阳交感而生成“参天地”之人。有了人，也就有了作为人之对象的万物。所以，老子说：“天下万物生于有，有生于无。”[③] 又说：“道者，万物之奥。”[④] 庄子说得更明确：“天地与我并生，而万物与我为一。既已为一矣，且得有言乎？既已谓之一矣，且得无言乎？”[⑤] 人与自然融合为一的状态，言语也就失去其存在的可能性和必要性；可是一旦以“一”来言说这种状态，实际上言语就已经出场了，接着就有了天地阴阳之分，有了万物孳乳。“道”融贯于万物之中，万物以“道”为本源，却并不等同于“道”。

对“道”的理解需要借助于“悟”，也即非理性的直觉，而这又需要“致虚极，守静笃”[⑥]，涤除玄览。荀子则说：万物殊异而相互障蔽，“君子壹于道而以赞稽物”。[⑦] “虚壹而静”才能去蔽，才能“原道”、“体

① ［法］列维－布留尔：《原始思维》，丁由译，商务印书馆 1981 年版，第 429 页。
② 见朱谦之撰《老子校释》，第 54 页。
③ 同上书，第 165 页。
④ 同上书，第 252 页。
⑤ （清）王先谦、刘武撰：《庄子集解　庄子集解内篇补正》，第 19—20 页。
⑥ 朱谦之撰：《老子校释》，第 64 页。
⑦ （清）王先谦撰：《荀子集解》，中华书局 1988 年版，第 399 页。

道”，才可以进而明察万物。一旦人调动自己的视听感官，语言概念就已经不可避免地介入了，“道”就被曲解了，所以，《庄子·知北游》说：“道不可闻，闻而非也；道不可见，见而非也；道不可言，言而非也。”[①]欲望和意念则更会扭曲人与世界之关系，因而无法把握“道”。只有放弃感官活动和主观意志，抑制理性思维，保持心境清静无欲，才有可能唤醒无意识，以行为语言重建人与世界的融洽关系，让人重新与世界融合一体，与物俱化而不以“心稽”，由此悟解“道”。这也就是所谓“体道”，或如庄子所言：“堕肢体，黜聪明，离形去知，同于大通，此谓坐忘。”[②] 唯有摆脱人的各种欲望、感知和理智，摆脱人与世界的分裂状态，摆脱言语对浑融关系的割裂，在言语行为方生未生、将逝未逝之际，就如庄子所说的“忘言”状态，行为语言就以新的姿态登场了，人与世界重新贯通，世界被瞬间照亮了，“道”也就向我们惊鸿一瞥地闪现了。因此，庄子所说的“得意忘言”并非要舍弃言，而是以言语行为激发人的无意识活动，召唤行为语言记忆，以实现人与对象世界相互融合和对“道”的烛照。此际，言语行为已经不再是独立的存在，而是与行为语言相交融，并融入了新构建的圆融世界，“意”就生成于这个圆融世界。

无论是“道”或是“理念”，老子和柏拉图都同样认为需要摆脱肉体欲望，才有可能加以把握。但是，与老子明确强调“道”的非语言、非概念的特性，强调唯有通过“悟”的途径实现“体道”不同，柏拉图对“理念”的认识则难以避免自相矛盾：一方面，他认为“理念”与概念、知识相关涉，需要人的理智去把握；另一方面，却又强调通过“迷狂”来接近“理念”，而迷狂恰恰又与理智相对立，它是通向人的无意识及行为语言的路径。这就是说，在柏拉图把理念与概念相联系的同时，他已经意识到两者间并非契合无间，而必须提出“迷狂”来作为弥补。

《老子》把“道”与“德”并举，并着意于“无为之治”和“不言之教”，其“道”已经同时涵括了天之道和人之道，并且人道就根源于天道，因此说：“孔得（德）之容，唯道是从。”[③] 这种对“道”“德”关

① （清）王先谦、刘武撰：《庄子集解　庄子集解内篇补正》，第192页。
② 同上书，第69页。
③ 朱谦之撰：《老子校释》，第87页。

系的认识和孔子及儒家思想相吻合，只不过相对于老庄，孔子较少谈论玄虚的天道，这同他敬畏天道、不言怪力乱神的观念相一致，他更关注的是切身的人道。一方面，孔子认为“道”作为最高准则是难以认知、不可企及的，所谓“朝闻道，夕死可矣”①，就是强调“道”不可闻、不可及，以至于甘愿以自己的生命换取对“道”的体认。对此，郑玄注释说：“言将至死不闻世之有道。”② 另一方面，在孔子和儒家思想中，“道”又存在于人自身，表现于人的行为和言论，这就是形而下的“习性”和“道理”，而其中处处无不体现着形而上之“道”，故曰：“君子务本，本立而道生。”③ “道”在心则为“仁”，也即内在的心灵准则；在行则为“礼”，也即外在的行为规范；“乐”则兼及两者，既内修心志又养成行为，然而都以“道”为根基，所以《论语·述而》说：“志于道，据于德，依于仁，游于艺。”④ 人只要从日常的行为修养做起，优游于“六艺”之间，一以贯之，自然就接近了“道”，这就是本立道生。

如果说，老庄更倾向于从形而上角度思考玄之又玄的“道”，同时，为了“体道”、“悟道”，主张废黜一切有违自然的行为和求知欲望，以涤除玄览和离形去智的“心斋”、“坐忘”来唤起人的无意识直觉，直接把握自然之“道”，从其中透露出行为语言的显著特征和重要作用；那么，孔子及儒家则往往直接关注现实的人生行为，试图通过具体的行为来接近“道”。这实际上是强调把人之行为视为一种具有社会意义和价值等级的符号系统，也即行为语言，并以“礼”来规范行为语言，借此建立社会秩序，同时，又以天道为人道的合法性确立根据。因此，注重行为语言，并从行为语言角度把握世界本源和最高法则这一思考路径来看，老庄及道家与孔子及儒家又殊途同归，双方并没有根本性差别。

上述两种对世界本源和最高法则的认识正充分显示出中西方民族

① （汉）郑玄注，（清）刘宝楠注：《论语正义》，上海书店1986年版，第78页。
② 同上。
③ 同上书，第4页。
④ 同上书，第137页。

象征符号活动整体结构的差异。在汉民族文化中，行为语言具有更为基础性的地位，这一特征鲜明地表现在对“道”的认识及“体道”路径的选择上，表现在对行为语言之社会意义的高度重视上。至于儒家道家共同崇尚的“天人合一”观，更只能建基于行为语言的功能特征上。正是行为语言将人与世界相关联、相融合，构建为相互贯通的统一整体。比较而言，西方民族更侧重于言语行为，因而在对“理念”的态度及认识路径选择上就不能不出现矛盾：当柏拉图将“理念”与概念相关联，那自然就只能通过理智来认识，并强调其理性特征；但是，人与世界的关系毕竟绝非单纯的语言关系，而是由两种行为（语言）共同构建，并且首先是以行为语言为基础的，柏拉图也仿佛觉悟到“理念”不仅仅是概念，它是超出于概念的，于是又不得不求助于“迷狂”。这实质上是企图通过迷狂来召唤无意识，借助于行为语言重新贯通人与世界融洽无间的关系，回忆原初的混沌经验，由此通达世界的本质。不过，在柏拉图的思想中，迷狂只是他不得已采用的补救手段，其主导思想仍然是强调语言和理性，这也是西方民族的思维定势。

既然世界的本源和最高法则是“理念”或“道”，万事万物都以这样或那样的方式分有“理念”或体现“道”，那么人类文化生产就必然和对“理念”或“道”的把握方式相适应。对于西方民族来说，所有文化活动都是试图分有“理念”的过程，或成为理念的影子，或成为影子的影子。而汉民族的文化活动则始终围绕着问道、体道、原道、悟道、知道、得道、安道、明道、载道、乐道，“道”既是汉民族文化活动的出发点和依据，是必须遵循的法则，又是终极目标和归宿。因此，对“理念”和“道”的把握方式及具体理解的差别，也就规定了中西方文化的差异性。进一步深入地说，正是象征符号活动整体结构的差异，也即言语行为与行为言语关联方式及侧重点的差异，决定着对“理念”和“道”的把握方式及理解的差异，决定着不同民族文化活动的差异。

人类的象征符号活动有着内在的连贯性和统一性，它贯穿于所有人类活动，特别是文化活动之中，并赋予各民族文化以独特的个性。

四　文论特征与象征符号系统的结构特征

文学是语言的艺术，其特征不能不首先取决于文学语言的特征，取决于言语行为与行为语言相互关联的整体结构。不同民族语言的独特性决定了文学的差异性，特别是初始阶段文学的差异性。印欧语所造就的分裂的西方世界，一开始就把人扔进与自然的对立冲突之中，世界成为人的对象世界，一个充满谜团和凶险的世界，由此促成史诗、悲剧和叙事文学的发展。汉语言与行为语言密切的亲缘关系，使自身天然地具有了诗性和人文性。在汉民族中，不仅诗歌成为文学的源头，得到无与伦比的繁荣，长期成为文学的主导类型，而且由于汉语言总是关联着行为语言，因而不能不特别看重言外之意、文外之旨，强调含蓄、委婉，将“但见情性，不睹文字”视为“道之极”①，这实质上就是强调言语行为激发行为语言记忆的潜能。至于诗歌所注重的比兴就直接建立在行为语言的基础上，是人以行为语言关联外物，建立了相近相似相类的结构关系，并于瞬息间贯通它们。比兴是行为语言赋予人与世界相统一、情感与外物相共鸣而绽放的智慧之花。事实上，在古代诗歌滥觞期，以讲究“意象”为特征的中国古代诗歌，就判然有别于西方民族建立在主客体分裂基础上的“抒情诗”。

文论的特点不仅取决于文学本身的特点，还受到文化环境和思维习惯的重要影响，特定的文化环境和思维习惯往往会诱使人自觉不自觉地关注什么问题，并引导人以什么方式去回答这些问题，以什么方式看待文学。因此，中西方文化和思维的差异性就共同铸就中西方文论的差异性，或者可以更进一步说，在中西方象征符号活动中，行为语言与言语行为相互关联的整体结构及倾向性决定着中西方文论的差异性。

在文学理论中，“说什么”和“怎么说”是密切关联的：“说什么”制约着“怎么说”，而“怎么说”也同时制约着“说什么”，但归根结底是“怎么说”决定“能说什么”。“怎么说”本身已经预设了提出问题的

① （唐）释皎然：《诗式》卷一，商务印书馆1940年版，第5页。

方式，预设了能够提出些什么样的问题，因此也预设了能够“说出什么”。从根本上看，文学不仅仅涉及言语行为，它同时包含着两种行为（语言），即言语行为与行为语言的深度合作。正是这两种行为（语言）相互关系的整体结构及倾向性，决定着文论“怎么说”和“说什么”，具体看，则最充分地表现在文论范畴和话语形式上。

西方民族象征符号活动的结构特征及倾向性，决定着西方文论无法摆脱柏拉图和亚里士多德的影响。① 柏拉图对理念世界、现实世界和文学艺术世界三个世界的区分，以及通过“模仿”来沟通三个世界的观念，就决定着整个西方文论的走向。在西方文论中，“模仿”长期有着不可取代的重要地位。悲剧与喜剧就取决于“模仿什么”及“如何模仿”。他如质料与形式、内容与形式、真理与语言、本质与现象、故事与情节、故事与叙述，也都是从“模仿什么”、“用什么模仿”和“如何模仿”中推演出来的，其思想方法恰恰是注重言语行为，进而把世界、万物及文学艺术作为“对象”来看待。至于讽刺、幽默、隐喻、象征、反讽等范畴则直接涉及语言表述方式和策略。形式主义文论、结构主义诗学及叙事学等就建立在语言论转向的基础上，自此，西方文论几乎完全把眼光聚焦于语言之上。在文体形式上，柏拉图虽然采用了富有戏剧性和诗性的对话体，但话语方式则是严密的演绎推理和逻辑分析。这种思维方式成为西方文论的基本特征，各个文论范畴及子范畴就在逻辑关系中按照类属建构为文论体系。

柏拉图的“迷狂”说则在后来被演绎为另一条辅助性的文论副线：从通过迷狂替神说话，到浪漫主义的天才创造和灵感说，直至生命哲学、直觉主义、现象学、存在论、现代解释学和接受理论等等，并造成人文主义与科学主义的分流，以此来纠正科学主义忽视生命现象及遮蔽存在的偏颇，并试图让原初经验自行显现，实质上已经触及行为语言的独特性。但这只是作为文论主线的补充，并且仍然笼罩在言语行为的雾霾中，最终又重新汇聚到言语问题上。

① 亚里士多德更关注的是文学艺术如何模仿现实的问题，较少讨论柏拉图的理念世界，但两者的思想路径并无实质性差别。这一特点正如孔子关心人道，少议天道，其思路与老子并没有实质性分歧一样。

对于汉民族来说，关于“道”的认识则始终影响着文论发展，决定着古代文论的独特性。在《中国古代文论元范畴论析》中，杨星映把“气”、“象”、“味”视为古代文论元范畴①，指出其他文论范畴都是由这几个元范畴衍生的，并把“气”列于首位。其实，在中国古代思想范畴中，“气”与“道”相近相通，如“气也者，虚而待物也。唯道集虚。虚者，心齐（斋）也”。② 可是，两者又存在微妙的差异：“阴阳，气也。气是形而下者，道是形而上者。形而上者则是密也。”③ 相对于形而上之“道”，形而下之“气”更具体地存在于人及万物，是生命之本，不像“道”那样神秘莫测，比较容易被人所体悟和言说，这正是古代文论把“气”作为元范畴的原因。

正如“道”一样，“气”贯通于人及万物的生命，既主宰人之才性气质，又表现为文之风格特征。因此，当魏晋时期人的主体性开始觉醒，“气”从人物品藻延伸至文学评价就顺理成章、水到渠成了。曹丕《典论·论文》说：“文以气为主，气之清浊有体，不可力强而致。譬诸音乐，曲度虽均，节奏同检，至以引气不齐，巧拙有素，虽在父兄，不能以移子弟。”④ 从人的个性特征出发来评价文学风格，其根据就在于文之气也即人之气，而隐藏在背后的，正是行为语言所发挥的功能作用。个性气质主要是由行为语言塑造的，无论行为特征或心理特征，都建立在行为语言基础上。行为语言不仅贯通人与自然界，同时也贯通于典章文物，抓住行为语言，也就抓住了生生不息、流转变幻的“气”。

杨星映对《文心雕龙》中“气”范畴做了细致的统计分析，在此基础上，她得出结论说：

> 从声气、血气、体气到意气、正气、气度，从天气、气象到才气、气势、气性，从精气、元气到气韵、辞气、风气，《文心雕龙》中“气”的运用涵盖了从生理到心理，从自然物候到人的气质才性，

① 我们认可《中国古代文论元范畴论析》把“气”、“象”、“味”视为中国古代文论元范畴，至于中国古代文论元范畴是否仅限于这几个，并非本书所要讨论的。

② （清）王先谦、刘武撰：《庄子集解　庄子集解内篇补正》，第35—36页。

③ （宋）程颢、程颐：《二程遗书》，上海古籍出版社2000年版，第208页。

④ 郭绍虞主编：《中国历代文论选》第一册，上海古籍出版社1979年版，第158—159页。

> 从创作主体身上所体现的生命本根到灌注于创作客体中呈现出来的生气、气势、气韵及风格特色等等。《文心雕龙》中的“气”显示出众多的涵义，充分体现了“气”范畴内涵外延的包容性、延展性、浑融性、模糊性。①

不仅是气，古代文论中绝大多数范畴如神韵、情志、风骨、性灵、意象、滋味等，其内涵外延都具有包容性、延展性、浑融性、模糊性，往往只可根据具体语境意会，无法像西方文论那样运用语言对诸范畴做出相对明确的定义。

中国古代文论范畴“象”也一样，更多的是指“意象”、“兴象”、“境象”，同样具有主观性和不确定性，宛若“天象”变动不居、倏忽即逝，而且还往往强调“象外之象”。较之于西方文论中比较接近的范畴“对象”、“现象”、“形象”来说，由于“象”缺乏客观确定性，不仅不可做逻辑分析，而且不可置于眉睫之前，是镜中花、水中月。在中国古代文论中，即便具有某种客观性的范畴“形”，也主要是为了传“神”，追求“神似”而非“形似”，甚至可以“离形得似”。这与西方文论强调“形象”本身的具体性、规定性，强调内容只能通过“形象”，乃至“形式”来传达又明显不同。而“神”恰恰又是玄虚的、主观性和不确定性的范畴，需要通过直觉，通过行为语言来把握。

从词源角度来看，“象”指称动物“大象”。因其巨大的形体和力量为人所崇拜，所以“周公之乐”的《象》乐舞，就是模拟装扮大象的乐舞。这是一种具有原始巫术性质的乐舞。在乐舞中，人不仅仅是仿效作为动物的大象，而是直接成为大象并分享了大象的神奇力量。就如《尚书·尧典》所说的“百兽率舞”，既指人模拟装扮百兽，但在先人心目中又直接成为百兽。这些乐舞背后的支撑力量就是布留尔所说具有“互渗”特征的“原始思维”，或如我国古代所说的“物我合一”，由此实现人、兽、神的协和和融合，实质上是行为语言起主导作用的象征符号活动。正是行为语言将人与大象相联系并融合为一。这种融合方式与西方文论

---

① 杨星映、肖锋、邓心强：《中国古代文论元范畴论析：气、象、味的生成与泛化》，上海古籍出版社2015年版，第66页。

中的“模仿”完全不同，模仿的前提是人与对象相分裂，然后再去观察对象，认知对象，模仿对象，言语行为是其中不可或缺的主导因素。

当人与大象融合为一，大象也就不再是作为对象的大象而存在，同时就是人自身。因此，“象”不是具有客观性、确定性的“对象”，而是主客合一的，甚至是“大象无形”之“大象”或曰“象罔”。《庄子·天地》说：“使知索之而不得，使离朱索之而不得，使吃诟索之而不得也。乃使象罔，象罔得之。黄帝曰：‘异哉！象罔乃可以得之乎？’”① 惚兮恍兮的“道”是人的理智、感官或语言所无法捕捉的，而只能借助于“象罔”。“象罔”就是无形之象，也即大象。它既是“有”，却因感官不能闻见而又是“无”，也就是说，它是通过人的无意识直觉，即通过人的行为语言来把握的“象”。这正是人们“体道”、“悟道”的途径，因而“象罔”本身就已经隐含着“周行不止”之“道”。至于由“象”衍生出来的“意象”、“心象”、“意境”就更明确地强调了主客体融合，强调人与物、情与景的融合，就如王夫之所说：“情景名为二，而实不可离。神于诗者，妙合无垠。巧者则有情中景，景中情。”②

言语无法捕捉“道”，言语所说的“道”已非“常道”，“道”在言语中被歪曲、遮蔽了。“象”则与语言不同，它不是概念性、确定性的，而是立足于行为语言的基础上，因此就可以“立象以尽意”，借助于“象罔”来追索“道”。这就使得注重“道”和“气”并以此为鹄的和根据的中国文学，不能不特别看重“象”，也注定“象”势必成为文论元范畴，并因此赋予中国古代文论以独有的特征。

至于范畴“味”则必须直接通过人的身体行为来实现。“味”消弭了身体与对象间的距离，是在人与对象相融合的过程呈现出来的。古代文论中的的“滋味”、“韵味”、“品味”都由“味”而衍生，这就更与强调审美距离的西方文论南辕北辙。

文论范畴的特殊性，追根究底就在于中国古代文论没有简单地从言语行为角度看待文学问题，而是无意间触及行为语言。也就是说，在汉

① （清）王先谦、刘武撰：《庄子集解　庄子集解内篇补正》，第101页。

② （清）王夫之著，戴鸿森笺注：《薑斋诗话笺注》卷二，人民文学出版社1981年版，第72页。

民族的象征符号活动中，行为语言发挥着重要的结构作用，行为语言的功能特征往往就决定着汉民族文化特征和思维特征，决定着文学及文论的特征。“怎么说”决定着中国古代文论“说什么”和“能够说出什么”。

在《中国诗学》中，叶维廉以中国古典诗歌中的回文诗为例，对中国古典诗歌的传释活动做出了深入阐释。他指出，回文诗可以从任何一个起点、任何一个角度和方向进入诗歌，这一特点，属于印欧语系的文学是难以办到的。印欧语系的语言缺乏文言所具有的灵活性，它受到复杂的语法成分的制约。回文诗所体现的固然是文言灵活性的极限，但是，它恰恰充分展示了中国古典诗歌的阐释特征：

> 这种灵活性让字与读者之间建立一种自由的关系，读者在字与字之间保持着一种“若即若离”的解读活动，在“指义”与“不指义”的中间地带，而造成一种类似“指义前”物象自现的状态。我们在这首诗的前面，那些字，仿佛是一个开阔的空间里的一些物象，由于事先没有预设的意义与关系的“圈定”，我们可以自由进出其间，可以从不同的角度进出，而每进可以获致不同层次的美感。①

在古典诗歌传释活动中，读者与诗歌的空间关系是不确定的，甚至“主位”是缺失的，时态也是未加区分的，并且偏爱“演出性”和“先感后思”。凡此种种，其实都根源于行为语言的功能特征，也即叶维廉所说“‘指义前’物象自现的状态”。据此，叶维廉指出：

> 中国古典诗中这种传意方式最丰富，所以我们才有“只可意会，不可言传”、“意在言外”、“辞不尽意”的说法。而“意”字，在中国批评中界说了又界说，还是没有一个定论；但，我们以为不应该有定论，尤其不可像有些论者那样把“意”直解为“义”，直解为

① ［美］叶维廉：《中国古典诗中的传释活动》，《中国诗学》，生活·读书·新知三联书店1992年版，第17页。

> “某字代表某义”；这样单一的观点，是逻辑思维的后遗症……所谓“意”，实在是兼容了多重暗示性的纹绪；也许，我们可以参照“愁绪”、“思绪”的用法，引申为“意绪”，都是指可感而不可尽言的情境与状态。①

叶维廉极其敏锐地意识到诗歌之“意”不同于“义”，不同于“某字代表某义”。其实，诗歌之“意”就栖居于言语行为与行为语言共同构建的张力场中，它吸引我们投身其间，去涵泳、品味，以行为语言去把握“可感而不可尽言”的朦胧情态。行为语言与言语行为既可交通、转换，又不可通约。正是这种不可通约性，致使古典诗歌不能不追求含蓄蕴藉，不能不追求言外之意、韵外之致，力图赋予言语行为以内在张力，以有限之言语行为来诱引、点兴、逗发无限的、未定型、未完成的行为语言，“义生文外，秘响旁通，伏采潜发”②，以使文辞成为进出于历史空间的一种交谈，成为“旁通到庞大时空里其他秘响的一度门窗”③，而文论则成为通达门窗，共同加入交谈的有效路径。

上述诗性和人文特征同样表现在古代文论的话语形式上。在《中国古代文论诗性特征研究》中，李建中上溯至“人文之元”来阐释汉民族的诗性智慧。他认为，中西方文论有着共同的诗性智慧之源，但是，西方文论走上了哲学化、逻辑化的道路，而中国文论却保持着逻辑性与诗性的统一，保持着诗性言说。引譬连类、具象比兴的诗性隐喻是中国文论重要的话语方式；以诗言诗，诗、文、评相贯通，是中国文论重要的文体形式；强调“妙悟”、“直寻”、“品味”则是对诗文的重要的体验理解方式；而诗性言说又往往被“人格化”，人的身体结构、精神气质和发展变化，都进入了文论的隐喻体系，弥漫并贯穿于整个古代文论的开始和终结。论家亦是诗人，论语亦是诗语。古代文论正是通过这种特有方式和途径，才可能对中国古代整体性的诗性思维之特征及功能做出诗意描述。至于造成文论话语特殊性的根源，李建中指出：

---

① ［美］叶维廉：《中国古典诗中的传释活动》，《中国诗学》，第25页。

② 王运熙、周锋撰：《文心雕龙译注》，第359页。

③ ［美］叶维廉：《秘响旁通：文意的派生与交相引发》，《中国诗学》，第82页。

从根本上说，人之文的创造，就是依据可以感知到的天地万物而构建出不可感知的本体性的太极或道，并在此前提之下，以自己特有的文采、文章去言说去阐释这个太极或道。这是中国诗性文化的本质，从而也是中国诗性文论的本质。①

而所有这些又都与象征符号活动的整体结构分不开，与其中行为语言所起的主导作用分不开。

中西方文论的差异性就根源于象征符号活动的差异性，根源于言语行为与行为语言整体结构及倾向的差异性，只要抓住这一关键，我们就可以深入解释文化、文学及文论的民族特殊性，把握相互沟通、融合的可能性。

五　文论重建的机制和途径

在中国社会现代转型的进程中，随着市民阶层的壮大、报刊出版业的发达、现代教育制度及文学学科的形成、现代启蒙下个人的觉醒和对社会公共事件的关注，以及中西方文学交流的深入，诸多因素共同促成了中国文学的重大变化：诗歌的权威地位无可奈何地衰落了，小说、戏剧②等叙事文学则走向兴盛并逐渐取代了诗歌的霸主位置，这是一个文学从“贵族”向“市民”转化、从“性灵”向“社会”转化的过程，也是主体的觉醒而造就人与世界相拆裂的过程。即便是现代诗也一改古典诗歌的面目。现代诗不仅仅废除了古典诗歌的文言及韵律，而是抒发了一种与社会现实尖锐对立的主体感情，它开始蜕变为另一种西式“抒情诗”。

当叙事文学成为文学的主要样式，当文学所叙之“事”和“人”成为“对象”，并且事关“社会”，与“人生”问题息息相关，文学与读者

① 李建中等：《中国古代文论诗性特征研究》，武汉大学出版社2007年版，第30页。

② 中国戏曲在本质上是“诗”的，无论唱腔、道白、动作、舞蹈、化妆，都充满着诗意及意象创造，叙事往往只是作为一个空洞框架，与话剧的叙事性有着实质性区别。

间的主导关系就不能不发生变更，特别是对于随文学学科而诞生的新一代职业化文学研究者、批评者来说，这是一种全新的关系：即主要是研究者与研究对象的关系，是对象性的理性认识关系，而非仅仅是浑融的生命体验关系。文学也不再是仅供人涵泳其间、充盈性情的诗意空间，不仅是一种生存方式，它实实在在地成为反映社会、批判社会、启蒙心智的利器。即便是文学语言，也成为一种可供研究分析的"对象"。关系的变化大为贬低了行为语言的作用，汉语言原本的诗性及人文特征也因此被遮蔽、忽视和消解。正是在这种对象性的认识关系中，西方文论具有着无可比拟的优势——这就是中国文论发生断裂和"全盘西化"的主要原因。

与中国文论这种时间性断裂不同，西方文论内部则始终存在着科学主义与人文主义的互补和博弈，然而，科学思维始终占据着主导地位。

但问题在于，即便是叙事文学或者西方叙事文学乃至元小说，也仍然是两种行为（语言），即言语行为与行为语言的融合。就如路易斯·明克（Louis O. Mink）所说，"叙事的特性是将艺术转变为生活"[①]，就在这一转换过程，人的言语行为记忆与行为语言记忆被充分调动起来，在想象中深度融合，"生活"又再次水灵灵地浮现了。文学的展开过程就是两种行为（语言）充分合作、构建张力场的过程。这是一个双方力量不断博弈的张力场，作家和读者就生存于言语行为与行为语言之间，摇摆于言语行为与行为语言之间，穿梭于认知与体验、理性与感性、意识与无意识之间，总是处在边缘的过渡状态。我们所说不同民族之间文学及文论的差异性，主要是指两种行为（语言）整体结构的主导倾向存在差异性，是亦此亦彼中总倾向的差异性。同一民族文学在不同时期，这种整体结构也会发生变异，并生成不同的文学及文论思潮和派别；同一作品的创作和阅读过程，由于个体习性和态度不同，以及同一个人的心态和目的变化，这种整体结构也会发生相应变化。因此，由两种行为（语言）构建的象征符号活动的整体结构并非僵死固化的结构，而是一个流动变化的结构。一方面，主导性结构决定着文化、文学及文论的总体面貌；

---

① Louis O. Mink, "History and Fiction as Modes of Comprehension", *New Literary History*, Vol. 1, No. 3, 1969－70, p. 558.

另一方面，整体结构的可变性又为不同民族间的文化、文学及文论交流、融合提供了可能性。

在以上阐述中，我们不仅看到构成中西方文论差异性的根源，同时也发现相互融通的内在机制，其关键就在于：文学是两种行为（语言），即行为语言与言语行为的相互融合。基于此，就可以进一步勾画文论建设的路径：

其一，所谓“古代文论现代转型”的说法并不科学，我们只能依据文学活动实际，从两种行为（语言）相互融合、协同建构的状态，以及言语行为和行为语言的特性出发，兼取中西方文论中的合理因素。相对于西方文论，中国古代文论注意到文学活动的复杂性和人文性，因此，新的文论建设就需要充分吸收古代文论的精神实质，不是仅仅把文学作为“认识对象”来看待和言说，更不是仅仅把文学等同于语言或言语来分析，而是首先要着意于文学活动的体验过程本身；不是追求为诸文论范畴下定义，建体系，而是尽量维护范畴本身的弹性及诸范畴间的张力，从文学活动的实际出发，择取中西方文论中的有关范畴并重新加以熔铸。

其二，文学研究必须以创作经验、阅读经验为基础。只有在创作和阅读中，言语行为与行为语言都充分展开，我们才是真正与文学相交集，真正与文学打交道。这一点，中国古代文人就已经注意到了。对于古代文论来说，论家即诗人，论语即诗语，他们最强调的是对诗文的吟咏，诗文评只是由此衍生的副产品，是作家、读者涵泳其间的自然体悟，反对刻意地把诗文作为分析“对象”来看待，反对学究式地以“理”解诗评文。把诗文评与文字学、训诂学、音韵学区分开来，采取了完全不同的另一条诗化路径，承认“诗无达诂”，这实际上就是反对把文学限制在语言问题上，而是看到文学既立足于语言，却又不止于语言的独特性。文学艺术“好似瞿然独存于自己的天地中，超乎言语可及的疆域之外”。[①] 西方文论家的专业化、学院化就潜伏着一种把文学作为“对象”研究的危机，正是在这种研究态度和研究方式中，富有生命特征的行为语言萎缩了，文学只剩下干瘪的言语，乃至概念，也因此丢失了文学的根本

① ［美］克利福德·格尔兹：《地方知识——阐释人类学论文集》，第110页。

特性。

言语行为与行为语言相互交融这一状况，赋予文学活动以双重特征。由于两种行为（语言）相互关系复杂多变，而非固定僵死，还由于两种行为（语言）本身就千姿百态，特别是言语行为更不能脱离历史语境，因此，任何试图以单一规律来规定文学活动的努力，势必会堕入谬误。文学研究应该是针对个别的、具体的文学作品和文学现象的研究，是结合具体历史语境的研究，并且首先要努力潜入这个语境和这种现象，置身其间，深入体验。“唯有先参与到我们称为‘文化’的普及性象征形式体系中，方才可能参与我们称之为‘艺术’的特殊象征形式体系”①，格尔兹称这种研究特点为“在地性”（local）。中国现当代文论转而承袭西方文论的方法和路径，热衷于寻求某种客观的“普遍规律”，这正是文论脱离文学实践及文学现场的根源。当前，文论界提出“回归文本”的建议，其实也是意识到原有研究存在的严重问题，但是，回归文本还远远不够，如何回归，以什么方式进入文本才是关键。从这个方面看，中国古代文论具有重要的启示意义。

其三，文学及作品的建构同时是言语行为与行为语言的协调展开，这既受制于话语的特征，又受制于接受者的特征，是双方协同合作。但是，语言作为一种最基本的制度性事实，其规约性本身就已经被人所接受并烙印在人的心灵上，因此，在文本话语与接受者双方之间，话语具有天然的优先性，它有意无意地支配或影响着接受者的接受方式和态度。希利斯·米勒则以“阅读伦理学”来说明读者对文本的响应，他说：“阅读行为中存在伦理学的时刻……阅读是对某种对象的响应，阅读承认它，响应它，尊重它。”② 正是在这个意义上，形式主义文论、结构主义诗学及叙事学、后现代叙事学等西方文论具有重要价值。这些西方文论对文学的文本结构及话语特征所做的分析阐释，恰恰为我们把握文学活动的具体状态，把握言语行为与行为语言相互作用的方式，以及所构建的张力场的变化，和接受者究竟如何往来运动于这个张力场，提供了有效手段。恰如雅各布森所指出：对于诗歌的读者来说，“只要他理解诗歌的形

---

① ［美］克利福德·格尔兹：《地方知识——阐释人类学论文集》，第 127 页。

② J. Hillis Miller, *The Ethics of Reading*, New York: Columbia University Press, 1987, p. 4.

式，就会不自觉地获得语言‘等级秩序’的暗示”。① 我们可以把各种不同的叙述策略、话语形式、文体特征视为调节接受者的接受态度，调节文本与接受者的相互关系，调节言语行为与行为语言的整体结构的手段，由此去探讨和描述文学作品的建构。读者则不能无视文本、话语和策略的调节，他不得不做出自己的回应和妥协，由此形成的解释虽然是多元的，却又是可交流、可探讨的。至于文学修辞学、现代解释学、接受美学及阅读理论，则由于其本身已经把作家、读者、文本及话语和语境诸因素统一纳入了理论视野来考察其相互作用，也就与中国古代文论有着某种程度的互恰性，只不过必须在新的理论前提下重新加以审视、修正和深化。

其四，文学既是人学，又是语言的艺术。作为人学，其实质即“人之行为”之学。人的行为属于生命事实，而非制度性事实，但它却不能不受制于制度性事实。制度性事实或作为外在的强制力量或作为铭刻于身体、内化于身体的习惯，以各种方式干预和制约着人之行为，因此，行为总是人之生命与各种制度性事实相依存、相冲突的结果。作家所谓人物不得不如此的性格逻辑，实质上就因为生命有自身的逻辑（生命逻辑实际上是由行为语言塑造的，既包括种族的，又包括个人的，并且是一种非逻辑的“逻辑”），而各种制度性事实又有着完全不同的“另一种”真正的逻辑，它们相互作用，双方保持着的张力，并共同主宰着作家不能任意操纵的人物行为。文学作为人学不能不涉及各式各样的制度性事实，而语言本身即最为基本的制度性事实，无论是作为文学载体的语言或是文学所描述的人物和社会，它们或属于制度性事实或奠基于制度性事实或受制于制度性事实。追根究底，制度性事实就是针对并规范人的言语行为和行为语言的运作方式，甚至深嵌在言语行为和行为语言上，因此，对于文学研究来说，制度性事实本身就是需要研究的重要对象。

事实上，制度性事实并非由某个神或人发明的，而是诸社会群体、社会力量博弈、谈判、协商的结果，并随社会历史语境而变化，受到历

① Roman Jakobson, *Language in Literature*, Eds. Krystyna Pomorska and Stephen Rudy, Cambridge: The Belknap Press of Harvard University Press, 1987, p. 75.

史传承和社会环境的共同影响。正是在这里，我们发现文化研究、性别研究，以及后殖民主义、女性主义、后现代叙事学、文化诗学的生长点，看到各种民族的、政治的、经济的、文化的权力究竟如何通过构建各种制度性事实而作用于文学。然而，引入诸后现代文论又必须着眼于文学活动中的言语行为和行为语言，要特别重视特殊个体的言语行为、行为语言与各种制度性事实间的张力，由此出发重新展开深入的阐释。这也就是说，对于具体的文学作品来说，简单套用各种放逐主体性的“后学”，而不是充分注意作品话语及各个因素与制度性事实之间独有的张力关系，那势必落入机械决定论的罗网。

其五，至于作品及人物的心理分析，我们则可以分别从行为语言、言语行为各自的结构特征及相互关系来展开探讨，考察人之行为（包括言语行为）与各种制度性事实间的顺应、歧异，乃至对峙和冲突，把隐匿于黑箱中的心灵问题转变为外在的、具体的、可理解、可把握的行为语言和言语行为。而作家与作品隐含作者间的联系和距离，则正根源于现实境况和虚拟境况中所触及的制度性事实的功能的连贯性及差异性。文学的独立性与社会历史性之间的矛盾问题也可借此得到解释。

其六，文学修辞学把“作品”与“文本”加以区分，这种做法仍然具有意义，我们可以据此对“文论”做出区分。

实际上，文学及作品只能是在言语行为与行为语言展开过程中共同建构的，文学的所有特征，包括文学性，都生成于此过程。文学研究的实质和核心即文学作品研究而非文本研究，是对文学作品的阐释及评价，是对文学经验的整体把握，它只能通过具体的文学作品、通过阅读和悟解来接近真谛。从这个角度看，中国古代文论就类同于文学阐释及评价，它具有理论品格，却避免使用理论形式，前辈学者称其为“文学批评”恰恰是抓住了本质。

虽然对文学文本所做的研究往往只注意言语行为而遗漏了行为语言，文学特征也因此丧失殆尽，但它具有相应的理论形式和理论品格，对于我们进一步深入理解文学及作品仍然具有价值，只不过这些研究的适用范围和有效性必须受到限制。我们应该将其研究成果视为文学研究的一种“工具”，服务于文学研究，而非取代文学研究。前辈学者根据理论形态称其为“文学理论”是有合理性的。至于那些自命为“指导”文学实践的所谓“文学理论”，则徒具理论形式，却缺乏理论品格，类似于算命先生的占卦。

既然文学是言语行为与行为语言相互协作、意识与无意识相互共振，是双方交相生成，那么，当我们试图以语言之“筌”捕捉文学之“鱼”，就要注意语言表述方式，要尽量维护言语行为激发行为语言的内在张力，也即尽量使用诗性语言，避免纯逻辑语言。否则，往往只能捕获鱼骨架，捕获鱼概念，而非活生生的鱼。这一点，中国古代文论，以及尼采、海德格尔、维特根斯坦的诗性言说，都有着这方面优势。而文本研究则不同，为了追求理论的明晰性，是完全可以运用逻辑语言和逻辑分析的。

总之，文论建设只能以中西方文论为基础，并在此基础上努力尝试汇通、融合和再造，而要实现这一目的，又必须找到中西方文论差异的深层根源，找到相互融通的内在机制。我们认为，中西方文论的差异性就隐含在象征符号活动整体结构的复杂性和倾向性中，隐含在言语行为、行为语言以及相互关系的历史性、可变性中，唯有抓住这个关键，我们才能破解文学的斯芬克斯之谜，文论建设才有明确的方向。

言语行为和行为语言是人类最基本、最原初的符号系统，它们共同搭建了人类文化的框架，塑造了人类心灵的结构，是人类文明的真正源头。从言语行为和行为语言的结构特征及相互关系入手，我们就可以破解文化生产、心灵黑箱、人类文明，以及文学、文论的奥秘。人文科学的特殊性就起因于人的行为及行为语言的独特性，起因于两种行为（语言）交织、融合方式的复杂性，但是，西方学者往往难以避免语言中心主义，恰恰是中华文化传统赐予我们以独有的优势。我们应该以更加开阔的眼界，在继语言转向、文化转向之后，从单纯的语言论视野，转向兼顾两种行为（语言）及其相互关系，以此重构新的理论框架，进一步推进理论发展。

附　　录

言语行为理论视野中的中国古代文论*

中国古代文论强调文学欣赏的直接性、感悟性以及身体感受恰恰与文学话语行为的特点相适应，它充分体现了文学欣赏极其丰富的内涵。运用言语行为理论揭示文学话语运行的内在机制，以此为基础，就有可能找到中西文论互释互证、实现文论现代化的有效途径。

一

自从提出中国古代文论现代转型这一理论目标以来，我国文论界取得了不少研究成果，也因此引起不少批评和争议。其中一个重要问题在于：部分学者误以为文论现代化就是科学化、体系化，意图在整理古代文论的过程中，仿照西方文论的范畴体系，将中国文论纳入普洛克汝斯忒斯之床（Procrustean bed），重新建构为一个完整的理论体系。所谓“体系”并非各个范畴的随意组合，而是要求各范畴之间具有特定的逻辑关系，由此组成一个有机整体。从这个角度看，这些著作并没有实现这个目标，还不成其为严格意义上的“体系”。其实，“非逻辑”、“非体系”恰恰是中国古代文论的特色和长处之所在，一旦真的把古代文论逻辑化、体系化了，也就扼杀了古代文论，使其蜕变为徒具逻辑性、体系

* 本文刊于《中国中外文艺理论研究》2015 年卷。本著作之所以把这篇论文作为附录，就因为它是我进入“行为语言”研究视野的先导。这篇论文从言语行为理论入手探讨中国古代文论，但是也留下了一个理论“空白”，这个空白正好促使我思考行为语言问题。

性却没有生命性的“另一种”东西。即便是《文心雕龙》，也不是严格意义上的“体系”。正是基于这个原因，有学者认为，对于古代文论，我们应该研究、整理，而不要作非分之想。说白了，这不过是要把古代文论请进博物馆，作为展览的摆设、赏玩的古董罢了。或许有感于此，杨义提出了建立中国“文化—生命诗学”的主张，以此作为中国文论现代化的一条曲径。他说：

> 在全球性跨文化对话中，中国文学理论要把握住自己的身份标志，有必要利用自身智慧优势，建立一种具有东方神采的“感悟哲学”。进而以感悟哲学来破解中国思维方式的核心秘密，融合中国文化的基本特征，在西方文论走向形式科学的同时，促使中国文论走向生命科学，创立一种包含着丰富的中国智慧的“文化—生命诗学”。①

“感悟”云云，的确抓住了中国古代文论的特性，通过中西互释，由此而进身现代化，就有可能既具现代化之面貌，又保有中国文论之精髓，不失为一个良策。可是，问题在于“感悟”与“理论”常相背离，一旦不加选择地理论化，“感悟”往往就逃之夭夭了。因此，杨义虽然通过中西互释深入阐述了感悟本身，却尚未给出一条如何从感悟而抵达现代诗学的具体路径。

文化—生命诗学仅凭感悟是很难走向理论、走向“诗学”的，我们应该寻找与中国古代文论相适应的理论桥梁。在此，首先应该提及的是奥斯汀的言语行为理论，它为我们深入理解中国古代文论的特征及优势，提供了极其有效的理论工具。

与西方文论中被广泛利用的语言符号学、语义学不同，奥斯汀的言语行为理论所研究的对象是语言的具体运作，即言语行为。如果我们将文学视为一种独特的活动，那么，言语行为理论就是一种相当有效的理论工具，它可以深入文学话语运行的内在过程，揭示文学活动的机制和规律。

---

① 杨义：《感悟通论》引言，人民出版社2008年版，第3页。

奥斯汀的言语行为理论的主要观点是：言即是行，而且是一系列行为构成的行为系统，包括三个不同的层次：言内行为（发声行为、发音行为、表意行为）、言外行为、取效行为。言语行为还会形成言外之力，以此影响参与者及其行为。言语行为的有效施行需要参与者的真诚、特定语境及社会规约的共同作用。因此，奥斯汀是将语言、人和社会文化语境相结合来考察言语究竟是如何具体运作的，也就是说，他进入了语用学领域。

文学活动过程其实就是话语行为的具体运作过程，是话语行为系统整体展开、多维度运行、协同作用的过程。西方学者往往习惯于以“研究”的眼光看待文学，或借用语言符号学、语义学的理论资源来阐释文学作品的结构和意义，或运用心理分析来揣摩作家的创作心理和作品意象、隐喻所潜含的心理意蕴，或运用社会学来分析作品反映的社会现实，或着意于话语权力和意识形态分析……凡此种种，都只是针对文本以及作为言内行为的话语表述；其余的言外行为、取效行为则被遗漏和疏忽了，它们成为解释的“剩余”被排除在外。因此，从言语行为角度来看，以“研究”的眼光所做出的意义阐释是难以把握作品整体的，它常常是简化、扭曲了作品的意义。我国古代文人却不同，他们注重诵读、品赏和解悟，正是在这个过程中，文学话语行为系统整体展开了，他们就沉浸于多种话语行为的交织之中，悉心体验其中的奥妙，从中获得心灵感悟；也正是在话语行为系统展开的过程中，他们作为参与者而被卷入共同的创造之中，体验到生命的勃发和力量，也因此赋予文学以生命性。

言语行为理论揭示了文学活动过程最为重要的一个维度，即话语构建一个文学虚构世界的行为。文学的审美性、文学性、诗性都建立在此基础上。这种建构行为需要读者全身心投入，需要想象的协同展开。因为语言本身无法独自构建世界，它充满了英加登所说的“不定点”和伊瑟尔所说的“空白”，需要读者的协作和想象的填补。而西方文论所擅长的“研究”恰恰要求研究者与话语保持必要的距离，把话语作为研究“对象”，以客观、冷静的眼光看待话语、分析话语，言外行为也因此被取消。它窒息了文学话语建构世界的能力，仅剩留下言内行为，即话语表述，以致文学成为僵死的语词组合，成为一个文本空壳，文学虚构世界却萎缩了、隐失了，文学本身的独特性也消失殆尽。即如新批评所说的“细读”，也仍然是把作者和读者排除在外，小心谨慎地防范“意图谬见”和“感受谬见”。这种所谓的阅读，其实质同样是把文学及其话语视为客观“对象”，把它与“人”相割裂，作为静态的“语言”和“文本”来研读。因此，以“研究”的态度去面对文学作品，犹如《庄子·秋水》所说的惠子。以他的那种置身境外的态度及逻辑推理的方法，是根本无法理解庄子所发的“儵鱼出游从容，是鱼之乐也”的感叹的。与此相反，当读者把文学作品视为知己、视为至爱，文学话语也以其言外之力吸引读者参与其中，共同创建一个绚烂的想象世界，并邀请读者投身其间，涵泳其间，于是，作品也就成为可游可居的世界。在这个虚构世界里，万物都被赋予灵性，化为可亲可近的“你”，溪水陪伴着我，鱼鸟笑迎着我，青山也因此更显妩媚。对此，唯有感悟而非理论分析才能领略、体会其间的奥妙。对于文学话语行为系统，必须由读者在阅读中亲身参与、共同协作，才能充分展开，进而构建起一个生机勃勃的虚构世界；对于文学虚构世界，也只能让读者切实投身其间，涵泳、品味、感悟，方能得其真谛，就如唐君毅所说：“诗文之好者，其价值正在使人必须随时停下，加以玩味吟咏，因而随处可使人藏焉、修焉、息焉、游焉，而精神得一安顿归宿之所。”[①] 因而，不加选择地以西方文论来改造中国古代文论，其结果可能适得其反，恰恰会背离文学活动及其话语行为的特性，失去古代文论的内在精神和原有长处，使它再也无法有效介入文学阐释活动。

我国古代文人及前辈学者极其注重对文学文本及语词的研究，殚思极虑、极尽所能地去做版本校勘、文字疏证、音韵探析、源流考辨，取得了非常可观的成果。可是，对文学作品的意义则不多作知性的分析推演，往往以取譬连类、曲折委婉的方式加以品鉴、评赏。有些评论方式更像是极好的阅读指导，它强调对作品本身的阅读，并暗示、逗发、启迪、引领读者如何亲身进入作品境界，去探索作品的奥秘，领略作品的精义。实际上，他们最为深刻地体会到文学语言的复杂性。文学文本及语词作为语言固化物，已被文字所确定，成为一种客观存在，因此，对它们可以校勘、疏证、探析、考辨；而对于文学作品而言则全然不同。

---

① 唐君毅：《中国文化之精神价值》，江苏教育出版社 2006 年版，第 214 页。

作品是由读者与话语相互协作，在话语行为系统展开过程共同构建的，它千变万状、流动空灵，不断地生成又倏忽消失，难以把捉，无法言说，“其妙处莹徹玲珑，不可凑泊，如空中之音，相中之色，水中之月，镜中之象，言有尽而意无穷”。[①] 文学话语行为的复杂性、多层次性和多变性，决定了意义阐释方式的独特性：它不能以认知方式去作强制性的剖析、界定、解释，而只能亲身参与，反复吟唱诵读，追随话语行为的展开，聚精会神地经历文学事件，体会、赏玩、品鉴那韵味无穷的境界。

二

在中国古典美学和文论中，“味”是个极重要的范畴。孔子《论语·述而》说：“子在齐闻韶，三月不知肉味。”在此，虽然将“知肉味”与“闻韶”并举，将“味”与艺术欣赏相关联，但还不是直接以“味”品“音”，肉之味远不如闻韶乐。陆机、刘勰将“味”直接用于诗歌品评，赋予“味”以独特的审美品质。陆机《文赋》曰：“或清虚以婉约，每除烦而去滥。阙大羹之遗味，同朱弦之清氾。”刘勰《文心雕龙》也常以“味”品诗，如《明诗》：“张衡《怨》篇，清典可味”；《体性》：“子云沉寂，故志隐而味深”；《情采》：“繁采寡情，味之必厌”；《隐秀》：“深文隐蔚，余味曲包”。其中，“遗味”、“余味”、“味深”、“可味”既是艺术对象的审美特征，又是体会鉴赏的一种审美方式。钟嵘《诗品》进一步构建了“滋味说”，以此来品评诗歌。他十分推崇五言诗并说：“五言居文词之要，是众作之有滋味者也，故云会于流俗。岂不以指事造形，穷情写物，最为详切者耶！”“滋味”为钟嵘品评臧否诗歌的核心。在他看来，作诗要指事造形、穷情写物，就应该包含兴、比、赋三义，酌而用之，干之以风力，润之以丹彩，才能味之者无极，闻之者动心，达到诗歌的最高境界。

对于西方美学来说，审美快感主要是一种精神愉悦，审美感官则主要指人的视觉和听觉。视觉、听觉不仅可以把握对象的感性形象，而且维持着与身体的间距，这就不容易与人之欲望发生纠葛，以致影响审美

① （宋）严羽：《沧浪诗话·诗辨》，郭绍虞主编《中国历代文论选》第二册，第424页。

愉悦；而味觉、嗅觉、触觉不同，它们是身体的直接感受，往往滞留于感官快适，因此受到西方美学的贬斥。美学家爱德华·巴罗曾鄙夷地说，那些想把“烹调艺术”抬高到美术的地位，就像创作芳香的和酒精的“交响乐”的企图一样，只能以破产告终。他认为，审美感官与其他感官的区别，其原因部分地是心理生理方面的，而“使视觉和听觉的客体同主体区别开来的实际空间距离，无疑在这里起着重大的作用”。[①] 与此相反，中国美学和文论却注重“味”。这种独特性是和文化传统分不开的。《说文解字》训“美”为“甘也，从羊从大，羊在六畜主给膳也。”“美”既然关乎“羊”，且训作“甘”，自然是通过“味”来感知，因此，“味”和“美”及审美感受也就密切相关了。《左传》也把“味”与“声”、“色”并列。至钟嵘“滋味说”，“味”在审美鉴赏中的地位得到确立。这已经不是比喻式或通感式的说法，而是一种独特的审美方式。正如李泽厚、刘纲纪所说：

> 我国古代文献的记载说明，最初所谓的“美”，在不与“善”相混的情况下，是专指味、声、色而言的。这对于了解我国古代美学思想的发展有重要意义。从人类审美意识的历史发展来看，最初对与实用功利和道德上的善不同的美的感受，是和味、声、色所引起的感官上的快适分不开。[②]

其实，“味”就是一种“身体感觉”，它必须消除与审美对象的间距，实现无距离接触。尽管“遗味”、“余味”、“味深”已经超越“味”，超越直接的身体感受而成为一种心灵性、精神性的东西，但它毕竟以“味”为基础。至司空图不仅以“辨于味”作为“言诗”之前提，并且标举“味外之旨”，其心灵性、精神性的内涵又得到进一步强化。但是，强调审美欣赏的直接性，强调无距离接触，仍然是中国美学、文论的特点。

---

① ［英］爱德华·巴罗：《作为艺术中的因素和作为审美原则的“心理距离”》，孙越生译，［美］麦·莱德尔编《现代美学文论选》，文化艺术出版社 1988 年版，第 429—430 页。

② 李泽厚、刘纲纪主编：《中国美学史》第一卷，中国社会科学出版社 1984 年版，第 79 页。

文学艺术不仅要可听可观，还要可游可居，可以把玩。真正要理解品赏作品，就必须亲身涵泳其间，就要“咀嚼英华，厌饫膏泽”。这都说明审美欣赏是一种以物我相接、泯灭间距为特征的活动。如果说，西方美学和文论更经常地是从“主体”角度把审美对象作为“对象”来分析、阐释，强调欣赏主体与对象的间距；那么，中国美学、文论则注重“以物观物”，进而直抵“无物无我”之境。“唯有主体虚位，才可以任素朴的天机活泼兴现。‘天地与我并生，万物与我为一。’人应该了解到他只是万千运作中之一体，他没有理由以其主观情见去类分和界定万物，万物各具其性，各得其所，各依其性各展其能，我们还要还物自然。”① 既然是无物无我，也就没有“主体”和“对象”之区分，就不再存在“主体”和“对象”间之壁垒和对立，也不可能再做出什么分析和阐释。这种无间距的欣赏只能通过感悟之途来感悟，它不仅带来启迪思想的精神愉悦，而且直接给人以身体感受，一种弥漫性的朦胧模糊的身体快感。

中国美学、文论既注重审美欣赏的直接性及身体感受，却又不止于身体感受，而是以此为出发点，把审美欣赏视为不断生发、升华的活动过程。它由“味”及“韵”，再而“气”、“意”、“神”，最终感悟“道”。从最基本层次的身体感受到精神愉悦，再到对形而上之道的解悟，中国美学和文论注意到审美欣赏的“广谱性”和“全息性”。在谈到中国书法艺术时，高建平指出：

> 笔势，或用更具有概括性的表述，人的动作痕迹，可以成为一个审美因素……在书法中，充满着一种从个人的精神到形体动作的表现，或用中国艺术理论术语说，一种从气到势到笔到墨的表现。②

这就是说，书法作为一门艺术，它不仅以其最终成果供人欣赏，就连它的创作过程本身就具有表演性，已经成为整个书法艺术的构成部分；并且它所产生的那种身体感受也已融入作品中，即便欣赏者没有直接面对

---

① ［美］叶维廉：《言无言：道家知识论》，《中国诗学》，第55页。

② 高建平：《全球与地方：比较视野下的美学与艺术》，北京大学出版社2009年版，第200页。

创作过程，仅仅观赏已经完成的书法作品，也能感受到那种充满动感的生命活力，感受到逼人的气势。其实，这种身体感受何止书法，可以说，文学艺术欣赏都具有这种特点，我国古典美学和文论独特的阐释方式就已经体现了这一特点。一方面，身体感受因其模糊性而难以言表；另一方面，对于形而上之道，又不可言说。“理之极至，超绝言思，强以言表，切忌执滞。”① 正是基于对文学艺术欣赏独特性的充分理解，中国古典美学、文论才放弃从认识论角度去把握文学艺术，不像西方学者那样总习惯于以“研究”的眼光看待和分析文学艺术，而是强调诵读、体验和感悟，通过诵读、体验、感悟来接纳、包容身体感受乃至对道的悟解，最广泛地体会审美活动的丰富内涵，全方位把握它的“广谱性”和“全息性”。

在评价摇滚、爵士乐等通俗艺术时，理查德·舒斯特曼指出这些通俗艺术所具有的感性的当下性和直接性。他认为，这是一种使“活泼泼的人”的活力、要求和愉快成为审美经验中心的“有生命力的审美”，只是因为知识分子为维护自身的文化霸权而长期受到压制，审美合法性遭到排斥和拒绝。事实上，“像摇滚之类的通俗艺术，以一种向身体维度的快乐回归的方式，显示了一种在根本上得到修正的审美。”② 舒斯特曼进而把这种身体感受从通俗艺术推向整个审美领域，并认为，在审美活动中就存在来自内部的自身肉体的美感经验，尼采、梅洛－庞蒂就是把身体作为我们世界和我们自身从中交互建构地投射出来的焦点，所以应该重新恢复身体感受在审美活动中的合法性。为此，他提议设立“身体美学”：“从这种身体美学的视野出发，不是由否定我们的身体感觉，而是由对它们的完善，而增进对世界的认识。”③ 如果说，在西方美学的发展过程中，身体维度长期受到贬斥乃至驱逐，那么，在中国美学和文论中，这种身体感受虽然也日渐受到忽视，却并没有被视作对立面而遭受排斥，它仍然是审美欣赏的一个潜在的基础。

① 熊十力：《破破新唯识论》，广文书局 1980 年版，第 19 页。

② ［美］理查德·舒斯特曼：《实用主义美学》，彭锋译，商务印书馆 2002 年版，第 245 页。

③ 同上书，第 355 页。

从言语行为理论角度看，身体感受同样是文学欣赏的重要维度。一方面，作为言内行为的话语表述，它以概念诉之于人的意识；另一方面，话语建构作为言外行为，则常常是非措辞、非概念的，并构成了一股言外之力，因而可以直接诉诸人的心灵、情感和无意识，乃至人的身体。它以强劲的吸引力将读者卷入话语建构活动，与人相互融合，共同创建一个虚构世界，体验这个充满诗情画意的世界。就在人与话语共同构建虚构世界的过程，虚构世界也就被赋予人的生命和人的品性。这是人的身心整体投入的活动，是一种没有任何间距和阻隔的审美过程，从身体感受到精神愉悦到心灵启悟，人就在沉浸中全方位经历着审美体验，获得丰富、隽永的审美享受。话语行为的多层次性及其动态变化，特别是作为文学话语最为重要的维度：建构虚构世界的行为，决定着无间距和直接性是文学欣赏过程的一个重要特征；也决定着文学欣赏具有极其富赡的人性内涵，它同时包孕着意识与无意识、思想与情感、精神探索和身体感受。中国古典美学和文论恰恰以自己的智慧，领悟了文学艺术鉴赏的独特性，全面把握了审美所带给人的充分享受。它们所具有的人文色彩和生命特性就建立在文学话语行为独特性的基础上。

三

当文学活动最主要的维度展现为构建虚构世界的话语行为，当文学话语行为展开过程人与所构建的世界相互融合、亲密无间，那么，那些把文学及其语言仅仅作为“对象”来分析的西方文论主流就显示出它的局限性。相反，诸如现象学、存在论美学、现代阐释学、接受理论，等等，则突出了自己的理论优势，它们与中国古代文论一样，反对将主体与对象相割裂的做法，强调直观和体验，是与文学话语行为系统运行规律相适应的，并深深理解文学话语行为的复杂性。言语行为理论对文学话语运行内在机制的揭示，展现出中国古代文论与西方的现象学、存在论美学、现代阐释学、接受理论，其运思方式的共同基础，展现出双方相互阐释的可能性，使我们能够更加自觉地主动选择和利用与自己相适应，也与文学活动实际相吻合的西方文论。如此，我们就可以以言语行为理论为基础，通过中国古代文论与现象学、存在论美学、现代阐释学、接受理论的互释互证、生发推衍，并结合交往理论和文学修辞学，等等，由此实现中国文论现代化。

实际上，海德格尔的解释学就从中国哲学中吸取了营养。他深知“存在”是不可言说的，一旦想提问它、分析它，它就变身为“存在者”，“存在”却已经隐遁了。“只要问之所问是存在，而存在又总是意味着存在者的存在，那么，在存在问题中，被问及的东西恰就是存在者本身。”①但是，海德格尔仍然坚执地要叩问它、阐释它，他把“存在”置于“在世界之中存在”的时间结构中予以阐述，意图从存在者身上逼问出存在之可能性，努力接近存在本身。海德格尔的例子告诉我们，尽管文学话语行为总是处在流动变化之中，它不断生成又倏忽消失，并与人纠结在一起，但仍然可以将其置于特定语境中进行阐释，将其与体验、感悟相互发明。

在此，还需要进一步讨论言语行为理论与现象学以及中国文论之间是否存在抵触因素的问题。在谈到纳尔逊·古德曼从语言符号角度阐释文学艺术的审美征候时，舒斯特曼指出：

> 古德曼的讨论暗含了（虽然从未充分明言）下列论证：通过对符号的使用，审美经验在本质上有意义和有认知功能。符号的使用暗含着中介和动态的信息处理，而现象学上的感觉和情感则暗含无法当作意义的被动性和直接性。②

舒斯特曼是极其敏锐的，他正确地发现从语言符号学、语义学角度或现象学角度研究文学艺术，两种角度间存在不可弥合的鸿沟：语言符号学、语义学以语言符号或信息处理作为“中介”来看待文学艺术，它同时就剥夺了感觉的直接性和情感的被动性，而现象学恰恰强调后一特点。中国文论也同样强调感悟的直接性；欣赏过程的忘我状态，又消解了读者的主体性和主动性而突出了情感的被动性。确实，从语言符号学或语义

① ［德］海德格尔：《存在与时间》，陈嘉映、王庆节译，生活·读书·新知三联书店 1987 年版，第 9 页。

② ［美］理查德·舒斯特曼：《生活即审美：审美经验和生活艺术》，第 35 页。

学角度来研究文学跟现象学及中国文论是相抵牾的，可是，言语行为理论则不同。言语行为理论首先把话语视为人的行为，同时视为一种人运用语言符号的特殊行为。作为人的行为，它完全可以是现象学的、直接的、情感的、语言意义之外的现象，譬如言外行为就常常借用非措辞方式来施行，特别是话语建构行为又让读者与话语行为直接融为一体；而作为一种特殊的话语行为，对它又可以做出意义阐释，做出各式各样的分析。言语行为理论不仅避免了语言符号学、语义学及以此为基础的西方文论的局限性，为语言学与现象学搭建了相互沟通的桥梁，也为中国文论与西方文论的互释指出了一条可资选择的途径。

在中西文化交汇的过程中，徐复观以现象学解说中国艺术精神、叶嘉莹用接受理论阐释古典诗歌、叶维廉将现代解释学与中国诗学相互发明，龙协涛建立中国“阅读学”和杨义筹划“文化—生命诗学”的尝试，都已经取得不少成功经验。如果我们从言语行为理论角度深入揭示文学活动的内在机理，那么就可以进一步提高中西互释的理论自觉性，从而开辟出一条文论现代化的可行途径。

主要参考文献

［美］A. P. 马蒂尼奇编：《语言哲学》，牟博、杨音莱、韩林合等译，商务印书馆 1998 年版。

［美］爱德华·萨丕尔：《语言论》，陆卓元译，商务印书馆 1997 年版。

［美］爱德华·W. 萨义德：《文化与帝国主义》，李琨译，生活·读书·新知三联书店 2003 年版。

［德］埃德蒙德·胡塞尔著，克劳斯·黑尔德编：《生活世界现象学》，倪梁康、张廷国译，上海译文出版社 2002 年版。

［法］埃米尔·本维尼斯特：《普通语言学问题》（选译本），王东亮等译，生活·读书·新知三联书店 2008 年版。

［以］艾米娅·利布里奇等：《叙事研究：阅读、分析和诠释》，王红艳主译，重庆大学出版社 2008 年版。

［英］安东尼·吉登斯：《现代性与自我认同》，赵旭东、方文译，生活·读书·新知三联书店 1998 年版。

［古希腊］柏拉图：《理想国》，郭斌和、张竹明译，商务印书馆 1986 年版。

［古希腊］柏拉图：《柏拉图对话录》，水建馥译，商务印书馆 2013 年版。

［法］保罗·利科：《诠释学与人文科学》，孔明安等译，中国人民大学出版社 2012 年版。

［法］保罗·利科：《从文本到行动》，夏小燕译，华东师范大学出版社 2015 年版。

［法］保罗·利科：《活的隐喻》，汪堂家译，上海译文出版社 2004 年版。

［美］保罗·康纳顿：《社会如何记忆》，纳日碧力戈译，上海人民出版社

2000 年版。
［澳］比尔·阿希克洛夫特、格瑞斯·格里菲斯、海伦·蒂芬：《逆写帝国：后殖民文学的理论与实践》，任一鸣译，北京大学出版社 2014 年版。
［美］C. W. 莫里斯：《指号、语言和行为》，罗兰、周易译，上海人民出版社 2011 年版。
陈越编译：《哲学与政治：阿尔都塞读本》，吉林人民出版社 2003 年版。
（宋）程颢、程颐：《二程遗书》，上海古籍出版社 2000 年版。
［美］戴卫·赫尔曼主编：《新叙事学》，马海良译，北京大学出版社 2002 年版。
［德］Dirk Geeraets 主编：《认知语言学基础》，邰军航、杨波译，上海译文出版社 2012 年版。
［美］杜威：《经验与自然》，傅统先译，江苏教育出版社 2005 年版。
［美］杜威：《艺术即经验》，高建平译，商务印书馆 2005 年版。
杜小真编选：《福柯集》，上海远东出版社 2003 年版。
（清）段玉裁撰：《说文解字注》，中华书局 2013 年版。
［英］E. 霍布斯鲍姆、T. 兰格：《传统的发明》，顾杭、庞冠群译，译林出版社 2004 年版。
［德］恩斯特·卡西尔：《语言与神话》，于晓等译，生活·读书·新知三联书店 1988 年版。
［瑞士］费尔迪南·德·索绪尔：《普通语言学教程》，高名凯译，商务印书馆 1980 年版。
［英］弗兰克·克默德：《结尾的意义：虚构理论研究》，刘建华译，辽宁教育出版社 2000 年版。
［英］弗朗西斯·马尔赫恩编：《当代马克思主义文学批评》，刘象愚、陈永国、马海良译，北京大学出版社 2002 年版。
［美］弗洛姆：《在幻想锁链的彼岸》，张燕译，湖南人民出版社 1986 年版。
［奥］弗洛伊德：《弗洛伊德心理哲学》，杨韶刚等译，九州出版社 2015 年版。
高建平：《全球与地方：比较视野下的美学与艺术》，北京大学出版社

2009 年版。
郭绍虞主编:《中国历代文论选》1—4 册，上海古籍出版社 1979 年版。
[德] 海德格尔:《存在与时间》，陈嘉映、王庆节译，生活·读书·新知三联书店 1987 年版。
[德] 海德格尔:《荷尔德林诗的阐释》，孙周兴译，商务印书馆 2000 年版。
[德] H. G. 伽达默尔:《美的现实性——作为游戏、象征、节日的艺术》，张志杨等译，生活·读书·新知三联书店 1991 年版。
[美] 哈罗德·布鲁姆:《影响的焦虑》，徐文博译，生活·读书·新知三联书店 1989 年版。
[英] 韩礼德:《语言与社会》，苗兴伟等译，北京大学出版社 2015 年版。
[英] 韩礼德:《语篇和话语的语言学研究》，潘章仙等译，北京大学出版社 2015 年版。
[英] 韩礼德:《作为社会符号的语言——语言与意义的社会诠释》，苗兴伟等译，北京大学出版社 2015 年版。
[德] 赫伯特·曼纽什:《怀疑论美学》，古城里译，辽宁人民出版社 1990 年版。
黄霖、韩同文选注:《中国历代小说论著选》，江西人民出版社 1982 年版。
[意] 吉奥乔·阿甘本:《幼年与历史：经验的毁灭》，尹星译，河南大学出版社 2011 年版。
[德] 加布丽埃·施瓦布:《文学、权力与主体》，陶家俊译，中国社会科学出版社 2011 年版。
[美] 简·盖洛普:《通过身体思考》，杨莉馨译，江苏人民出版社 2005 年版。
姜亮夫:《古文字学》，浙江人民出版社 1984 年版。
[美] 杰拉德·普林斯:《叙述学词典》，乔国强、李孝弟译，上海译文出版社 2011 年版。
[美] 杰拉德·普林斯:《故事的语法》，徐强译，中国人民大学出版社 2015 年版。
[美] 杰姆逊:《后现代主义与文化理论》，唐小兵译，北京大学出版社 2005 年版。

［英］Jorge Larrain：《意识形态与文化身份：现代性与第三世界的在场》，戴从容译，上海教育出版社 2005 年版。

［美］克利福德·格尔兹：《文化的解释》，纳日碧力戈等译，上海人民出版社 1999 年版。

［美］克利福德·格尔兹：《地方知识——阐释人类学论文集》，杨德睿译，商务印书馆 2014 年版。

［美］克里斯蒂娜·科尔斯戈德：《规范性的来源》，杨顺利译，上海译文出版社 2001 年版。

［英］克里斯·希林：《身体与社会理论》第二版，李康译，北京大学出版社 2010 年版。

［美］夸梅·安东尼·阿皮亚：《认同伦理学》，张容南译，译林出版社 2013 年版。

［法］拉康：《拉康选集》，褚孝泉译，上海三联书店 2001 年版。

［美］理查德·舒斯特曼：《实用主义美学》，彭锋译，商务印书馆 2002 年版。

［美］理查德·舒斯特曼：《生活即审美：审美经验和生活艺术》，彭峰等译，北京大学出版社 2007 年版。

［美］理查德·舒斯特曼：《身体意识与身体美学》，程相占译，商务印书馆 2011 年版。

李建中等：《中国古代文论诗性特征研究》，武汉大学出版社 2007 年版。

李泽厚、刘纲纪主编：《中国美学史》第 1 卷，中国社会科学出版社 1984 年版。

［法］列维 - 布留尔：《原始思维》，丁由译，商务印书馆 1981 年版。

［法］列维 - 斯特劳斯：《野性的思维》，李幼蒸译，商务印书馆 1987 年版。

［加拿大］琳达·哈琴：《后现代主义诗学：历史·理论·小说》，李杨、李锋译，南京大学出版社 2009 年版。

（南朝宋）刘义庆：《世说新语》，刘长桂、钱振民译注，东方出版中心 1996 年版。

陆梅林辑注：《马克思恩格斯论文学与艺术》，人民文学出版社 1982 年版。

陆宗达：《说文解字通论》，中华书局 2015 年版。

［美］M. H. 艾布拉姆斯：《以文行事——艾布拉姆斯精选集》，赵毅衡、周劲松译，译林出版社 2010 年版。
［美］M. 李普曼编：《当代美学》，邓鹏译，光明日报出版社 1986 年版。
［英］马克·柯里：《后现代叙事理论》，宁一中译，北京大学出版社 2003 年版。
［法］马克·勒伯：《身体意象》，汤皇珍译，春风文艺出版社 1999 年版。
［英］玛丽·道格拉斯：《制度如何思考》，张晨曲译，经济管理出版社 2013 年版。
［美］玛乔瑞·帕洛夫：《激进的艺术：媒体时代的诗歌创作》，聂珍钊等译，上海外语教育出版社 2013 年版。
［德］马尔库塞：《审美之维——马尔库塞美学论著集》，李小兵译，生活·读书·新知三联书店 1989 年版。
［法］马塞尔·普鲁斯特：《驳圣伯夫》，王道乾译，上海译文出版社 2007 年版。
［美］玛莎·努斯鲍姆：《诗性正义：文学想象与公共生活》，丁晓东译，北京大学出版社 2010 年版。
（清）马骕：《绎史》，商务印书馆 1937 年版。
［英］迈克·费瑟斯通：《消费文化与后现代主义》，刘精明译，译林出版社 2000 年版。
［美］麦·莱德尔编：《现代美学文论选》，孙越生、陆梅林、程代熙等译，文化艺术出版社 1988 年版。
［法］米歇尔·福柯：《规训与惩罚》，刘北成、杨远婴译，生活·读书·新知三联书店 2003 年版。
［法］米歇尔·福柯：《词与物——人文科学考古学》，莫伟民译，上海三联书店 2001 年版。
［法］莫里斯·哈布瓦赫：《论集体记忆》，毕然、郭金华译，上海人民出版社 2002 年版。
［法］莫里斯·梅洛-庞蒂：《知觉现象学》，姜志辉译，商务印书馆 2001 年版。
［美］纳博科夫：《文学讲稿》，申慧辉译，生活·读书·新知三联书店 1991 年版。

[美] 纳尔逊·古德曼:《构造世界的多种方式》，姬志闯译，上海译文出版社 2008 年版。

[美] 尼尔森·古德曼:《艺术语言：通往符号理论的道路》，褚朔维译，光明日报出版社 1990 年版。

[德] 尼采:《悲剧的诞生：尼采美学文选》，周国平译，生活·读书·新知三联书店 1986 年版。

[加拿大] 诺思罗普·弗莱:《批评的剖析》，陈慧、袁宪军、吴伟仁译，百花文艺出版社 1998 年版。

[法] 皮埃尔·布迪厄:《艺术的法则》，刘晖译，中央编译出版社 2001 年版。

[法] 皮埃尔·马舍雷:《从康吉莱姆到福柯：规范的力量》，刘冰菁译，重庆大学出版社 2016 年版。

[德] 齐奥尔格·西美尔:《时尚的哲学》，费勇译，文化艺术出版社 2001 年版。

钱中文:《文学理论：求索与反思》，中国社会科学出版社 2013 年版。

钱中文主编:《巴赫金全集》1—6 卷，河北教育出版社 1998 年版。

[英] 乔纳森·波特、玛格丽特·韦斯雷尔:《话语和社会心理学：超越态度与行为》，肖文明、吴新利、张擘译，中国人民大学出版社 2006 年版。

[法] 让-弗朗索瓦·利奥塔尔:《后现代状态：关于知识的报告》，车槿山译，生活·读书·新知三联书店 1997 年版。

[法] 让-弗朗索瓦·利奥塔:《非人——时间漫谈》，罗国祥译，商务印书馆 2000 年版。

[法] 热拉尔·热奈特:《热奈特论文集》，史忠义译，百花文艺出版社 2001 年版。

[瑞士] 荣格:《荣格说潜意识与生存》，高适编译，华中科技大学出版社 2015 年版。

申小龙等:《汉字思维》，山东教育出版社 2014 年版。

[意] 苏珊·彼得里利、奥古斯托·蓬齐奥:《打开边界的符号学》，王永祥等译，译林出版社 2015 年版。

[美] 苏珊·朗格:《艺术问题》，滕守尧、朱疆源译，中国社会科学出版

社 1983 年版。
［美］苏珊·S. 兰瑟：《虚构的权威——女性作家与叙述声音》，黄必康译，北京大学出版社 2002 年版。
［美］塔尔科特·帕森斯：《社会行动的结构》，张明德、夏遇南、彭刚译，译林出版社 2012 年版。
唐君毅：《中国文化之精神价值》，江苏教育出版社 2006 年版。
［英］特里·伊格尔顿：《马克思主义与文学批评》，文宝译，人民文学出版社 1980 年版。
［英］特伦斯·霍克斯：《结构主义和符号学》，瞿铁鹏译，上海译文出版社 1987 年版。
童庆炳：《文化诗学：理论与实践》，北京大学出版社 2015 年版。
（魏）王弼撰、楼宇烈校释：《周易注校释》，中华书局 2012 年版。
王峰：《美学语法：后期维特根斯坦的美学与艺术思想》，北京大学出版社 2015 年版。
（清）王夫之著，戴鸿森笺注：《薑斋诗话笺注》，人民文学出版社 1981 年版。
（清）王先谦、刘武撰：《庄子集解　庄子集解内篇补正》，中华书局 1987 年版。
王运熙、周锋：《文心雕龙译注》，上海古籍出版社 1998 年版。
［意］维柯：《新科学》，朱光潜译，商务印书馆 1989 年版。
［英］维克多·特纳：《仪式过程：结构与反结构》，黄剑波、柳博赟译，中国人民大学出版社 2006 年版。
［奥］维特根斯坦：《哲学研究》，李步楼译，商务印书馆 2009 年版。
［德］威廉·冯·洪堡特：《论人类语言结构的差异及其对人类精神发展的影响》，姚小平译，商务印书馆 1999 年版。
文洁华：《女性主义哲学与身体美学》，广西师范大学出版社 2016 年版。
（清）吴曾祺：《涵芬楼文谈》，金城出版社 2011 年版。
吴子林：《中西文论思想识略》，福建人民出版社 2015 年版。
［美］西摩·查特曼：《故事与话语：小说和电影的叙事结构》，徐强译，中国人民大学出版社 2013 年版。
肖恩·霍默：《导读拉康》，李新雨译，重庆大学出版社 2014 年版。

熊十力：《破破新唯识论》，广文书局 1980 年版。
杨星映、肖锋、邓心强：《中国古代文论元范畴论析：气、象、味的生成与泛化》，上海古籍出版社 2015 年版。
杨义：《感悟通论》，人民出版社 2008 年版。
［俄］叶·莫·梅列金斯基：《神话的诗学》，魏庆征译，商务印书馆 1990 年版。
［美］叶维廉：《中国诗学》，生活·读书·新知三联书店 1992 年版。
［英］约翰·兰肖·奥斯汀：《如何以言行事》，张洪芹译，知识产权出版社 2012 年版。
［美］约翰·R. 塞尔：《意向性：论心灵哲学》，刘叶涛译，上海人民出版社 2007 年版。
［美］约翰·R. 塞尔：《社会实在的建构》，李步楼译，上海人民出版社 2008 年版。
［美］约翰·R. 塞尔：《心灵的再发现》，王巍译，中国人民大学出版社 2012 年版。
［美］约翰·塞尔：《心灵导论》，徐英瑾译，上海人民出版社 2008 年版。
［美］约翰·塞尔：《心、脑与科学》，杨音莱译，上海译文出版社 2015 年版。
［美］约翰·塞尔：《人类文明的结构——社会世界的构造》，文学平、盈俐译，中国人民大学出版社 2015 年版。
［美］詹姆斯·保罗·吉：《话语分析导论：理论与方法》，杨炳钧译，重庆大学出版社 2011 年版。
［美］詹姆斯·费伦：《作为修辞的叙事：技巧、读者、伦理、意识形态》，陈永国译，北京大学出版社 2002 年版。
张京媛主编：《新历史主义与文学批评》，北京大学出版社 1993 年版。
张永清、马元龙主编：《后马克思主义读本：文学批评》，人民出版社 2011 年版。
赵奎英：《中西语言诗学基本问题比较》，中国社会科学出版社 2009 年版。
赵毅衡：《当说者被说的时候：比较叙述学导论》，中国人民大学出版社 1998 年版。
（汉）郑玄、（清）刘宝楠注：《论语正义》，上海书店 1986 年版。

周锡山编校：《王国维文学美学论著集》，北岳文艺出版社 1987 年版。
周振甫译注：《周易释注》，中华书局 2013 年版。
［美］朱迪斯·巴特勒：《身体之重：论“性别”的话语界限》，李钧鹏译，上海三联书店 2011 年版。
朱国华：《权力的文化逻辑：布迪厄的社会学诗学》，上海人民出版社 2016 年版。
［法］朱莉娅·克里斯蒂娃：《语言，这个未知的世界》，马新民译，复旦大学出版社 2015 年版。
［法］朱莉娅·克里斯蒂娃：《符号学：符义分析探索集》，史忠义等译，复旦大学出版社 2015 年版。
朱立元主编：《二十世纪西方美学经典文本》1—4 卷，复旦大学出版社 2000 年版。
朱谦之撰：《老子校释》，中华书局 1984 年版。
Antonin Artaud, *The Theater and Its Double*, Trans. Mary Carolin Richards, New York: Grove Press, 1994.
Dan P. Mc Adams, *Power, Intimacy and the Life Story: Personological Inquiries into Identity*, New York: Guilford Press, 1985.
David McNeill, *Hand and Mind: What Gestures Reveal about Thought*, Chicago: The University of Chicago Press, 1992.
G. H. Mead, *Mind, Self and Society*, Chicago: The university of Chicago press, 1974.
J. Hillis Miller, *The Ethics of Reading*, New York: Columbia University Press, 1987.
J. Hillis Miller, *Speech Acts in Literature*, Stanford: Stanford University Press, 2001.
J. Hillis Miller, *On Literature*, New York: Routledge, 2002.
Jacques Lacan, *The Seminar of Jacques Lacan: The Ego in Freud's Theory and in the Technique of Psychoanalysis, 1954 – 55 Bk. 2*, trans. S. Tomaselli, Cambridge: Cambridge University Press, 1988.
Jacques Lacan, *Seminar of Jacques Lacan: The Psychoses, 1955 – 56 Bk. 3*, trans. Russell Grigg, W. W. Norton & Company, 1993.

John R. Searle, *Speech Acts: An Essay in the Philosophy of Language*, Beijing: Foreign Language Teaching and Research Press, 2001.

John R. Searle, *Expression and Meaning: Studies in the Theory of Speech Acts*, Cambridge: Cambridge University Press, 1979.

Louis O. Mink, "History and Fiction as Modes of Comprehension", *New Literary History*, Vol. 1, No. 3, 1969 – 70.

Judith Butler, *Gender Trouble: Feminism and the Subversion of Identity*, London: Routledge, 1990.

Ludwik Fleck, *The Genesis and Development of a Scientific Fact*, Translation. Chicago: University of Chicago Press, 1979.

Mark Johnson, *The Meaning of the Body: Aesthetics of Human Understanding*, Chicago & London: The University of Chicago Press, 1999.

Merleau-Ponty, *The Structure of Behavior*, trans. Alden L. Fisher, Bossdun: Beacon Press, 1963.

O. Wilson Edward, *Consilience: The Unity of Knowledge*, New York: Alfred A. knopf, Inc. , 1998.

Pierre Bourdieu, *Distinction: A Social Critique of the Judgement of Taste*, Trans. Richard Nice, Polity Cambridg: Harvard University Press, 1984.

Peter-paul Verbeek, *What Things Do: Philosophical Reflections on Technology, Agency and Design*, Trans. Robert P. Crease, Pennsylvania: The Pennsylvania State University Press, 2000.

R. William Paulson, *The Noise of Culture: Literary Texts in a World of Information*, New York: Cornell University Press, 1988.

Roman Jakobson, *Language in Literature*, Eds. Krystyna Pomorska and Stephen Rudy, Cambridge: The Belknap Press of Harvard University Press, 1987.

Susan Blackmore, *Consciousness: A Very Short Introduction*, New York: Oxford University Press Inc. , 2005.

W. V. Harris, *Interpretive Acts*, Oxford: Clarendon Press, 1988.

后　　记

这是一次让我获得最大快感的写作。没有任务负担，没有时间限制，追随自己的思想，随心所欲地敞开思路，从中得到的快乐是以往为赶项目而无法体验的。每一次停笔是在我解开了疑难问题后的放松，每一次重新提笔则是新问题的诱惑，我只是追踪着一个个浮现的疑问，一步步深入堂奥去探寻奥秘。求知是人的本能。当意外的发现在阅读和思考过程接踵而至，艰难的求索豁然开朗，那种惊喜是没有任何东西可以替换的。这正是我放弃申请项目的理由，我是怕再次遭受项目的约束和表格的折磨。

还在写作《诗性语言研究》时，我就惊异于语言的神奇和神秘。我只能相信：唯有上帝的恩赐，人类才得到语言。即便如此，这次写作过程对语言的重新发现，仍令我吃惊不已，甚至对自己提出的观点也常常难以置信。我不断检查自己，自我质疑，最终又不得不相信。语言不仅让人成长为自觉自为的理性人，是人之为人的唯一依据，同时，也是人类非凡的文化创造的根源。然而，当我从语言角度来阐释文化及文学现象，却总觉得力不从心，不能不留下缺憾。

文化及文学作为象征符号活动，从语言角度解释当然没有错，问题在于我们对语言的理解过于狭隘了。其实，动物就有语言，有一种同样用于交流、用于跟世界打交道的“行为语言”（动作、姿态、表情、声音），人从动物演化而来这个事实，注定他天然地接受了这份珍贵遗产。对于人来说，行为语言是不可或缺的，离开行为语言，仅凭言语行为，人际交往就仿佛僵尸对话，难以有效进行。人就是同时运用这两种行为（语言）与他人打交道，与世界打交道的。借助于这两种行为（语言），人把世界结构化，进而把握了世界，与此同时，也反身将自己结构化了。人的感觉、人的经验、人的思维，乃至人的心灵、人的世界、人类文化就建立在这两种行为（语言）协同作用的基础上。人与世界的所有关系、人的所有思维方式和理论范式都可以从中找到根基。当我们把语言拓展到行为语言领域，当我们进而发现行为语言与言语行为的性质和功能差异，发现人类各式各样的符号活动都以此两者为范型，再重新来阐释人类文化及文学艺术现象，所有疑难和争论都顿时冰释了。

奥斯汀是我思想转变的一个中介。我是先进入言语行为理论并试图用它来阐释文学，才引起观念变化的。当时，《文学评论》接受并发表了我的《言语行为理论：探索文学奥秘的新范式》，其后，《中国社会科学文摘》又予以转摘。但是，奥斯汀提出的“言外行为”却留下一个疑问，我是在追问言外行为的过程中一步步接近行为语言的。写作真是一种奇妙的体验，当你殚精竭虑地苦苦思索，往往总是百思不得其解；而一旦抛开问题，彻底放松，却忽然间灵光闪现，答案竟赫然摆在眼前。

按照原有的思维路径，《文学行为论》应该把关于言语行为的阐述置于文前，但是，考虑到可读性，也考虑到理论的内在逻辑，又重新调整著作内容，在首章就直接进入行为语言。各章的内容略有交错，是为了尽量保留思维发展的踪迹，或许这种循环渐进的思考，也更方便于读者阅读。

著作中的部分观点曾以论文形式发表，方克强、陆建德、高建平、朱立元、赵宪章、陈剑澜、张永清、赵勇、吴其南、朱国华、吴子林、孟春蕊、曾军、王峰、项义华、张颖、李亦婷、王嘉军、魏策策诸先生或热情地邀约稿件，或无私地给予指导，种种帮助让我铭记不忘。此外，孙鹏程、王正中博士帮助提供了部分外文资料。温州大学人文学院和人文社科处给予了出版经费支持。这些都令我十分感激。这次整理成书仍做了较大的修改订正和内容增补，由于涉足一个新领域，少有依傍，错误在所难免。

温州洪殿寓所

2017. 6. 15